EL
RETIRO

MARK EDWARDS

EL
RETIRO

Traducción de Ana Alcaina

Título original: *The Retreat*
Publicado originalmente por Thomas & Mercer, Estados Unidos, 2018

Edición en español publicada por:
Amazon Crossing, Amazon Media EU Sàrl
38, avenue John F. Kennedy, L-1855 Luxembourg
Mayo, 2019

Impreso por: Ver última página

Primera edición digital 2019

ISBN: 9782919805211

www.apub.com

SOBRE EL AUTOR

Mark Edwards escribe *thrillers* psicológicos en los que gente normal y corriente vive situaciones extraordinarias y espeluznantes. Su fuente de inspiración son autores como Stephen King, Ira Levin, Ruth Rendell y Linwood Barclay.

Sus obras han ocupado el primer puesto de las listas de los más vendidos, como *Hasta el fin de tus días* (publicado en castellano por Amazon Crossing y finalista de los Goodreads Choice Awards en 2015), *The Magpies* y *Because She Loves Me*. Además, ha escrito novelas en colaboración con Louise Voss, como *La peor pesadilla*, publicada también en castellano por Amazon Crossing. Todas sus obras están inspiradas en experiencias de la vida real.

Originario de la costa sur de Inglaterra, vive en las West Midlands con su mujer, sus tres hijos y un gato atigrado naranja.

NOTA DEL AUTOR

Esta novela se desarrolla en el norte de Gales. La localidad de Beddmawr es ficticia, pero si el lector quiere saber dónde podría estar en un mapa, se hallaría muy cerca de Llangollen, en Denbighshire.

PRÓLOGO

Junto al río, el viento soplaba con fuerza y la orilla estaba llena de barro. En momentos así, a Lily le habría encantado tener un perro al que lanzar palos, aunque seguro que eso no les haría ni pizca de gracia a Gatito ni a Gatote. Ella quería un perrito gracioso, un cachorrito o algo así. O mejor una perrita. Se adelantó un poco, alejándose de mamá y papá, fantaseando con la cachorra que iban a comprarle. La llamaría Bizcochito. Le pondría un collar rosa y ganaría premios en los concursos y todo eso, y Lily saldría en televisión, orgullosa y sonriente junto a su famosa mascota.

Absorta en sus pensamientos, Lily apenas se dio cuenta de que sus padres se habían quedado rezagados. Oyó un grito y levantó la vista hacia el camino, paralelo a la orilla del río. Papá miraba al agua con la boca abierta, como un pez. Mamá tenía las manos apoyadas en las caderas.

Estaban peleándose otra vez.

Mamá señalaba con el dedo a papá, a quien la cara se le había puesto de color rosa. Lily advirtió que en realidad no estaba mirando al agua sino a la orilla, donde relucía algo metálico.

Todas sus esperanzas de que ese año fuera mejor que el anterior se evaporaron en ese instante. Furiosa, con dificultad para tragar saliva o incluso para respirar, Lily se dirigió con paso decidido hacia la arboleda que había en el recodo del río, para no ver a sus padres y que estos no pudieran verla a ella. Estaba harta de verlos discutir y sintió ganas de desaparecer, de transformarse en un pájaro y echar a volar.

Por un momento, se imaginó a sí misma sumergiéndose en el río y ahogándose. Mamá ni siquiera sabía nadar, y a papá se le daba fatal. No podrían salvarla y lo lamentarían, desde luego que lo lamentarían...

Se quedó allí parada, apretando y aflojando los puños hasta que se dio cuenta de que estaba haciendo daño a Gatote. Lo abrazó y le besó la cabecita, y luego siguió andando por el sendero hacia donde terminaba la arboleda.

Tomó una decisión. En cuanto la hubo tomado, corrió a los arbustos que separaban la orilla del río de la carretera.

De pronto se sobresaltó, como si alguien hubiera aparecido sigilosamente detrás de ella y le hubiese dado un susto: «¡Uh!».

—¿Qué estás haciendo? —susurró.

Momentos más tarde, intentó gritar. Había cometido un terrible error y deseó poder dar marcha atrás en el tiempo, solo un minuto o dos. Incluso visualizó al propio tiempo corriendo en sentido inverso, enviándola de vuelta al camino y a la seguridad de los brazos de su madre y su padre. Pero ya era demasiado tarde.

—¿Lily? —Oyó a mamá llamándola—. Lily, ¿dónde estás?

Pero Lily no podía responder. Llevaba una mordaza en la boca y unos fuertes brazos la tenían inmovilizada. Los gritos de su madre se desvanecieron en la distancia mientras los poderosos brazos se la llevaban de allí.

PRIMERA PARTE

Capítulo 1

Crucé la frontera con Gales poco después de las cinco, con el sol bajo y tenue en un cielo de color pizarra. Estaba lloviendo, pero no importaba, porque cuando llegué con el coche a la cima de una colina, el valle se materializó ante mis ojos. Y era un espectáculo maravilloso.

Reduje la velocidad para poder contemplarlo con calma. Los picos planos de las montañas de Berwyn enmarcaban un mundo entero de verde: mosaicos de campos salpicados de ovejas; hermosas y rústicas casas con vistas a terrenos ondulados; árboles, algunos orgullosamente solos, otros amontonados entre sí. Y serpenteando a través de todo el paisaje, el río Dee.

Aquel era mi hogar.

¿Por qué había esperado tanto para volver?

Cuando se hiciera de noche, todo tendría un aspecto muy distinto. Entonces seguramente echaría de menos las luces siempre incandescentes de Londres, pero en ese momento bajé la ventanilla y dejé que el aire fresco y puro me vivificara. Estaba seguro de que allí, por fin, podría volver a escribir de nuevo, redescubrir mi voz, mi inspiración. Si conseguía hacer eso, estaba convencido de que todas mis demás preocupaciones se disolverían como copos de nieve en un charco de agua.

Así que, cargado de optimismo, conduje mi automóvil, un Qashqai blanco, colina abajo hacia el valle. El navegador me llevó más allá de la pequeña localidad de Beddmawr —mi ciudad natal, aunque apenas me resultaba familiar— y me adentré en el campo por senderos estrechos y cubiertos de barro que bordeaban la orilla de un tupido bosque. Me equivoqué al tomar un desvío y estuve a punto de terminar en un prado donde pastaban las ovejas, así que no tuve más remedio que retroceder. Ese último tramo quedaba fuera del alcance del navegador, de modo que apagué el aparato y salí del automóvil, aprovechando una tregua en la lluvia. La casa del retiro literario para escritores tenía que estar por allí cerca. Al final, me encaramé al techo del coche —comprado con mis primeros *royalties* como autor y que, desde luego, debería tratar mejor—, y allí estaba, en lo alto de una colina baja, al otro lado del prado.

Una casa de piedra, pintada de blanco, con un tejado a dos aguas. Era más grande y más imponente de lo que esperaba, la clase de edificio en cuyo interior siempre parecía que tuviese que hacer frío, por muchas chimeneas encendidas que hubiese. Detrás de la casa, un terraplén en una fuerte pendiente la protegía a regañadientes de los elementos. A uno y otro lado, el bosque se extendía hasta donde me alcanzaba la vista.

Sobre mi cabeza, algo se agitó entre las ramas y, sobresaltándome, estuve a punto de perder el equilibrio, pero volví a echar un vistazo a la casa antes de bajar y sonreí. Era el lugar perfecto para escribir una novela de terror.

Una vez de vuelta en el coche, enfilé hacia a un largo camino de entrada flanqueado por árboles desnudos. Había un granero grande a la izquierda de la casa, y también advertí una cabaña semiescondida en la parte de atrás del edificio principal, como una niña tímida asomándose por detrás de las faldas de su madre.

Impresionaba aún más de cerca. Era sólida, un lugar que llevaba en pie, supuse, unos doscientos años. Los únicos signos de modernidad eran una antena de televisión en el tejado y un columpio infantil de plástico en el jardín. Una columna de humo salía de una chimenea alta. Quería pararme a examinarlo todo con atención, pero estaba cansado y hambriento y, además, ya tendría tiempo suficiente para explorar más adelante.

Mientras sacaba mi maleta del coche, la puerta de la entrada se abrió y salió una mujer, abrazándose para protegerse del frío. Tenía más o menos mi edad, entre los cuarenta y los cuarenta cinco años, el pelo largo y castaño y unos pómulos muy marcados. Era delgada y pálida —mi madre hubiese dicho que era de esas que se las lleva el viento—, pero una mujer atractiva, alguien que me haría volver la vista dos veces si la viera en un bar. Vestía pantalones vaqueros y un suéter verde, con una especie de capa de cachemira por encima. ¿Sería un poncho? Llevaba unas gafas de montura oscura que se recolocó mientras caminaba hacia mí.

—¿Lucas? —dijo—. Soy Julia.

Le estreché la mano, que estaba asombrosamente fría. Aunque su sonrisa era afable y cálida, tenía también cierto aire triste. Había algo en sus ojos verdes, un trasfondo de dolor, que me hizo pararme y retener su mano unos instantes de más. Tal vez percibiendo que la estaba escrutando, tratando de examinarla, adoptó una actitud más seria y formal y me preguntó si llevaba mucho equipaje.

—Solo esto —respondí—. Este lugar es increíble. —Señalé con la cabeza hacia el columpio. El viento se había apoderado de él y se movía despacio hacia delante y atrás, como si lo ocupara un fantasma cansado—. Debe de ser un lugar fantástico para los niños.

Supe de inmediato que mis palabras la habían herido de algún modo. Sin embargo, se recuperó rápidamente e hizo una señal para que la siguiera adentro.

—Bienvenido a Nyth Bran —dijo.

* * *

La seguí por un pasillo pintado de blanco con una galería de cuadros tradicionales en las paredes: del campo, las montañas locales y jinetes. De castillos en ruinas y campos de narcisos.

Me vio mirar los cuadros.

—No son mi estilo favorito, pero me pareció que a los huéspedes podrían gustarles. El encanto rústico galés.

—A mí me gustan. Me recuerdan a mi hogar.

Arqueó una ceja.

¿Eres de por aquí?

—Solo de origen. Nací en Beddmawr, pero mi familia se mudó a Birmingham cuando yo tenía seis años. Teníamos imágenes como esta en nuestra casa. —Señalé con la cabeza hacia el cuadro de los narcisos—. De hecho, estoy casi seguro de que mi madre tenía exactamente el mismo cuadro.

Sonreí, preguntándome si todavía lo tendría, colgado en su casa del sur de España.

—¿Y tú? —pregunté. Tenía un leve acento del norte de Inglaterra—. No tienes acento galés —dije.

—No, soy de la zona de Mánchester. De Didsbury. Nos vinimos a vivir aquí hace solo unos años.

Me pregunté a quiénes se refería al hablar en plural. En la web de la casa para escritores Julia aparecía como la única propietaria.

—Ven a la cocina —me dijo—. Hace más calor ahí.

Me preguntó si quería un café y acepté encantado. Era una cocina rural típica, espaciosa, con paredes de color amarillo claro, el suelo de piedra y vistas al jardín delantero. Me detuve junto a la cocina de leña y me puse a hablar sin parar, relatándole el viaje. Hacía días que no pasaba tiempo con ningún otro ser humano. Julia sonrió educadamente mientras esperaba a que el hervidor de agua acabase, haciendo algún que otro comentario de vez en cuando. Se había quitado las gafas, que le habían dejado dos pequeñas marcas a un lado y otro de la nariz.

Un gato atigrado naranja entró en la cocina con la cola tiesa, y me agaché para acariciarlo.

—Este es Chesney —dijo Julia mientras el gato ronroneaba y se frotaba la cara contra mis nudillos.

—Es precioso. Entonces... ¿Sois solo tú y Chesney?

Julia me dio la espalda para rescatar el hervidor del fuego, después de oír el débil silbido. El gato, detectando una alteración en el ambiente, salió corriendo de la habitación.

—Sí —contestó Julia, después de una pausa tan larga que ya había dejado de esperar que me respondiera—. Solo nosotros dos. Y los otros huéspedes, naturalmente.

Miré con aire estúpido a mi alrededor, como si esos otros huéspedes pudieran estar escondidos en los armarios de la cocina.

—Se han ido al pub —dijo—. Se ha convertido en una tradición al terminar de trabajar. El pub es el Miners Arms, a dos o tres kilómetros viniendo de la carretera.

Me dio el café.

—Tengo aquí unos papeles muy aburridos para que los rellenes. ¿Cuánto tiempo crees que querrás quedarte?

—Esperaba decidirlo más adelante, si te parece bien. Pero pienso quedarme al menos un mes.

Arqueó las cejas.

—¿Un mes?

—¿Es posible? Puedo pagar por adelantado.

—Sí. Por supuesto.

—La verdad es que necesito terminar mi puñetero libro.

No solo terminarlo, sino también empezarlo. Pero eso no se lo dije.

Julia me miró de arriba abajo, como si me estuviera viendo por primera vez. Por fin, sonrió.

—Sí, claro que es posible, Lucas. Quédate todo el tiempo que quieras.

* * *

Estuve un rato rellenando los papeles y seguí hablando con Julia mientras me terminaba el café. Fuera, la oscuridad se adueñaba sigilosamente de las ventanas.

Julia me hizo una señal para que subiera primero. En contraste con la decoración inmaculada de la planta baja, la moqueta de la escalera estaba raída y el papel pintado de la pared se despegaba en algunas partes. Había indicios de que habían empezado a decorar aquella parte de la casa en algún momento, pero habían dejado el trabajo a medias.

Cuando llegamos al descansillo, Julia se dirigió a mí:

—Tú estás en esta planta.

Me llevé cierta decepción por no estar en el último piso de la casa, pero no quería quejarme.

—La tuya es la segunda puerta a la izquierda —dijo Julia detrás de mí. Agarré el tirador de la puerta y ella gritó—: ¡No, esa habitación no!

Retiré la mano como si el pomo estuviera ardiendo.

—Lo siento, has dicho...

—Me refería la tercera puerta. La tercera, no la segunda. Habitación número seis. —Se había llevado la mano al pecho, respirando agitadamente, y unas manchas rosadas le coloreaban las mejillas. Advirtió que la estaba mirando fijamente y esbozó una sonrisa forzada—. Lo siento, pero es que esa habitación aún no está preparada. Está hecha un desastre.

Pasó junto a mí y abrió la puerta de la habitación número seis. La seguí al interior.

Era un espacio impresionante: suelos de madera en mejores condiciones que los tablones del pasillo, una cama doble perfectamente hecha, un armario y una cómoda. Lo mejor de todo era el enorme escritorio debajo de la ventana, acompañado de lo que parecía una silla ergonómica muy cómoda. Pasé la mano por la suave superficie de roble del escritorio.

—Lo siento, pero no hay baño dentro de la habitación —dijo Julia. Las manchas rosadas de sus mejillas habían desaparecido y estaba tranquila de nuevo—. El baño está un poco más allá, al final del pasillo.

Se puso a mi lado frente a la ventana, así que vimos nuestros reflejos en el cristal. Ahora, fuera todo estaba oscuro. No había estrellas ni luna. Salvo por unas pocas luces solitarias que salpicaban el paisaje aquí y allá, era como si el mundo ajeno a aquella casa hubiera dejado de existir al ponerse el sol.

—Te enseñaré el resto de la casa cuando hayas deshecho las maletas, pero puedes escribir aquí o en la sala de estar, o incluso en la cabaña.

—Estupendo.

Sacó una llave de la habitación y la dejó sobre el escritorio.

—Tienes prácticamente toda la casa a tu entera disposición, excepto... ¿Puedo pedirte que no vayas al sótano? No es... seguro.

—¿Ah, sí?

—Hay que reparar las escaleras.

—Entendido. —No me imaginaba ninguna razón para querer bajar al sótano, de todos modos. Me senté en el escritorio—. Esto es maravilloso, Julia. ¿Cuánto tiempo hace que abriste este retiro para escritores?

—Solo unos pocos meses. Todavía no funciona todo como debería. Quiero decir, sé que en muchas casas para retiros literarios hay autores invitados, se organizan talleres de escritura, etcétera. Yo también organizaré todo eso algún día, pero, por ahora, este solo es un lugar tranquilo y aislado para que la gente pueda venir y concentrarse.

—Eso es exactamente lo que estoy buscando. —No expliqué que había otra razón más concreta para haber elegido aquel retiro en particular, tan cerca de donde pasé mi primera infancia—. ¿Tú también eres escritora?

—¿Yo? No.

Estaba a punto de dejarme a solas, pero se detuvo un momento junto a la puerta.

—No quiero parecer entrometida, pero ¿qué tipo de libros escribes?

—Novelas de terror.

Ahí estaba: una leve expresión de disgusto. Una reacción a la que ya estaba más que acostumbrado.

—Y este es... ¿es tu primer libro?

—No, he escrito montones de libros, de la mayoría de los cuales he vendido unos cero ejemplares.

—¿La mayoría?

—Mmm. La verdad es que el último se vendió bastante bien. Se titula *Carne tierna*.

Por su cara, aquel título no le decía nada, y debí de parecer desilusionado, porque dijo:

—Lo siento, pero la verdad es que no soy muy fan de ese tipo de libros. A ver, he leído un par de novelas de Stephen King, pero lo paso fatal, soy muy miedosa.

Sonreí. La gente siempre me decía eso.

—Ya tengo suficientes pesadillas, la verdad. —Vi que se arrepentía inmediatamente de haber dicho eso, y enseguida añadió—: Bueno, ya te dejo en paz. La cena es a las ocho, cuando los demás vuelvan del pub.

—Estupendo. Gracias.

Cerró la puerta, dejándome a solas en mi escritorio temporal. Me quedé mirando el espacio que acababa de dejar vacío. Era misteriosa; una mujer con un pasado y una historia. Me moría de ganas de descubrir cuál era.

CAPÍTULO 2

Se oían ruidos procedentes del piso de abajo: una poderosa voz masculina, risas, un portazo. Eran los otros huéspedes, que habían vuelto del pub.

Mis colegas escritores. Mi reacción instintiva fue de enfado, pero luego me regañé a mí mismo: había ido allí no solo para concentrarme, sino porque necesitaba compañía humana. Había pasado demasiado tiempo solo desde que perdí a Priya, tanto tiempo que había empezado a hablar con la gata del vecino cuando venía de visita, y a pedir cosas a Amazon solo para ver otra cara humana. Estaba seguro de que el mensajero había empezado a evitarme, cansado de tener que dar conversación al zumbado del apartamento número tres.

Bajé las escaleras, siguiendo el ruido de las voces hasta llegar al comedor.

Había tres personas, un hombre y dos mujeres, sentados alrededor de una mesa ovalada. Todos levantaron la vista cuando entré.

El hombre estaba sentado en el extremo izquierdo. Tenía unos treinta y largos años, la frente alta y una barba pulcra y bien cortada. Lo reconocí, pero no conseguía recordar su nombre. Sentada casi en su regazo había una joven rubia de pestañas claras y boca pequeña. Era guapa, con un delicado rostro de belleza típicamente inglesa, pero no era mi tipo. Al otro lado de la mesa, una mujer de unos cincuenta años con un peinado de aspecto bastante caro manejaba un iPhone.

El hombre me hizo una seña para que me sentara.

—Así que tú eres el chico nuevo —dijo, extendiendo la mano—. Max Lake. Esta es Suzi Hastings.

La joven murmuró un «hola».

—Y yo soy Karen —dijo la mujer mayor—. Karen Holden.

Había oído hablar de Max Lake, por supuesto. Era un escritor de ficción de quien la prensa literaria había hablado como una especie de *enfant terrible* hacía una década. Ahora, según veía, pasaba la mayor parte del tiempo en Twitter, empeñado en hacer que cada injusticia en el mundo girase en torno a él. No reconocí el nombre de Suzi. ¿Era una autora novel? Ella y Max estaban sentados muy juntos, casi tocándose. Estaba seguro de que había visto a Max mencionar a su esposa en una entrevista —sí, llevaba una alianza de boda—, así que sería un poco escandaloso que él y Suzi estuvieran liados.

Me presenté mientras me sentaba.

—¿Lucas Radcliffe? ¿Tú eres L. J. Radcliffe? —dijo Karen—. ¡Dios mío! Me encantó tu libro... —Mientras trataba de responder a su halago con cierta modestia, ella se volvió hacia los demás y les preguntó si lo habían leído. No, no lo habían hecho—. Trata de unos niños que desaparecen y de una especie de criatura que se come su alma. Da mucho mucho miedo y es muy muy bueno. A mí me encantó. También se vendió un montón, ¿verdad?

—Sí, funcionó bastante bien. —Odiaba hablar sobre esas cosas. Me daba mucha vergüenza.

—He oído que van a hacer una película. ¿Con Emma Watson?

—Bueno. Tal vez. Pero probablemente no será Emma.

Mientras hablaba a Karen, vi que Max estaba escudriñándome con la mirada.

—Una novela de terror, ¿no? —preguntó—. Mi agente siempre está diciéndome que debería escribir una novela de género, un *thriller* psicológico o una policíaca, tal vez, además de los libros propiamente míos. Algo que ayude a pagar las facturas. —Lanzó una risa burlona—. Pero no sé si sería capaz de rebajarme a hacer algo así...

Antes de que pudiera responder, Julia entró en la habitación con una bandeja repleta de panecillos y un plato de mantequilla. Ya había un par de botellas de agua con gas encima de la mesa. Salió de nuevo a toda prisa y regresó con tres boles de sopa de verduras.

—Huele muy bien —dijo Max, sirviéndose un vaso de agua.

—Julia, ¿no habrá un poco de vino, por casualidad? —pregunté.

Los otros tres intercambiaron miradas de complicidad cuando Julia dijo:

—Ah, lo siento. En esta casa no se bebe alcohol.

—Por eso vamos al pub todas las noches —dijo Max—. Para tomar nuestras raciones.

¿No se bebía alcohol en la casa? Eso no se mencionaba en ninguna parte de la web.

—¿Te apetece un café? —preguntó Julia.

Le dije que no, que me conformaba con el agua. Mi cara debió de reflejar mi decepción porque, cuando Julia se fue, Karen se inclinó y, con un guiño cómplice, dijo:

—Tengo una botella de ginebra en mi cuarto, por si luego te entra la desesperación.

Mientras comíamos el entrante, les pregunté a Karen y a Suzi qué clase de libros escribían. Estuve tentado de preguntarle también a Max, para fastidiarle y herir su ego fingiendo no haber oído hablar de él.

—Yo también escribo novela de género —respondió Karen, lanzando una mirada elocuente a Max—. Tengo una serie de misterio y otra de fantasía urbana.

—De unas mujeres que se tiran a unos hombres lobo multimillonarios —dijo Max con una sonrisa—. Escribe un libro al mes, ¿te lo puedes creer?

—¿Te autopublicas? —le pregunté a Karen, y ella asintió con entusiasmo.

—Sí, sí, desde luego. No podría soportar que alguien se entrometiera en mi trabajo.

—Como un editor, por ejemplo —dijo Max.

Ella no le hizo ningún caso.

—Me gusta tener el control. Y también me gusta el dinero, claro.

Tuve la horrible sensación de que estaban a punto de enzarzarse en una tediosa discusión sobre publicación tradicional frente a autoedición, así que los interrumpí preguntándole a Suzi qué estaba escribiendo ella.

Me contestó con voz suave.

—Estoy trabajando en mi primera novela. Es una... una novela llena de aventuras y emociones fuertes, ambientada en una universidad...

—No hay ni un solo hombre lobo —señaló Max.

Karen intervino entonces:

—Pero sí hay mucho sexo.

—Max me está ayudando con eso —dijo Suzi, y se sonrojó—. Con la escritura de la novela, quiero decir...

Karen se rio entre dientes.

—Si tú lo dices, guapa...

La aparición de Julia en la sala ahorró a Suzi más sonrojos cuando entró en el comedor con nuestro plato principal, una tarta de queso de cabra con guarnición de patatas y ensalada. Comimos en silencio durante unos minutos. Suzi todavía parecía atormentada por lo que había dicho. Karen no dejaba de mirar su teléfono.

—Aquí el wifi funciona fatal —dijo mientras Max se excusaba e iba al baño—. Por no hablar de la cobertura del móvil... Pero bueno, supongo que para eso hemos venido aquí, en busca de soledad. Es hora de concentrarse.

—Quizá puedas enseñarme cómo escribir un libro en un mes —le dije.

—¿Y eso?

Suspiré.

—Mi fecha límite de entrega de la novela es mediados de mayo y todo lo que he escrito hasta ahora es... bueno, es una mierda. No da nada de miedo. Es un libro aburrido, como para morirse de aburrimiento... Tengo que empezar desde cero.

Karen se encogió de hombros.

—Muy fácil. Tres mil palabras al día, todos los días, durante un mes.

Ella hacía que pareciera muy fácil, algo perfectamente factible. El problema era que no tenía ninguna historia en la cabeza. Apenas si tenía una mísera idea para una historia. Me daba demasiada vergüenza decírselo a alguien, porque sonaba a problema insignificante, a problema del primer mundo, pero estaba bloqueado. Peor que eso: paralizado. Muy pronto, todos descubrirían que mi superventas no había sido más que un golpe de suerte y me desenmascararían como el fraude que era; desaparecería en el olvido en menos de lo que se tarda en decir «fenómeno editorial».

Como he dicho, era un problema del primer mundo. Pero era mi problema.

* * *

Una semana antes, había llamado a mi agente, Jamie, presa del pánico, para decirle que íbamos a tener que devolver el anticipo, que estaba atascado, acabado como escritor.

Él me dijo que me tranquilizara.

—Tienes que volver —dijo—. Volver a tu fuente de inspiración. ¿De dónde te vino la idea para *Carne tierna*?

—No lo sé. De un sueño.

Lanzó un gemido de frustración.

—Va en serio. Me desperté una mañana con la imagen de esa criatura en mi cabeza, y de una mujer llorando porque su hija había desaparecido. La idea vino de mi subconsciente. —Hice una mueca de dolor—. Es muy frustrante para mí. Quiero decir, yo siempre he escrito. Siempre me ha resultado fácil, desde que era niño.

—Entonces quizá necesites volver atrás. Tienes que volver a enamorarte del acto de escribir, encontrar aquella cosa o aquel lugar que desencadenó esa primera chispa.

«Aquel lugar». Eso llamó mi atención. Aunque *Carne tierna* se desarrollaba en una población ficticia, estaba basada en gran medida en el lugar donde crecí, en el norte de Gales. El verde, el paisaje vacío, la lluvia implacable... Bosques oscuros y montañas bajas; el río donde se ahogó un niño de nuestra escuela. Y el aburrimiento: ese era un ingrediente vital. No había nada que hacer, así que me inventaba cosas. Empecé dibujando y escribiendo cómics, luego pasé a escribir cuentos. Inventé mundos enteros para entretenerme.

En Londres, donde había vivido desde los veintipocos años, había demasiados estímulos para inspirarme a un nivel superficial, pero no los suficientes como para despertar mi imaginación más profunda. Necesitaba oscuridad, pero vivía en una ciudad donde las luces siempre estaban encendidas.

Era hora de volver a la oscuridad.

—¿Qué estás pensando? —me había preguntado Jamie.

—Que es hora de volver a casa —respondí.

* * *

Después de la cena, mientras Max y Suzi subían a «trabajar» en la novela de ella, Karen se ofreció a enseñarme el resto de la casa. No sabía adónde había ido Julia.

—Todas las habitaciones tienen nombres de destacados escritores galeses —señaló Karen—. El comedor es la sala Roberts, por Kate Roberts.

En el otro extremo del pasillo que conducía al comedor y la cocina había una estancia de grandes dimensiones, llamada la sala Thomas, probablemente por Dylan. Era oscura y acogedora, repleta de libros, con una escalera de biblioteca junto a la estantería más alta. También había un lavadero y otra habitación grande, la sala Follett, que contenía varios escritorios con sillas pero que no parecía terminada del todo. Una pared blanca estaba a medio pintar y no había cortinas en la ventana.

La mayoría de las habitaciones disponían de chimeneas o estufas de leña, por lo que el olor a madera quemada impregnaba la casa. Me hacía retroceder en el tiempo hasta mi infancia, a largas y somnolientas tardes de domingo, con una película en blanco y negro en la televisión, escuchando los cuarenta principales en la radio, con el dedo suspendido encima del botón de grabación. No echaba de menos esos días, pero el recuerdo estimulaba una glándula de la nostalgia, la sensación de que la vida pasaba volando, excesivamente rápido.

—¿Te apetece un cigarrillo? —preguntó Karen con un brillo travieso en los ojos.

—Venga, vamos.

Salimos a la parte delantera de la casa —advertí que hacía una ligera mueca de dolor al andar— y me pasó un cigarrillo. Yo era estrictamente un fumador social, pero me supo delicioso.

—Max es un esnob literario insoportable —dijo—. Y un narcisista como la copa de un pino. Pero es muy buena compañía.

—Eso parece pensar Suzi, sí.

—Mejor para ella. —Bajó la voz—. Aunque la verdad es que es un poco rara... Me pidió que leyera algunas páginas de mi novela. Y a ver, que yo soy una mujer de mundo, escribo cosas muy fuertes también... Pero lo suyo era francamente perturbador: una pareja untándose el uno al otro con sangre animal, usándola como lubricante sexual. Asqueroso, la verdad. Y luego hay un fragmento horrible con un bebé muerto en un congelador. —Se estremeció con un escalofrío.

—Guau.

—Y en cuanto a nuestro amigo el literato, lo oí hablar por teléfono con su mujer el otro día, discutiendo sobre dinero, sobre si era sensato despilfarrar los últimos ahorros en un retiro literario para escritores. Creo que está pasando por una mala racha.

—Pues la racha va a ser aún peor como su mujer se entere de lo suyo con Suzi. —Fruncí el ceño—. Algunas personas no valoran lo que tienen, sencillamente.

Karen arqueó una ceja.

Apagué el cigarrillo y me recordé a mí mismo que acababa de conocer a aquella mujer.

—No me hagas caso. No quiero que parezca que voy por ahí juzgando a la gente. No me gusta hacer eso.

—Ah, no, a mí tampoco. —Señaló el terreno que nos rodeaba—. ¿Sabías que esto antes era una cantera de pizarra, hace cien años?

—Ah, qué interesante.

Sonrió.

—Pareces mi hija cuando intento hablarle de mi juventud.

Una vez volvimos adentro, pasamos por delante de una puerta cerrada y Karen advirtió que la miraba con curiosidad.

—Eso es el sótano —dijo. Se inclinó hacia delante y añadió, susurrando con una voz que pretendía dar miedo—: Tenemos prohibido bajar ahí abajo.

—Sí, Julia me comentó algo de que las escaleras no eran seguras.

Karen miró por encima del hombro y bajó la voz.

—Oí que en una ocasión un huésped se perdió y se metió sin querer ahí abajo, y que Julia se puso como una fiera y lo echó de la casa.

—¿En serio?

—Pues sí. Es un poco... intensa. Me cae bien, pero no me gustaría verla enfadada. Oye, ¿te apetece tomarte una última copa conmigo?

Miré la hora. Eran solo las nueve y cuarto, pero necesitaba un poco de disciplina si quería albergar esperanzas de escribir aquel libro, así que le di las buenas noches a Karen y me fui a mi habitación.

Me detuve frente a la segunda puerta en el pasillo y advertí que, a diferencia de las otras habitaciones, no tenía número. Estaba la habitación número cinco, junto a las escaleras, luego esa puerta, y luego la habitación número seis, que era la mía. Allí delante, en completo silencio, oí un ruido procedente del interior de la habitación sin número, como si hubiera una radio encendida, con el volumen muy bajo. Mirando a mi alrededor para asegurarme de que no viniera nadie, presioné la oreja con suavidad contra la madera pintada.

Dentro de la habitación, alguien estaba cantando. Era una voz femenina, suave y melodiosa. No entendía las palabras, pero parecía una canción infantil, como una nana o una canción de cuna.

Cambié de posición y los tablones de madera del suelo crujieron bajo mis pies. De pronto, la canción cesó bruscamente y corrí hacia mi habitación, con la cara encendida de culpa y de vergüenza, como si fuera un mirón al que acabasen de pillar in fraganti.

Capítulo 3

A la mañana siguiente me levanté temprano, después de haber dormido mejor que en mucho, muchísimo tiempo. Puede que fuera por el aire puro del campo, o por no haber bebido nada de alcohol. Después de ducharme en el baño del fondo del pasillo, me senté a mi escritorio y abrí mi portátil. Normalmente, me pasaba una hora poniéndome al día con Facebook y Twitter, leyendo los titulares de los periódicos y respondiendo correos electrónicos de los lectores, pero había guardado la hoja de papel que contenía la contraseña del wifi. Quería aislarme, mantener un perfil bajo. Nada de redes sociales, ni correo electrónico, ni internet hasta que tuviera el libro escrito. Si alguien me necesitaba urgentemente, podían llamarme.

Abrí el archivo con los progresos que había hecho hasta el momento y me quedé mirando el cursor parpadeante. Y seguí mirando. Era demasiado temprano. Necesitaba cafeína.

Abajo, en la cocina, encontré una cafetera con café y unos cruasanes en una bandeja con una nota que decía que podíamos servirnos nosotros mismos. No había ni rastro de Julia ni de los otros huéspedes, pero había un hombre en el jardín. Tenía unos sesenta años, el pelo gris rizado y las mejillas sonrosadas. Estaba toqueteando una cortadora de césped, sacando matas de hierba seca de los rotores y sacudiendo la cabeza.

Alzó la vista y me vio observarlo a través de la ventana. Levantó la mano para saludar, luego señaló la taza que llevaba en mi mano y me guiñó un ojo.

No quería resultar antipático a los lugareños, así que le serví una taza y se la llevé.

—Hola —dijo—. Supongo que es usted uno de los escritores de Julia.

—Supongo que sí. Me llamo Lucas.

Extendió una mano.

—Rhodri Wallace. —Señaló con la cabeza hacia la casa—. Julia es una joven encantadora. Espero que este retiro para escritores funcione y le vaya bien, después de lo mal que lo ha pasado.

—¿Lo mal que lo ha pasado?

—Ah, ¿no sabe nada? Bueno, entonces no me corresponde a mí contárselo.

Volvió a centrar su atención en la cortadora de césped averiada y me agradeció el café.

Estaba a punto de irme cuando recordé la canción que había oído la noche anterior.

—¿Hay niños por aquí? —pregunté—. ¿Niñas pequeñas?

Su rostro se ensombreció.

—¿Por qué lo dice?

—Me preguntaba para quién era el columpio del jardín, eso es todo.

Se volvió para mirarlo. Ahora, a la luz del día, vi lo oxidado que estaba. Era evidente que hacía mucho tiempo que nadie lo usaba.

—Hay que llevar ese cacharro al vertedero —comentó Rhodri, y se volvió, dando a entender que acababa de poner fin a nuestra conversación.

* * *

Desayuné, consciente de que debía regresar a mi habitación, obligarme a sentarme a escribir. Sin embargo, todavía sentía que me faltaba inspiración. Había ido allí para volver a conectar con el lugar donde había crecido, ¿verdad? Fuera, hacía un día luminoso y radiante. Saldría a dar un paseo. Eso sin duda me ayudaría.

Me dirigí hacia la carretera principal, lancé una moneda al aire en mi cabeza y giré a la izquierda. Hacía frío a pesar del sol, así que me metí las manos en los bolsillos del abrigo y bajé la cabeza, sin fijarme por dónde caminaba. Fui campo a través hacia un bosque algo alejado. Las campanillas brotaban del suelo, los heraldos de la primavera. Los pájaros cantaban en los árboles. Se respiraba paz y tranquilidad.

Entonces, ¿por qué estaba tan inquieto?

Una mujer con un spaniel atado con una correa pasó por mi lado cuando me interné en el bosquecillo. Ver al perro despertó en mí un recuerdo que traté de ignorar mientras intercambiaba un saludo con la mujer.

Estuve andando durante una hora, aún sin rumbo fijo, sin dejar ningún rastro de migas de pan imaginarias a mi paso. El camino estaba embarrado y me sentía estúpido con mis zapatillas de lona, pero estaba decidido a seguir. Me sumí en mis pensamientos, pero no en el libro que se suponía que debía escribir. Estaba pensando en Priya.

Nos conocimos a los veintipocos años. Hacía unos días, estaba escuchando un programa musical de radio cuando el locutor dijo algo acerca del próximo vigésimo aniversario del álbum de Radiohead *OK Computer*. Di un respingo, sin poder creer que hubieran pasado nada menos que dos décadas desde que Priya y yo compramos ese disco. Lo escuchábamos juntos a todas horas. Cuando empezó a sonar «Karma Police» en la radio, tuve que apagarla. Me hacía demasiado daño.

En aquella época yo trabajaba en una oficina y ella en la librería de mi barrio. Yo iba mucho por allí, era uno de sus mejores clientes, y Priya y yo hablábamos a menudo. Era guapa e inteligente y todas esas cosas; divertida, sexy y lista; temperamental, alocada y nerviosa.

Tenía el pelo negro y brillante y pequeños lunares cuyo contorno me encantaba recorrer con el dedo cuando estábamos en la cama.

Le dije que era un aspirante a escritor y, cuando empezamos a salir, y más tarde, cuando decidimos irnos a vivir juntos, todos esos primeros años, ella me apoyó y me animó a escribir. Cuando firmé mi primer contrato para un libro, estaba tan entusiasmada como yo, puede que incluso más. Cuando mi libro no cosechó un éxito apoteósico en el mundo entero, ella me dijo que no importaba. Siguió animándome, diciéndome que lo importante era conseguir un público fiel: ir ganando lectores, uno a uno, ir publicando libros, uno a uno. Ella me tranquilizó cuando mi primer editor dejó de confiar en mí. Volvió a celebrarlo conmigo cuando firmé otro contrato, aunque fuera por una cantidad irrisoria. Me dijo que siguiera escribiendo.

Si no hubiera sido por ella, me habría rendido. Algún día haría que se sintiera orgullosa de mí, le demostraría que su fe estaba plenamente justificada. Fantaseaba muchas veces con que la llamaba para darle buenas noticias. La librería donde trabajaba Priya había tenido que cerrar y ahora hacía trabajos de oficina, en un lugar que odiaba, rodeada de gente con la que no tenía nada en común. Yo la rescataría, nos rescataría a ambos.

Pero cuando el éxito llegó, ya era demasiado tarde. Ella ya se había ido.

Tropecé en el camino y, al caer, la momentánea inyección de adrenalina me sacó del pozo en el que me había estado revolcando mentalmente. Miré alrededor. Estaba en un claro en el bosque y tenía un camino delante de mí y otros tres a mi espalda. No tenía ni idea de por cuál de ellos había llegado hasta allí. Busqué huellas, pero había estado caminando casi todo el tiempo por la orilla de un sendero salpicado de charcos, sobre la hierba, así que no encontré ninguna.

Me había perdido. Saqué mi teléfono con la esperanza de orientarme y averiguar dónde estaba gracias a la aplicación de localización, pero no tenía cobertura. Traté de decidir qué hacer, si volver sobre mis pasos en la dirección de donde venía o seguir adelante. Aguzando el oído, me pareció oír ruido de tráfico a lo lejos. Decidí continuar.

Pasé por un depósito de agua estancada, con una nube de mosquitos suspendida sobre la superficie. Una bolsa con excrementos de perro colgaba de una rama. No podía estar muy lejos de la civilización. A medida que avanzaba, la espesura del bosque menguaba y el camino se llenaba aún más de barro. En cuestión de minutos llegué a un extenso claro, un campo cubierto de maleza y hierba amarillenta.

En el centro de ese campo, rodeado de árboles por todos lados, había una destartalada cabaña de piedra. Me acerqué. Las ventanas estaban rotas y la madera de la puerta principal estaba medio podrida. Tiré de ella y me asomé al interior de la cabaña. Percibí un olor rancio y a moho. El suelo estaba cubierto de desperdicios, pero por lo demás estaba vacía. Entré, tratando de no respirar por la nariz.

Entre la basura —latas de bebidas oxidadas, paquetes aplastados de cigarrillos y una revista porno con las páginas gastadas—, había algo peludo. Al principio pensé que era una rata muerta, pero al mirar más de cerca me di cuenta de que era un muñeco de peluche. Parecía viejo y maltrecho, y el pelaje húmedo y lleno de grumos estaba recubierto de moho. Sus ojos de cristal me miraron fijamente hasta que tuve que apartar la mirada.

Cerré la puerta. Tuve la sensación de que el destino me había llevado hasta allí, porque de pronto sentí que me venía la inspiración y me entraron unas ganas irreprimibles de volver a mi escritorio, un impulso que no había sentido desde hacía mucho tiempo.

Sin embargo, todavía estaba perdido. Oía el ruido de coches a mi derecha, más cerca que antes. Me encaminé en esa dirección y, después de recorrer otro bosquecillo de árboles, encontré la carretera. No estaba asfaltada, sino flanqueada por una franja de hierba salpicada de florecillas silvestres. Estaba casi seguro de que la casa para escritores estaba hacia el oeste, así que fui en esa dirección, caminando por la orilla de hierba.

Al cabo de cinco minutos, oí el ruido de un automóvil a mi espalda. Me volví y vi un taxi. Como un enviado de los dioses. Le hice una seña con la mano y se detuvo.

El conductor bajó la ventanilla.

—¿Necesita que lo lleve?

* * *

Hacía calor dentro del vehículo y olía a ambientador, y el aroma a producto químico supuso todo un alivio tras el hedor de la cabaña abandonada.

—¿Qué hace andando por aquí? —preguntó el taxista con su fuerte acento galés. Era más o menos de mi edad, con el pelo castaño y más bien escaso.

Le dije que había salido a pasear y que me había desorientado un poco.

Se rio.

—Suele pasar. Estos bosques engañan: todos parecen iguales, sobre todo si no eres de aquí.

—Yo soy de aquí —dije—. Bueno, lo era.

—¿Así que ha venido a visitar a la familia?

—No, me hospedo en Nyth Bran, la casa para escritores. ¿Sabe dónde está?

—Sí, sí, claro, sé dónde está.

Arrancamos. Él conducía con una mano en el volante y no dejaba de volverse para mirarme por encima del hombro. Me daban ganas de decirle que no apartara la vista de la carretera.

—Así que es usted escritor —dijo—. ¿Y qué clase de libros escribe?

—Novelas de terror.

—¿Ah, sí? Y estaba investigando para documentarse, ¿verdad? ¿En el bosque?

—Algo así, sí.

Pasamos junto a un tejón al que habían atropellado y yacía muerto en la cuneta.

—Mi padre siempre tiene la nariz metida entre las páginas de un libro —dijo—, pero yo no he heredado el gen de la lectura. Siempre me está dando la tabarra con eso. Tal vez debería leer uno de los suyos. Me encantan las películas de terror; cuanto más *gore*, mejor.

—Le enviaré uno —le dije—. Pero solo si promete leerlo.

—Genial. Eso estaría muy bien. —Pasamos junto a otro animal atropellado, un conejo esta vez—. Entonces, ¿se aloja en casa de Julia Marsh? Me sorprendió que decidiera quedarse y seguir viviendo aquí... después de lo que pasó.

—¿Qué quiere decir?

Dirigió los ojos hacia mí por el espejo retrovisor.

—Ah, ¿no lo sabe? Apareció en todas las noticias en su momento.

Esperé.

—Su marido... Se ahogó en el Dee. Michael. Un buen tipo.

—Oh, Dios mío... —Con razón Julia tenía ese aire atormentado—. ¿Cuándo fue eso?

Se quedó pensando.

—Hará unos dos años... Fue algo terrible. Pero eso no fue lo peor.

Se calló, obligándome a insistir.

—¿Qué fue lo peor?

—Su hijita, la niña. Desapareció.

Lo miré fijamente.

—Dijeron que se había ahogado, como su padre, pero nunca encontraron su cuerpo. La policía estuvo ahí siglos, buscándola. Equipos de hombres rana y todo. Horrible. Todos los habitantes del pueblo bajaron a observar las tareas de búsqueda. Dijeron que seguramente la habría arrastrado la corriente hasta el Bala.

Ese era el nombre del lago donde desembocaba el río Dee.

—Y ya hemos llegado —dijo el taxista.

Levanté la vista, confuso, esperando encontrarme a orillas del lago Bala. Pero no, estábamos a la entrada del camino que llevaba hasta Nyth Bran.

—¿Lo dejo aquí o quiere que lo acerque a la puerta?

—Aquí está bien.

Bajé y encontré un billete de diez libras en mi cartera; le dije que se quedara con el cambio, teniendo en cuenta que me había ahorrado una larga caminata.

Asintió con la cabeza para darme las gracias y me dio su tarjeta: «Olly Jones. Servicio de taxi y chófer. Trayectos cortos o de largo recorrido».

Estaba a punto de echar a andar cuando dijo:

—Algunos dicen que la casa está maldita.

—¿Cómo?

—Gilipolleces de gente supersticiosa. Todo tiene que ver con la Viuda.

—¿Qué?

¿La viuda? ¿Se refería a Julia?

—Olvídelo. Como le he dicho, no son más que tonterías. —Encendió el motor—. Aunque le sorprendería saber cuánta gente de por aquí cree en tonterías.

CAPÍTULO 4

Rompí mi promesa de no conectarme a internet en cuanto llegué a mi habitación, después de recuperar la contraseña del wifi de la papelera. Entré en Google y busqué «Julia Marsh río Dee». Y ahí estaba, una noticia del 8 de enero de 2015.

Continúa desaparecida niña de ocho años después de la tragedia de Año Nuevo

La policía de Gales del Norte ha suspendido la búsqueda en el río Dee y el lago Bala tras el presunto ahogamiento de Lily Marsh, de 8 años, el día de Año Nuevo.

Lily había salido a pasear con sus padres el 1 de enero por un tramo de la orilla del río Dee, cerca de Beddmawr, en Denbighshire.

Su padre, Michael Marsh, de 42 años, se ahogó al intentar rescatar a su hija.

Según la policía de Gales del Norte, sus padres perdieron de vista a Lily en un recodo del camino. Cuando llegaron hasta donde creían que estaba su hija, su gato de peluche estaba flotando en el río, lo que hizo que el señor Marsh se arrojara al agua.

Su esposa Julia, de 40 años, llamó a los servicios de emergencia, quienes sacaron el cadáver de su marido del agua; sin embargo, estos no han logrado recuperar el cuerpo de Lily.

En el dispositivo de búsqueda han participado buzos de la policía, el servicio de bomberos y equipos de rescate acuático, pero tras una intensa búsqueda en el río y el lago Bala, de seis kilómetros y medio de extensión, los servicios de emergencia se han retirado.

«El operativo de búsqueda concluyó ayer, pero seguimos adelante con la investigación», declaró un portavoz de la policía de Gales del Norte.

Michael Marsh era director de una empresa de informática y se había mudado recientemente a la zona con su familia desde Mánchester. Lily asistía a la escuela primaria local, Saint Peter's, cuya directora, Anna Rowland, dijo en declaraciones a este periódico: «Este incidente ha conmocionado a toda la comunidad y seguimos rezando por Lily».

El funeral del señor Marsh tendrá lugar hoy.

Pobre, pobre Julia... Me acordé de ella gritando: «¡No, esa habitación no!». La habitación sin número junto a la mía debía de ser el cuarto de Lily. Sentí un escalofrío y luego me di cuenta de algo. Julia era la madre de una niña que había desaparecido. ¿Qué pasaría si descubría de qué iba *Carne tierna*? ¿Me echaría de la casa?

Me sentí —y no era la primera vez que me ocurría— como si acabara de adentrarme en la oscuridad de una de mis propias historias. Porque en *Carne tierna* también aparecía un río, un río que le robaba los niños a sus padres...

En mi novela, un ente sobrenatural se lleva a las víctimas, una criatura que vive en el bosque y se alimenta de las almas de los niños. De ahí el título: la criatura describe el sabor y la textura de las almas y dice que saben a frutas o a caramelos. Y mientras se las come, susurra: «Carne tieeerna».

Un río recorre el bosque, y en una escena, la criatura se lleva a rastras a una niña al agua. La heroína es una mujer policía que investiga la desaparición de media docena de niños de una pequeña localidad de la Inglaterra rural. Al final, llega al río y entrega su propia alma a cambio de la de los niños («Está amaaarga», protesta la criatura mientras se atraganta y muere), de modo que las almas infantiles van al Cielo. Sin embargo, como la mujer policía muere al intercambiar su alma, el destino de los niños sigue siendo un misterio.

Digamos que no es la clase de libro que Julia querría tener en su mesita de noche.

* * *

Me obligué a no pensar en Lily Marsh y estuve unas horas trabajando en la idea que había tenido después de encontrar la cabaña destartalada en el bosque. Cuando hice una pausa para descansar, me sorprendió ver que eran las cinco de la tarde. Hacía mucho tiempo que no estaba así de absorto escribiendo y me sentí muy bien.

Poco después llamaron a mi puerta. Era Karen.

—Nos vamos un rato al pub. ¿Te vienes?

Me fui con ellos.

El Miners Arms estaba en la carretera principal de Beddmawr; un auténtico pub galés como los de antes, con el fuego encendido, herraduras colgadas en las paredes y grandes cantidades de excelente cerveza a presión.

—La primera ronda corre por mi cuenta —dije.

Había varios hombres de edad acodados en la barra, y otros dos tipos jugando a los dardos en un rincón. Nos miraron cuando entramos, pero enseguida perdieron el interés. Supuse que estaban acostumbrados a la llegada de escritores a la ciudad. Mirando alrededor mientras esperaba que me atendieran, me fijé en un cuadro horripilante en el que aparecía una mujer vestida de rojo entre árboles oscuros y puntiagudos. La cara de la mujer estaba oculta entre las sombras, pero extendía una mano huesuda hacia delante, como haciendo una seña al espectador para que entrara en la escena. Me dio escalofríos.

Pagué las copas y me senté a una mesa redonda con Max, Suzi y Karen. Esta estaba tan alegre como el día anterior, pero Max y Suzi apenas se miraban. ¿Una riña de enamorados? Max rápidamente apuró su pinta de cerveza y anunció que se iba a jugar a la máquina de Trivial. Lo observé pulsando los botones y maldiciendo en voz baja.

—¿Qué le pasa? —preguntó Karen—. ¿Ha perdido un par de seguidores en Twitter?

Eso hizo reír a Suzi. Reparé entonces en que era muy joven. No podía tener más de veintitrés años tal vez. Ya casi ni me acordaba de cómo era yo a su edad. Me parecía recordar una total falta de seguridad en mí mismo y, a la vez, estar convencido de que lo sabía absolutamente todo.

—No es nada —dijo Suzi, mirándome.

Karen advirtió su mirada.

—¿Quieres que Lucas también se vaya a jugar a la máquina? ¿Para que podamos hablar de mujer a mujer?

Suzi miró su copa de vino blanco con aire pensativo.

—No. Está bien. Pero los dos tenéis que prometerme que no diréis nada, ¿de acuerdo?

Se lo prometimos.

—Sé que seguramente creéis que hay algo entre Max y yo, pero no es así. Él está casado... y yo nunca le haría eso a otra mujer. No soporto a la gente que engaña a sus parejas. Mi madre engañó a mi padre y eso por poco acaba con nuestra familia. Es asqueroso.

—Te creo —dijo Karen.

—Además, no me gusta. Es demasiado...

—¿Engreído? —sugirió Karen.

—No. Demasiado bajito.

Karen se rio.

—Pero ha estado ayudándome con mi libro, dándome muchos consejos. Y sí, es verdad, claro que me trata con paternalismo y se comporta con cierta actitud de machito, pero me ha ayudado mucho. No he dejado de decírselo y de darle las gracias. Y creo... bueno, creo que se ha llevado una impresión equivocada.

—¿El muy cerdo ha intentado algo contigo? —preguntó Karen.

Suzi tomó un generoso trago de vino y miró hacia Max. A medida que iban entrando más y más parroquianos después del trabajo, en el pub cada vez había más ruido, y la máquina de Trivial estaba repiqueteando con música alegre y emitiendo pitidos como un robot desquiciado. Max no podía oírnos.

—Anoche, después de la cena, fuimos a mi habitación, solo para hablar de trabajo. Empezamos a hablar de una escena de sexo en la que estaba trabajando.

—Entiendo —dijo Karen, levantando una ceja.

—Y Max estaba muy entusiasmado con eso. No dejaba de decir que el sexo es la experiencia más bestia que puede tener una persona, que es una magnífica oportunidad para mostrar el yo interior de los personajes... —Se aclaró la garganta. La piel de la zona de la garganta se le había enrojecido—. Me di cuenta de que se estaba poniendo... mmm... de que estaba demasiado excitado, así que le dije que estaba cansada y que tenía que irme a dormir.

—¿Y fue entonces cuando intentó algo?

—No. Para nada. Me dio las buenas noches y se fue. Me metí en la cama y estuve leyendo un rato, luego me fui a dormir.

—Ah. —Karen frunció el ceño y me miró. Me encogí de hombros.

Suzi se había terminado la copa de vino. Sujetaba la copa por el tallo, haciéndola girar encima de la mesa.

—Me desperté al cabo de una o dos horas. Había alguien en mi habitación.

Karen era todo oídos.

—La puerta cruje al abrirse y tengo el sueño muy ligero, así que el ruido me despertó. Me incorporé de golpe y dije: «¿Quién anda ahí?». La puerta se cerró inmediatamente y oí unos pasos alejarse por el pasillo. Ya no... Ya no pude volver a conciliar el sueño.

—¿Y crees que era Max? —pregunté.

Ella asintió con la cabeza.

—Tuvo que ser él. Bueno, a menos que fueseis uno de vosotros dos.

—Decididamente, no era yo —repuse.

—Ni yo tampoco —dijo Karen—. Y no creo que sea algo que Julia haría. Para mí es muy obvio quién era: Max, cachondo y molesto después de vuestra conversación sobre la escena de sexo, queriendo descubrir tu «yo interior».

Suzi hizo una mueca.

—Por favor...

—Bueno, ¿y qué ha dicho ese cerdo en su defensa cuando le has preguntado qué hacía en tu habitación? —preguntó Karen. Al otro lado del pub, Max aún seguía aporreando los botones de la máquina. Ahora parecía un poco más contento, como si estuviera ganando. Un pequeño grupo de gente se había congregado a su alrededor.

—No se lo he preguntado. Me da mucha vergüenza. Pero le he dicho que hoy no quería su ayuda, que quería trabajar sola. Lleva enfadado conmigo desde entonces. Por favor, no le digáis nada. Esta noche voy a cerrar mi puerta con llave. Tampoco es que haya hecho nada malo, sinceramente.

—Mmm... —murmuró Karen.

—Además, también siento un poco de lástima por él —prosiguió Suzi—. Creo que tiene problemas en su matrimonio. —Eso confirmaba lo que Karen había dicho la noche anterior—. Y no le ha ido muy bien con su último libro.

—Eso no es excusa para intentar meterse en el dormitorio de una chica joven —dijo Karen, mirándolo fijamente. Max no se percató de nada.

—Ay, Dios... Ojalá no hubiera dicho nada... —dijo Suzi—. Por favor, no le comentéis nada. —Se levantó—. Necesito otra copa.

—¿Vas a hablar con él? —le pregunté a Karen cuando Suzi se fue a la barra.

—No lo sé. Porque... ¿y si Suzi no se hubiera despertado? ¿Qué habría hecho él? ¿Meterse en la cama con ella? ¿Violarla? ¿Decirle que podría ayudarla en su carrera si era cariñosa con él? —Bajó aún más la voz—. Voy a vigilarlo, eso desde luego.

* * *

Ya había oscurecido para cuando volvimos a la casa. Julia estaba en la parte delantera, golpeando un bol plateado.

—¡Chesney! —gritaba—. ¡Chesney!

—¿El gato ha salido fuera? —le pregunté. Necesitaba ir al baño, así que me había adelantado a los demás, que ahora estaban a la mitad del camino de entrada.

Julia lanzó un suspiro.

—Lo hace siempre. Desaparece durante horas, a veces un día entero. Estoy muerta de preocupación.

No me extrañaba su ansiedad, después de haberme enterado de lo ocurrido con su familia. Me pregunté si Chesney habría sido la mascota de Lily. Sin Michael ni Lily, el gato era el último vínculo de Julia con su familia. El gato y la casa donde vivían.

Julia llevaba sus gafas en la mano. Se las puso y luego se las quitó de nuevo.

—Imagino que aquí tendrá un montón de lugares que explorar —le dije—. Montones de ratones para perseguir.

—Sí, solo que siempre ha sido un gato gordo y perezoso. Nunca trae ratones o pájaros a la casa. No tengo ni idea de dónde se mete.

Los otros escritores aparecieron y Julia dejó el bol en el suelo, fuera, junto a la puerta.

—Pero volverá —dijo—. Siempre lo hace.

Se quedó mirando el horizonte oscuro. Podía leerle el pensamiento: el gato siempre regresaba, pero lo cambiaría mil veces por poder volver a ver a su hija, aunque solo fuera un momento. ¿Debía comentarle que lo sabía? Estuve a punto de decirle algo, pero se fue antes de que pudiera decir nada, y el instante se esfumó, deslizándose en la oscuridad.

CAPÍTULO 5

No podía dejar de pensar en lo que le había ocurrido a Lily.

Quizá si no hubiera escrito un libro sobre niños desaparecidos, si mi imaginación calenturienta no tuviera debilidad por lo macabro, por lo gótico, habría coincidido en lo obvio: que Lily se había ahogado en el río y que, por la razón que fuera, la policía no pudo encontrar su cadáver. No me habría parecido ningún misterio. Sin embargo, después de intentar —sin conseguirlo— avanzar en mi trabajo a la mañana siguiente, sentí la abrumadora necesidad de ver el lugar donde Michael Marsh se había ahogado. El último lugar donde Lily Marsh había sido vista con vida.

Un mapa acompañaba al artículo que había leído el día anterior, donde aparecía el tramo del río donde ocurrió el incidente. Lo copié en un cuaderno y salí de la casa.

Caminando a través del bosque ralo hacia el Dee, traté de convencerme de que no era un turista morboso, la clase de persona que visita una escena del crimen para ver dónde ocurrió la carnicería. No dejaba de decirme a mí mismo que retrocediera, que volviera «a casa», que continuara con mi libro, pero mis piernas tenían ideas propias. Me llevaron hacia delante hasta que salí a un camino embarrado que reseguía un meandro del río.

En cuanto me adentré en el camino, una imagen de ese mismo lugar apareció como un fogonazo en mi mente: un guijarro golpeando el agua; un adulto llamando en voz alta. Me paré en seco.

Tenía que ser un recuerdo de mi infancia. Y, por supuesto, eso tenía sentido. Mis padres debían de haberme llevado allí de niño; seguramente íbamos con frecuencia. Sin embargo, como con buena parte de mi primera infancia en Gales, el recuerdo había corrido a agazaparse y retirarse a un lugar oscuro e inaccesible.

Consulté el mapa. Sí, allí era donde había sucedido. Estaba lloviendo, pequeñas gotas de agua helada que se me clavaban como agujas en la nuca, y el río estaba hinchado, salivando espuma como un perro rabioso. No costaba imaginar que alguien pudiera ahogarse en aquella corriente agitada cuando el caudal llegaba precipitándose a la esquina. Hasta el nadador más fuerte del mundo se vería en serios apuros. Una niña no tendría la más mínima oportunidad.

Bajé con paso vacilante por la orilla hasta llegar a algunas rocas junto al agua. Encontré una piedra, la arrojé a la corriente y vi cómo desaparecía bajo la superficie opaca.

Cerré los ojos e imaginé a un hombre forcejeando con la corriente, desesperado y asustado.

Volví a subir a la orilla y miré alrededor. ¿Qué otra cosa podría haberle pasado a Lily si no se ahogó? Di una vuelta en círculo, muy despacio, observando el paisaje. Era imposible que hubiese cruzado el río.

Aquel sitio estaba cerca de la carretera. ¿Y si había alguien esperando por allí? ¿Un oportunista que había actuado al ver a una niña? Imaginé la escena: el hombre la agarró y tiró su gato de peluche al agua para que sus padres creyesen que se había caído, y luego la arrastró hasta su coche a la fuerza.

Pero ¿por qué no gritó? ¿Habría tenido tiempo el secuestrador de hacer todo eso antes de que Julia y Michael llegaran hasta allí y lo vieran? Sin duda, era demasiado arriesgado.

No. Sabía por los policías con los que había hablado cuando me documentaba para *Carne tierna* que la explicación más obvia era casi siempre la correcta: Lily se había caído al agua y se había ahogado. Una tragedia, sí, pero sin duda un destino menos terrible de lo que podría haberle ocurrido si alguien se la hubiera llevado.

Mientras contemplaba el agua, sentí un cosquilleo en la nuca, la sensación de que alguien me estaba observando. Me volví y entrecerré los ojos para mirar entre los arbustos. No se movía nada, solo percibí el leve tamborileo de las gotas de lluvia al caer sobre las hojas, una brisa que zarandeaba la maleza. Era mi imaginación, nada más. Mi imaginación desbordante.

La lluvia arreciaba, y unos gruesos goterones estaban mojando el dibujo de mi mapa, así que volví a la casa.

* * *

La puerta de la cabaña que había detrás de la casa estaba abierta y se oía música procedente del interior. Sentí curiosidad, me acerqué y encontré a Karen dentro, trabajando en el pequeño escritorio de una acogedora habitación secundaria con el nombre de Bertrand Russell, con la radio encendida. Cerró su portátil de golpe al percatarse de mi presencia.

—¡Lucas! ¿Por qué no estás trabajando? Chico malo...

Cerré la puerta detrás de mí.

—¿Has visto a Suzi esta mañana? ¿Tienes idea de si Max intentó entrar en su habitación anoche?

Bajó el volumen de la radio.

—No. Pero a él lo he visto hablando por teléfono con su mujer. Discutiendo. Otra vez. Le ha dicho que va a quedarse aquí un par de semanas más. —Hizo una pausa—. Tú escribes novelas de terror.

—Sí...

—Bueno, pues creo que esto te va a gustar. Anoche tuve una experiencia muy extraña.

—¿De verdad? —Cogí una silla—. Cuéntame.

—Era medianoche y no podía dormir, así que se me ocurrió bajar a la cocina y prepararme algo de comer. —Sonrió—. No me juzgues.

—No lo hago. Parece una buena idea.

—Es el aire del campo. Me da hambre. Bueno, el caso es que me preparé un sándwich de queso, y sí, ya sé que comer queso antes de irse a la cama no es una buena idea, pero es que había un cheddar que olía delicioso en la nevera, tanto que no pude resistirme... Total, que oí un ruido. Un golpe procedente del pasillo. Me llevé un susto de muerte.

Me imaginé la escena: Karen, a punto de morder su sándwich, paralizada con la boca abierta.

—Fui a investigar. —Negó con la cabeza—. Llevaba el cuchillo que había usado para cortar el queso, tratando de autoengañarme diciéndome que era muy valiente. Y resultó que era ese maldito gato.

—Ah, qué bien. Ha vuelto.

—¿«Qué bien»? Ese maldito bicho por poco me provoca un ataque al corazón. El caso es que salió disparado hacia la sala de estar y fui tras él, diciéndole «minino, minino, ven aquí» y todas esas cosas, pensando en soltarle todo lo que pensaba de él, cosa que suelo hacer a menudo, por otra parte. Al final, me rendí y regresé a la cocina. Y fue entonces cuando pasó lo extraño. Mi sándwich había desaparecido.

Me reí.

—¿De verdad?

—¡Sí! El plato estaba allí, con todas las migas, pero ni rastro del sándwich.

—¿Habías estado bebiendo? —pregunté.

—Puede que me hubiera tomado un lingotazo o dos de ginebra. Y que le hubiera dado unas caladas a un porro.

—¡¿Estabas colocada?!

—No te escandalices tanto, es uso medicinal. Fumo marihuana por razones médicas.

Debí de poner cara de escéptico, porque añadió:

—No, en serio. Sufro unos dolores terribles por culpa de la artritis, sobre todo en los dedos cuando me paso todo el día escribiendo. Las rodillas también me duelen. Es horrible, pero la hierba ayuda mucho.

—Vaya, lo siento.

Hizo un movimiento con la mano para quitar importancia al asunto.

—El caso es que estaba un poco colocada, pero no lo suficiente como para que ese sándwich fuese una alucinación. Y no me lo había comido y se me había olvidado, si eso es lo que estás pensando. Todavía me rugían las tripas de hambre.

—Mmm... —Traté de no parecer demasiado escéptico—. ¿Y qué hiciste entonces?

—Prepararme otro sándwich.

Me reí, pero Karen no estaba sonriendo.

—¿Tú qué crees? —preguntó—. ¿Podría haber sido un fantasma?

—Nunca he oído de ningún fantasma que le robe la cena a alguien.

—Ya. Me imagino.

—Tal vez se lo llevó el gato —le dije—. Puede que te lo quitara del plato y se lo llevara debajo de un armario.

«O tal vez —pensé—, estabas colocada, te lo comiste tú misma y luego se te olvidó que te lo habías comido».

—Ese maldito gato... —dijo, y luego se rio.

Dejé a Karen mirando su portátil y me puse a explorar la cabaña. Había una cocina minúscula equipada únicamente con un hervidor de agua y los utensilios básicos para preparar un té, una pequeña sala de estar y un retrete. Las escaleras conducían al segundo piso, pero había una cadena colgada delante de los peldaños, impidiendo el paso.

No había mucho más que ver, y necesitaba urgentemente seguir trabajando, así que me fui de la cabaña. Me despedí de Karen diciéndole adiós con la mano, pero no me vio. Estaba frunciendo el ceño, muy concentrada. Pensando probablemente en su sándwich desaparecido.

* * *

—¿Cómo va todo hasta ahora? —me preguntó Julia más tarde, cuando bajé a la cocina para preparar un café.

Estaba apoyada en la cocina económica para aprovechar el calor, con el gato Chesney a su lado en la encimera. Estaba a punto de repetir la historia de Karen sobre el gato y el sándwich cuando caí en que a Julia no le haría ni pizca de gracia que sus huéspedes fumasen marihuana en sus habitaciones. Si no permitía el consumo de alcohol, lo más seguro era que las drogas también estuviesen terminantemente prohibidas, ya fuera con fines medicinales o sin ellos.

—No lo sé —contesté—. Ayer creía que me estaba yendo bastante bien, pero ahora no estoy tan seguro. Intento no visualizar la arena escapándose en el reloj.

—Estoy segura de que conseguirás acabarlo a tiempo.

Se remetió un largo mechón de pelo castaño por detrás de la oreja. Desde que descubrí lo de Lily, había estado haciendo un esfuerzo para que no se me notase la compasión que sentía por ella. Lanzaba señales evidentes de querer que la dejaran en paz, pero yo no tenía prisa por volver al silencio de mi habitación, y... bueno, lo cierto era que me gustaba Julia. Casi no sabía nada de ella, salvo lo que había averiguado en internet, pero quería saber más.

—Iba a prepararme un café —le dije—. ¿Te apetece uno?

—No tomo café. Soy una de esas personas aburridas que solo beben infusiones.

Señaló con la cabeza hacia una larga hilera de cajas en la encimera de la cocina, manzanilla, rooibos y hierbaluisa. De hecho, tenía una taza en las manos en ese preciso instante.

Nada de alcohol ni cafeína. ¿Siempre había sido así de sana, o era un cambio reciente?

—¿Qué te parece la casa hasta ahora? —me preguntó.

—Me gusta. Aunque se me hace raro estar de vuelta aquí. Me pregunto si volveré a recuperar mi acento galés.

Sonrió.

—Como te dije, mi idea es organizar charlas, tener a un escritor residente, montar talleres de trabajo y debate cuando las cosas vayan bien —dijo.

—Buena idea, aunque no es que me agrade la perspectiva de dejar que otros escritores me critiquen. Ya tengo bastante con leer mis reseñas en Amazon. —El hervidor silbó y lo levanté del fogón—. Oye, me estaba preguntando... ¿qué fue lo que te hizo abrir un retiro para escritores?

—El dinero.

—Eso siempre es una buena razón.

—La mejor. La verdad es que... Bueno, pensé en abrir un *bed and breakfast*, pero una amiga que trabaja en el sector editorial me sugirió que hiciera esto. Dijo que había una gran demanda y que conocería a mucha gente interesante.

—¿Tienes amigos en el mundo editorial?

—Antes era ilustradora de libros para niños. ¿Has oído hablar de Jackdaw Books? He hecho muchas cosas para ellos.

Me quedé de espaldas a ella, echando leche al café.

—¿Trabajabas como ilustradora? ¿Qué te hizo dejarlo?

Esperaba que mencionara a su marido y a su hija, pero no respondió. Cuando me volví, me miró a los ojos y me dijo:

—Te he buscado en internet.

—¿Ah, sí?

—Sí. No me dijiste que eras un autor superventas. He leído que van a hacer una película de uno de tus libros.

Adopté mi expresión de pura modestia.

—Ojalá. El proyecto está estancado en el infierno de la fase de desarrollo.

Hice una pausa. Sería fácil seguir con la farsa y fingir que no sabía nada sobre su historia. Sabía que sacar el tema podría causarle dolor, pero también quería ser sincero. No iba a tener una mejor oportunidad que aquella.

—Tengo algo que confesarte —le dije.

—¿Sí?

—Sé... Sé lo que te pasó. Lo que les pasó a tu marido y a tu hija.

Se estaba llevando la taza a los labios. Su mano se quedó paralizada y luego dejó la taza sobre la encimera. La loza trastabilló sobre la formica. Me arrepentí inmediatamente de haber dicho algo.

—¿Por eso viniste aquí?

—No, claro que no. No lo supe hasta ayer...

—Te gusta escribir sobre niños desaparecidos, ¿verdad? ¿Estás documentándote para una secuela? ¿Vas a escribir sobre mi hija y cómo se la comió un maldito monstruo?

Me lanzó una mirada hostil y luego se fue bruscamente de la cocina. Me quedé allí, con el gato mirándome, parpadeando con aire acusador, atónito por lo rápido que Julia había pasado de la calma a la furia, como si hubiera accionado un interruptor.

Tras un momento de vacilación, la seguí hasta la sala de estar —la sala Thomas, me recordé a mí mismo— y la hallé de pie junto a la estantería, con la respiración visiblemente agitada y una expresión enfurecida en el rostro.

—Julia, te prometo que no lo supe hasta ayer. Un taxista lo mencionó de pasada cuando le dije que me hospedaba aquí.

Ella estaba de espaldas a mí, mirando por la ventana al cielo encapotado.

—¿Y luego qué hiciste? ¿Buscarme en Google?

Mi silencio lo confirmó.

Se volvió hacia mí.

—¿Sabes cuántos periodistas venían aquí, día tras día, semana tras semana? Todos fingiendo estar preocupados, insistiendo en que les contara mi versión de la historia. Tardé meses en deshacerme de ellos. Y ahora tengo aquí a un autor especializado en escribir sobre niños desaparecidos...

—No estoy especializado en ese tema.

—No debería haber abierto este sitio. No estoy preparada.

Se tapó el rostro enrojecido con las manos y se quedó callada. Yo no sabía qué hacer ni qué decir. Al final, acerté a murmurar:

—Julia, te juro que mi nuevo libro no tiene nada que ver con niños desaparecidos. No tengo ningún interés en escribir sobre ti o tu familia. Siento mucho lo que te pasó, eso es todo.

Ella negó con la cabeza, como si no soportase mirarme.

—Si quieres que me vaya, me iré.

—Creo que sería lo mejor.

—Está bien. —Aquello fue como un jarro de agua fría, pero ¿qué podía hacer?—. ¿Ahora?

No me miraba a los ojos.

—Puedes quedarte esta noche, pero mañana a primera hora quiero que te vayas.

Capítulo 6

Soñé que me estaba ahogando, que unas manos me arrastraban hasta el fondo del lecho de un río. Lo único que veía debajo de mí era pelo, que se mecía en el agua como si fueran algas, y no dejaba de tragar bocanadas de agua negra y sucia. También oía música, amortiguada y suave. Una niña cantando en la orilla del río, con una voz dulce pero distorsionada, la melodía desafinada.

Me desperté jadeando... pero seguía oyendo la canción. Me quedé allí, sumergido aún en el sueño, escuchando, pensando que aún debía de estar dormido. Estúpidamente, me pellizqué: sí, estaba despierto.

Me levanté de la cama y apoyé la oreja contra la pared que separaba mi habitación del cuarto en el que Julia me había impedido entrar. La habitación de Lily. La canción venía de ahí dentro, igual que la otra vez. En ese momento, en la quietud de la noche, se oía con más claridad todavía, pero no conseguía distinguir las palabras. Agucé el oído y luego me di cuenta: la letra no era en inglés.

No había estudiado galés desde que tenía cinco años, pero estaba seguro de que reconocía las primeras palabras: *Un, dau, tri.* Uno, dos, tres. Sin embargo, ni el resto de las palabras ni la melodía me resultaban familiares.

¿Qué hacía una niña en la antigua habitación de Lily, cantando en plena noche?

Estaba a punto de salir de mi habitación para investigar más cuando llegué a la conclusión de que debía de ser Julia. Sí, parecía la voz de una niña, pero era concebible que fuera una mujer. O podía ser incluso una grabación... Eso debía de ser. Quizá Julia estaba ahí dentro, escuchando una grabación de su hija cantando. Era un comportamiento algo raro, pero las personas gestionan al dolor de formas muy distintas.

La canción cesó. Esperé a oír el ruido de Julia saliendo de la habitación, pero todo siguió en silencio.

Al final, me volví a la cama y me tapé arrebujándome con la manta hasta la barbilla. Había encontrado una explicación sólida y racional de lo que había oído, pero todavía estaba asustado, y me quedé allí durante horas, repitiendo la melodía de la canción dentro de mi cabeza, que se iba clavando cada vez más y más profundamente en mi cerebro con cada nueva repetición, hasta que al final entré en un estado hipnótico en el que apenas podía distinguir la diferencia entre fantasía y realidad. Me imaginé saliendo de la cama otra vez, cruzando la habitación y tocando la pared. Estaba caliente, palpitaba, y me convencí de que estaba hecha de carne y hueso, de que la casa estaba viva. Hinqué las uñas en el papel pintado e hice unos agujeros en el dibujo. Mientras la melodía de la canción de la niña daba vueltas y más vueltas en mi cabeza, un reguero de sangre salía de debajo de mis dedos y resbalaba por las paredes. La casa se estremecía como si estuviera llorando.

* * *

No tardé en recoger mis cosas y hacer la maleta. Aunque me sentía culpable por haber indagado en lo que le había pasado a la hija de Julia y por haber invadido su intimidad, también pensaba que, hasta cierto punto, no había sido para tanto. Sin duda era una coincidencia que hubiese escrito un libro sobre el tema que más daño hacía a Julia.

Bostecé, exhausto después de mi agitada noche y atormentado por el sueño que había tenido. Mientras comprobaba que no me había dejado nada en la habitación, no pude evitar mirar las paredes, esperando a medias verlas sangrar. Tal vez era una buena noticia irme de aquella casa. Una cosa que me había impresionado a la luz de la mañana era que, cuando la casa lloraba en mi sueño, sonaba como si la que llorase fuera Priya.

Abrí la puerta de mi habitación justo cuando Karen bajaba las escaleras de su cuarto, en el piso de arriba.

Se fijó en mi maleta.

—¿Qué pasa?

—Me marcho.

—¿Qué? ¿Y eso por qué?

Sabiendo que me bombardearía con preguntas difíciles si no le respondía con sinceridad, le hice una seña para que entrara en mi habitación y tomara asiento. Se lo conté todo, hablando en voz baja.

—Oh, pobre mujer... —dijo—. No tenía ni idea.

—¿Recuerdas haberlo visto en las noticias en esa época?

—No. Por aquel entonces yo vivía en Italia. Es horrible. No tengo hijos, pero me puedo imaginar... —Se calló—. Aunque no me parece correcto que te eche de la casa por eso. Quiero decir, no viniste porque su hija había desaparecido, ¿verdad?

—¡Pues claro que no!

Se levantó.

—Déjame hablar con ella. Tal vez pueda convencerla de que eres un buen tipo, y no un friki morboso obsesionado con niños que desaparecen y mueren.

Antes de que pudiera protestar, se fue de la habitación. Me quedé allí sentado, sintiéndome como un colegial cuya madre había ido a hablar con el director para defenderlo.

Al cabo de cinco minutos, Julia apareció en mi puerta.

—¿Podemos hablar un momento? —dijo.

—Por supuesto. Adelante.

Cerró la puerta a su espalda. Llevaba el pelo recogido en una cola de caballo y la cara lavada y sin maquillaje, y con aquel jersey holgado y los *leggins*, parecía más joven de lo que era realmente. Sin embargo, lucía unas profundas ojeras, y una piel tan pálida que casi era translúcida. También estaba muy delgada, como si el dolor hubiera derretido la carne que le rodeaba los huesos.

—Escucha, Julia, te prometo que no tenía idea de lo de Lily antes de venir aquí. Es una absoluta coincidencia que haya escrito un libro sobre... niños desaparecidos... Nunca se me pasaría por la cabeza aprovechar...

Interrumpió mis balbuceos.

—Lucas.

—Lo siento.

—No, soy yo quien lo siente. Reaccioné muy mal, saqué las cosas de quicio. Puedes quedarte, suponiendo que aún quieras.

—Sí, aún quiero.

—Bien. Entonces, todo arreglado. Olvidémoslo y pasemos página.

Hizo amago de irse, pero yo la detuve diciendo:

—¿Quieres hablar sobre eso? ¿Sobre Lily y Michael?

Se detuvo en un punto de la moqueta.

—La verdad es que no.

—Lo entiendo. Es doloroso hablar de ello. —Me miró con curiosidad y añadí—: Yo también perdí a alguien, a alguien a quien amaba, y todavía me produce dolor solo pensar en ello, y más todavía hablar de eso en voz alta. Y que tú hayas perdido a dos miembros de tu familia...

Negó con la cabeza.

—Uno. Solo a Michael. Quiero decir, sí, Lily ha desaparecido, pero no está muerta. Estoy segura de ello.

—Ah.

Hizo un gesto de exasperación.

—Todos dan por sentado que está muerta. La policía, todos en la ciudad, mis amigos... Todo el mundo. Pero ellos no... —Se sentó en la cama—. Está bien, te lo contaré. Pero tienes que prometerme que no lo pondrás en un libro.

—Te lo juro por la vida de mi madre.

—De acuerdo. —Volvió la cara hacia la ventana—. Era el día de Año Nuevo, hace dos años...

* * *

El camino a la orilla del río estaba cubierto de barro, y este se adhería a las suelas de las botas de agua de Julia. El viento la azotaba por detrás y estuvo a punto de perder el equilibrio —con el corazón acelerado, agitando los brazos en el aire—, hasta que Michael la agarró del brazo.

—Con cuidado.

—Estoy bien.

Se zafó de él y se ciñó el abrigo con fuerza, tiritando. Michael le gritó:

—¡Quédate donde pueda verte!

La niña caminaba un poco más adelante. Ocho años y flaca como un palo, con el abrigo que le habían regalado por Navidad desabrochado y colgando de sus hombros huesudos. Se había negado a ponerse gorro o guantes, insistiendo en que no los necesitaba. Y era verdad: Lily era como un radiador humano; siempre lo había sido. Las frías noches de invierno, cuando las corrientes de aire invadían su casa —que, como a Michael le gustaba decir, tenía su propio microclima—, Julia se metía a hurtadillas en la cama de Lily y se arrimaba a ella para aprovechar su calor corporal.

Lily estaba sujetando su peluche favorito, Gatote, que había tenido desde que era un bebé. Levantó un brazo y siguió andando por la orilla a su ritmo. Estaba en el punto donde el camino descendía hacia un bosquecillo de árboles que rodeaba el meandro del río. Miraba hacia atrás de vez en cuando, con una expresión ilegible en el rostro. Lily había estado observando atentamente a sus padres ese día, mirándolos como si intentara leerles el pensamiento.

Lo más probable era que los estuviera vigilando porque no confiaba en la paz que reinaba entre ellos.

Julia abrió la boca para llamarla de nuevo, para advertirle a su hija que se quedara donde pudiera verla, pero Michael dijo:

—*Déjala. Es feliz.*

—*Lo sé. Es solo que no me gusta que vaya por entre los árboles sola.*

—*Deja de preocuparte. Estará perfectamente.*

Michael la abrazó y la atrajo hacia sí para darle un beso. Aún olía al alcohol de la noche anterior y el beso fue breve, pero después de un período de aridez que amenazaba con convertirse en una pertinaz sequía, al menos era algo.

Julia recorrió el último tramo del sendero resbaladizo, mirando al río mientras caminaba. Las recientes lluvias habían hecho subir el nivel del agua y en aquel punto el caudal fluía a gran velocidad, revolviéndose entre espuma blanca al doblar el recodo. Era un sitio muy popular para practicar rafting, *y los grupos de turistas bajaban río abajo desde Beddmawr. Julia tiritó de nuevo y formuló su propósito de Año Nuevo ahí mismo: vencería su miedo y aprendería a nadar.*

Lily iba aún por delante de ellos, y estaba acercándose al bosquecillo, al final de la ladera. Julia se volvió para hablar con Michael... y lo vio escondiéndose algo en el bolsillo.

—*¿Qué era eso?*

—*Nada.*

Dio un paso hacia él.

—*Enséñamelo.*

—*Vamos, Julia... No es nada.*

Michael quiso adelantarla, pero ella se interpuso en su camino y lo hizo resbalar. Cuando se agarró al brazo de ella, Julia introdujo la mano en el bolsillo del forro polar de él. Michael intentó detenerla, pero fue demasiado rápida.

Julia levantó la petaca en el aire. La prueba del delito.

La promesa rota.

—Es para el frío... —empezó a decir él, antes de callarse de golpe.

Julia esperaba que se mostrase contrito, avergonzado, pero en lugar de eso, vio un destello desafiante en sus ojos. En ese momento le recordó a Lily, cuando le decía que ordenase su cuarto o hiciese los deberes. «No tengo un marido y una hija —pensó Julia—. Tengo dos niños pequeños».

Tiró la petaca al río con todas sus fuerzas. No llegó a tocar el agua, sino que aterrizó en la orilla. Los dos se la quedaron mirando.

—Si la recoges, ya está. Tú mismo —lo amenazó ella.

—No voy a hacerlo. —Pero Julia vio la forma en que desviaba la mirada, el anhelo en sus ojos.

—Voy a adelantarme y buscar a Lily —dijo Julia—. Ya hablaremos cuando volvamos a casa.

La parte final del camino era empinada, por lo que no tenía más remedio que correr si no quería resbalar de nuevo, y se detuvo patinando entre los árboles. Había ramas desnudas, un mantillo de hojas viscosas en el suelo y más charcos de barro...

Pero no había rastro de Lily.

Se dirigió al extremo opuesto del bosquecillo, notando cómo los latidos de su corazón se aceleraban mientras seguía un rastro de pisadas. Michael estaba unos pasos detrás de ella cuando Julia gritó:

—¿Lily?

No hubo respuesta. La lógica le decía que encontraría a la niña justo al otro lado de los árboles, pero la lógica no conseguía disolver el nudo de miedo helado en su vientre.

—Lily —volvió a llamar, tratando de mantener la calma—. Vamos a tomarnos un chocolate caliente cuando volvamos a casa.

«Y podrás ver tanto YouTube como quieras», añadió para sus adentros.

Julia salió al otro lado del bosquecillo, convencida de que el cielo se había vuelto más oscuro durante los pocos minutos que había estado debajo de los árboles, las nubes más hinchadas por la lluvia. Por delante, la pendiente del camino se elevaba, un sendero empinado pero no tan embarrado como antes. Y la inquietud en el estómago de Julia se intensificó.

¿Dónde estaba? ¿Dónde diablos estaba Lily?

Julia subió corriendo la ladera hasta un promontorio que dominaba el río. El agua formaba espuma y se estrellaba contra la orilla. Y fue entonces cuando lo vio, la imagen que por poco hizo que se le parara el corazón.

Vio a Gatote flotando en el agua.

—¡Michael!

Su nombre le salió en forma de grito. Volvió corriendo hacia él, lo agarró del brazo y señaló el río, hacia el muñeco de peluche de color blanco y negro. Él lo vio de inmediato y se miraron a los ojos, un padre y una madre, antes de que él se quitara el abrigo y corriera hacia la orilla, atravesando un saliente de rocas planas y grises que se extendía hasta el agua. Se detuvo un segundo, gritando el nombre de su hija mientras el río arrastraba a Gatote por debajo de la superficie.

Michael se arrojó al agua. Julia no sabía si aquel tramo era muy profundo o no, pero el río engulló a su marido como si este nunca hubiera existido. Debieron de pasar solo unos segundos cuando su cabeza emergió de nuevo, pero a ella le pareció una eternidad. Julia recorrió la orilla retorciéndose las manos e intentando concentrarse en el agua, buscando entre el blanco y el gris para ver a Lily. Si creyera que tirándose al río salvaría a su hija, que eso podría darle aunque solo fuese una pequeña *posibilidad de sobrevivir, lo haría sin dudarlo, pero se sentía absolutamente impotente. Completamente inútil.*

—¡No la veo! —gritó Michael, y el pánico en su voz reflejaba el intenso malestar en el estómago de Julia. El agua se arremolinaba a su alrededor, azotándolo como si fueran olas golpeando las rocas.

—¡Sigue intentándolo!

Michael volvió a sumergirse de nuevo y luego salió a la superficie casi de inmediato, jadeando y luchando por mantenerse a flote. El agua helada lo dejaba sin aliento y cuando llamaba a Lily, su voz era débil. Vio a Julia mirándolo y ella supo lo que estaba pensando: iba a rendirse.

Julia tenía que hacer algo.

—¡Por ahí! —gritó ella, señalando el centro del río—. ¡He visto algo!

Él se lanzó hacia donde ella había señalado, contra la corriente. El agua lo golpeó y él se sumergió, tomando una bocanada de aire antes de patalear y hundirse. Estaba a cuatro o cinco metros de la orilla, a todas luces luchando contra el agua, forcejeando con el río mientras este trataba de reclamarlo para sí. Presa del pánico, Julia se imaginó unas criaturas debajo de la superficie agarrando a Michael por los tobillos, arrastrándolo hacia abajo. Se imaginó a Lily allí también, atenazada por el abrazo mortal de una criatura del río.

Michael estaba cada vez más débil —Julia lo veía en su rostro, en su pataleo, más y más lento— y una acometida de agua espumosa lo atrapó y se lo llevó lejos de donde ella estaba. No se le pasó por la cabeza que pudiera ahogarse. Como ella no sabía nadar, tenía una noción un tanto idealizada de las dotes de su marido como nadador. Lo único que quería Julia era que él siguiera intentándolo, que encontrara a Lily. Mientras Michael se dirigía a la orilla opuesta, sumergiéndose un instante antes de regresar a la superficie de nuevo, Julia se acordó de su teléfono en el bolsillo y lo sacó con manos temblorosas, marcó el número de emergencias y se puso a gritar al operador que le respondió, sin que su voz apacible pudiera hacer nada por calmarla.

Cuando Julia levantó la vista, Michael había desaparecido.

Corrió al borde de la orilla, hacia las rocas, esperando ver a Michael emerger en cualquier momento, tratando de no dejarse dominar por el pánico. Recorrió el río con la mirada, primero a la izquierda, luego a la derecha. ¿Dónde estaba? ¿Dónde demonios estaba? Hacía mucho, muchísimo frío en la orilla, pero ella apenas lo sentía, como tampoco sentía las lágrimas en sus mejillas.

No podía sentir nada.

* * *

Se hizo un silencio en la habitación cuando ella terminó de relatar la historia, cuando el peso de sus palabras espesó el aire entre nosotros. Traté de encontrar algo que decir, algo que no cayera en los tópicos.

¿Debía contarle yo también mi propia historia? ¿Decirle que entendía exactamente lo que se sentía cuando te arrancaban de cuajo a alguien a quien querías? ¿Cuando una bota gigantesca te aplastaba como a una hormiga y te destrozaba la vida?

Julia habló antes de que pudiera decidirme.

—No debería haberte amenazado con echarte —dijo—. Pero tienes que entender que todavía está todo muy reciente. Todo.

Siguió una larga pausa. Me pregunté si era consciente de que tal vez la había oído por la noche. Supuse que no había pensado en eso; era como si se sintiese obligada a pasar las noches en la habitación de Lily, comunicándose con su hija ausente, del mismo modo que un alcohólico se siente atraído por la botella.

Mientras Julia hablaba, se retorcía las manos, sin hacer caso de un mechón de pelo que le caía sobre los ojos.

—La gente piensa que el tiempo lo cura todo, que lo superas. Pero, para mí, todos los días son como el día de la marmota, ¿sabes lo que quiero decir? Me levanto echando de menos a Lily. Cien veces al día, la imagino entrando por la puerta principal. Cien veces al día, me culpo a mí misma por no haberla vigilado mejor. Maldigo a mis padres por no haberme obligado a ir a clases de natación. Las mismas cosas, todos los santos días. Y al final, me voy a la cama echando de menos a Lily.

No sabía qué decir.

Se apartó el pelo de los ojos al fin.

—Por supuesto, hay momentos en los que casi se me olvida, pero luego me entra esta sensación de pánico, esta certeza de que hay algo que se supone que debería preocuparme. Y entonces me acuerdo, y me viene la culpa toda de golpe, porque, ¿cómo es posible que la haya olvidado, aunque solo sea por un segundo?

—Oh, Julia...

Me dieron ganas de tocarle el brazo, de ponerle una mano en el hombro, de hacer alguna demostración de empatía, un intento de ofrecerle consuelo.

Pero me quedé allí sentado, como un inútil que no sabe qué hacer ni qué decir.

—Seguramente piensas que debería olvidarlo —dijo, rompiendo el silencio—. Mi hija se ahogó. Más vale pasar página. Ella no va a volver.

—Yo no...

Julia se levantó y se dirigió a la ventana. Fuera volvía a reinar un ambiente sombrío. Unos jirones de niebla blanca colgaban sobre los árboles distantes, convirtiéndolos en siluetas fantasmales. Julia se quedó con la mirada fija en la niebla, como aguardando, o con la esperanza, tal vez, de ver a Lily salir de allí. Su pequeña, de vuelta de entre los muertos.

—¿Qué dijo la policía? —pregunté—. Debieron de buscarla...

Según Olly, el taxista, y todas las noticias que había leído, el río estaba atestado de policías. Sin embargo, la cara de Julia decía otra cosa.

—Se dieron por vencidos casi de inmediato —respondió—. Supuestamente, la investigación aún sigue abierta, pero hace más de un año que no he oído nada. Nadie trabaja de forma activa en el caso. Se rindieron al cabo de unas semanas porque estaban convencidos de que se había ahogado.

—Pero tú... ¿estás convencida de que no es así?

Su mirada era intensa.

—Habrían encontrado su cuerpo. Estoy segura.

—No necesariamente.

Negó con la cabeza.

—No me creo que hubiera sido arrastrada por el río tan rápido cuando su peluche, Gatote, todavía estaba allí.

—¿Qué crees que pasó?

Ella no dudó.

—Alguien se la llevó. La estaban esperando, al otro lado de la arboleda. Tal vez nos habían visto andando por el camino. Puede que fuera una casualidad. O tal vez alguien nos siguió deliberadamente hasta allí, esperando que surgiera la ocasión de llevarse a Lily. Una ocasión que le brindamos al quedarnos rezagados, cuando no la vigilamos como debíamos.

En su cabeza volvía a estar junto al río, quizá imaginando una segunda oportunidad, la posibilidad de haber hecho las cosas de un modo diferente.

—Creo que alguien nos estaba siguiendo —dijo.

La miré fijamente.

—¿Qué te hace decir eso?

—Es solo que... Parece demasiada mala suerte que justo ese día, casualmente, hubiese un perturbado ahí, junto al río, que tomase una decisión y actuase tan rápido. Y no es solo eso. En los días previos a la desaparición de Lily tuve la sensación... de que alguien nos estaba vigilando.

—¿Qué quieres decir?

—Pues que... ¿Has tenido esa sensación alguna vez? ¿La de que alguien te está observando, pero, cuando te das media vuelta, no hay nadie?

Asentí. Conocía bien esa sensación.

—Todavía me siento así ahora —dijo—. Todo el tiempo. Me parece poder ver a Lily en mi visión periférica, ahí de pie, mirándome. Pero cuando me doy media vuelta, da igual lo rápido que me mueva, para tratar de verla del todo, ella nunca está ahí.

La entendía. Había tenido esa misma sensación. Con Priya.

—¿Qué más hizo la policía? —pregunté—. Aparte de dragar el río, quiero decir.

—No lo sé exactamente. Peinaron los bosques de los alrededores, pero no encontraron nada. Hablaron con algunos hombres de la zona que figuran en el registro de delincuentes sexuales. Hicieron llamamientos públicos buscando testigos, revisaron las cámaras de tráfico... Pero yo siempre tuve la sensación de que se limitaban a ir marcando las casillas de una lista. Pensaban que todo era una pérdida de tiempo. Tenía que estar en el río.

—¿Te has planteado alguna vez contratar a un detective privado?

—Quería hacerlo, pero... —Suspiró—. Voy muy justa de dinero. Un par de personas organizaron una campaña para recaudar fondos para ayudar a encontrar a Lily, pero no consiguieron mucho. La gente creyó lo que dijo la policía: que se había ahogado. Y otra niña, una pequeña de cuatro años, desapareció al mismo tiempo en Londres. ¿Te acuerdas? Violet algo. Aquella que era la hija de un político. La prensa le dedicó toda su atención. Pronto se olvidaron por completo de Lily. Pero estoy convencida, Lucas: ella todavía sigue ahí fuera, y no voy a perder la esperanza. No puedo. Es lo único que me hace seguir adelante. —Lanzó otro suspiro—. Ya te he robado demasiado tiempo. Y tengo que preparar el desayuno. Los otros se preguntarán qué pasa.

Se levantó y salió de la habitación sin mirar atrás.

Me fui a la ventana. La niebla se estaba disipando lentamente, y el mundo volvía a cobrar nitidez. A lo lejos, el río fluía, indolente y plano, a través del paisaje.

¿Tenía razón Julia? ¿Podía estar Lily ahí fuera en alguna parte?

Capítulo 7

Lily — 2014

—¡Chesney! ¡Chesneeey!

¿Dónde se había metido ese gato estúpido?

Lily estaba junto a la puerta trasera, llamándolo una y otra vez hasta que ya no estaba segura de cuál era su propia voz y cuál el eco. Le fascinaban los ecos. Cuando era una niña pequeña, hacía unos dos años, papá la hacía ir andando hasta Snowdon. Era aburrido, salvo por la cafetería que había en lo alto, donde se podía pedir una taza enorme de chocolate caliente con nata y virutas de cacao, y sobre todo cuando llegaban a la cima de la montaña y gritaban: «¡Hola!», y oían cómo la palabra retumbaba y regresaba otra vez.

Pero Chesney, ese bicho peludo maravilloso y tontorrón, no respondía a su voz ni a su eco.

Lily miró a su espalda. Mamá estaba trabajando con su ordenador y papá estaba en su estudio. Se suponía que no debía salir sola —aunque ya no era ninguna niña pequeña—, pero tenía muchas ganas de encontrar a Chesney.

Se puso las zapatillas de deporte y se dirigió a la cabaña. Estaba cerrada con llave, y no creía que el gato pudiera haber entrado allí.

Recorrió todo el jardín, bisbiseando y llamándolo a gritos por su nombre. Ahora estaba preocupada. ¿Y si lo había atropellado un coche? Megan le había contado que a su gato lo había atropellado un coche después de quedarse dormido en el medio de la carretera.

Ese era el problema de los sitios tranquilos, donde casi no hay tráfico: los gatos creen que pueden tumbarse y dormirse en cualquier parte. Pero Lily no creía que Chesney fuese tan tonto. Él era un gato muy especial; probablemente, el mejor gato del mundo, y también el más inteligente. Y ella lo quería muchísimo. Todas las noches se dormía en el extremo de la cama y a ella no le importaba que se acostara sobre sus pies, sin dejarla moverse. No le molestaba tener las sábanas cubiertas de pelo y de esas cosas negras y jaspeadas que mamá llamaba «asquerosas cacas de pulga».

A veces, Lily pensaba que el gato era su mejor amigo. Megan le caía bien, pero Chesney era el único con el que podía hablar cuando mamá y papá se peleaban.

Que era casi todos los días de la semana, últimamente. Los oía por la noche, cuando creían que estaba durmiendo y en realidad estaba bajo las sábanas con su iPad, viendo a sus *youtubers* favoritos. Casi siempre era su madre la que gritaba, mientras que la voz de su padre era como un murmullo sordo que ella no entendía. Mamá siempre estaba diciendo algo de «beber» y de que pasaba «todo el tiempo sola». El nombre de otra mujer también aparecía a menudo en la conversación, una mujer con la que trabajaba papá. Una vez, Lily le había preguntado quién era Lana y su padre se puso blanco antes de decir que solo era una señora que trabajaba en su oficina.

Megan le había dicho que su mamá y su papá también discutían mucho. Luego se divorciaron, cuando ella era pequeña. Su padre vivía solo en otra ciudad y Megan apenas lo veía. Ahora el único hombre en su vida era su abuelo.

Cuando Lily pensaba en que sus padres pudieran divorciarse, se ponía toda rígida y más fría que el hielo y tenía que apretar a Chesney con mucha mucha fuerza para no llorar.

Había llegado al final del jardín y todavía no había ni rastro de Chesney. Al otro lado de la valla había un campo lleno de maleza y flores largas que probablemente eran malas hierbas. Dientes de león y ortigas.

Papá decía que había madrigueras de conejo en aquel campo, aunque Lily nunca había visto ninguna. Tal vez era ahí donde estaba Chesney en ese momento. Tumbado y oculto entre la maleza, esperando a que un conejito saliera de su agujero. Lily no creía que su gato pudiera matar a un conejo —nunca traía animales muertos ni cosas asquerosas a la casa, seguramente porque sabía que mamá se pondría histérica—, pero era probable que le gustase verlos.

Después de comprobar que no había ningún adulto cerca, Lily trepó por la valla y bajó de un salto al pequeño prado.

No se había dado cuenta de la presencia de niebla hasta que se alejó de la casa. La niebla flotaba suspendida entre los árboles como una nube gigante, blanca y tenebrosa. Se la imaginó fría al tacto. No, Lily no pensaba adentrarse sola en ese bosque, de ninguna manera, sobre todo con toda esa niebla.

No quería que la Viuda la atrapara en sus garras. Aunque no es que creyera...

—¡Lily! —Se llevó un susto de muerte—. Lily, ¿dónde estás?

Su madre empezaba a parecer asustada de verdad y Lily sintió el impulso de seguir escondida. Si mamá se preocupaba de verdad, estaría inmensamente aliviada cuando Lily apareciera, y tal vez así le caería algo bueno. Tal vez se sentiría culpable por trabajar tanto y Lily podría convencerla de que le comprara esas zapatillas con ruedas que necesitaba.

Se agachó entre la hierba, tratando de decidir qué hacer. La voz de su madre se hacía cada vez más débil a medida que se alejaba de ella. Lily se levantó. Sabía que estaba haciendo algo malo, pero también le preocupaba que mamá pudiera enfadarse. Caminó de vuelta hacia la valla... y percibió un movimiento con el rabillo del ojo. ¿Sería Chesney? Se giró en redondo.

Una forma desapareció en los árboles, engullida por la niebla.

Era demasiado grande para ser Chesney.

Demasiado grande y, además, tenía forma de persona.

Lily salió disparada, se encaramó a la valla a toda prisa y se pilló el dedo en un trozo de madera roto. Se le clavó en la carne, una astilla que le arrancó una gota de sangre. Ay... Le dolía de verdad, y ahora tenía lágrimas en los ojos.

A través de los ojos húmedos y borrosos, se volvió a mirar hacia el bosque. Allí no había nada. ¿Lo habría imaginado?

La Viuda. Abriendo su boca negra y gigantesca para llamar a Lily por su nombre.

No se quedó a averiguarlo. Corrió a través del jardín, gritando:

—¡Mamá! ¡Mami!

Y se olvidó por completo del gato.

Capítulo 8

Tal vez Julia no pudiera permitirse el lujo de contratar a un detective privado, pero yo sí podía. Acababa de recibir hacía poco otro cuantioso pago en concepto de derechos de autor por *Carne tierna* y tenía muy pocas cosas en las que gastarlo.

¿Qué le parecería a ella? ¿Pensaría que me estaba metiendo donde no me llamaban? ¿Que estaba yendo demasiado lejos? Ya había estado a punto de echarme de su casa una vez y sería una estupidez arriesgarse a que eso volviera a suceder, pero no había nada de malo en hacer algunas indagaciones, ¿no? Si averiguaba algo, se lo diría a Julia.

O al menos eso fue lo que me dije.

Cuando estaba documentándome para escribir *Carne tierna*, me hice amigo de un detective privado que se llamaba Edward Rooney. Se había hecho famoso durante un breve tiempo por haber participado en un caso muy raro relacionado con unos delincuentes rumanos y unos bebés, razón por la que me había puesto en contacto con él. Quería saber qué hacía un profesional para buscar el rastro de una persona desaparecida. Era un tipo agradable, atormentado por las cosas que había visto pero dispuesto a ayudar... a cambio de dinero.

Como no quería que Julia me oyese, me fui con el móvil hasta el extremo del jardín.

La secretaria de Edward, Sophie, respondió y me pasó con él.

—¡Lucas! —exclamó—. ¿O debería decir «el aclamado novelista L. J. Radcliffe»?

—No sé yo si eso de aclamado...

—Bah, no seas modesto, hombre. Leí tu novela. Una historia
genial. Bueno, ¿en qué puedo ayudarte?

Le expliqué que estaba ayudando a una amiga y esperaba que
me diera un consejo. Luego le conté todo lo que sabía sobre la desaparición de Lily y la posterior investigación.

—Por lo visto, la policía ha tirado la toalla, convencida de que
Lily se ahogó, pero Julia no cree que hayan hecho todo lo posible
por encontrarla, piensa que se rindieron demasiado fácilmente. No
puede permitirse el lujo de contratar a alguien, así que le he ofrecido
ayuda.

Me aclaré la garganta. Era una mentira piadosa. Al otro lado de
la línea, Edward guardó silencio. Al final, dijo:

—Más vale que te ahorres tu dinero.

—¿Por qué dices eso?

—Porque en casos como este, cuando hay niños, la policía
nunca se da por vencida hasta haber hecho lo imposible. Sobre todo
si los padres son buena gente y de clase media. No creo que un
detective pueda averiguar algo más de lo que ya ha descubierto la
policía, y eso no hará más que volver a alimentar las esperanzas de
tu amiga.

Ya había pensado en eso.

—Pero si al menos pudiéramos conseguir que Julia se quede
tranquila, que sepa a ciencia cierta que la policía exploró todas las
opciones...

Lanzó un suspiro.

—Está bien. No vas a dejarlo estar, ¿verdad?

—No quiero.

—De acuerdo. Mira, en estos momentos estoy ocupado. Me es
imposible escaparme a Gales, pero conozco a alguien que vive en

Telford, justo al lado. Ahora mismo te envío un *whatsapp* con su número.

—Está bien —dije. Tenía que admitir que me sentía decepcionado.

El mensaje de Edward llegó un minuto después.

Miré hacia Nyth Bran y me estremecí al recordar mi sueño, las paredes sangrantes, la sensación de que la casa estaba viva.

Debería estar ahí dentro, escribiendo. El problema era que ahora tenía una obsesión: quería saber qué le había pasado a Lily, y no solo porque los misterios me resultaban irresistibles. Me imaginé a mí mismo encontrándola, llevándosela a Julia, las lágrimas y la alegría que seguiría a ese momento. Aunque la posibilidad de que eso ocurriera era de una entre un millón, la imagen era lo suficientemente poderosa como para obligarme a hacer algo.

Llamé al número que Edward me había enviado.

* * *

Zara Sullivan no estaba ocupada. De hecho, me dijo que podía reunirse conmigo en Beddmawr al cabo de dos horas. Mientras estábamos hablando por teléfono, buscó cafeterías en la ciudad en la página de TripAdvisor y me dijo que estaría en el Rhiannon's Café a la una en punto.

—Llevaré una gorra de béisbol roja —dijo, y luego colgó.

Me quedé mirando mi teléfono. ¿Lo decía en serio? ¿O acaso Edward me estaba gastando una broma?

Llegué a la cafetería cinco minutos tarde. Era la clase de lugar que normalmente suelo evitar, cutre y mal iluminado, lleno de teteras viejas y bollos resecos, con una clientela —y una selección de personal— compuesta casi exclusivamente por gente de la tercera edad. Había varios cuadros en las paredes que representaban escenas mineras: hombres bajando hacia al pozo, mujeres con niños pequeños en brazos viéndolos marcharse. Entre los cuadros vi la misma imagen que había colgada en el pub: la mujer de rojo entre los árboles.

Sentada en la esquina con una taza de té delante había una mujer con una gorra de béisbol roja. Cuando me acerqué, se la quitó y se sacudió la melena, rubia y lacia, que le cayó alrededor de una cara en forma de luna. Era difícil calcular su edad; debía de tener entre treinta y cuarenta años, aunque iba vestida como una adolescente, con un plumón negro. Lo cierto es que no parecía una detective privada, pero también es verdad que todos decían que yo, con mi pelo pelirrojo y mi «cara de no haber roto un plato», tampoco parecía un escritor de novelas de terror.

—He escuchado su libro en el camino hacia aquí —dijo—. Bueno, al menos la primera hora. No está mal.

—Mmm... Gracias.

—Estoy segura de que cuanto más escriba, mejor lo hará. —Levantó una mano e hizo señas a la camarera, una mujer vivaracha de unos setenta años. Pedí un café—. Hablemos de las condiciones —dijo Zara, sin tiempo que perder. Su tarifa por hora era más de lo que esperaba, pero razonable pese a todo—. Podría venir desde Telford todos los días, pero sería más fácil si me alojase por aquí —dijo—. Si está dispuesto a correr con los gastos. Me gustaría hacer una inmersión en el lugar, conocer a la gente local.

—Está bien.

—Por suerte, tengo un amigo especial en la policía en Wrexham.

Era la ciudad grande más cercana, donde seguramente se habría centrado la investigación de la desaparición de Lily.

—¿Un «amigo especial»?

—Ajá. Un amigo con derecho a roce. A más de un roce, en este caso. —Sonrió y tomó un sorbo de su té—. Pruebe una torta galesa. Están deliciosas. —Sacó una libreta de su bolso bandolera—. Bueno —dijo—. ¿Puede contarme todo lo que sabe?

—Antes de empezar, tengo una condición. No quiero que Julia Marsh se entere de que la he contratado para hacer esto. Se lo diré si descubre algo, pero no quiero que se haga ilusiones. Así que tiene que ser discreta.

—Discreción es mi segundo nombre.

Dispuso su lápiz encima de su libreta y enarcó las cejas.

La cafetería estaba llena de gente, pero el bullicio enmascaró nuestras palabras mientras le contaba lo que sabía.

Tomó nota de todo y luego cerró la libreta.

—Bueno. Mañana le llamaré y le haré un informe de lo que he descubierto. —Extendió la mano; la tenía pegajosa, con restos de tarta—. Vamos a averiguar qué le pasó a la pequeña Lily.

* * *

Pasé la tarde trabajando en mi novela. Trataba de un padre que cree que se acerca el fin del mundo. Se lleva a su familia —a su mujer y a su hija— a vivir en una cabaña en mitad de un bosque, lejos del peligro. El giro inesperado es que, efectivamente, llega el fin del mundo: una plaga está arrasando el planeta y convirtiendo a la gente en monstruos hambrientos (evité utilizar la palabra «zombis»), y esos monstruos empiezan a rodear a la familia en el bosque...

Después de la cena fui a la sala Thomas a buscar algo para leer. Julia tenía una biblioteca impresionante, en su mayoría clásicos y literatura contemporánea, con algún que otro *thriller* ocasional en las estanterías. Vi una hilera de lomos de vivos colores en el estante de arriba de todo.

Intrigado, me encaramé a la escalera de la biblioteca y vi que la mayoría de esos libros llevaban el logotipo de Jackdaw, la editorial para la que Julia había hecho la mayor parte de sus trabajos como ilustradora. Apoyado en el peldaño de la mitad de la escalera, saqué un libro que se titulaba *Doce pequeñas bestias*. Vi que, en efecto, estaba ilustrado por Julia Marsh, un desfile de cómicos monstruos de colores brillantes. Estaba impresionado. Julia tenía talento. Si había dejado de trabajar, eso solo añadía aún más dramatismo a la grave tragedia que había sufrido.

Al final del estante, un libro viejo con el lomo raído y desgastado sobresalía en ángulo. Sintiendo el impulso de ponerlo derecho, lo saqué y encontré una vieja edición ilustrada del poema de Edward Lear *El búho y la gatita*.

El libro parecía muy viejo y me pregunté si sería de Julia, de cuando era niña. Miré en la primera página para ver si había alguna inscripción, pero alguien había arrancado la portadilla.

Hojeé el libro y algo cayó al suelo, debajo. Bajé la escalera y lo recogí. Era una Polaroid descolorida de una pareja: un hombre alto y flaco de unos cuarenta años, rígido y de pie junto a una mujer más baja. A pesar de sus cortes de pelo y de la ropa de finales de los años setenta y principios de los ochenta, me recordaron a la pareja de *American Gothic*, el cuadro de Grant Wood. Estudié la foto, tratando de adivinar dónde la habrían tomado, pero el fondo era demasiado oscuro, los colores apagados y borrosos.

—¿Qué tienes ahí?

Era Max, que había entrado en la habitación con Suzi. Parecían haber hecho las paces. Volví a colocar la Polaroid en el libro y lo metí entre otros dos ejemplares en el estante más cercano.

—Nada.

Max miró la estantería.

—Estoy seguro de que si empujásemos por el lugar correcto, se abriría y nos revelaría un pasaje secreto —dijo—. Es ese tipo de casa.

—Como en una aventura de *Los cinco* —añadió Suzi.

—No, más terrorífico que eso —dijo Max—. Como algo de uno de los libros de Lucas.

Se sentaron en el sofá y yo me acomodé en el sillón de enfrente.

—Alguien me dijo que esta casa está encantada —comenté, y les expliqué lo que me había contado el taxista.

A Max le brillaron los ojos.

—Qué emocionante... Me encantan esas historias. Folclore moderno. Tengo un amigo que es de Hastings, donde vivía Aleister Crowley. Por lo visto, echó una maldición sobre la ciudad, así que no puedes irte de ella a menos que te lleves una piedrecita de la playa. Son tonterías, naturalmente, pero tiene su gracia.

—¿Dónde está Karen? —pregunté.

—Creo que ha subido a fumar.

—Tal vez deberíamos hacerle compañía —sugirió Suzi.

—Buena idea. ¿Qué te parece, Lucas? ¿Subimos a ver si Karen quiere compartir su alijo con nosotros?

El tipo hablaba de una forma completamente ridícula, pero asentí.

—¿Por qué no?

Una vez arriba, Max dio unos golpecitos en la puerta de Karen. La situación me daba un poco de vergüenza: nos comportábamos como un grupo de colegiales traviesos en un internado, moviéndonos a hurtadillas por el dormitorio.

No esperaba oír un grito de miedo procedente del interior de la habitación.

—¡Déjame en paz! —gritó Karen.

Max y yo intercambiamos una mirada de preocupación.

—¿Karen? —dije desde la puerta—. Soy Lucas. ¿Estás bien?

Oí unos pasos y luego el ruido de la llave girando en la cerradura. Karen abrió la puerta, asomó la cabeza y miró a izquierda y derecha.

—Adelante, pasad —dijo entre dientes.

Entramos en tropel en la habitación. Karen se había sentado en el borde de su cama, con los puños cerrados. La ventana estaba abierta, pero la habitación apestaba a cannabis. Tenía las pupilas muy dilatadas, enormes como dos pozos negros.

—Cierra la puerta —dijo—. Con llave.

Suzi se sentó a su lado.

—¿Qué pasa?

—Alguien estaba intentando entrar en mi habitación.

Miré a Max automáticamente.

—¡Eh! No he sido yo... —protestó.

—No   dijo Suzi   . Él ha estado conmigo todo el tiempo.

—Karen —dijo Max—, ¿estás segura de que no son imaginaciones tuyas? ¿Qué estás fumando exactamente?

Había una bolsita en la mesita de noche. Max la tomó y la sostuvo a contraluz, como si así pudiera adivinar si la sustancia era muy fuerte o no.

Karen siguió con la mirada fija al frente.

—Susurraron algo a la puerta.

—¿Ah, sí? ¿Y qué decían?

—«No eres bienvenida aquí».

Todos nos miramos.

—¿Una voz masculina o femenina? —pregunté, pensando en la canción que había oído.

Sin embargo, Karen parecía haberse sumido en una especie de trance, y miraba a la puerta con expresión aterrorizada. Estaba pálida como la luna que brillaba a través de la ventana.

—Creo que voy a vomitar. —Salió corriendo de la habitación y la oímos correr por el pasillo hacia el baño.

—Está colocada, eso es todo —dijo Max—. Y ahora está echando la... ¿cómo se dice? ¿Echar la pata?

—La pota —lo corregí.

Pero Suzi se había puesto casi tan pálida como Karen.

—Pues yo no iba colocada cuando alguien intentó entrar en mi habitación.

—Ya te lo dije. No fui yo —repuso Max. Por un momento pareció preocupado, pero luego se echó a reír—. Es la maldición. El fantasma del minero muerto. ¡Buuu!

—Oh, cállate, Max. —Pero Suzi se rio también.

—¿Estás seguro de que no eres tú el responsable? —dijo Max, y yo estaba tan ensimismado en mis pensamientos que tardé unos segundos en darme cuenta de que me estaba hablando a mí—. Tal vez estás investigando para tu próximo libro y esto es una especie de metaexperimento.

—Estaba abajo contigo, ¿recuerdas?

—Mmm. Bueno, en cualquier caso, es todo muy emocionante, ¿verdad?

Salimos de la habitación de Karen. Max se fue abajo y Suzi dijo que esperaría allí para comprobar que Karen estaba bien.

Me fui a mi habitación. La explicación más plausible era que Karen iba colocada y todo habían sido imaginaciones suyas, casi sin duda provocadas por lo que le había ocurrido a Suzi. Y Max estaba mintiendo: había intentado entrar en la habitación de Suzi, pero no quería admitirlo. Todo tenía una explicación perfectamente racional.

Entonces, ¿por qué me quedé dando vueltas en la cama, sin poder dormir, imaginando una figura al otro lado de mi puerta, tratando de entrar?

«No eres bienvenido aquí».

Al final, me quedé dormido con el eco de esas palabras resonando en mi cabeza.

Capítulo 9

A la hora del desayuno, el ambiente estaba bastante apagado. Karen parecía avergonzada por el incidente de la noche anterior y aún estaba un poco pálida, con mal aspecto. Max tecleaba algo sin cesar en su teléfono; al parecer estaba manteniendo una discusión en Twitter con alguien que había hecho una broma estúpida sobre la depresión. Suzi no había bajado todavía; supuse que aún estaba dormida o trabajando en su habitación.

Recogí mis platos del desayuno y los llevé a la cocina, donde Julia estaba cargando el lavavajillas, con el gato zigzagueando alrededor de sus tobillos.

Era otro día frío, y la escarcha relucía sobre el césped. Rhodri estaba en el jardín, reparando una sección de la valla que los fuertes vientos de la semana anterior habían derribado.

—¿Venía con la casa? —pregunté, señalando hacia Rhodri con la cabeza.

—¿Cómo? Ah, ¿te refieres a si trabajaba aquí antes de que nos mudáramos? Parece ser que sí. Se presentó a Michael tan pronto como nos instalamos, pero él le dijo que no íbamos a necesitar su ayuda porque estaba decidido a encargarse de todas esas tareas solo. Eso formaba parte del atractivo de venirnos a vivir aquí. —Cerró el lavavajillas—. Tenía tantos planes para este lugar... —Los ojos le brillaban de emoción.

Rhodri debió de notar que lo estábamos observando, porque levantó una mano para saludarnos antes de concentrarse otra vez en la valla.

—¿Cómo era el anterior dueño? —pregunté, pensando en la Polaroid que había encontrado la noche anterior.

—No tengo ni idea. Antes vivía aquí una anciana. Cuando murió, dejó la casa a una organización benéfica infantil. La compramos en una subasta.

De camino a mi habitación, me sonó el móvil. Era Zara.

—Quedé con mi amigo anoche. —Supuse que se refería al amigo con derecho a roce. Esperaba que no añadiese los condones a sus gastos—. Me contó algunas cosas interesantes. Muy muy interesantes.

* * *

Acordé reunirme con Zara junto al río, en el lugar donde Lily había desaparecido. La encontré sentada en el tronco de un árbol caído, fumando un cigarrillo y mirando al agua. La niebla flotaba suspendida entre los arbustos de la orilla opuesta.

—Mi amigo policía recuerda muy bien el caso —me dijo Zara, apagando su cigarrillo y metiendo la colilla en una pequeña bolsa de plástico—. Volvió a contarme lo que usted ya me había dicho, que al principio estaban convencidos de que la niña se cayó al río. Destinaron mucho dinero a buscarla: sacaron los helicópteros, los equipos de buzos, movilizaron a absolutamente todos sus hombres. Sin éxito.

—Eso ya lo sabía —dije.

—Sí, pero ¿qué sabe sobre los cuerpos que permanecen mucho tiempo en el agua? Escribió un libro sobre eso, ¿verdad? Supongo que investigó y se documentó a fondo.

Rehuí su mirada.

—Mmm. Un poco.

—Ya decía yo. Bueno, pues mi amigo me lo explicó. Cuando alguien se ahoga, el agua reemplaza el aire en sus pulmones, lo que hace que el cuerpo se hunda. Permanece bajo el agua durante un tiempo, y suponiendo que no se lo coma ningún animal, las bacterias y las enzimas en el interior del abdomen y los intestinos empiezan a producir gases: metano, dióxido de carbono y algún otro gas cuyo nombre no recuerdo.

—Y el gas los hace flotar a la superficie.

—Exactamente. —Se sacó una barrita de Mars del bolsillo del abrigo y la desenvolvió—. ¿Quiere un trozo?

—Esta conversación no me está abriendo el apetito, que digamos.

Zara lanzó un resoplido y entonó un *jingle* de nuestra infancia: «Frías o calientes, las barritas Mars se derriten entre tus dientes».

—¿Por dónde iba? Ah, sí. Lily Marsh no reapareció flotando en la superficie. La policía estaba convencida de que saldría, pero esperaron y esperaron. Y sigue sin haber ni rastro de la pequeña Lily.

La miré fijamente y ella siguió hablando:

—Ahora bien, no hay nada en ese lago que pudiera habérsela comido. Tampoco vive ningún monstruo en los bosques de por aquí, señor Radcliffe. De manera que si, efectivamente, la niña se cayó al agua, tuvo que haber algo que la mantuviera sumergida, cosa que no encaja con su supuesto ahogamiento accidental, o bien se quedó atrapada en algún sitio bajo el agua.

—¿Ha dicho «supuesto» ahogamiento accidental?

—Eso he dicho. Si hubo un peso que la retuvo bajo el agua, entonces tuvo que ser un asesinato, pero eso tampoco encaja, porque entonces su cuerpo casi con toda seguridad estaría en el lecho del río, no en el lago.

Un par de gallinetas desfilaron por delante de nosotros.

—Al no aparecer el cuerpo de Lily, la policía centró su atención en la madre.

Me quedé de piedra.

—¿En Julia?

—Exacto. Piénselo. No había testigos, aparte de la señora Marsh. Solo tenían su palabra para explicar lo ocurrido. Mi amigo me dijo que su ansiedad parecía auténtica, pero que tal vez fue un accidente y ella trató de encubrirlo.

—¿Qué clase de accidente?

El mundo a nuestro alrededor estaba inquietantemente silencioso e inmóvil. Un pájaro se puso a trinar desde lo alto de un árbol, encima de nuestras cabezas. El agua hacía un ruido apresurado al doblar el recodo del río. Por lo demás, todo estaba en silencio.

Zara arrugó el envoltorio de la chocolatina y se lo metió en el bolsillo de su chaqueta de plumas.

—Julia admitió ante la policía que no todo iba bien en casa. No le quedó más remedio que hacerlo, porque habían tenido una pelea muy escandalosa en el supermercado justo antes de Navidad. En la sección de bebidas alcohólicas. La policía encontró a un testigo que dijo haber visto a Julia gritándole a Michael sobre la cantidad de alcohol que había metido en el carrito. Algo sobre promesas rotas, sobre que le había destrozado la Navidad. Lily estaba allí delante, mirando.

Pensé en la prohibición de Julia de beber alcohol en la casa. ¿Michael Marsh era alcohólico?

—Cuando practicaron la autopsia, el forense encontró niveles elevados de alcohol en la sangre del señor Marsh. Así que había estado bebiendo ese día. Y ahí va mi teoría: ¿y si Julia y Michael se pelearon otra vez cuando estaban en el río y ella lo empujó?

Lo pensé un momento.

—Eso es posible, supongo. Pero ¿qué hay de Lily?

—La policía pensó que tal vez Julia también había empujado a Lily, porque ella era la única testigo.

—¡Eso es ridículo!

—O tal vez planeaba matarlos a todos, incluida ella misma. Un asesinato y un suicidio posterior. Pero se acobardó cuando le tocó a ella el turno. Y a ver qué le parece esta otra hipótesis: Julia empujó al marido al agua y su hija saltó para tratar de salvarlo. Julia no sabe nadar, así que no pudo hacer nada por ayudarla.

El pájaro del árbol había dejado de cantar.

—Pero eso sigue sin responder a la pregunta: ¿qué pasó con el cuerpo de Lily?

Zara se encogió de hombros.

—Ahí es donde la policía se quedó atascada en su investigación. Llevaron al bosque a perros rastreadores de cadáveres para buscar una tumba, pensando que si Lily no se ahogó, tal vez Julia la mató y la enterró en algún sitio. También registraron la casa.

—Entonces, ¿Julia sabía que era sospechosa?

—Supongo que utilizaron la vieja frase de «explorar todas las líneas de investigación», pero no encontraron nada, y Julia no cometió ningún error. Así que volvieron a la casilla de salida. La explicación más probable es que todo sucedió tal y como Julia había dicho, y que el cadáver de Lily se quedó encallado en algún lugar en el fondo del lago Bala.

Reflexioné sobre lo que me había contado Zara. ¿Podía ser Julia la responsable? No, estaba seguro de que su pena y su dolor eran auténticos, y no era por el sentimiento de culpa. A menos que fuera la mejor actriz del mundo, una psicópata, verdaderamente no sabía lo que le había pasado a su hija.

—Así que, básicamente —dije—, no ha averiguado nada nuevo.

—Pero he hecho lo que me pidió: he comprobado que la policía se tomó en serio el asunto, que efectivamente no escatimaron en medios. Tal vez, Lucas, este sea uno de esos misterios que nunca será resuelto. Como lo del barco *Mary Celeste*, o los obsesos de los ovnis que tal vez saltaron o no al vacío en Beachy Head hace unos años.

La miré atónito.

—Bueno, ¿qué quiere que haga? —me preguntó.

Me levanté y empecé a pasearme por el bosquecillo, con la esperanza de que el movimiento de mis pies hiciera que mi cerebro también entrara en acción.

—¿Interrogó la policía a agresores sexuales de la zona? ¿A pederastas?

—Sí. Es una comunidad pequeña. No había tantos hombres a los que interrogar, pero los llamaron a todos, comprobaron sus coartadas y registraron sus casas. Nada.

—Quizá no buscaron lo suficiente. Sobre todo si estaban convencidos de la teoría de que Julia era responsable o que fue un accidente.

Una vez más, se encogió de hombros.

—Eso es posible. ¿Quiere que profundice un poco más?

—Hágalo.

Se puso de pie.

—De acuerdo. Profundizaré entonces.

Subimos hacia la carretera, donde estaba aparcado el coche de Zara. La niebla se había disipado y había salido el sol, inundando el paisaje con una luz untuosa de principios de primavera. Zara se detuvo para admirarlo y luego me miró.

—¿Así que es usted originario de por aquí? —preguntó—. Tengo curiosidad. Apenas conoce a esa mujer, Julia, ¿verdad? ¿Por qué intenta ayudarla?

Me sorprendió su franqueza.

—Siento lástima por ella. Quiero ayudarla.

—¿Seguro que eso es todo?

Llegamos al coche de Zara, un Honda que tenía diez años. El interior estaba abarrotado de envases de comida rápida y envoltorios de cosas dulces.

—No sé qué quiere decir —respondí.

—No, nada. Es solo que... —Se rio—. Lo siento, sé que a veces soy demasiado directa, pero es que he visto fotos de Julia Marsh. Es una mujer muy atractiva.

—¿Y cree que la estoy ayudando para poder llevármela a la cama?

Abrió la puerta del coche.

—Oiga, no es mi intención ofenderlo, pero hay una determinada clase de hombre que no puede resistirse a rescatar a una damisela en apuros. Y cuando digo una «determinada clase de hombre», me refiero a uno con sangre en las venas y una polla entre las piernas.

Se rio mientras se subía al coche. Bajó la ventanilla.

—Veré qué puedo averiguar sobre los pederastas locales y lo llamaré mañana.

Luego se fue, dejándome con los ojos entornados bajo el sol y sumido en un mar de dudas. ¿Tendría razón? ¿Actuaba movido por alguna otra motivación inconfesable? Zara había acertado en una cosa: Julia era atractiva, pero eso era a pesar de la máscara de dolor que llevaba, no a causa de ella. Y no me gustaba especialmente.

Sin embargo, mientras volvía caminando a la casa, no me sentía del todo cómodo, y tomé una decisión: le daría a Zara otras veinticuatro horas. Si no descubría nada interesante —y parecía poco probable que lo hiciera—, lo dejaría estar, me sentaría delante de mi escritorio y acabaría mi libro sin más distracciones.

Capítulo 10

Julia estaba en el jardín, hablando con Rhodri, quien le estaba enseñando la parte de la valla que había reparado. Llevó sus herramientas al cobertizo y Julia me saludó cuando me vio enfilar el camino de entrada hacia ella. Llevaba un suéter viejo y unos guantes de jardinería, el pelo recogido hacia atrás y las gafas puestas.

Estaba preciosa.

Me di una bofetada imaginaria. Sí, era atractiva, pero *no me gustaba especialmente*. Era culpa de Zara, por haberme metido esa idea en la cabeza.

—¿Has ido a dar un paseo? —me preguntó.

Tuve la horrible sensación de que podía leerme la mente. Nervioso, contesté:

—Sí. Intentaba poner en marcha el engranaje de mi cerebro.

—¿Adónde has ido?

Vacilé antes de contestar.

—No pasa nada —dijo—. Puedo oír la palabra «río» sin sufrir una crisis nerviosa.

Rhodri se acercó y me saludó con la cabeza.

—Hace un día precioso, ¿verdad? Julia me ha comentado que su familia es de por aquí. ¿Cómo se llaman sus padres?

—Carol y David Radcliffe.

—No puede ser. David Radcliffe, ¿el abogado?

—Eso es. ¿Lo conocía usted?

Parecía un poco descolocado.

—Conozco a todo el mundo aquí. Aunque hace un montón de tiempo de la última vez que los vi. ¿Qué hacen ahora?

—Se han jubilado y se han ido a vivir a España —respondí.

Lanzó un silbido.

—No está mal. Bueno, deles recuerdos de mi parte cuando hable con ellos. —Señaló los macizos de flores—. ¿Qué tienes pensado hacer aquí, Julia?

—Arrancar las malas hierbas, básicamente. Y quizá mover esas peonías.

—¿Qué? ¡No puedes hacer eso! —Reaccionó como si hubiera dicho que iba a echar gasolina en la tierra y prenderle fuego.

—¿Por qué no?

—Trae mala suerte —respondió—. Si trasplantas peonías, un pájaro carpintero vendrá y te sacará los ojos a picotazos.

Julia se rio, pero Rhodri parecía hablar completamente en serio.

—Por favor, no las trasplantes, Julia.

—Está bien.

El hombre asintió, satisfecho, y se fue al cobertizo.

Julia y yo intercambiamos una mirada divertida.

—Bueno, supongo que las peonías están bien donde están.

—Creo que debería decirle que mi padre murió —dije.

—Vaya, lo siento. ¿Ha sido hace poco? —Debí de hacer alguna mueca, porque añadió—: Si no quieres hablar de ello, no pasa nada.

—No, está bien. Es sano hablar de eso, ¿verdad? Va a hacer cinco años. Un cáncer de páncreas. Murió tres semanas después de que le dieran el diagnóstico.

—Qué horror...

Escarbé el suelo con la punta del zapato.

—Al parecer, con el cáncer de páncreas no hay síntomas hasta que ya es demasiado tarde. Lo bueno es que no sufrió mucho tiempo.

—¿Cómo está tu madre? —preguntó Julia.

—Está bien. Vive en España, así que no la veo mucho. Pero está bien. Es una de esas mujeres que apechuga con todo y siempre sale adelante, sean cuales sean las malas pasadas que le haya jugado la vida. Siempre ha sido así.

Vi que Julia estaba pensando en sí misma, en las malas pasadas que le había jugado su propia vida y en su reacción. Estaba a punto de cambiar de tema cuando Karen salió de la casa con su portátil. Nos vio y se acercó a nosotros.

—Iba a la cabaña a trabajar un poco —anunció.

Intercambiamos algunos comentarios banales sobre el tiempo y dijo:

—He visto al nuevo huésped. Así que ahora somos cinco...

Julia parecía desconcertada.

—¿Otro huésped?

—Sí. Me levanté a las seis y, cuando bajé a hacer café, vi a alguien en el comedor.

—No tenemos otros huéspedes —dijo Julia—. Solo Lucas, Max, Suzi y tú.

Karen abrió la boca y luego la cerró de nuevo.

—Ah.

—¿Era un hombre o una mujer? —pregunté.

—Una mujer. Creo. Estaba de espaldas y solo la vi un momento, pero me pareció que era una mujer.

—Debes de haberlo imaginado —dijo Julia.

Karen parecía preocupada y confusa.

—Esto es muy muy raro, porque estoy segura de haber visto a alguien.

—Tal vez era Suzi —aventuré.

—No, estoy segura de que estaba en la cama. —Se mordió una uña—. Supongo que todavía debía de estar un poco...

Se calló, pero Julia se rio.

—¿Colocada? No me chupo el dedo, ¿sabes, Karen? Detecto el olor en tu habitación. Iba a pedirte que lo hicieras fuera. Hay ciertas normas muy aburridas que debo seguir. Siento ser una aguafiestas total.

—No, la que lo siente soy yo. —Karen se encogió de vergüenza—. Me siento como una colegiala traviesa a la que acaban de pillar fumando por la ventana—. Será mejor que me vaya. —Echó a andar hacia la cabaña.

—Lo que me faltaba —dijo Julia—, que ahora la gente vea cosas. Deberíais dejar todos de fumar hierba. —Se recolocó los guantes de jardinería—. Será mejor que me ponga a trabajar.

Iba a defender a Karen, pero Julia ya se había arrodillado junto al parterre de flores y tenía el pequeño rastrillo en la mano. Lo clavó en la tierra, agarrando con él varios puñados de malas hierbas, y los arrancó. Un mechón de pelo le cayó sobre la cara y lo apartó con un puño enguantado antes de atacar el parterre de nuevo.

Me sorprendió mirándola y aparté la vista, avergonzado. Me la había imaginado quitándose esos guantes y poniendo las manos encima de mí... invitándome a tumbarme en la hierba con ella.

Volví a la casa con las piernas temblorosas y la cara ardiendo. No porque pensase que estuviera mal en sí que me sintiese atraído por Julia o que fantasease con ella.

No. Era porque me parecía una especie de traición.

* * *

—*¿Qué vas a hacer hoy?*

—*Nada especial. Voy a seguir tomando notas para esta nueva idea que he tenido.*

—*¿Para* Carne tierna? *Suena bien.*

Priya se despidió de mí con un beso y dijo algo más, pero la verdad es que no la estaba escuchando. Mi cerebro ya estaba lejos de allí y se había ido hacia mi libro, hacia esa idea que no acababa de funcionar, que estaba a punto de abandonar junto con toda mi «carrera» de escritor. Las ideas, las palabras no me llegaban, y media hora después de que Priya se fuera al trabajo, encendí el televisor con la fútil esperanza de que eso pudiese estimular mi cerebro.

Estaba viendo un programa de esos en los que la gente llama para despotricar, en este caso sobre unos vecinos insoportables, cuando sonó el teléfono fijo de casa. Era el jefe de Priya, de la compañía de seguros.

—Solo llamaba para asegurarme de que Priya está bien —dijo—. Se supone que hay que llamar para avisar si uno se pone enfermo. Es una regla importante.

—Pero si se fue al trabajo... —Consulté la hora—. Hace casi tres horas...

Colgué y la llamé al móvil. Me salió directamente el buzón de voz. Le envié un mensaje, pidiéndole que me llamara enseguida, y probé a llamarla de nuevo. Tenía un nudo en el estómago que se hacía cada vez más y más grande con cada segundo que pasaba.

Iba al trabajo en bicicleta todas las mañanas, a pesar de que le tenía dicho que era peligroso, que el tráfico en Londres era una locura y las calles estaban llenas de lunáticos llenos de rabia. Ella siempre se reía y decía que era un exagerado.

—Pero si es la parte más emocionante del día... —decía.

Una vez me dieron ganas de decirle: «¡¿Cómo?! ¿Más emocionante que volver a casa para estar conmigo?». Pero ya sabía cuál iba a ser su respuesta. Sabía que lo más probable era que temiese la hora de volver a casa con el inútil de su novio, siempre tan gruñón y de mal humor. Últimamente volvía a casa cada vez más y más tarde, salía a tomar algo con sus colegas a menudo y luego se acostaba temprano. Nuestra vida sexual estaba en coma. Todo era por mi culpa, pero era incapaz de hacer algo al respecto. Estaba metido en un hoyo, revolcándome en la autocompasión, y aunque quería salir de allí, la pala para excavar la

tierra que me sepultaba era demasiado pesada, tenía los brazos dema-
siado débiles. Todo suponía demasiado esfuerzo.

Sin embargo, en esos momentos, mientras marcaba y volvía a mar-
car continuamente el número de Priya, el miedo me devolvió a la vida
como un desfibrilador.

Sabía cuál era el camino que seguía Priya para ir al trabajo: a
través del parque y por un laberinto de calles secundarias antes de cru-
zar el Támesis y llegar a la locura de las ajetreadas calles principales del
norte de Londres. Llamé a la policía y al hospital. Me dijeron que no
me preocupara. Solo habían pasado unas pocas horas.

Pero lo sabía. Sabía que había pasado algo terrible.

Estaba a punto de salir a buscarla cuando tuve una idea. El iPhone
de Priya. Conocía su contraseña de Apple, así que abrí rápidamente la
aplicación para localizar su teléfono e inicié sesión como si fuese ella. En
la pantalla apareció un mapa y en él, un punto azul que parpadeaba,
revelando que su teléfono estaba en una tranquila calle entre Clapham
y Battersea. No se movía.

Estuve a punto de provocar un accidente en la rotonda de Elephant
and Castle, atravesando dos carriles con el coche en mis prisas por llegar
a aquel punto azul e inmóvil. Los coches me pitaban. Una mujer me
hizo un gesto grosero con el dedo corazón. Miré el mapa cuando doblé
por Clapham Common y me desvié por las arboladas calles residenciales
por las que Priya y yo habíamos paseado juntos muchas veces. Algún día
nos compraríamos un piso por allí y formaríamos una familia. Algún
día, cuando fuera un autor superventas y tuviéramos suficiente dinero.

Encontré el lugar donde el punto azul palpitaba en el mapa y me
detuve. No había rastro de Priya ni de su teléfono. Había una man-
sión en estado semirruinoso a un lado de la calle. Al otro lado, un
amasijo de casas destartaladas y tintorerías que habían cerrado. Un
puente de ferrocarril cubierto de grafitis cruzaba la carretera un poco
más adelante, sobre la acera había un montón de basura con una nube

de moscas encima. La gentrificación no había acabado de llegar a aquel tramo de la calle.

Abrí la aplicación para localizar el iPhone y presioné el botón de reproducción del sonido. En ese momento pasó un coche, pero en cuanto se alejó, lo oí: una débil pulsación más adelante, cerca del puente.

Lo primeo que vi fue el teléfono. Estaba en el suelo, junto a un par de contenedores de basura con ruedas, a la izquierda del montón de desechos. Me acerqué despacio y entonces vi la rueda de una bicicleta que sobresalía de detrás del contenedor. Había salido el sol, pero yo no lo notaba. En ese momento no creí que fuese capaz de volver a sentir calor nunca más.

El cuerpo de Priya estaba contra la pared de ladrillos, junto a su bicicleta, ambos ocultos a la vista, al lado de los contenedores. Tenía la cara ensangrentada y la pierna izquierda doblada por debajo de su cuerpo, torcida. Más tarde —después de que alguien me oyera gritar y llamara a la policía, después de que llegara la ambulancia, después de que se la llevaran— una joven y amable mujer policía me dijo que creían que Priya había sido víctima de un atropello y que el responsable se había dado a la fuga, que quien la había tirado de la bicicleta se había detenido y la había sacado arrastrándola de la calle antes de largarse.

—Encontraremos al culpable —dijo, como si eso lo arreglara todo. Como si eso fuera a hacer que yo y todas las otras personas que queríamos a Priya (su madre y su padre, su hermana, su mejor amiga, sus tías, sus tíos y sus primos) nos sintiéramos mejor. Como si pudiera haber justicia.

Capítulo 11

Me desperté con resaca.

Había llegado borracho a mi habitación. A media tarde, incapaz de trabajar, me había ido al Miners Arms. No recordaba haber visto allí a ninguno de mis compañeros escritores. Tenía un recuerdo más bien borroso de haber hablado con Rhodri sobre mi padre y de cómo no había heredado sus genes de hombre práctico. A él eso le pareció muy gracioso, aunque lo cierto es que yo apenas recordaba la conversación; la mayor parte era una especie de nebulosa. También le hablé de Priya. Recordaba haberme enfadado, estar al borde de las lágrimas, y, haciendo una mueca de dolor, empujé el recuerdo para esconderlo debajo de la manta de mi resaca.

Al final, me levanté de la cama como pude y me metí en la ducha. Encontrándome un poco mejor, fui a buscar un café a la cocina y luego volví a mi habitación. Necesitaba avanzar como fuese con la escritura de mi libro. El día anterior no había añadido absolutamente nada al recuento de palabras del texto. Se me acababa el tiempo.

Abrí mi portátil y vi que tenía el archivo abierto en la pantalla. Como siempre, comencé a leer el capítulo anterior antes de escribir algo nuevo.

Los hombres fueron de casa en casa, buscando. Tenían que encontrar a aquel cuyo nombre fuera pronunciado en voz alta. Una niña o niño a quien

nadie echaría demasiado de menos. Registraron
toda la comarca hasta que encontraron a esa niña.
Sabían que era la única forma de salvarlos. La
niña lloró hasta quedarse sin lágrimas, como un
pozo seco y vacío. Pero nadie más lloró. A nadie
le importaba... salvo a un hombre, que la envolvió
en sus fuertes brazos y le habló en un susurro
acercando los labios a su pelo. Le susurró que...

El texto acababa bruscamente, la frase sin terminar. Lo leí de
nuevo, perplejo. No recordaba en absoluto haber escrito aquellas
palabras. ¿Lo había hecho cuando volví del pub? Traté de abrirme
paso entre la neblina de mi resaca. Tenía un vago recuerdo de
haberme sentado delante del ordenador cuando volví, pero estaba
seguro de que solo había estado unos minutos revisando mis correos
electrónicos y entrando en Facebook.

La verdad es que no recordaba para nada haber trabajado en mi
libro. Y aquellas palabras no sonaban como si fueran mías. La voz
era distinta. Tampoco encajaba en la novela.

Era evidente que era un mal escritor cuando estaba borracho.

Y tampoco era muy bueno con resaca. Intenté trabajar en la
historia, pero fue inútil. Después de tratar de construir la misma
frase tres veces, me di por vencido y volví a la cama.

* * *

Me despertó mi teléfono. Fuera estaba oscuro, y no lo entendía,
hasta que me di cuenta de que debía de haberme quedado dormido
y se me había pasado el día entero. Comprobé mi teléfono. Eran las
seis y media de la tarde.

—¿Lucas? —Era Zara y hablaba en susurros—. ¿Podemos
vernos?

—Sí, claro. ¿Has descubierto algo?

—Te lo diré cuando te vea.

Media hora más tarde, un poco adormilado aún, entré en el Miners Arms. Algunos de los presentes arquearon las cejas al verme, la clase de miradas que decían: «¿Otra vez aquí?». Ay, Dios... Esperaba no haber hecho nada demasiado embarazoso la noche anterior...

—¡Lucas! Estamos aquí.

Eran Max, Suzi y Karen. Mierda, había olvidado que estarían allí. Y en un rincón, sentada sola en la esquina, estaba Zara.

Max se levantó, interceptándome.

—¿Qué quieres tomar? Nos preguntábamos dónde te habías metido. ¿Has estado trabajando a tope?

—Algo así.

—Estábamos hablando de todas las cosas raras que han estado pasando en la casa. Karen ha encontrado un gorrión muerto hoy en su habitación y se ha puesto histérica. A ver, que está claro que ha sido ese maldito gato, pero ella sigue diciendo que es un mal presagio. —Puso cara de exasperación—. Pero bueno, dime, ¿qué quieres beber? ¿Una pinta de cerveza?

Con el rabillo del ojo vi a Zara mirándome.

—Lo siento, amigo —dije. Tenía la lengua áspera como una lija. ¿Cuánto había bebido la noche anterior?—. Es que he... Mmm... He quedado con una vieja amiga. Con una amiga de la infancia.

Max miró alrededor.

—Ah. Por supuesto, tú naciste aquí, ¿verdad? —Se rio—. Seguramente por eso eres tan raro.

—¿Cómo dices?

Me dio una palmada en el hombro.

—Es una broma, claro.

Noté sus ojos clavados en mi espalda mientras me abría paso entre las mesas hacia la de Zara. Estaba sentada, encorvada, con una pinta delante y la gorra tan baja que le rozaba las cejas.

—Tienes mal aspecto —dijo.

—Gracias.

—De nada. ¿No bebes?

Lancé un gruñido.

—Ah. —Se puso a jugar con el posavasos y abrió la boca un par de veces, como si no supiera cómo empezar.

—¿Has descubierto algo? —pregunté—. ¿Sobre Lily?

—Más o menos. Bueno, rumores. Rumores sobre este sitio. —Miró a un lado y a otro y se acercó más al borde de la mesa, como si temiera que alguien la oyera—. Una de las cosas que descubres enseguida en este trabajo es que si quieres averiguar algo sobre un lugar, tienes que hablar con un bibliotecario. No porque hayan leído muchos libros ni ninguna tontería de esas, dicho sea sin ánimo de ofender, sino porque conocen a la gente del lugar, ven las cosas que vienen a buscar a la biblioteca y escuchan conversaciones en voz baja.

—Tiene sentido. —Me froté la frente. Debería haberme tomado un analgésico antes de salir.

—Así que allí me fui, pero resulta que todo el personal es gente joven, ayudantes de biblioteca, y ninguno de ellos sabe casi nada de la ciudad. Resumiendo: que descubrí que el bibliotecario que trabajaba allí desde el principio de los tiempos se jubiló hace un par de años. Y un abuelo muy simpático que estaba recogiendo una pila enorme de novelas policíacas me dijo que era fácil encontrarlo en el club de ajedrez.

Asentí con la cabeza animándola a continuar.

* * *

El club de ajedrez de Beddmawr tenía su sede en una enorme mansión victoriana cerca del centro de la ciudad, justo al otro lado del río. Zara se detuvo en el puente y se quedó hipnotizada con el remolino de agua de debajo. Allí, chapoteando, había una loca dentro de un kayak, lo que le produjo escalofríos. Imposible convencerla a ella para hacer algo así, ni borracha. El único sitio donde le gustaba experimentar emociones fuertes era entre las sábanas.

Llamó a la puerta del edificio del club y entró.

Encontró a Malcolm Jones sentado a una mesa de ajedrez y tomando una taza de té. El asiento de enfrente estaba libre y ella lo señaló.

—Adelante, siéntese —dijo él.

Hablaba con el acento típico de la región, agradable y cadencioso, y tenía una buena mata de pelo canoso y ojos perspicaces. También iba vestido con elegancia, con una chaqueta de tweed *que debía de llevar tanto tiempo en su armario que había vuelto a ponerse de moda.*

El hombre empezó a colocar las piezas y Zara se dio cuenta de que creía que ella quería jugar una partida.

—Ah. Bueno, en realidad esperaba poder hacerle unas preguntas —dijo, presentándose.

—Podemos jugar mientras hablamos —insinuó él.

—Pero hace años que no juego.

—Estoy seguro de que te acordarás enseguida de cómo se hace. ¿Lista?

—Bueno, venga. Adelante.

Malcolm movió su primer peón y dijo:

—Dime, ¿de qué querías hablarme?

Ella le preguntó si se acordaba de Lily Marsh y de la muerte de su padre, ahogado.

—Por supuesto. Fue algo espantoso, espantoso. Nunca la encontraron, ¿verdad? Tengo entendido que también se ahogó.

—Probablemente. La única alternativa es que alguien se la llevara. Sé que la policía habló con todos los delincuentes sexuales conocidos de la zona...

Malcolm movió su caballo. ¿Eran imaginaciones suyas o al anciano le tembló la mano cuando levantó la pieza? Tal vez Zara lo había imaginado, porque le contestó con voz serena.

—*¿Y te estás preguntando sobre los no conocidos? Fui bibliotecario aquí durante cuarenta años. Debo de haber oído cosas. Rumores. Eso es lo que estás pensando, ¿verdad?*

—*Me ha leído la mente.*

—*Estás buscando en el lugar equivocado.*

Zara había estado a punto de mover otro peón. Efectivamente, había recordado las reglas del juego enseguida, aunque todavía no estaba segura de para qué servían los caballos. Hizo una pausa, esperando a ver qué decía Malcolm a continuación.

—*Hay quienes creen que fue la Viuda quien se la llevó —dijo.*

Ella lo miró fijamente, luego se rio con una risa nerviosa.

—*¿De qué está hablando?*

—*¿Nadie te ha contado la historia de nuestra bruja local? —le preguntó.*

—*No. No soy de aquí.*

—*Ah. Bueno, es que la gente ya no habla tanto de eso como antes. O al menos no abiertamente.*

Señaló hacia el tablero con la cabeza. Le tocaba mover a ella. Zara movió su reina a una casilla central y él se la comió.

—*Mal movimiento —dijo.*

—*Me estaba hablando de esa bruja...*

—*Ah, sí. Bueno, ahora la gente ya no habla de ella. Salvo los niños. Teníamos una sección para ellos en la biblioteca. Es increíble la cantidad de libros para niños que tratan sobre las brujas. También les encantaba dibujarlas, junto con gatos negros y calderos. Árboles puntiagudos, una cabaña en el bosque...*

Zara no veía qué tenía que ver aquello con lo que le había pasado a Lily.

—*Las brujas eran simplemente mujeres inteligentes a las que los hombres no podían dominar, ¿verdad? Mujeres inconformistas, rebeldes. Lo estudiamos en el colegio. Supongo que aquí ahogaron a muchas brujas.*

—*Pues, por extraño que parezca, lo cierto es que no. Hubo muy pocos juicios de brujas en Gales. Algunos casos en Flintshire. Pero la mayor parte se dio en Inglaterra.* —*Se relamió los labios*—. *De hecho, la verdad es que no sé cuándo ni cómo empezó la leyenda. La primera mención de la Viuda Roja aparece en un testimonio de principios del siglo XIX. Aún está en la biblioteca, si te interesa. Es algo fascinante. Según cuenta la leyenda...*

—*¡Malcolm! ¿Me presentas a tu joven amiga?*

Por detrás de Malcolm había aparecido otro hombre. Tendría unos setenta años, estaba completamente calvo y tenía los ojos hundidos. Al sonreír, sus labios dejaron al descubierto una hilera de dientes torcidos.

Malcolm se puso rígido por la tensión. Antes de hablar, tomó un sorbo de su taza de té.

—*Te presento a Zara...*

—*Sullivan.*

Se arrepintió inmediatamente de haberle dicho su apellido a aquel hombre. Era absurdo, pero se sintió como una niña rompiendo la regla de oro de su madre: «Nunca hables con extraños. Nunca les digas tu nombre completo».

—*Estamos en mitad de una partida* —*dijo Malcolm.*

—*Estupendo.* —*El hombre calvo se acercó y movió una de las piezas de Malcolm en el tablero*—. *Jaque mate.*

—*Vaya, ¡maldita sea!* —*exclamó Zara.*

—*Deberías darle más oportunidades, Malcolm* —*dijo el hombre*—. *Querida, ¿te importa si tomo el relevo? Llevo toda la tarde esperando para enfrentarme a él.*

—*Claro, ningún problema.*

A regañadientes, Zara se levantó. Le dio a Malcolm su tarjeta de visita y advirtió que el hombre calvo se la se quedaba mirando mientras aquel se la guardaba en el bolsillo de su chaqueta de tweed.

—*Quizá podríamos jugar en otro momento.*

Cuando salió del club de ajedrez, Zara se volvió a mirar por encima del hombro. El hombre calvo la estaba observando. Y Malcolm estaba muy pálido, tan blanco como la leche de su té, frío como una piedra.

Capítulo 12

—Espera —dije cuando Zara terminó de hablar—. ¿Malcolm Jones llegó a decirte algo útil o no?

—Estaba a punto de hablarme de la Viuda Roja cuando el tipo calvo, el de los dientes torcidos, nos interrumpió.

—Zara, ya sé que hoy no estoy muy lúcido, pero no lo entiendo. ¿Qué relevancia tienen las historias de esos niños?

Se desinfló.

—Pues no lo sé. Fue la forma en que dijo «estás buscando en el lugar equivocado» cuando le pregunté sobre delincuentes sexuales. Estoy segura de que sabe algo, pero cuando llegó el calvo, Malcolm se calló.

Ambos nos quedamos en silencio. Mi dolor de cabeza se había agudizado y me resultaba difícil pensar con claridad.

—Entonces, ¿qué quieres hacer ahora? —pregunté.

—Quiero hablar con Malcolm Jones otra vez. Estoy segura de que sabe algo. Tal vez pensó que no podía decírmelo directamente y quiso contármelo a través de una vieja historia. La gente hace eso a veces.

En el otro extremo del pub, los demás escritores se levantaron para irse. Me di cuenta de que estaba muerto de hambre y la idea de cenar en la casa hizo que me rugiera el estómago.

Tenía mis dudas con respecto a Malcolm Jones y estaba decepcionado porque Zara no hubiera descubierto nada más concreto, pero pensé que valía la pena dejar que investigara un día más antes de rendirme y aceptar que Lily había desaparecido para siempre.

—Te volveré a llamar mañana —le dije.

Me dirigí a donde estaban mis colegas escritores. Cuando atravesaba el local, vi el cuadro que me había llamado la atención la primera vez que estuve allí. La mujer de rojo, haciendo señas al espectador para que mirara hacia los árboles. ¿Sería la Viuda Roja? Mientras contemplaba la obra, experimenté una sensación muy extraña, como si alguien tirara de mí hacia el bosque, mientras la temperatura a mi alrededor bajaba en picado, y estaba seguro de que la mujer de rojo me estaba susurrando algo, palabras en otro idioma. Di un paso para acercarme, levanté una mano para tocar la figura, convencido de que se estaba apartando de mis dedos, deslizándose hacia atrás para adentrarse en el bosque, retrocediendo mientras los árboles formaban un cerco protector a su alrededor...

—¿Lucas?

Me sobresalté.

—¿Estás bien? —Era Karen. Volvió la cabeza para examinar el cuadro, que ahora parecía completamente normal. Nada se movía, nadie susurraba nada—. Te gusta el arte *amateur*, por lo que veo. Estamos a punto de volver a la casa para ir a cenar.

Una vez fuera, Karen echó a andar junto a mí. A cada lado, los árboles recortaban unas formas negras e irregulares sobre un cielo ensombrecido y violáceo, como en el cuadro. El invierno estaba empezando a adueñarse del paisaje, pero solo un poco. Unos pasos más adelante, Max y Suzi estaban absortos en la conversación.

—¿Cómo estás? —le pregunté.

—Pues, para serte sincera, no muy bien.

Esperé a que siguiera hablando.

—Sé que es una estupidez, que fueron los porros los que me hicieron oír cosas, pero ahora me siento incómoda en mi habitación. Anoche no pegué ojo. Me quedé en la cama, tapándome hasta arriba con las sábanas, como si fuera una cría, convencida de que había alguien fuera, al otro lado de la puerta, vigilándome y escuchándome.

Estuve a punto de comentarle que yo había oído cantar a alguien, pero me di cuenta de que eso solo la asustaría aún más. Estaba seguro de que había sido Julia, llorando en la habitación de su hija, pero tal vez Karen no querría aceptar una explicación tan simple. Yo no quería que recogiera sus cosas y se fuera; era la única escritora con la que había hecho buenas migas de verdad.

—A veces —continuó diciendo— estoy convencida de que alguien ha entrado en mi habitación durante el día, de que me han cambiado las cosas de sitio, por ejemplo. O huelo un olor extraño en el aire.

—¿Qué clase de olor?

—Suena ridículo, pero... el olor del miedo. Una especie de tufo agrio y sudoroso. —Hizo una pausa—. Tal vez soy yo. Tal vez estoy oliendo mi propio estrés.

—Eso suena... plausible.

Se rio.

—Definitivamente, tengo que dejar la marihuana, ¿verdad?

—Al menos hasta que te vayas a casa.

Lanzó un profundo suspiro y juntó las manos. Entonces dijo:

—¿Y si no es por culpa de los porros? ¿Y si de verdad la casa está embrujada? En cierto modo, espero que lo esté. Me encantaría que un fantasma apareciera una noche mientras estamos cenando, una mujer vestida de blanco atravesando las paredes.

En ese momento vi un destello de mi sueño: un chorro de sangre resbalando por el papel pintado de la pared. Sentí un escalofrío, pero Karen no se dio cuenta.

—Eso es, si apareciera un fantasma —dijo—, al menos eso demostraría que no me estoy volviendo loca.

* * *

Al entrar en la casa, vimos inmediatamente que algo no iba bien.

Por lo general, a esa hora bullía de actividad con los preparativos de la cena, y el cálido aroma de la carne o el queso, el olor a hierbas y especias, llegaban flotando desde la cocina. Sin embargo, al entrar, las luces estaban apagadas y no había señales de Julia.

Max entró en la cocina y encendió la luz.

—¿Qué pasa?

Se quedó mirando la cocina económica como si la comida pudiera aparecer como por arte de magia. Había algunos platos y cubiertos en el fregadero, y un débil olor dulzón suspendido en el aire, pero, definitivamente, no había nadie preparando la cena.

—¿Dónde está? Me muero de hambre. Si hubiera sabido que no nos iba a preparar la cena, habría comido algo en el pub.

Saltaba a la vista que Max era de esas personas que se ponen de muy mal humor cuando les baja el nivel de azúcar en la sangre.

—Tranquilízate —le dije—. Tiene que haber pasado algo.

—¿Creéis que Julia está bien? —preguntó Suzi.

La habitación de Julia estaba en el último piso de la casa. Suzi y Karen subieron a buscarla mientras Max y yo nos quedamos abajo.

—Me pregunto si habrá por aquí alguna pizzería con servicio de entrega a domicilio —dijo Max.

Yo no estaba de humor para sus salidas de tono.

—Eres increíblemente egoísta.

—¿Qué? Forma parte de los servicios que pagamos. Comidas incluidas. Está en el contrato...

—¿Te quieres callar de una vez? ¿Y si Julia ha tenido algún percance? Te vas a sentir como un perfecto idiota si la encuentran inconsciente en el suelo de su habitación.

Lanzó un gruñido.

—Seguro que ha salido a algún sitio...

Tal vez fue porque estaba preocupado por Julia y, además, aún me dolía la cabeza, pero perdí los nervios.

—Y ya que hemos sacado el tema de lo increíblemente idiota que eres, ¿qué hay entre Suzi y tú? Es evidente que te gusta. —Lo dejé sin palabras—. Pero estás casado, ¿verdad? ¿Y quieres a tu mujer? ¿Valoras tu relación con ella? Pues tal vez deberías valorar lo que tienes.

Max todavía abría y cerraba la boca cuando Suzi y Karen reaparecieron.

—No está arriba —dijo Suzi.

—Su habitación estaba patas arriba —añadió Karen en voz baja.

—¿Alguien tiene su número de móvil? —pregunté.

Todos nos miramos. En el sitio web solo aparece el número de teléfono fijo de la casa.

—No la vi antes de irme al pub —dije.

—Tampoco yo —comentó Karen, y los demás murmuraron lo mismo.

Me acerqué al ventanal delantero y me asomé a la oscuridad. El coche de Julia estaba aparcado donde siempre. Entonces advertí algo.

—Hay luz dentro de la cabaña.

—Parece la luz de unas velas —dijo Suzi.

Tenía razón. La luz era amarilla y débil, y titilaba tras una ventana en la planta baja.

—Vamos, entonces —dijo Max, dirigiéndose a la puerta.

Lo detuve.

—No, espera aquí. Lo último que queremos es que entres ahí hecho una furia, despotricando y quejándote de tu estómago vacío. Debería ir una de las chicas.

—Qué sexista... —protestó Max.

—Cállate, Max —dijo Karen. Ella y Suzi intercambiaron una mirada. Se había puesto pálida—. No sé si tengo el valor suficiente para ir. Me da un poco de miedo. ¿Y si está... muerta o algo? No sé cómo reaccionaría si encontrase su cuerpo...

—¿Muerta? ¿Qué te hace...? —Suspiré—. Está bien. Iré yo.

Mientras cruzaba el jardín, las palabras de Karen resonaron en mis oídos. ¿Qué demonios le hacía pensar que Julia podía estar muerta? Eso era una estupidez. Sin embargo, cuando llegué a la cabaña ya me había mentalizado de que iba a encontrarme con algo horrible: en mi fértil imaginación, Julia se había suicidado, incapaz de seguir soportando la pérdida de su hija. La encontraría colgada de una viga, o tirada en el suelo con un bote vacío de pastillas a su lado.

No sabía si sería capaz de volver a encontrar otro cadáver. Mucho menos el de Julia.

—¿Julia? —la llamé, abriendo la puerta—. ¿Estás ahí?

No hubo respuesta.

La luz de las velas salía del pequeño comedor junto a la cocina. La puerta estaba cerrada. Toqué con delicadeza y volví a llamarla en voz alta. Seguí sin obtener respuesta.

Entré.

La habitación estaba prácticamente a oscuras. Julia estaba sentada a la mesa del comedor. Frente a ella había un pastel, cubierto con velas encendidas. No levantó la vista cuando entré, sino que se limitó a seguir mirando el pastel. La luz amarilla le iluminaba el rastro de lágrimas en sus mejillas.

—Julia... —dije, susurrando—. ¿Estás bien?

—Ha estado aquí —respondió.

—¿Quién?

Levantó la cara y me miró.

—Lily.

No sabía qué decir. Aparté una silla de la mesa, dando un respingo con el chirrido que hizo al resbalar sobre el suelo de piedra, y me senté a su lado. En la sala hacía un frío terrible, pero Julia no parecía darse cuenta.

—Hoy es su cumpleaños —dijo—. Cumple once. Tenía tantas ganas... Le prometimos que cuando los cumpliese dejaríamos que se hiciese agujeros en las orejas para ponerse pendientes.

Conté las once velas del pastel. Era redondo, con glaseado de color rosa. El nombre de Lily aparecía escrito en blanco.

—Hace años que dejó de gustarle el rosa —dijo Julia—, pero es un color que todavía me recuerda a ella. A cuando era pequeña.

—¿Qué has querido decir cuando has dicho que ha estado aquí? —pregunté, todavía en voz baja.

Ya no me estaba mirando a mí sino al pastel, las velas, las pequeñas llamas reflejadas en sus ojos.

—Traje aquí el pastel porque... Pensé que así tendríamos intimidad. Solo nosotras dos. Iba a encender las velas, a cantarle el «Cumpleaños feliz», a cortar el pastel... Solo quería pasar un rato a solas pensando en ella, ¿sabes?

Asentí.

—Encendí las velas y luego me di cuenta de que no tenía cuchillo. En esta cocina no hay cuchillos, así que volví a la casa a por uno, y cuando volví, las velas estaban apagadas.

Me miró. Había ansia en esa mirada, el anhelo de que fuera verdad, ansia por que la creyera; sin embargo, lo primero que pensé fue que las habría apagado el viento.

Me leyó el pensamiento.

—Aquí no ha entrado el viento. Ninguna corriente de aire. Ella estuvo aquí. Vino a apagar las velas.

—¿Te refieres a...? —Casi no podía reunir el valor suficiente para terminar la frase—. ¿Te refieres a su fantasma?

Fue como si la hubiera abofeteado.

—¡Lily no está muerta!

El brusco aumento del tono en que habló, la emoción en carne viva en su voz, me hizo estremecerme, y fue como si fuese yo el abofeteado. Entonces se echó a llorar, con unos sollozos roncos y desmesurados, mientras le temblaba todo el cuerpo y juntaba las manos y susurraba entre jadeos:

—Está viva, está viva, está viva...

Corrí a abrazarla. Fue una reacción instintiva, la necesidad de consolarla. Al principio se puso muy rígida y estuve a punto de apartarme, pero luego se relajó y me dejó abrazarla, y el temblor de sus hombros fue remitiendo mientras presionaba el rostro contra mi pecho y yo le frotaba la espalda despacio, con delicadeza, apaciguándola y dejándola llorar.

Cuando levantó la cabeza al fin, tenía la parte delantera de mi suéter empapada.

—Lo siento —dijo.

—No te disculpes.

Se sonó la nariz con un pañuelo de papel y se secó los ojos con el dorso de las manos.

—Oh, Dios, estoy hecha un desastre. Soy un desastre. ¿Qué pensarás de mí?

—Pienso que eres una madre que echa de menos a su hija —contesté—. Eso es todo.

Respiró hondo y se recompuso. Ahora estaba avergonzada, y se negaba a mirarme a los ojos. Se levantó, fue al fregadero y se remojó la cara con agua fría.

Volvió a sentarse.

—Seguramente fue el viento. O las velas... A veces las velas se apagan solas, ¿verdad?

—Creo que sí.

A decir verdad, eso no me parecía muy probable. La explicación más plausible, seguramente, era que Julia había olvidado encenderlas, para empezar, y simplemente se había imaginado a sí misma haciéndolo. A mí esa clase de cosas me ocurrían a todas horas, y Julia, en su intenso estado de agitación y emoción, tenía más tendencia que la mayoría de la gente a estar confusa, a sufrir pequeños olvidos.

—¿Quieres apagar las velas ahora? ¿Y cantar «Cumpleaños feliz», tal como tenías planeado?

—Sí. Sí, quiero hacerlo.

Hice amago de levantarme.

—Te dejaré tranquila.

Me agarró de la mano.

—No, Lucas, por favor, quédate. Es muy deprimente si estoy yo sola... —Se rio.

—Está bien.

Empezó a cantar y yo me sumé a ella.

—Cumpleaños feliz... Cumpleaños feliz... Te deseamos, Lily...

Julia apagó las velas y cortó tres trozos de pastel. Julia me puso uno delante y me animó a probar un bocado.

—Mmm... Está muy bueno.

Su porción permanecía intacta delante de ella, al igual que el tercer trozo, que colocó en el lado opuesto de la mesa. El trozo de Lily.

Esperé a ver si Julia mencionaba que a veces cantaba en la habitación de Lily. Yo no quería sacar el tema para que no pareciera una invasión de su intimidad.

—Ay, Dios... Seguro que los demás están quejándose de que no han cenado, ¿verdad? —dijo—. ¿Qué voy a hacer?

—¿Dejarles que coman un trozo de pastel?

Eso la hizo reír.

—Oye —dije—, ¿por qué no voy a la ciudad con el coche y pedimos comida para llevar?

—Gracias, Lucas.

—¿Vas a volver a la casa? —pregunté.

Se quedó en su asiento.

—Creo que me quedaré aquí un rato más.

—Está bien.

Salí de la habitación, sin apartar la vista de ese tercer trozo de pastel de cumpleaños intacto, de las velas apagadas. Pensé en lo que Karen había dicho antes acerca de que la casa estaba embrujada y el extraño olor que inundaba su habitación, pero nada —daba igual la cantidad de sucesos extraños— iba a hacerme creer en fantasmas. No creía que Lily hubiera reaparecido para apagar sus velas de cumpleaños. Eso no tenía ningún sentido. Julia debía de haberse olvidado de encender las velas desde el principio. Era la única explicación lógica.

Capítulo 13

Lily – 2014

Por el momento, aquel estaba siendo el mejor cumpleaños de todos. A Lily le habían regalado una tarjeta que decía: «¡Es genial tener ocho años!», y mamá y papá le habían comprado el mejor regalo de su vida: una bicicleta nueva para sustituir la que tenía cuando aprendió a ir en bici. En aquel entonces, papá la había llevado a un campo cerca de su antigua casa y le había enseñado a mantener el equilibrio, sin dejar en ningún momento que se rindiera, por muy frustrante que fuera. Era uno de sus recuerdos más felices.

Estaba en el parque de la ciudad, sujetando la bicicleta por el sillín, simplemente mirándola. Era verde, su color favorito, y llevaba cintas de colores colgadas del manillar. También llevaba una tarjeta de regalo que decía: «Feliz cumpleaños, Lily. Con todo nuestro amor: Mamá y papá. Besos». Era preciosa.

—Bueno —dijo mamá—, ¿vas a probarla o no?

—Supongo.

—Pues venga, adelante.

Su madre armó un escándalo diciendo que el sillín estaba demasiado alto y comprobó los frenos, mientras su padre ponía cara de exasperación. Era típico de ellos. Siempre tenían que discutir por todo, incluso hoy, el día más importante del año. Lily los había estado observando muy atenta últimamente porque no habían tenido ninguna de sus aparatosas peleas sobre la afición a la bebida de su padre, pero se lanzaban pullas el uno al otro todo el tiempo. Zas, zas, como dos pares de tijeras peleándose. Su padre siempre ponía cara de exasperación en cuanto su madre se daba media vuelta. Y su madre decía que su padre era algo agresivo.

Sin embargo, todavía se querían. Tenían que quererse.

Y a ella también la querían. Esa mañana, los dos habían entrado en la habitación de Lily con sus tarjetas y regalos, y papá le había dado un fuerte abrazo y le había dicho que lo hacía muy feliz y que ella era su princesa. Le había dado un poco de vergüenza, y olía un poco raro, como a patatas con moho o algo así, pero había sido bonito a pesar de todo.

—¿Por qué no das una vuelta entera por el parque? —sugirió mamá—. Así podremos verte.

Lily se subió a la bicicleta. Era un poco alta y el sillín se le clavaba en el trasero, pero si se ponía de puntillas, no se caía. Hacía frío y mamá le había dicho que tenía que llevar guantes, pero se había quitado el abrigo porque tenía calor. El casco de la cabeza también le daba calor, pero no podía quitárselo, claro.

—Gracias por la bicicleta —dijo, sonriéndoles. Se humedeció con la lengua el enorme hueco entre sus dientes delanteros.

—De nada, cariño —contestó mamá.

Se alejó con la bicicleta, tambaleándose al principio, a punto de caerse antes de recobrar el equilibrio. Y entonces se lanzó a pedalear por el camino. La bicicleta se deslizaba suave y rápidamente. ¡Le encantaba! Aceleró el ritmo al doblar la primera curva, y continuó, recorriendo todo el camino alrededor del césped.

Pasó junto a mamá y papá, y les gritó que iba a dar otra vuelta entera.

Ahora que ya estaba lanzada, su cerebro empezó a divagar. Solo habían pasado un par de semanas desde que había salido al campo detrás de su casa, en busca del gato. Resultó que Chesney estaba acurrucado debajo de su cama, sano y salvo. Pero esa noche Lily tuvo una pesadilla: soñó que alguien la perseguía por el bosque, que una bruja la llamaba.

—Solo quiero probar —decía la bruja—. Un bocadito nada más...

Cuando en la escuela le habló a Megan de la figura que había visto entre la niebla, su amiga le dijo que tal vez había sido la Viuda, pero luego Charlotte, que era la chica más chismosa y entrometida de toda la clase, se había metido en la conversación y había dicho que seguramente era un Extraño.

—¿Un Extraño? —preguntó Lily.

—Sí. Ya sabes...

Charlotte señaló un póster en la pared en el que aparecía una imagen de una camioneta gris con las palabras: ¡NUNCA HABLÉIS CON EXTRAÑOS! NO OS VAYÁIS NUNCA CON NADIE A QUIEN NO CONOZCÁIS. ES PELIGROSO.

—¿Un Extraño vigilando mi casa?

Lily sintió un escalofrío. Solo tenía una idea más bien vaga de lo que hacían los Extraños. Lo único que sabía era que se llevaban a los niños y les hacían cosas. No sabía qué tipo de cosas, pero seguro que malas. Eso era lo único que sabía.

—No te preocupes —dijo Charlotte—. Mientras no hables con Extraños, no podrán hacerte nada.

Una ardilla se cruzó por delante de su bicicleta. Instintivamente, Lily tiró del manillar hacia la izquierda y la bicicleta viró hacia el césped y golpeó el tronco de un árbol.

Lily perdió el control y se cayó.

No se hizo daño, no mucho, pero se quedó allí aturdida en el suelo un momento, como un personaje de dibujos animados con estrellitas girando alrededor de su cabeza.

Y entonces una sombra se abatió sobre ella. Era un hombre. Estaba calvo y tenía los dientes torcidos y horribles.

—¿Te encuentras bien, pequeña? —le dijo.

Ella estaba tumbada de espaldas, paralizada de miedo. Un Extraño. Un Extraño estaba intentando conseguir que hablara con él. Le tendió una mano y Lily comprendió que quería que ella la tomara para poder ayudarla a levantarse, pero no podía moverse.

Él se agachó a su lado. Lily le veía todos los pelos de la nariz.

—¿Cómo te llamas? —le preguntó.

Ella seguía sin poder hablar ni moverse. ¿Dónde estaban mamá y papá? ¿Qué estaban haciendo? ¿La habían dejado sola con aquel Extraño?

El hombre extendió una mano de dedos regordetes hacia el manillar de su bicicleta, aún en el suelo, y leyó la tarjeta de regalo.

—Lily —dijo—. Qué nombre tan bonito, Lily...

En ese momento, oyó la voz de su madre, y la de su padre, y aparecieron allí a su lado, con una intensa expresión de preocupación.

—Me parece que está bien —dijo el Extraño—. Solo ha sido un golpecito de nada, eso es todo.

—Gracias —dijo su madre, por alguna razón, y el Extraño se fue.

Mamá estaba encima de ella haciendo aspavientos, ayudándola a levantarse, y papá estaba comprobando el estado de la bicicleta, asegurándose de que las ruedas no se habían abollado o algo así.

Ninguno de los dos vio al Extraño mirar por encima de su hombro y guiñarle un ojo.

Capítulo 14

Mis padres se fueron a vivir a España hace diez años, poco después de jubilarse. Se mudaron a un entrañable pueblecito en la provincia de Alicante, a pocos pasos del Mediterráneo. Mamá siempre me estaba diciendo que fuera a verlos, a pasar unos días tomando el sol —al fin y al cabo, no tenía ningún trabajo que me atara a los horarios de oficina— y lo pensaba a menudo. El problema era que el cielo nuboso y gris de Inglaterra le sentaba bien a mi escritura, mientras que el clima cálido me volvía perezoso y lánguido.

Solo había estado una vez allí desde el entierro de mi padre. Me sorprendió cuando mi madre me dijo que la incineración tendría lugar en España, pero insistió en que había sido allí donde papá había sido más feliz. Mi padre quería que esparciesen sus cenizas en un mar cálido, en algún sitio bonito. Tenía sentido, aunque eso significase que a la ceremonia acudiese un reducido número de gente, solo los familiares cercanos y algunos de sus amigos que formaban parte de la comunidad británica en el extranjero. Me sorprendió menos cuando mi madre me dijo que se iba a quedar a vivir en España.

—¿Por qué iba volver a la lluvia de Inglaterra? Tengo intención de quedarme aquí hasta que sea demasiado vieja para cuidar de mí misma. Cuando llegue ese día, me tiraré por un acantilado.

Mi madre era así.

Esos días hablamos sobre todo por Skype. En contra del estereotipo que suele asociarse a las personas mayores, estaba al día con las nuevas tecnologías. Gestionaba un grupo de Facebook para aficionadas a las manualidades, la costura y el punto, y tenía perfil en Instagram y en Twitter. Siempre estaba subiendo fotos de sus últimas creaciones.

La noche anterior me había ido a dormir pensando en Julia y en Lily, además de darle vueltas a lo que Zara me había contado sobre la leyenda local. En ese momento, mientras la luz del sol inundaba la habitación, abrí Skype y vi que mi madre estaba conectada. Presioné el botón de llamada y su cara bronceada apareció en la pantalla.

—¡Lucas! ¡Hablando del rey de Roma! Justo estaba hablando de ti con Jean. —Era la vecina de mamá—. Quiere saber cuándo saldrá tu próximo libro. *Carne tierna* le encantó, aunque dice que le dio mucho miedo.

—¿Y tú? ¿Te lo has leído ya?

Mi madre era mi fan número uno, pero *Carne tierna* se había publicado justo después de la muerte de mi padre, y ella me había dicho que no se veía capaz de leer algo más sombrío que una novela rosa, pero que tarde o temprano se lo leería.

—Lo haré. Pronto. Estás un poco pálido. ¿Comes bien?

—Sí, mamá.

Se preocupaba por mí, especialmente desde la muerte de Priya.

—¿Dónde estás? No parece tu apartamento.

—Estoy en Beddmawr.

La expresión de su rostro fue impagable.

—Estás de broma.

—Justo en las afueras de Beddmawr, en realidad. En un sitio llamado Nyth Bran.

—¿Donde estaba la antigua mina?

—Sí. Ahora es un retiro para escritores. He venido para intentar terminar mi nuevo libro. «Intentar» es la palabra clave.

Esperaba que se alegrase de que hubiera regresado al lugar donde nací, sobre todo teniendo en cuenta que era su ciudad natal, pero frunció el ceño.

—Vaya. No esperaba que fueras a volver allí algún día.

—¿Por qué no?

Parecía nerviosa, lo cual no era habitual en ella. En ese momento la vi mayor, y eso hizo que vislumbrase el aspecto que tendría ella al cabo de una década o dos.

—Eras tan pequeño cuando nos fuimos de allí... Pensé que no te acordarías. Al menos no muy bien. En cuanto nos mudamos a Birmingham, fue como si Beddmawr no hubiera existido nunca.

—Pues ese es el tema, justamente. Que no lo recuerdo. No recuerdo casi nada. Algún que otro fogonazo ocasional de la memoria, pero la mayor parte está perdido.

Bebió un sorbo de un vaso de agua.

—Eso es normal. Yo tampoco recuerdo los primeros seis o siete años de mi vida. Y Beddmawr no es el lugar más memorable del mundo, eso seguro.

Ansioso por retomar la conversación, le dije:

—Aquí hay un hombre, un manitas, que se acuerda de vosotros. Rhodri Wallace.

—¿Wallace? No me suena de nada. Hace mucho tiempo, Lucas. Lo único que recuerdo de aquellos días es de cuidar de ti. Huy, eras un niño difícil, ya lo creo. ¿Te he dicho que te venías a nuestra cama todas las noches hasta que tuviste cinco años?

—Solo unas mil veces.

—Estaba tan agotada todo el tiempo que es un milagro que pueda recordar algo sobre esa etapa de mi vida. Todo es una inmensa imagen borrosa. —Dio otro sorbo de agua—. Dios, qué calor hace hoy aquí... Deberías venir, considerar esto también como un retiro para escribir, absorber un poco de vitamina D...

¿Eran imaginaciones mías o estaba intentando deliberadamente cambiar de tema y no hablar de su ciudad natal? Pensándolo bien, mi madre apenas la mencionaba. Nunca lo había hecho. Aparte de los cuadros de Gales que tenía colgados en la pared y de su acento, nada en ella recordaba a su tierra de nacimiento. ¿Por qué no me había dado cuenta antes?

Estaba tratando de pensar en una forma de abordar el asunto cuando dijo:

—Me pregunto si llegaron a encontrar a esa niña.

—¿Qué niña? —pregunté, sorprendido.

—No recuerdo cómo se llamaba, pero lo vi en las noticias hace un par de años. Creían que se había ahogado en el Dee.

—Lily Marsh.

Ahora le tocaba a ella parecer sorprendida.

—Ah, tú también oíste hablar de eso.

Bajé la voz, preocupado por si Julia podía oírme.

—Sí, lo he oído. Y no, no la han encontrado.

Mamá negó con la cabeza.

—Es horrible. No me lo podía creer cuando vi que había vuelto a pasar.

—¿Qué?

La imagen en la pantalla se estaba haciendo más borrosa, la conexión se interrumpía. La cara de mi madre aparecía pixelada. Deseé poder sacarla de allí dentro en la pantalla para poder hablar con ella sin contratiempos.

—No te acordarás, tú eras muy pequeño. Una niña desapareció en Beddmawr cuando aún vivíamos allí.

—¿Cuándo fue eso? —pregunté.

—Poco antes de que nos fuéramos. En 1980, más o menos.

Anoté el año en el bloc de mi escritorio.

—Fue terrible —continuó—. Nunca la encontraron, ni a ella ni a la persona que se la llevó. —Ahora la imagen se estaba desdibujando de verdad.

—¿Cómo se llamaba?

—No me acuerdo. Ay, ¿cómo era? Estoy segura de que vivía en el hospicio para niños, no tenía padres...

La imagen se congeló y vi a mi madre inmóvil en la pantalla con la boca entreabierta.

—Mamá, ¿me oyes?

En la pantalla apareció un aviso de «Problemas con la conexión» y la llamada se cortó. Intenté volver a conectarme, pero no funcionó. Era algo que ocurría a veces. Internet en la casa de mi madre era muy poco fiable.

Entré en Google y escribí: «Niña desaparecida Beddmawr 1980». No hubo resultados, teóricamente porque los sitios web de noticias no existían aún en aquellos tiempos. Algunos periódicos tenían hemerotecas accesibles en línea, pero muchas de ellas solo lo eran de pago y no estaban indexadas en los motores de búsqueda.

Aun así, pensé que no podía ser una información demasiado difícil de averiguar.

Llamé al móvil de Zara. Sonó media docena de veces y luego saltó el buzón de voz. Dejé un breve mensaje pidiéndole que me devolviera la llamada, pero mientras lo hacía me pregunté si aquello no sería desviarme de mi objetivo. Desde luego, era imposible que la desaparición de una niña más de treinta años antes estuviera relacionada con lo que le había pasado a Lily, ¿no? Si había un secuestrador de niños o un asesino en serie suelto, no podía haber un paréntesis tan largo entre sus crímenes.

Pero a pesar de todo sentía cierta desazón, y tardé unos minutos en darme cuenta de por qué: había escrito un libro sobre niños desaparecidos, ambientado en un paisaje inquietantemente similar al de Beddmawr. Yo tenía seis años en 1980. Los adultos a mi alrededor debían de haber hablado sobre la desaparición de una niña. Seguramente también habrían mencionado algo en la escuela. No tenía ningún recuerdo de ello, pero cabía la posibilidad de que mi subconsciente hubiera retenido y, al cabo de los años, destilado esta información en mi novela.

Sin embargo, eso no me ayudaba en la investigación de lo que le había sucedido a Lily. Después de cantar el «Cumpleaños feliz» con Julia la noche anterior, tenía más ganas que nunca de ayudarla, pero lo cierto es que no había llegado a ninguna parte, no en realidad.

La verdad era que estaba atascado. Y si Zara no me llamaba para darme alguna noticia reveladora más pronto que tarde, suponía que había llegado la hora de darme por vencido y volver a la solución más obvia.

Lily se había ahogado. Fin de la historia.

* * *

Pasé la tarde trabajando en mi novela, sumergiéndome en el nuevo mundo que estaba creando. Me resultó muy difícil. Los gritos de niños desaparecidos seguían aflorando a la superficie, reverberando por el texto, tratando de ahogar la historia que quería contar. Había situado a mi familia ficticia en la cabaña en medio del bosque, cercada por unos monstruos. Una desconocida se había sumado a ellos, una joven que intentaba persuadirlos de que tenían que ir a un sitio más seguro, en algún lugar lejano.

No dejaba de regresar al fragmento que no recordaba haber escrito, la parte en la que la gente iba de puerta en puerta buscando a un niño. ¿Acaso se me había ocurrido una idea brillante mientras estaba borracho, una idea que había muerto durante la noche? Traté de hurgar en mi memoria, pero era agotador.

De vez en cuando, comprobaba mi teléfono. No había noticias de Zara. Traté de llamarla pero no me respondió.

Alrededor de las cuatro, miré por la ventana y vi a Karen en el jardín delantero, paseando arriba y abajo de espaldas a mí. Estaba gesticulando como si mantuviera una conversación con alguien. Pensé que tal vez estaba hablando por teléfono, utilizando unos auriculares. O tal vez estaba articulando en voz alta el diálogo de su libro; conocía a algunos escritores que hacían eso. El caso es que parecía nerviosa, pero decidí dejarla en paz. Seguro que me lo contaría todo en la cena. Había decidido no ir al pub esa tarde; ya estaba harto de Max y necesitaba un respiro y no verlo, aparte del hecho de que todavía no estaba en condiciones de beber más alcohol. A mis cuarenta y dos años, las resacas me duraban días y días, y la laguna en mi memoria sobre la noche en el pub me producía cierta inquietud. La gente solía decir que era una mezcla de culpa y miedo, y, desde luego, yo la estaba experimentando intensamente en mis propias carnes.

A las siete bajé a cenar. Max y Suzi estaban sentados a la mesa, charlando.

—¿Dónde está Karen? —pregunté.

Max no me hizo caso. Supuse que todavía estaba enfadado conmigo después de mi bronca la noche anterior, antes de que encontrara a Julia con el pastel de cumpleaños.

—No la hemos visto —respondió Suzi.

Julia entró en el comedor con un par de botellas de agua mineral. Me dedicó una pequeña sonrisa y luego dijo:

—Karen me ha dicho que no se encuentra bien, así que se va a acostar pronto esta noche y no bajará a cenar.

Después de la cena, volví a mi habitación para trabajar y luego me fui a la cama.

Una vez más, no pude conciliar el sueño. Seguía pensando en Zara, preguntándome por qué no me había devuelto la llamada ni contestaba al teléfono. Luego empecé a pensar en Julia, Lily y mi libro, un amasijo de pensamientos que daban vueltas y más vueltas en mi cabeza como la ropa en una secadora.

Debía de ser la una de la madrugada cuando al fin me quedé dormido.

Inmediatamente me despertó un grito.

Capítulo 15

Me levanté de la cama de un salto y me puse unos pantalones. Estaba seguro de que el grito había sido en el piso de arriba.

Lo primero que pensé fue que a Julia le había ocurrido algo terrible. Subí las escaleras de dos en dos, jadeando cuando llegué al descansillo. Me sobrevenían destellos de visiones con cada paso que daba:

Priya, con la cara llena de arañazos y empapada en sangre.

Lily, agitando los brazos desesperadamente mientras caía chapoteando al río.

Sangre resbalando de un agujero en la pared de mi habitación.

Julia estaba allí, en el descansillo, vestida con una bata y con el pelo alborotado, completamente despeinado.

—¿Estás bien? —pregunté, con la respiración jadeante—. He oído un grito y pensé...

Me miró de arriba abajo. Yo también debía de ir salvajemente despeinado. Y la expresión de mi cara también debía de ser desencajada.

—No he sido yo —dijo—. Creo que ha venido de la habitación de Karen.

La puerta de Suzi, que estaba delante de la de Karen, se abrió y la joven salió, vestida con un pijama de seda rosa. Al cabo de un momento, Max asomó la cabeza por la misma puerta, nos vio a todos allí y desapareció rápidamente. Suzi se sonrojó.

Julia llamó a la puerta de Karen con delicadeza.

—¿Karen? ¿Estás bien?

Un grito agudo salió del interior de la habitación, seguido de unos golpes y de otro grito, uno que empezaba con tono de angustia y terminaba con furia.

La puerta estaba entreabierta y Julia entró corriendo. Suzi y yo la seguimos.

Las dos puertas del armario de Karen estaban abiertas de par en par y al principio no vi a Karen. Entonces la oí gritar:

—¿Dónde estás? ¿Dónde coño estás?

Unos pantalones atravesaron volando la habitación y aterrizaron en la cama, seguidos de un zapato negro. Cuando avanzamos unos pasos más vimos a Karen asomándose al interior del armario y gritando como si hubiera descubierto Narnia y la puerta del reino mágico se hubiese cerrado de golpe en sus narices.

Julia intentó asir del brazo a Karen, pero esta se zafó y siguió revolviendo el armario, tirando cosas a su espalda como un *poltergeist* desquiciado. Una percha me rozó la oreja, salvándome por los pelos.

—Haz algo —dijo Suzi, y di un paso adelante.

—Karen —dije—. ¿Qué es todo esto? ¿Qué estás buscando?

Ella no pareció reparar en mi presencia, así que lo repetí. Apoyé una mano sobre su hombro y ella se puso rígida, luego se volvió y me miró con expresión enloquecida. Su cuerpo estaba rígido, como si temiera respirar; tenía los nudillos blancos por la fuerza con que había agarrado un abrigo que había estado a punto de tirar al otro lado del dormitorio.

—Estaban aquí —susurró—. Los he oído.

—¿Qué decían?

No respondió, pero al menos dejó de sacar cosas del armario.

—Vamos —dije—. ¿Por qué no te sientas?

Dejó que la llevara hasta la cama, donde se sentó, agarró la colcha y se tapó con ella. Se abrazó a sí misma, con la respiración agitada y áspera. Hice una seña a Julia y a Suzi con la cabeza, indicándoles que necesitaba que nos dieran espacio, y se desplazaron hacia la ventana.

—Estaba ahí —dijo Karen, con voz casi inaudible.

—¿En el armario ropero?

Me agarró del brazo. Tenía las pupilas completamente dilatadas, negras, como dos pozos lo suficientemente hondos para hundirse en ellos. Me clavó las uñas en el antebrazo.

—O en el techo. O a lo mejor está debajo de la cama.

Hizo amago de levantarse, pero la retuve.

—¿Quieres que mire yo? —pregunté.

Asintió con la cabeza y me puse de rodillas, mirando exageradamente debajo de la cama.

—Aquí no hay nadie.

—¿Estás seguro?

—Completamente.

Me senté y me froté los brazos. No veía nada siniestro en la habitación, pero podía sentirlo. Había algo raro. Una presencia acechando desde su escondite, fuera de la vista. La sensación de ser observado. Igual que en mi sueño, tuve la impresión de que la casa estaba viva, respirando. Esperando.

—Voy un momento a hablar con Julia, ¿de acuerdo? —le dije a Karen, que me miró como si le hubiera hablado en otro idioma.

Hice una seña a Julia para que me siguiera fuera de la habitación. Suzi también vino. Nos quedamos en el pasillo, hablando en murmullos.

—Es como si estuviera teniendo un mal viaje —dije.

—¿Por el cannabis? ¿Es eso posible?

—No lo sé. He oído que la gente combina el cannabis con todo tipo de cosas —contesté—. Con LSD, tal vez. La verdad es que no es mi especialidad.

—Podría ser un ataque de pánico —apuntó Julia.

—Parece totalmente aterrorizada —señaló Suzi—. Como la otra noche, cuando oyó esa voz.

—¿De qué estás hablando? —preguntó Julia—. ¿Qué voz?

—Tal vez deberíamos llamar a una ambulancia —sugerí, haciendo caso omiso de la mirada exasperada de Julia.

—Yo lo haré. —Suzi se fue a su habitación a buscar su teléfono.

Karen soltó un gruñido y Julia entró corriendo en la habitación, dejándome solo un momento hasta que Max salió del cuarto de Suzi, enfundado en una bata.

—¿Qué pasa? —preguntó—. ¿Otra vez está Karen con una de sus demostraciones de por qué no hay que tomar drogas?

—¿Por qué tienes que ser tan idiota?

—Lo que tú digas. Me vuelvo a la cama.

—¿A la tuya?

—Estábamos trabajando. Aunque no es asunto tuyo.

Tenía razón, no lo era, pero estaba hasta las narices de ver a Max y me alegré cuando se fue, bostezando y rascándose la cabeza.

—Lucas. ¿Puedes volver a entrar?

Era Julia.

En el dormitorio, Karen estaba en posición horizontal, tirando de la colcha para taparse la mitad de la cara y asomando los ojos. Ya no parecía tan aterrorizada como antes, pero ahora había una expresión vacía en su mirada, como si alguien le hubiera arrancado parte del cerebro.

—Ha estado diciendo cosas —me dijo Julia en voz baja—, pero nada tiene sentido.

—¿Qué ha dicho?

—Ahora dice que cree que había alguien en el techo. Y que le estaba cuchicheando cosas.

—¿En el techo o sobrevolando por el techo?

Tenía entendido que esto último era una alucinación inducida por las drogas bastante común. O al menos lo era en las películas que había visto.

—Decididamente, ha dicho «en el techo».

Me acerqué a Karen.

—¿Qué te decían desde el techo, Karen? —pregunté con delicadeza.

Se subió la colcha un par de centímetros más, de modo que le llegaba a la altura del puente de la nariz.

—«No eres bienvenida aquí».

—Lo mismo que la última vez.

—¿La última vez? —exclamó Julia.

—Le pasó lo mismo hace un par de días —le expliqué.

—Era una niña —susurró Karen.

—¿Una niña? —Julia se puso pálida.

—¿Te dijo algo más?

No quería hacer demasiadas preguntas a Karen, para no desencadenar otro episodio. ¿Cuánto tiempo tardaría en llegar la ambulancia? No había ningún hospital en la ciudad, así que supuse que tendría que venir desde Wrexham.

Karen negó con la cabeza, fijando sus enormes ojos en mí.

—¿Solo ha dicho: «No eres bienvenida aquí»? —insistí.

Karen asintió y pensé que estaba a punto de cerrar los ojos. Parpadeó un momento y luego añadió:

—Y estaba cantando.

Julia se inclinó más cerca.

—¿Cantando? ¿Cantando qué?

Entonces Karen cerró los ojos. La habitación se quedó en silencio un momento, sumiéndose en un silencio tan intenso que me pareció escuchar los latidos de nuestros tres corazones; los de Karen eran los más ruidosos de todos.

—No entendía lo que decía en la canción —susurró.

—¿Porque estaba en otro idioma? —pregunté.

Julia se volvió para mirarme. Y entonces oímos un ruido procedente del piso de arriba.

¡Bang! ¡Bang!

Karen se tapó completamente con la colcha y Julia parecía a punto de desmayarse. Ambos levantamos la vista al techo.

El ruido se oyó de nuevo.

—¿Qué hay ahí arriba? —pregunté.

Julia no le quitaba ojo al techo. Había grietas en el yeso en algunos puntos y las telarañas recubrían las esquinas.

—El desván —dijo Julia.

—¿Está reformado? ¿Hay alguna habitación ahí arriba?

—No. Faltan algunos de los tablones, pero solo la uso como trastero.

Salí al pasillo. Agarré la silla que había en lo alto de las escaleras y me situé debajo de la trampilla de acceso al desván.

Julia salió de la habitación de Karen.

—¿Qué estás haciendo?

—Quiero asegurarme de que no hay nadie ahí arriba, para quedarnos todos tranquilos.

Tiré de la trampilla y, tras una brusca sacudida y una nube de polvo que se me metió en los ojos, se abrió. Había una escalera metálica, también llena de polvo, rígida, que se resistía a moverse, pero logré desplegarla.

—¿Hay luz aquí? —pregunté.

—No, pero espera un momento. —Fue a buscar su teléfono a la habitación, encendió la linterna y me lo dio—. Usa esto.

Subí la escalera y asomé la cabeza por el hueco. Levantando el teléfono de Julia en el aire, distinguí siluetas de cajas, algunos botes de pintura, un bidón de agua.

—¿Ves algo? —preguntó Julia desde abajo. Bajé la mirada y vi que Suzi había salido de su habitación y estaba al lado de Julia, observándome.

—No. Solo un montón de cajas viejas. Espera.

Me impulsé hacia arriba e hice un barrido con la luz de linterna por el desván. Era enorme, como una cueva, mucho más grande de lo que esperaba. Me arrodillé sobre los tablones del suelo y examiné la oscuridad. Percibí un olor extraño, como a sudor, pero no sabía si era el mío propio. También noté cierta corriente de aire, un viento frío que me rozaba la cara. Tal vez había algún agujero en el tejado.

Avancé un poco más, adentrándome en el desván.

—¡Ay, mierda! —exclamé.

Desde abajo, Julia dio un respingo.

—¿Qué pasa?

—Lo siento. Creo que he metido la mano en algo asqueroso.

Enfoqué con la linterna y me dieron ganas de vomitar. Era una trampa para ratones con el cadáver putrefacto de una rata muerta hacía mucho tiempo bajo la barra metálica. Temí entonces que pudiera haber otras trampas colocadas por ahí, así que fui con más cuidado al apoyar las manos en el suelo.

Seguí avanzando por el desván hasta que, según mis cálculos, me encontraba justo encima de la cama de Karen, el lugar donde habíamos oído el ruido. Un poco más adelante había un depósito de agua y más cajas apiladas. Allí la corriente de aire era más fuerte. Miré alrededor, tratando de localizar su origen, suponiendo que alguna teja se habría desprendido del tejado.

Levanté la cabeza en dirección a la corriente de aire frío.

Algo me rozó la cara: un aleteo, el roce de algo seco y con la textura del cuero. Grité y corrí a alejarme al otro extremo del espacio, lejos de lo que fuera que me había tocado. Agaché la cabeza y me hice un ovillo, convencido de que allí había algo a punto de atraparme en sus garras, algo en lo que no creía, algo que no podía existir. Un fantasma. Un monstruo, agazapado en una esquina. «¡Carneee tieeerna!», susurró, y las sombras de la esquina del desván se agitaron y cambiaron de forma, y la criatura alzó su rostro hacia mí.

La cara ensangrentada de Priya.

Los ojos inertes de Priya.

Bajé la cabeza y me dije: «Esto no es real, no es real, no es real».

—¿Lucas? ¿Qué pasa? —exclamó Julia desde abajo.

Levanté la cabeza y desplacé el teléfono en el aire para que el haz de luz iluminara la esquina: allí no había nada.

Pues claro que no había nada.

A continuación enfoqué hacia el techo. Al mismo tiempo, Julia subía por la escalera y asomó la cabeza por la trampilla.

—¿Qué pasa? ¿Qué has visto?

Me reí, consciente de que lo hacía con una nota de histeria, de que había un dejo de locura en mi risa, pero mientras Julia miraba, con los ojos muy abiertos y con expresión temerosa, me puse de rodillas y enfoqué más arriba con la linterna.

Una sombra revoloteó sobre nuestras cabezas.

—Tienes murciélagos —dije.

* * *

Julia y yo nos sentamos a la mesa de la cocina con sendas tazas de té. La ambulancia había venido y se había ido, dejando a Karen en la habitación. Esta se había calmado y se había quedado dormida, y los auxiliares sanitarios pensaron que sería mejor que se quedara donde estaba en lugar de llevarla al hospital.

—Tal vez debería irse a casa, que la vea su médico de cabecera —había comentado uno de los auxiliares médicos—. No dejen que fume nada.

En ese momento Julia dijo:

—Me pidió que la cambiara a otra habitación, pero al final no lo hice.

—No creo que hubiera supuesto ninguna diferencia. Tal vez no habría oído el ruido de murciélagos si hubiera estado en otra habitación, pero aparte de eso... —Me encogí de hombros.

—¿Crees que se pondrá bien?

—No lo sé. Eso espero. Como dijo el auxiliar, seguramente solo necesita encontrar otra forma de tratar su artritis. Yo le aconsejaría que mandase analizar ese cannabis, a ver si se lo han mezclado con algo. Aunque también podría ser un material muy fuerte, sin más. Yo no lo he probado, pero me han dicho que ahora esas mierdas son mucho más potentes que en mi juventud, cuando era estudiante y fumaba porros.

Al otro lado de la ventana de la cocina estaba muy oscuro. Julia se abrazó a sí misma. Se había recogido el pelo y se había puesto un suéter negro con unas mangas que le tapaban las manos. Hacía calor gracias a la cocina económica. Chesney estaba debajo de la mesa, ronroneando ruidosamente.

—Entonces, ¿crees que oyó a los murciélagos, se asustó y luego la hierba le pegó fuerte e hizo que empezara a imaginar cosas? —preguntó Julia.

—Sí. Supongo.

—Pero las cosas que oyó...

—¿Eso de «No eres bienvenida aquí»? Tal vez así es como se siente. Podría tener que ver con su estatus como escritora. Los autores como Max desprecian a los escritores que se autopublican. Ha dicho un montón de cosas horribles y pedantes sobre los libros de Karen. Ella parece muy segura a primera vista, pero todos los escritores que conozco son un manojo de dudas e inseguridades.

—¿Y qué hay de la canción? —preguntó. Me miró con recelo—. Parecía como si tú supieses algo de eso...

No dije nada. Supuse que había sido Julia la que cantaba en la habitación de Lily. Pero ahora...

—Yo también he oído a alguien cantando.

—¿Qué? ¿Dónde?

—Venía de la habitación contigua a la mía. Supongo que era la habitación de Lily, ¿verdad?

—Todavía lo es.

—Ah... Claro. Discúlpame. —Tomé un sorbo de té. Estaba casi frío—. Oí a alguien cantar un par de veces. Pensé que eras tú.

Julia me miró. No era la primera vez que la veía palidecer, pero en ese momento estaba aún más blanca.

—No he entrado en la habitación de Lily desde que llegaste aquí —dijo—. Y desde luego, no he estado cantando ahí dentro.

Se levantó de la mesa y atravesó la sala para arrimarse al calor de la cocina de leña.

—¿Qué canción era? —preguntó—. Dijiste algo de que era en otro idioma.

—Estoy casi seguro de que era galés. Solo reconocí las primeras palabras: *Un, dau, tri.*

—¿Y la melodía cómo era? ¿La recuerdas?

Sí, me acordaba perfectamente. Era una melodía sencilla que se me había metido en la cabeza ya la segunda vez que la escuché. Superando mi vergüenza, me puse a tararearla.

Los ojos de Julia se agrandaron al reconocer la canción. Cuando terminé, en menos de un minuto, ella abrió la boca y empezó a cantar. Su voz era clara y melodiosa.

Un, dau, tri
Mn yn dal y pry
Pry wedi marw
Mam yn crio'n arw.

—Es una canción tradicional de Gales —dijo—. Lily la aprendió en la escuela cuando nos mudamos aquí. La cantaba a todas horas. También trajo a casa la traducción.

—¿Y qué significa?

Presionó el cuerpo contra la cocina económica.

—«Un, dos, tres / mamá atrapó una mosca / la mosca murió / mamá llora un montón...». Trata de una mujer que pierde a un hijo.

—Oh, Dios mío.

—Aunque, específicamente, trata sobre un aborto espontáneo. Mamá atrapó una mosca es una forma de decir que está embarazada. Pero, Lucas, aquí lo importante no es el significado de la canción; lo que importa es que tanto tú como Karen la escuchasteis. —Julia fijó la mirada en el espacio que había entre nosotros, en las motas de polvo que revoloteaban en el aire. Levantó una mano temblorosa para apartarse el pelo de los ojos—. ¿Significa eso que Lily está muerta? ¿Que oíste cantar a su espíritu?

Me levanté de la mesa.

—No. Tiene que haber una explicación racional.

—Porque Lily no está muerta.

—Y porque los fantasmas no existen.

Me coloqué muy cerca de ella, tan cerca que veía los hilos rosados de los capilares en el blanco de sus ojos, las grietas resecas de sus labios. Estaba cansada, decaída. Todavía era guapa, pero dejaba traslucir todo su dolor, atrapada entre la necesidad de elaborar su proceso de duelo y la negativa a hacerlo. Atrapada en un limbo de desesperación.

La explicación racional tenía que ser que yo llevaba razón desde el principio: había sido Julia la que cantaba, pero o bien no se acordaba o se negaba a admitirlo. Probablemente era la primera opción. Sin embargo, no iba a acusarla de eso.

—Déjame pensar —dije, tratando de ganar tiempo—. Tal vez... tal vez soy yo. Fui a la escuela aquí. Seguramente yo también aprendí esa canción, así que igual estaba enterrada en lo más hondo de mi subconsciente.

Julia lanzó un gruñido de escepticismo.

—No, es verdad. —Recordé la conversación con mi madre, pero no quería entrar en detalles en ese momento—. He estado durmiendo fatal, teniendo sueños extraños. Tal vez la canción era parte de un sueño. Y desde entonces la he estado cantando para mí, como en la ducha. Es posible que Karen me haya oído cantarla, y cuando iba pasada de vueltas, tal vez se imaginó que oía la canción.

—¿Quieres decir como una especie de alucinación en grupo?

—Más bien en cadena.

Se quedó pensativa.

—No sé, la verdad...

—Eso tiene más sentido que la explicación de un fantasma —le dije—. Julia, siempre hay una explicación racional. Esto tiene sentido.

Esperé a ver si se lo tragaba. Sinceramente, no quería decirle que creía que era ella la que cantaba. Al final, asintió con la cabeza.

—Hablaré con Karen por la mañana —dijo.

Capítulo 16

La casa de Megan era pequeña pero acogedora. Tenía un labrador negro que se llamaba Barney y que era un encanto de perro, aunque soltaba cada dos por tres unos pedos malolientes que hacían que Lily y Megan chillaran horrorizadas.

—Si no deja de hacer eso, lo llevaré al veterinario —dijo la madre de Megan, que era muy guapa y elegante. También muy divertida. Lo sabía todo sobre YouTube y tenía la radio siempre encendida en la cocina, y cantaba todas las canciones de la lista de Little Mix. Sirvió a Lily y a Megan unos vasos de Coca-Cola bien fría y se los llevó a la sala principal, donde estaban jugando a un videojuego en la Xbox de Megan.

—Danny me ha prestado un juego nuevo —dijo Megan en cuanto su madre salió de la habitación—. ¿Te apetece que juguemos?

Danny era un chico en su clase. Siempre estaba hablando de jugar a *Call of Duty* y diciendo que veía cosas sucias en internet con su hermano mayor.

—¿Qué clase de juego es?

—Uno de miedo —contestó Megan, susurrando—. Se supone que no puedo jugar a eso, así que si oyes venir a mamá, grita.

Lily cambió de postura con aire incómodo en la moqueta mientras Megan localizaba el juego. Junto a la chimenea, el perro lanzó un gruñido y Lily se preparó para soportar la peste.

Acababan de empezar las vacaciones de verano en la escuela, las mejores seis semanas del año, y Lily y Megan estaban haciendo lo que los adultos llamaban «quedar para jugar». Su padre había dejado allí a Lily antes, diciéndole que se portara bien.

—No salgáis solas —le había advertido.

—Ya lo sé, ya lo sé. Y que no hablemos con Extraños.

—No se preocupe, señor Marsh —había dicho Megan—. Solo vamos a jugar en el jardín. Tengo un paquete de globos de agua.

Pero después de acabar empapadas con los globos y de secarse bajo un sol de justicia, entraron en la casa y en ese momento estaban haciendo lo que su madre decía que Lily hacía siempre, como si fuera lo peor del mundo: mirar una pantalla. Era muy injusto, porque mamá y papá siempre estaban mirando sus teléfonos, constantemente, incluso cuando se suponía que debían estar hablando entre ellos.

Megan puso voz de película de terror y dijo:

—¿Preparada para pasar miedooo?

Lily se encontró mirando a una casa enorme rodeada de árboles invernales. Aunque los gráficos eran muy simples, no estaban del todo mal en cuanto a realismo.

—Se parece a tu casa, ¿verdad? —dijo Megan—. Ahí fuera, en el bosque.

—No digas eso.

Sonó una música de película de terror y Lily se dio cuenta de que estaba conteniendo la respiración mientras su personaje entraba en la casa.

—¿Qué hay ahí? —preguntó.

Megan contestó en voz baja.

—María Sangrienta.

—Ay, Dios... Qué miedo...

Megan se rio.

—Qué cobardica eres...

—¡Cállate! No, no lo soy.

En la pantalla pasaron por una sucesión de pasillos vacíos hasta llegar a unas salas oscuras llenas de muebles de formas cuadradas.

—Si María te pilla, te lleva a su mundo —dijo Megan.

Lily tragó saliva.

—¿Y qué hay en su mundo?

Megan le sonrió.

—Cosas raras. El tiempo va hacia atrás. Hay gente con cremalleras en lugar de bocas y agujeros negros donde deberían estar los ojos. Y nunca volverás a ver a tu madre y a tu padre.

—No me gusta —dijo Lily.

—¿Ves como eres una cobardica?

Megan se concentró en el juego un rato, con los ojos muy abiertos, y de pronto, una figura oscura les salió al paso. María Sangrienta. Megan y Lily se pusieron a chillar.

Oyeron el ruido de unos pasos acercándose a la habitación. Megan se abalanzó sobre la Xbox y la apagó antes de que se abriera la puerta.

—¿Qué ocurre? —preguntó la madre de Megan.

—Nada, mamá. Es por culpa de Barney. Se ha tirado el pedo más asqueroso de la historia.

El perro las miró con expresión incrédula, como si supiera que le estaban echando la culpa de algo que no había hecho.

La madre de Megan obligó al animal a levantarse.

—Vamos, chucho apestoso. Sal al jardín un rato y deja a estas pobres niñas en paz.

Lily se sintió culpable en cuanto la madre de Megan y el perro se marcharon. Pobrecito Barney.

Megan esperó hasta oír el ruido de la puerta de atrás y luego dijo:

—¿Alguna vez has hecho lo de María Sangrienta? Ya sabes, eso de decir su nombre tres veces delante del espejo.

—No, qué va.

—¿Lo hacemos ahora?

A Lily le entró un frío terrible en todo el cuerpo.

—Vamos, no seas gallina. Será divertido.

—¡Megan! No, no quiero hacerlo. De ninguna manera.

Una expresión de disgusto ensombreció la cara de Megan y Lily temió que ya no quisiera ser su amiga.

Estaba a punto de decir que sí, que lo haría, cuando Megan se rio y dijo:

—¡Era broma! Además, todo el mundo sabe que María Sangrienta no existe. —Hizo una pausa dramática—. No es como lo de la Viuda Roja.

El momento de alivio que Lily había sentido se esfumó de golpe.

—¿Qué quieres decir?

Megan bajó la voz hasta hablar en un susurro:

—La Viuda. Es real, ella sí que existe de verdad. Oí a mi abuelo hablar de ella.

—No puede existir de verdad.

—Sí, existe. Mi abuelo dijo que lleva viviendo aquí cientos de años. No puede morir. Es... ¿cuál es la palabra?

—¿Inmortal?

—Sí. Eso es. ¿Y sabes que se alimenta de niños? Es la sangre de los niños lo que hace que la Viuda viva para siempre.

Lily se quedó mirando a su amiga, esperando que estallara en carcajadas y exclamara: «¡Te he engañado!», pero Megan siguió mirándola con una expresión muy seria, incluso un poco asustada, y eso hizo que Lily también se asustara, aunque fuese obvio que la Viuda no existía de verdad.

Permanecieron unos minutos en silencio. Lily quería salir al jardín, bajo la luz del sol, jugar con el perro y olvidarse de esa estúpida

Viuda y de María Sangrienta y de los videojuegos de terror. Quería irse a casa y darle un achuchón a Chesney y ver a su madre.

Se subieron a la casa del árbol y Barney se puso a corretear alrededor, ladrando. Ellas dos arrojaban globos de agua desde arriba y el animal los perseguía, saltando en el aire, y aunque acababa chorreando por todas partes, siempre regresaba por más. Era muy divertido. Lily se olvidó de todas las cosas terroríficas de las que Megan había estado hablando dentro de la casa.

La madre de Megan salió al jardín.

—¡Niñas! ¡A comer! Vamos, lavaos las manos. Y Megan, el abuelo está aquí.

—¡Qué bien! —Megan se bajó del árbol y Lily la siguió.

Había un pequeño baño justo a la entrada de la casa. Las niñas entraron a lavarse las manos y luego Lily siguió a Megan hasta la cocina, donde las esperaba la comida: sándwiches, patatas fritas y rodajas de pepino, además de vasos de zumo de naranja. Lily no se había dado cuenta del hambre que tenía. El hermano mayor de Megan, Jake, ya estaba allí, con las manos metidas en el bol de patatas fritas. Jake tenía catorce años, pero, según Megan, tenía el cerebro de un niño de cinco. Poco después de conocer a Megan, Lily había sido testigo de una pelea entre su amiga y otra niña porque esta había llamado «retrasado» a Jake. Ver la manera en que Megan defendía a su hermano hizo que Lily deseara tener uno, alguien de quien cuidar, pero ¿cómo iba a pasar eso si sus padres ya no se querían?

—Vamos, adelante —dijo la madre de Megan.

Cuando Lily estaba concentrada pensando en qué comida escoger —evitando las patatas fritas, porque tenía cierta manía con las cosas de comer que habían tocado otras personas— Megan gritó:

—¡Abuelo!

Lily levantó la vista y vio a su amiga arrojarse a los brazos de un hombre calvo y robusto que había entrado en la cocina. El hombre abrazó a Megan y empezó a darle vueltas en el aire, riéndose, y entonces vio a Lily. Bajó a Megan al suelo.

—Hola —dijo.

Lily lo miró fijamente. Lo conocía. Era el hombre que había intentado ayudarla cuando se cayó de la bicicleta. El hombre de los dientes torcidos.

El Extraño.

CAPÍTULO 17

Karen estaba en la puerta de la casa, con su maleta a los pies. Había salido el sol por primera vez en meses, y el viento me acariciaba la cara con suavidad. La primavera había llegado por fin.

—¿Estás segura de que no quieres quedarte? —le pregunté.

—No puedo. No después de lo de anoche. —Bajó la cabeza—. Siento tanta vergüenza...

—No la sientas. ¿Y qué vas a hacer?

Encogió un hombro.

—Volver a casa, ir a ver a mi médico, tirar toda mi hierba por el váter. Acabar mi maldito libro. Tal vez el campo no me sienta bien. Necesito estar rodeada de gente. Aquí las noches son demasiado tranquilas y mi cerebro es demasiado ruidoso.

—Te entiendo.

El taxi avanzó lentamente por el camino de entrada hacia nosotros. Era el mismo vehículo y el mismo conductor que me había llevado cuando me perdí en el bosque. Olly, ese era su nombre. Bajó del coche y metió la bolsa de Karen en el maletero, saludándome con la cabeza y murmurando: «¿Qué hay?».

—¿Julia te ha hablado de lo que pasó anoche? —le pregunté a Karen.

—Lo ha intentado. Me ha preguntado si alguna vez te había oído a ti cantando esa canción tan rara. Algo sobre una mosca.

—¿Y tú qué le has dicho?

—Que no me acordaba, pero que era posible.

Eso era bueno.

—Será mejor que nos pongamos en marcha si no quiere perder el tren —dijo Olly.

Le di a Karen un abrazo rápido y la vi marcharse. Ahora, a menos que apareciera otro escritor, seríamos solo los dos tortolitos y yo. Esa era otra cosa que me intrigaba: hacía menos de una semana, Suzi estaba enfadada con Max porque este había tratado de entrar en su habitación, y ahora era ella quien lo invitaba a entrar. ¿Qué había pasado? ¿Habría acabado venciendo su resistencia? Tal vez sus protestas del principio habían sido exageradas.

Tal como Max me había recordado, eso no era asunto mío.

Entré en la casa y encontré a Julia en su sitio habitual, junto a la cocina económica, con el teléfono en la oreja. Terminó su conversación y suspiró.

—Estaba hablando con la Fundación de Conservación del Murciélago. Han dicho que es bastante raro encontrar uno en el desván en esta época del año, pero si tienes un nido de murciélagos, como parece ser mi caso, hay que dejarlos en paz. Es ilegal molestarlos. —Esbozó una leve sonrisa—. La verdad es que me alegro de que estén ahí. Es genial, ¿no? Está bien poder darles un hogar. —Tamborileó con los dedos encima de la mesa—. ¿Has oído otros ruidos dentro de la habitación de Lily? —preguntó.

—No. —La miré mientras se mordisqueaba el labio. Tenía montones de tics nerviosos y mucha tensión acumulada—. Julia, ¿fuiste a ver a algún psicólogo después de la desaparición de Lily? Podría ayudar...

Reaccionó con enfado.

—La policía me ofreció los servicios de un terapeuta especializado en duelo. Les recordé que no hay pruebas de que esté muerta.

—Pero...

—Lo sé. Sé que Michael está muerto y que debería haber ido a un psicólogo para hablar de su pérdida, pero no podía. Sabía que querrían hablar sobre Lily, que intentarían hacer que aceptase que ella también estaba muerta. Así que no fui. No pude.

Asentí. No estaba seguro de que tuviese razón sobre lo que habría hecho el psicólogo —yo había ido a uno que se había limitado principalmente a escucharme y me había dejado hablar—, pero entendía que era complicado. Julia no podía separar lo que le había pasado a Michael de lo que podría haberle sucedido a Lily. Era como si la desaparición de su hija le hubiera robado la capacidad de asimilar la muerte de su marido.

—Ven conmigo —dijo, levantándose.

Un minuto después, estábamos delante de la puerta de la habitación de Lily. Julia la abrió y me hizo una señal para que la siguiera. Cuando traspasó el umbral, su respiración se volvió mucho más trabajosa. Se llevó una mano al pecho e imaginé su corazón palpitando bajo la palma de su mano. Apretó la mandíbula, como si estuviera combatiendo un dolor físico.

—Está exactamente igual que el día en que desapareció —dijo.

Era la habitación típica de una niña: cortinas rosas, abiertas para dejar entrar la luz de la mañana; una cama individual arrimada a la pared, cubierta con una colcha violeta y blanca, y unos cojines pequeños colocados en la cabecera; un tocador recubierto de baratijas; pequeños vestidos colgados de una barra de armario; una estantería con libros de autores como Roald Dahl y David Walliams, junto con un libro de cuentos populares que me llamó la atención. En la pared había un calendario de Taylor Swift de 2014, junto con pósteres de ídolos con caras muy jóvenes que no reconocí.

—La mayoría de ellos son *youtubers* —dijo Julia—. Michael siempre estaba quejándose del tiempo que pasaba Lily viendo vídeos.

Me fijé en un iPad sobre la mesita de noche.

—Entro aquí cada dos o tres semanas para cargarlo. Sé que querrá tenerlo listo cuando vuelva a casa. Tendrá mucho que ver para ponerse al día.

Había una enorme pila de peluches en la esquina, con todos los animales imaginables. Encima de ella había un gato enorme blanco y negro, con una sonrisa cosida a la cara.

—Ese es Gatote —dijo Julia.

Respiré profundamente.

—¿El que estaba en el río?

Asintió con la cabeza.

—La policía se lo quedó durante un tiempo, pero al final me lo devolvieron. —Levantó el peluche y presionó la nariz contra el pelaje desaliñado—. Aún huele a río.

Volvió a colocarlo en lo alto de la pila.

—A Lily le encantaban los gatos —dijo—. Estaba obsesionada con ellos desde el momento en que vio uno, cuando todavía era un bebé. En realidad, esa fue su primera palabra: no fue «mamá» ni «papá», sino «gato». Y siempre tenía dos peluches a los que adoraba, por encima de todo. Creo que los quería más incluso de lo que quería a Chesney. Gatito y Gatote.

Miré alrededor.

—Llevaba a Gatito en el bolsillo de su abrigo cuando desapareció. Creo... Estoy segura de que todavía lo tiene con ella. —A Julia le brillaron los ojos y tuvo que hacer una pausa para serenarse—. Espero que la esté cuidando.

—Seguro que sí.

Se sentó en la cama.

—¿Crees que estoy loca?

—¿Loca? No, por supuesto que no.

—Estoy segura de que la mayoría de la gente cree que lo estoy. Piensan que debería limpiar esta habitación y pasar página, pero no puedo.

Estaba temblando, moviendo una rodilla arriba y abajo, golpeando el suelo con el talón del pie.

Las lágrimas le rodaban por las mejillas. Había una caja de pañuelos junto a la cama, así que tomé uno y se lo di. Me dieron ganas de abrazarla, de consolarla —una respuesta humana básica—, pero no sabía si mi gesto sería bien recibido.

Cuando las lágrimas amainaron, dije:

—Entiendo por qué dejas esta habitación como está.

—¿Lo entiendes?

Quería decirle que lo entendía porque, aun sabiendo que Priya estaba muerta, había tardado meses en reunir la fuerza para guardar sus cosas. Incluso ahora, estaban todas metidas en cajas. No podría dar ese último paso: sacar sus pertenencias de nuestro apartamento. Sin embargo, no me parecía que aquel fuese el momento idóneo para explicárselo. Aquella conversación giraba en torno a Julia y a Lily.

Tampoco podía hablarle de mi investigación sobre la desaparición de su hija, al menos no todavía, teniendo en cuenta que aún no había averiguado nada en concreto.

—Si supiera que está muerta —dijo Julia—, podría... hacer algo...

No estaba seguro de lo que quería decir con eso, pero asentí.

—Pero estoy paralizada. —Levantó la vista y me miró, con los ojos enrojecidos y llenos de dolor—. Es como si me hubiera zambullido en ese río hace dos años... y todavía estuviera debajo del agua, conteniendo la respiración.

* * *

Volví a mi habitación, sintiéndome absolutamente impotente, inútil, deseando con toda mi alma poder hacer algo para ayudar a Julia, sabiendo que solo había una cosa: descubrir qué le había pasado a Lily. Y eso me recordó que Zara todavía no me había devuelto la llamada ni había respondido a ninguno de mis *whatsapps*. La notificación del último indicaba que había sido entregado, pero no leído. ¿Cuándo había sido la última vez que tuve noticias suyas? El tiempo empezaba a desdibujarse, pero había sido anteayer, en el pub.

La llamé y, una vez más, no obtuve respuesta. ¿Qué estaba pasando? ¿Se había dado por vencida? Al menos podía tener la decencia de responder a mis llamadas.

Sabía que debía ponerme a escribir mi novela, pero ahora era imposible que pudiera concentrarme.

Busqué las llaves de mi coche. Saldría a buscar a Zara.

Capítulo 18

Aparqué delante del Apple Tree, el *bed and breakfast* donde se alojaba Zara. Estaba a unas manzanas del río, en una calle larga y tranquila con mucho sitio para aparcar. Una mujer mayor sostenía a duras penas unas bolsas de la compra bastante pesadas. Un padre joven empujaba un carrito con un niño dormido. Eran las únicas personas en la calle. La ciudad irradiaba cierto aire de abandono, como si hubiera sido evacuada. En una de las farolas, un cartel de papel raído hacía un llamamiento para encontrar a un gato desaparecido: «Visto por última vez el 23 de junio de 2015». Hacía dos años. No había visto ningún cartel sobre Lily. Tal vez era porque todos daban por sentado que se había ahogado.

Llamé al timbre y una mujer de unos sesenta años abrió la puerta.

—¿Busca habitación? —preguntó. Llevaba el pelo teñido de color castaño rojizo y una cruz colgada del cuello en una cadena de oro.

—En realidad estaba buscando a una amiga mía, Zara Sullivan. Creo que se hospeda aquí.

—Pase —dijo. La seguí a una acogedora sala de estar. Un perrito de pelo gris dormitaba en el sofá. Levantó la cabeza, me miró y luego volvió a dormirse, roncando suavemente.

—Soy Shirley y este es Oscar —dijo.

Había un cuadro de Jesucristo colgado sobre la chimenea. En otra pared, un tapiz con una cita de la Biblia: «Aborreced lo malo, seguid lo bueno».

—Romanos 12: 9 —dijo—. ¿Es usted creyente, señor...?

—Radcliffe.

Me observó con atención. Tenía la mirada turbia, como desenfocada. Cataratas.

—Radcliffe. ¿Tú no serás el hijo de David, por casualidad?

Claro. Tenía la misma edad que mis padres.

—Sí. Soy yo.

—Vaya, vaya, vaya. Pero mírate. Todo un hombre hecho y derecho. Y muy guapo también. Aunque no me sorprende, tu padre siempre fue muy guapo. ¿Cómo está?

—Falleció —respondí.

Arrugó el rostro.

—¿Qué le pasó?

—Cáncer.

—Ah. —Se llevó la mano a la cruz colgada del cuello—. Así que él fue el primero.

—¿El primero? —pregunté, pero no obtuve respuesta—. ¿Shirley?

Se desplomó en un sillón, sin soltar la cruz, y permaneció con la vista fija en el espacio vacío, en el pasado.

—¿Estás bien, mamá?

La voz de la puerta me sobresaltó. Era una mujer de poco más de cuarenta años, con el pelo rizado y cobrizo. Vestía unos vaqueros y una camiseta negra ajustada. Tenía curvas, largas piernas, la piel pálida y, sorprendentemente, un tatuaje de una rosa roja en el brazo, cuyos pétalos desaparecían bajo la manga. Se rio, lo que la hizo parecer aún más atractiva.

—Lo siento, no pretendía asustarte.

Shirley salió de su trance.

—Lo siento. Estaba perdida en mis recuerdos. Esta es mi hija, Heledd.

—Encantado de conocerte —dije.

—¿Qué hay de tu madre? —me preguntó Shirley—. ¿Está bien de salud?

—Está perfectamente. —Le expliqué que ella y mi padre se habían mudado a España antes de la muerte de este, y que mamá todavía seguía viviendo allí.

—Se libraron —dijo Shirley—. De este lugar, quiero decir. Antes era una ciudad próspera, ¿sabes? El Apple Tree siempre estaba lleno, pero hoy en día pasan semanas enteras sin que nadie venga a alojarse aquí. Aunque no me sorprende, supongo. Es triste, pero no es ninguna sorpresa. Es un castigo.

Antes de que pudiera preguntar qué significaba eso, Heledd puso cara de exasperación. Se agachó junto a Shirley y apoyó una mano en el reposabrazos del sillón.

—No nos va tan mal. Nos vamos apañando, ¿verdad, mamá?

Shirley le dio una palmadita en la mano.

—No sé qué haría sin ti, ángel mío. —Se le llenaron los ojos de lágrimas—. Ha sido una semana llena de malas noticias. Primero lo de Malcolm, y ahora esto.

—¿Malcolm Jones? ¿El bibliotecario?

—¿Lo conocías? —preguntó Heledd con tono de asombro.

—No. Bueno, la verdad es que no. Perdón, ¿qué has querido decir con si lo conocía? ¿Es que ha pasado algo?

—Ha sido el corazón —dijo Shirley, poniendo su mano sobre el suyo, como si quisiera comprobar que todavía estaba latiendo—. Hacía años que sufría problemas cardíacos, así que no ha sido del todo inesperado. Pero sigue siendo terrible. Era un buen hombre, pero ahora estará con Sylvia.

Supuse que era su esposa.

—¿Cuándo ocurrió? —pregunté.

—Ayer mismo. —Shirley volvió a dar unas palmaditas en la mano de su hija otra vez—. ¿Cómo está Olly?

—Está bien.

Shirley asintió.

—Es un buen muchacho. Como su padre. —Se volvió hacia mí—. Sigo esperando que algún día Olly haga de ella una mujer honrada...

¿Olly? Ese era el nombre del taxista. Olly Jones. Así que él era el hijo de Malcolm, y aquella mujer era su novia. Lo cierto es que era una ciudad muy pequeña, con un abanico de opciones muy limitado en cuanto a elecciones amorosas. Pero ahora, al enterarme de la muerte de Malcolm, aún tenía más ganas de hablar con Zara.

—Bueno, y mi amiga, Zara... ¿Está aquí?

El perro saltó sobre el regazo de Shirley y ella le pasó una mano por el lomo. Había vuelto a replegarse en su mente, con sus recuerdos. En su mundo de fantasía, como diría mi madre.

—¿Zara Sullivan? —dijo Heledd—. Se ha ido.

Tardé unos segundos en asimilar sus palabras.

—¿Que se ha ido?

—Sí, se fue ayer. Hizo las maletas, pagó la factura y se fue.

—Pero... Se suponía que era yo quien debía pagarle la habitación. ¿Dejó algún mensaje?

—No, dijo algo de que ya había terminado su trabajo aquí.

Maldije para mis adentros. ¿Cómo podía haber abandonado la investigación sin decirme nada? Era una mujer algo excéntrica, sí, pero no me había parecido una zumbada. Tal vez había pagado ella la habitación porque se sentía culpable y no contestaba a las llamadas simplemente porque no quería discutir con un cliente enfadado.

Pero entonces pensé en lo rara que había estado en el pub la otra noche, y en lo nerviosa que me había parecido. ¿Acaso la había asustado algo y por eso se había ido?

—¿Cómo estaba ayer? —pregunté.

Heledd se sentó en el sofá y cruzó las piernas. Un pie calzado con unas Converse rebotó hacia arriba y hacia abajo.

—Qué pregunta más intrigante. ¿Qué quieres decir?

—¿Parecía nerviosa o estaba relajada?

—A mí me pareció que estaba la mar de bien. Bajó a desayunar, se comió tres tostadas y estuvimos charlando tranquilamente. Me contó todos los detalles de un caso en el que trabajó una vez, algo de un tipo que había desaparecido. Al final lo encontraron encadenado en una mazmorra de prácticas sadomasoquistas. Había pagado a la dominátrix para que se lo quedara como esclavo. Estuvimos riéndonos de eso.

—¿No dijo nada sobre el caso en el que estaba trabajando aquí?

—No. Solo que había llegado a un callejón sin salida.

—¿Y estás segura de que no parecía asustada?

—Estoy segura. ¿Por qué? ¿Es que debería haber tenido miedo de algo?

—No lo sé.

Me despedí de Shirley y Heledd me acompañó a la puerta. Cuando estaba a punto de irme, se me ocurrió algo.

—¿Qué ha querido decir tu madre con eso de que era «un castigo»?

—¿Quién sabe? Mamá siempre está hablando de pecados y castigos divinos. De demonios con tridentes al rojo vivo. Pasé toda mi infancia oyendo advertencias de que si no me acababa toda la comida del plato u ordenaba mi habitación, Dios me castigaría. O algo peor.

—¿Te refieres al Demonio?

—No, no. No me refiero a él.

Cerró la puerta.

* * *

¿Y ahora qué? Necesitaba saber si Zara había descubierto algo más. ¿Se habría reunido con Malcolm Jones antes de su muerte?

Llamé al número de la oficina de Zara, pero no hubo respuesta. Le envié un correo electrónico desde mi teléfono, pidiéndole que me llamara.

Al cabo de un minuto, mi teléfono emitió un sonido.

Era Zara, respondiendo con un mensaje.

Hola Lucas. Lo siento mucho, pero he decidido regresar a casa. No estaba llegando a ninguna parte y no podía soportar estar en ese hotel ni un minuto más.

No te preocupes por mis honorarios. No averigüé nada y no creo que nadie pueda hacerlo. Esa chica desapareció hace mucho tiempo. Buscarla es una pérdida de tiempo absoluta. ¡Lo siento de nuevo! Zara.

Maldita sea. Entonces, ¿eso era todo? ¿El final de la investigación? Era difícil aceptar que todo hubiese terminado así, sin más, a pesar de que una vocecilla en mi cabeza me decía que era lo mejor, que estaba perdiendo el tiempo con aquella búsqueda sin sentido.

La vocecilla también me recordó que tenía que volver a la casa, a trabajar un poco. Todavía debía escribir más de las tres cuartas partes de mi novela, y nunca la terminaría si no me ponía en serio de una vez. Había estado haciendo caso omiso de los correos electrónicos de mi agente y mi editor, ambos preguntándome para cuándo esperaba tenerla terminada. Necesitaba hacer aquello para lo que había ido allí.

Estaba ansioso por ayudar a Julia, pero no tenía ni idea de qué hacer a continuación ni con quién hablar.

Capítulo 19

A la mitad de la comida, el abuelo de Megan entrecerró los ojos y dijo:

—¿De qué te conozco?

Lily tomó un sorbo de zumo de naranja. Le costaba responder, era como si se hubiera atragantado con algo, y tuvo que dar otro sorbo antes de poder articular las palabras.

—En el parque. Me ayudaste cuando me caí de la bicicleta.

El hombre aplaudió.

—¡Pues claro! Vaya, no lo habría adivinado nunca.

—Qué casualidad —dijo la madre de Megan, sonriendo a Lily.

—Esta es una ciudad pequeña —comentó el abuelo de Megan—. Aquí nos conocemos todos. Aunque todavía no he conocido a tus padres, Lily. ¿Qué hacen? ¿A qué se dedican, quiero decir?

El abuelo de Megan tenía una miga pegada en el labio inferior que se movía cada vez que hablaba. Lily la miraba fijamente, convencida de que iba a caerse en cualquier momento, pero la miga no se despegaba de él.

—Mi madre es ilustradora y mi padre hace cosas con ordenadores.

El hombre arqueó las cejas, acercándolas hacia su cabeza reluciente.

—¿Qué te gustaría ser cuando seas mayor?

La niña se encogió de hombros. Odiaba cuando los adultos le preguntaban eso.

—No lo sé todavía.

—Yo quiero ser una estrella del pop —dijo Megan—. Seré la cantante de un grupo y me haré famosa.

Empezó a cantar y su abuelo sonrió, con un brillo de orgullo y amor en los ojos, hasta que la madre de Megan le dijo que se callara y siguiera comiendo.

Aquella tarde se le estaba haciendo eterna. Lily tenía unas ganas insoportables de perder de vista al abuelo de Megan. No sabía por qué, pero era como si fuese alérgica a él, igual que era alérgica a la lana, que le daba picor y le producía sarpullidos en la piel. Había visto cómo reaccionaba Chesney cuando pasaba un perro, arqueando la espalda y tensando la cola. Así era como el abuelo de Megan la hacía sentirse, a pesar de que la había ayudado en el parque y ahora estaba siendo amable con ella, y de que estaba claro que Megan creía que su abuelo era el rey del mambo.

En ese momento sonó el teléfono de la madre de Megan. Se fue con él a la puerta de atrás para hablar con la persona que había llamado. Cuando dejó de hablar, volvió y dijo:

—Lily, era tu madre. No va a poder venir a recogerte.

—¡Lily se queda a dormir! ¡Bien! —gritó Megan.

Lily no le hizo caso.

—¿Por qué no? ¿Ha pasado algo?

La madre de Megan apoyó una mano sobre el brazo de Lily.

—Tranquila, no ha pasado nada malo. Parece que el coche se ha averiado, eso es todo. Me ha pedido si puedo llevarte a casa.

—¿Y no puede quedarse a dormir? —insistió Megan de nuevo.

—Megan, Lily no se ha traído sus cosas. Y tenemos que salir de casa mañana a primera hora.

Miró a Jake, cuya cara estaba cubierta de mermelada y mante-quilla de cacahuete, con la ropa como la del «antes» en un anuncio de detergente.

—Yo puedo llevarla a casa —dijo el abuelo de Megan.

«¡No, no, no!».

—Ah, ¿podrías acompañarla? Me harías un gran favor.

—No es ninguna molestia. —Sonrió a Lily con su boca llena de dientes torcidos—. No es ninguna molestia en absoluto.

* * *

El abuelo de Megan tenía un coche gris que por dentro estaba impecable, más limpio de lo que el coche de sus padres había estado jamás. Lily se sentó delante, en el asiento del pasajero, en el elevador de Megan. Le daba una vergüenza increíble tener que sentarse aún en un elevador a pesar de tener ocho años. Bajó la ventanilla para decir adiós.

—Tenía muchas ganas de que se quedase a dormir —dijo Megan.

—La próxima vez —dijo su madre.

—¿Así que vives en Nyth Bran? —dijo el abuelo de Megan cuando se incorporaron a la carretera principal. Todavía lucía un sol espléndido y hacía calor fuera, la tarde veraniega alargándose para siempre. Pero dentro del coche el ambiente estaba cargado y hacía un calor asfixiante, y Lily estaba medio mareada.

—Ajá.

—¿Sabes lo que quiere decir Nyth Bran, Lily?

—Nido del cuervo.

—Eso es. Estoy impresionado.

—Mi madre me lo dijo.

Seguía mirándola a ella en vez de mirar a la carretera. Se con-centraba sobre todo en su cara, pero de vez en cuando deslizaba la vista hacia sus piernas desnudas. Eso producía en Lily una sensación un poco rara, como si millones de pequeños gusanos culebreasen bajo su piel.

—¿Lo has pasado bien hoy con Megan? Me ha dicho que habéis jugado con su nuevo videojuego.

Lily asintió con la cabeza.

—La verdad es que no entiendo qué gracia tienen esos juegos. Yo me quedo mil veces con el ajedrez. ¿Tú juegas al ajedrez, Lily?

—Sí. Mi padre me enseñó.

—Eso es maravilloso. Tal vez puedas ganarme una partida algún día, aunque tendrás que darme ventaja. —Se rio entre dientes, con una risa sibilante—. Y dime, ¿cuánto tiempo llevas viviendo aquí, Lily?

Era uno de esos mayores que siempre decía tu nombre, aunque tú fueses la única persona que había con él. Como si tuviera que seguir diciéndolo todo el rato porque, si no, se le olvidaría.

—Desde septiembre pasado.

—Ah, no mucho, entonces. Será por eso por lo que no conozco a tu familia. Son muy reservados, ¿verdad?

Lily no tenía ni idea de qué contestar a eso.

—¿Dónde vivíais antes?

—En Mánchester.

—Así que eres forofa del United, ¿eh?

Volvió a enseñarle sus dientes torcidos; también los tenía amarillos. Su dentista debía de ser muy malo. O tal vez nunca se cepillaba los dientes. Sus ojos, también un poco amarillentos donde deberían ser blancos, se desplazaron otra vez hasta sus piernas.

—Del City —acertó a decir Lily.

El hombre empezó a hablar sobre lo diferente que debía de ser vivir allí después de haber crecido en una gran ciudad. Era un tema tan familiar que la tranquilizó un poco. Dejó de agarrar el asiento con fuerza y advirtió que sus manos habían dejado marcas sudorosas en el cuero negro.

—Son lugares peligrosos, las grandes ciudades... —dijo el abuelo de Megan.

Ya estaban a mitad de camino; cinco minutos más y estaría en su casa.

—Aunque aquí también puede ser peligroso —continuó diciendo.

—¿Por la bruja? —susurró Lily.

El hombre apartó la mirada hacia un lado y Lily supo que estaba pensando en qué decir a continuación. No había tráfico en la carretera, pero iban muy despacio, como si no quisiera llevarla a casa tan pronto. Una sonrisa asomó a sus labios resecos, labios que no dejaba de humedecerse entre frase y frase.

—Una niña desapareció aquí —dijo—. Hace ya mucho tiempo; más de treinta años. Vivía en el hospicio de Saint Mary, en la ciudad.

Lily casi no podía respirar.

—¿Cómo se llamaba?

—Carys.

Él siguió sonriendo y Lily se dio cuenta de algo: era uno de esos mayores que disfrutaba asustando a los niños, por eso le contaba a Megan historias sobre la Viuda. Experimentaba una extraña sensación de entusiasmo.

Sin embargo, eso no hizo que lo que estaba diciendo le diera menos miedo.

—¿Qué le pasó?

—Pues eso es lo raro. Nadie lo sabe. Nunca la encontraron. ¿Y sabes qué? Que no fue la primera.

Se hizo un silencio muy muy largo, que se prolongó hasta que llegaron al camino de entrada a la casa de Lily. La niña lanzó un suspiro de alivio y se puso a toquetear el tirador de la puerta del coche, desesperada por salir. El abuelo de Megan movía los músculos de la mandíbula como si estuviera masticando algo, y por la forma en que miraba hacia delante, era como si no estuviera viendo el camino, sino algo que solo había dentro de su cabeza.

—Hemos llegado, Lily —dijo, deteniéndose delante de la casa.

—Gracias.

—Estoy seguro de que volveré a verte muy pronto.

Lily abrió la puerta con tanta ansia por escapar que casi se cae al bajar del coche. Detrás de ella, su madre salió de la casa levantando una mano para dar las gracias al abuelo de Megan. Él le devolvió el saludo.

Lily estaba a punto de cerrar la puerta del coche cuando él se inclinó y dijo, en voz baja:

—Lily. Ten cuidado, ¿de acuerdo?

Ella lo vio alejarse, haciendo un gran esfuerzo por no vomitar.

SEGUNDA PARTE

CAPÍTULO 20

Durante la semana siguiente o así, seguí una rutina a rajatabla, la clase de rutina que había imaginado cuando reservé una plaza en el retiro para escritores. Cada mañana me levantaba al amanecer para escribir, con tazas de café como combustible, sin apenas ver la lluvia que, día tras día, golpeteaba la ventana. Mi novela había empezado a despegar por sí sola, los hilos de la historia entrelazándose sin esfuerzo, y pude enviar un correo electrónico a mi agente y a mi editor para decirles que acabaría el libro con un par de semanas de retraso, pero no más.

No vi mucho a Julia durante este período de tranquilidad, salvo en las comidas o cuando salía a tomar el aire. Tampoco vi demasiado a Max o a Suzi. Ambos habían anunciado que habían alargado su estancia porque estaban haciendo grandes progresos con sus novelas —estaba claro que había algo en el aire—, pero no estaba seguro de si seguían acostándose juntos y, sinceramente, no me importaba.

No oí a nadie cantar esa semana. No apareció ningún fragmento misterioso en mi novela. Puede que ocurriesen cosas de las que yo no tenía conocimiento —estaba tan volcado en mi libro que en el piso de abajo podría haber atravesado la cocina un jinete sin cabeza y no me habría enterado—, pero, que yo recuerde, la semana transcurrió sin incidencias.

Entonces llegó una nueva huésped. Y todo cambió.

* * *

Me salté la cena porque estaba muy metido en un capítulo y no tenía mucha hambre, pero bajé las escaleras a eso de las ocho para beber algo. Oí un poco de alboroto procedente de la sala Thomas, incluida una voz que no reconocí.

Julia estaba en la cocina. Cuando la había visto la semana anterior, se había mostrado retraída y había actuado con formalidad profesional, de modo que sospechaba que se sentía incómoda por haber llorado en mi presencia, desnudando sus emociones. Ahora había vuelto a envolverse en una capa de autoprotección. Yo también me sentía incómodo, y me sorprendí caminando de puntillas a su alrededor. Había habido un momento en el que pensaba que al menos seríamos amigos, pero, por lo visto, ese momento se había perdido ya. Y yo había permitido que sucediera. En parte era porque no sabía cómo ayudarla —había renunciado a mi investigación secreta para encontrar a Lily—, pero había algo más: el sentimiento de culpa.

Estaba seguro de que a Priya le habría gustado Julia, pero estaba menos seguro de que le hubiese gustado que empezase algún tipo de relación con ella. El mero hecho de que encontrase atractiva a Julia me parecía una traición. Además, todo era únicamente por mi parte, me recordé a mí mismo. A Julia yo no le gustaba en ese sentido. Estaba siendo ridículo solo por pensarlo.

Julia me sonrió.

—Lucas. Te has perdido la cena. ¿Quieres algo?

—Estoy bien, gracias.

Se oyó una explosión de risa masculina desde la sala Thomas.

—Una nueva huésped —dijo Julia—. Deberías ir a conocerla. Es todo un personaje.

Arqueó las cejas y se rio de un modo algo histriónico. La miré fijamente. ¿Había estado bebiendo? No, no podía ser.

Siguió metiendo platos en el lavavajillas.

—¿Quieres que te eche una mano? —le ofrecí.

—No, ve a conocer a la nueva, anda.

La chimenea estaba encendida y el fuego bañaba la habitación en una luz cálida y parpadeante. Max estaba en el sofá, con Suzi a su lado.

Había otra mujer sentada en el sillón de enfrente. Debía de rondar la cincuentena. Lucía una media melena oscura estilo años veinte y llevaba varios collares gruesos y pesados. Miraba a Max con una expresión seria, ligeramente perpleja.

—¡Ah! El solitario escritor de novelas de terror —dijo Max cuando entré en la habitación—. Te presento a Ursula.

—Ursula Clarke —dijo con voz de mujer adinerada. Su nombre le sonaba vagamente, pero era obvio que esperaba que hubiera oído hablar de ella.

Me fijé en que sostenían sendas copas de vino. Había una botella medio vacía en la mesita de centro. ¿Julia había revocado la prohibición de beber alcohol? Por lo visto, había acertado con mi suposición de que iba un poco ebria, después de todo.

—Ursula es la autora de *El susurro del espíritu* —dijo Max con una sonrisa burlona. Cuando la recién llegada no lo miraba, le guiñó un ojo a Suzi, que no respondió al gesto. La chica estaba estudiando a Ursula con interés.

—Ah, sí, he oído hablar de él —dije—. Fue un gran éxito de ventas, ¿no?

—Un millón de ejemplares vendidos —repuso Ursula con falsa indiferencia.

—Hace diez años —dijo Max.

Ursula apretó la mandíbula y sentí una mezcla de simpatía y compasión por ella. Estaba exactamente en la situación que yo más temía: un único bombazo seguido de años de oscuridad. La maldición del escritor de una sola novela de éxito.

—¿Me recuerdas de qué iba? —le pregunté—. Lo siento, pero tengo muy mala memoria.

—Era sobre mi relación con mi guía espiritual —dijo Ursula—. Sobre cómo me aconsejaba, me contaba secretos, me ayudaba a mostrarme el camino hacia la riqueza y la felicidad.

—Yo ya tengo un agente para todo eso —bromeó Max.

A Ursula no le hizo gracia.

—Estoy acostumbrada a las burlas —dijo.

—A mí me parece fascinante. —Me senté. Por supuesto, en realidad todo aquello me parecía una sarta de tonterías, pero quería dejar en ridículo a Max y, como he dicho, sentía lástima por Ursula—. Cuéntame más cosas al respecto.

—Puede que necesites una copa antes —dijo Max, sirviéndome una. Me dio la copa y tomé un sorbo. Vino tinto, robusto y delicioso.

—¿Qué ha pasado con la prohibición de beber alcohol? —pregunté.

—No lo sé. —Max se rascó la cabeza—. Esta noche bajamos a cenar y ahí estaba la botella. Como una maravillosa aparición.

Ursula carraspeó ligeramente.

—Tal vez debáis agradecérmelo a mí. Julia mencionó el carácter abstemio de este lugar cuando llamé para preguntar cómo había que reservar una plaza. Le dije lo absurdo que era. ¿Una casa para escritores sin alcohol? Le dije que si quería que fuera un negocio viable, tenía que ir a la vinatería más cercana cuanto antes.

Max levantó su copa.

—Un brindis por Ursula.

Suzi levantó la suya también. Yo no me sumé. A pesar de lo mucho que me alegraba poder sostener una copa de vino en la mano, era el único que sospechaba por qué Julia tenía aquella aversión al alcohol.

—Bueno, Lucas, estaba a punto de hablarte sobre las guías espirituales. —Ursula dejó su copa y se recostó hacia atrás—. Todos nosotros, incluso Max, tenemos una guía espiritual, alguien que vela por nosotros y nos ayuda en nuestro viaje a través de esta vida. Dime, Lucas, ¿alguna vez sientes como si alguien te estuviera mirando, cuidando de ti? Quizá percibes una presencia a veces, cuando estás soñando o en momentos de gran emoción.

Sus palabras me erizaron la piel, porque, efectivamente, en ocasiones me sentía como si me estuvieran observando, sobre todo desde la muerte de Priya. Y sobre todo, de hecho, desde que había llegado a esa casa.

Continuó hablando:

—Algunas personas, como yo misma, somos extraordinariamente sensibles. Podemos comunicarnos de forma directa con nuestra guía. Ella me dice si alguien planea hacerme daño, y me dice en quién puedo confiar. También me ayuda a comunicarme con los muertos, para que puedan transmitir su sabiduría y conocimientos.

—¿Y esa guía espiritual tiene un nombre? —pregunté.

—Por supuesto: Phoebe.

—¿Y Phoebe era... una persona de carne y hueso?

—Oh, sí, pero de eso hace cientos de años. —Sonrió, aunque había un dejo de tristeza en su sonrisa, como si Ursula estuviera hablando de una vieja amiga a la que no hubiera visto en mucho tiempo—. La buena noticia —prosiguió— es que el Cielo existe. En cuanto supe eso, ya no tuve miedo a la muerte... y empecé a vivir de verdad.

Me dejó rellenarle la copa de vino a la vez que rellenaba la mía. En ese momento, Julia asomó la cabeza por la puerta y nos dio las buenas noches. Cuando la oí subir las escaleras, lo sentí, justo en mitad de estómago: la echaba de menos. Echaba de menos la conexión que habíamos establecido entre los dos.

Ursula se dio cuenta.

—Ella te gusta, ¿verdad?

Hice una mueca, pero Max y Suzi no la habían oído, según me pareció.

—Muchos hombres se sienten atraídos por las mujeres que experimentan un dolor emocional —dijo.

La interrumpí. Yo no era esa clase de hombre.

—No. Es su fuerza interior lo que me gusta.

—Ah, así que tengo razón: te gusta.

Sonrió y no pude evitar sonreír yo también.

—Sí, me gusta. Pero eso no significa que yo le guste a ella.

Ursula se inclinó hacia delante. Tenía la boca manchada de rojo por el vino.

—No me engañas —dijo—. Recuerda: veo cosas.

—¿Por eso sabes que está sufriendo? ¿Porque tu guía espiritual te lo ha dicho?

Sonrió.

—En realidad, fue un taxista.

Ursula esperó hasta que los pasos de Julia se hicieron inaudibles y dijo:

—El taxista que me trajo aquí desde la estación me contó lo que les pasó al marido y a la hija de Julia.

En ese momento, los dos le prestaron toda su atención. Por su cara, Max parecía como si estuviera viendo un informativo en el que acababan de anunciar que había aterrizado un ovni en Trafalgar Square.

—¿Que te contó? —pregunté.

Ursula repitió casi lo mismo que Olly, el taxista, me había contado a mí.

—Y nunca llegaron a encontrarla —dijo con un susurro teatral.

—Oh, pobre Julia —dijo Suzi.

—Espera un momento —me dijo Max—. ¿Tú ya lo sabías?

—Me lo contó el mismo taxista.

—¿Y no se te ocurrió compartir esa información con nosotros?

—¿Por qué iba a hacerlo? No me parece bien ponerme a chismorrear sobre las desgracias de Julia.

Ursula agitó una mano.

—Tonterías. No es ningún chisme. Como dice Max, es compartir. La gente debería mostrarse más abierta con los demás. ¿Cómo se supone que vamos a entender al prójimo si no?

—¿Estás citando una frase de tu libro? —le pregunté.

Suzi estaba mirando al vacío.

—Tal vez fue eso lo que oyó Karen —dijo—, al fantasma de la niña.

Todos miraron a Ursula como si pudiera saber la respuesta. A ella le encantaba verse en aquella situación. Antes de que yo pudiera intervenir, dijo:

—Es posible. Los espíritus pueden quedar atrapados en este reino... Podría ser que el dolor de su madre la retenga aquí abajo, que no le permita entrar en el Cielo.

—Oh, Dios mío —dije dirigiéndome a Max y a Suzi—. ¿De verdad os creéis todo eso?

—No, por supuesto que no —respondió Max—. Lo siento, Ursula.

—Todo esto me está poniendo enfermo —exclamé—. ¿Podéis imaginar el infierno que ha vivido Julia? Ver cómo se ahogaba su marido, no saber qué le pasó a Lily... Por eso... —me callé en el último momento.

—¿Por eso qué? —preguntó Max.

—Nada. Pero, por favor, ¿podemos dejar de hablar de fantasmas y espíritus?

—Quieres guardártelo para tus libros, ¿eh? Lo entiendo. —Max esbozó una sonrisa condescendiente.

Me levanté y la cabeza me empezó a dar vueltas. Debía de haber bebido más de lo que creía.

—Me voy a la cama —anuncié.

—Cuidado con los fantasmas y los espectros —se burló Max cuando salí de la habitación.

Le hice un gesto grosero con el dedo corazón al marcharme.

Fui a la cocina por un vaso de agua. Cuando salí, oí hablar a Ursula, en voz alta y con total indiscreción.

—Es posible —estaba diciendo—. Tal vez el espíritu de Lily está con nosotros, y tal vez no nos quiere aquí. Quiere estar a solas con su madre.

Capítulo 21

Me desperté bruscamente. En la habitación estaba oscuro como boca de lobo, la clase de oscuridad que nunca se ve en las ciudades grandes, y el corazón me latía con fuerza, como si me hubiera despertado de una pesadilla de la que no recordaba nada. Entrecerré los ojos, tratando de vislumbrar algo en la oscuridad, sin poder ver nada más que manchas de color, formas indeterminadas que se desfiguraban y se volvían borrosas. Pero estaba convencido de que había alguien más en la habitación.

—¿Hola? —dije, con un tono de voz más fuerte de lo que pretendía.

Oía la respiración de alguien al otro lado del dormitorio, estaba seguro. También olía algo. Suciedad o sudor. Miedo.

Busqué a tientas mi teléfono, que estaba seguro de haber dejado en la mesita de noche. No conseguía encontrarlo. Traté de localizar la lámpara, ciego en la oscuridad total. Al final, mis dedos palparon el interruptor de plástico y lo pulsé.

No pasó nada.

Por un momento me quedé paralizado, ordenando mentalmente a mis inútiles ojos que se adaptaran a la oscuridad. Ahora, el aire a mi alrededor era gris oscuro. Y estaba seguro de que había una forma más oscura en la habitación.

Otra persona. Observándome.

La puerta del dormitorio se abrió con un clic. Dios... Efectivamente, allí había alguien... Inmediatamente, se cerró de nuevo.

Me levanté de la cama de un salto y encontré el interruptor de la pared. La luz repentina me deslumbró, quemándome las retinas. Cuando me recobré, miré fijamente a la puerta. ¿Estaría el intruso aún allí, al otro lado? No había oído el ruido de pasos alejándose. Iba únicamente en ropa interior. Me puse una camiseta y abrí la puerta.

El pasillo estaba iluminado por la acuosa luz de la luna, que se colaba por la ventana del otro extremo. No se veía a nadie. Vacilé un instante. ¿Por dónde se habían ido? Me quedé parado entre las dos escaleras, tomé una decisión y fui hacia abajo.

Oí un estrépito en la cocina. Me quedé paralizado un momento. ¿Necesitaba un arma? En la sala Thomas había un atizador junto a la chimenea. Podía entrar, agarrarlo y luego...

Antes de que pudiera decidirme, alguien salió de la cocina.

Era Suzi, que dio un respingo y se llevó una mano al pecho.

—¡Lucas! ¿Qué estás haciendo? Me has dado un susto de muerte.

Iba completamente vestida, y llevaba una taza de té o café en la otra mano. Se le había derramado parte del líquido por el borde de la taza al verme. Se dio cuenta y se apresuró a volver a la cocina, de la que regresó con un paño.

—¿Qué haces levantada? —le pregunté.

—No me he acostado todavía —dijo—. Y no, antes de que me lo preguntes, no estaba con Max.

—No es asunto mío.

—Eso es verdad. Bueno, en cualquier caso, estaba trabajando. ¿Qué haces tú levantado a estas horas?

Contesté con una evasiva:

—¿Has visto a alguien bajar aquí?

—No. Aunque tal vez no lo haya oído, porque tenía el hervidor de agua funcionando aquí a mi lado. ¿Por qué?

—Espera.

Subí corriendo las escaleras y seguí hasta la siguiente planta. Revisé ambos extremos del pasillo e incluso me asomé a mirar dentro del armario de la limpieza. Levanté la vista hacia el desván. Era imposible que alguien pudiera haber subido allí sin armar un gran escándalo bajando la escalera. Quienquiera que fuese, se había desvanecido. Debía de haber salido escabulléndose por la puerta principal y ya estaría lejos de allí.

Volví a la planta baja y me reuní con Suzi en la cocina.

—¿Vas a decirme qué está pasando? —preguntó—. ¿Por qué te paseas en calzoncillos?

—Alguien ha entrado en mi habitación.

Abrió los ojos como platos.

—¿Qué? ¿Estás seguro?

—Alguien abrió y cerró mi puerta. Lo oí salir de la habitación.

—¿Estás seguro de que no estabas soñando?

—Completamente seguro.

Me miró con escepticismo y con el rabillo del ojo vi mi reflejo en la ventana. Llevaba el pelo todo de punta y despeinado, al más puro estilo de profesor chiflado. También percibí el olor del alcohol en mi aliento.

—Estabas bastante mosqueado cuando te fuiste a dormir —dijo—. A mí me pasa a veces; si me voy a la cama enfadada o molesta, sueño cosas malas.

—Pues a mí me ha parecido muy real —insistí.

—A ver... ¿Falta algo en tu habitación? —preguntó.

Subí las escaleras, seguido de Suzi, y entré en mi dormitorio. ¿Faltaba algo? Mi portátil seguía en el escritorio, con mi cuaderno al lado.

—Tenía un bolígrafo justo aquí —dije.

—Yo pierdo bolígrafos a todas horas —repuso Suzi.

—No, no lo entiendes. Este es un bolígrafo muy especial. Siempre sé exactamente dónde está.

Priya me lo había regalado por mi cumpleaños, poco antes de que empezara a tomar notas para *Carne tierna*. Fue el último regalo que me hizo. No era muy caro, pero era muy valioso para mí, y no solo porque me lo hubiese regalado ella. Lo había usado para diseñar el esquema general de mi primer libro. Puede que me vanagloriase de ser un hombre racional, pero era muy supersticioso con respecto a aquel bolígrafo. Era mi equivalente al pelo de Sansón. La idea de perderlo me daba escalofríos.

—Espera —dije, advirtiendo de repente que me faltaba algo más—. ¿Dónde está mi teléfono?

No estaba en la mesita de noche. Busqué entre la mesa y la cama. No estaba allí. Miré en el bolsillo de mis vaqueros, donde lo dejaba a veces. Saqué el edredón y levanté las almohadas. Estaba convencido de que iba a encontrarlo y Suzi pensaría que todo eran imaginaciones mías, pero el teléfono no aparecía por ninguna parte. Puse la habitación patas arriba, buscando el aparato y el bolígrafo.

—¿Lo ves? —dije—. No están. El bolígrafo y el teléfono. Alguien se los ha llevado. ¿Me crees ahora?

Examinó la habitación, muy despacio, y se abrazó a sí misma.

—Te creo —dijo con un leve temblor en la voz—. Pero ¿quién?

—No lo sé.

Abrió más los ojos.

—¿Y si Ursula tiene razón?

Me burlé:

—¿Qué? ¿Crees que un fantasma se ha llevado mis cosas?

Se sentó en mi cama. Eran las tres de la madrugada. Fuera, el mundo exterior estaba en completo silencio. Me había despertado convencido de que había alguien en mi habitación, después de estar la noche anterior hablando de espíritus y fantasmas. Las dos o tres semanas anteriores había oído una canción nocturna en la habitación contigua, las velas de cumpleaños se habían apagado solas, Karen había huido de este lugar después de escuchar una voz que la amenazaba y Suzi había sido testigo de que alguien trataba de abrir su puerta. Era difícil seguir pensando de un modo completamente racional.

—Tengo que admitir —dijo Suzi— que ahora mismo estoy bastante acojonada.

—Oye, los fantasmas no roban los teléfonos de la gente. —Me senté junto a ella en la cama—. Además, ¿por qué necesitaría un espíritu abrir y cerrar una puerta? Los fantasmas las traspasan sin más, ¿no?

Eso le arrancó una sonrisa.

—Cierto. Es solo que... todo eso que dice Ursula, sobre los guías espirituales y el Cielo, ¿a que sería alucinante que fuera verdad? Como por ejemplo... si Julia creyera en el Cielo, tal vez podría aceptar que Lily no va a volver.

La adrenalina dejó de circular por mis venas y bostecé.

—Debería dejarte dormir —dijo Suzi.

—No creo que sea capaz de conciliar el sueño ahora.

Me miró.

—Puedo quedarme, si quieres... —Y a toda prisa, añadió—: Quiero decir, para hacerte compañía.

—Tranquila, no hace falta —le contesté, sin saber si me sentía aliviado o decepcionado por que no se estuviera ofreciendo a acostarse conmigo. Era una noche muy confusa—. Tal vez intente escribir un poco. Debería aprovechar mi insomnio.

—Claro. —Se levantó y vaciló un momento—. Estaba pensando... Tal vez deberíamos pedirle a Ursula que hable con Julia. Puede que le procure algún consuelo.

—La verdad, no creo que sea buena idea. Nunca aceptará que Lily está muerta. No a menos que vea alguna prueba.

Suzi me dio las buenas noches y me dejó solo con el silencio.
Me acosté, con la intención de descansar los ojos un momento antes
de ponerme a trabajar.

* * *

La luz del sol me arrancó del sueño. Aturdido y con resaca, me
vestí y salí, con la esperanza de que una bocanada de aire frío me
hiciera sentir más humano.

Ursula estaba en el jardín delantero, junto a la valla que Rhodri
había arreglado, con un abrigo rojo de aspecto caro. Me vio y me
saludó, esbozando una amplia sonrisa. Era una mañana radiante y
suave. Unas nubes se encaramaban a las montañas del horizonte, y
los árboles en el jardín de Julia estaban pletóricos, en flor. Los pájaros sobrevolaban el cielo, regresando de climas más cálidos. Aparte
de sus gorjeos, el silencio se adueñaba de todo aquel terreno.

—Es un lugar maravilloso, ¿verdad? —comentó Ursula. Me di
cuenta de que estaba casi temblando, con la actitud de alguien que
acababa de ganar la lotería—. Lo sabía... Sabía que si me iba a un
lugar tranquilo, lejos de la gran ciudad...

—Lo siento, no sé a qué te refieres —le dije.

Un brillo relucía en sus ojos.

—Anoche, Phoebe me habló. ¡Oh, fue tan maravilloso volver a
oírla de nuevo! Creía haber perdido mi don, que estaba siendo castigada por compartir el secreto con el mundo y beneficiarme mate-
rialmente de hacerlo público. —Me agarró la muñeca—. Pero ella
ha vuelto. ¡Ha vuelto!

Por un momento pensé que iba a hincarse de rodillas en el suelo
y levantar la cara hacia el cielo, para dar gracias. Pese a mi cinismo
ante aquella clase de cosas, su entusiasmo era contagioso.

Pero entonces dijo:

—Phoebe me habló de ti, Lucas. Me habló de tu pérdida.

La miré fijamente.

—Mereces ser feliz, y tal vez podrías hacer feliz también a Julia.

—¿Cómo sabes...? —Me callé. Tal vez no sabía nada en realidad y estaba indagando, tratando de adivinar como esos autodenominados videntes que dicen cosas muy vagas y genéricas y convencen a sus víctimas de que lo saben todo sobre ellas.

Aunque, por otra parte, también podría haber encontrado alguna noticia sobre Priya en internet. Le había prohibido a mi agente que hablase de la muerte de mi novia porque no quería que pareciera que estaba sacando provecho de la tragedia. Me preocupaba que pudiera filtrarse, que un periodista lo descubriera y escribiera un reportaje: «El trágico pasado de un autor superventas»; pero, afortunadamente, la prensa no estaba interesada en los escritores ni en los libros, a menos que se llamara J.K. Rowling. La única explicación, si no estaba dando palos de ciego, era que había llamado a su agente y había preguntado por mí.

Me hizo sentir que habían invadido mi intimidad.

—No tengo tiempo para esto —le dije.

Volví a la casa casi corriendo, con las palabras de Ursula resonándome en los oídos. De pronto, tuve un mal presentimiento por el hecho de que ella estuviera allí. Maldije para mis adentros cuando entré en la cocina.

—¿Estás bien?

Era Julia. Estaba sentada en la barra del desayuno, escribiendo en un cuaderno negro. No se me ocurrió ninguna respuesta adecuada. No quería preocuparla hablándole de mi intruso nocturno, y desde luego no quería contarle mi conversación con Ursula.

Ella llenó el silencio.

—Pareces un poco ausente.

—¿Ah, sí? Anoche no dormí bien y no encuentro mi teléfono. Me siento perdido sin ese cacharro.

—Estoy segura de que aparecerá. —Continuó tomando notas un momento y luego añadió—: Te he visto en el jardín, hablando con Ursula. Ya te dije que era todo un personaje.

—Sí, podría decirse así.

—¿No te cae bien?

Dudé antes de contestar:

—Al principio sentí pena por ella, pero ahora pienso... Bueno, la verdad es que creo que es peligrosa.

Julia soltó su bolígrafo, y entrecerré los ojos para comprobar que no era el mío.

—Eso es un poco exagerado, ¿no te parece?

—No. Ella...

—Espera, que viene.

Ursula entró en la cocina.

—¿He oído el ruido del hervidor de agua? Me muero por una manzanilla.

Julia sonrió al ver mi cara.

—Ahora mismo te la preparo. —Abrió una caja con bolsitas de infusiones—. Tengo unas galletas por aquí en alguna parte. De mantequilla. —Abrió una alacena y frunció el ceño—. Qué raro...

—¿No las encuentras?

—No. Pero seguro que ayer estaban aquí. Tal vez uno de los huéspedes se las ha comido. —Chascó la lengua—. Alguien ha estado usando mis tampones en el baño también. —Recogió las bolsitas de infusión.

Estaba a punto de contarle a Julia lo del sándwich desaparecido de Karen cuando Ursula dijo:

—Acabo de ver a una niña fuera.

Julia soltó de golpe la caja con las infusiones, que se esparcieron por toda la encimera.

—¿Qué has dicho? —Se había puesto muy pálida.

Ursula señaló hacia la ventana.

—Había una niña pequeña, justo en el otro extremo de ese campo junto a la casa, en la linde del bosque.

—¿Qué edad tenía? —dijo Julia—. ¿Cómo era?

—Bueno, mi vista ya no es la que era...

—¡Dímelo!

—Unos diez años, creo. Pelo castaño. Flaca como un palillo.

Julia salió corriendo de la cocina y cruzó la puerta de entrada. Ursula se la quedó mirando y luego se volvió hacia mí.

—¿Se puede saber qué demonios pretendes con eso? —exclamé.

—No pretendo nada, Lucas. Simplemente he dicho lo que he visto.

Negué con la cabeza y luego crucé la puerta para seguir a Julia. La encontré junto a la valla, al otro lado del jardín, contemplando el campo de hierba silvestre.

—Lily siempre estaba buscando a Chesney en ese campo —me explicó—. Michael le dijo algo de que había conejos por aquí, aunque yo no he visto nunca ninguno, y Lily estaba convencida de que era el coto de caza de Chesney.

—A eso me refería cuando te he dicho que Ursula es peligrosa —le dije—, te va a llenar la cabeza con tonterías sobre espíritus y apariciones.

Julia se subió a la valla y pasó una pierna al otro lado.

—¿Qué estás haciendo?

—Voy a mirar en el bosque.

—Julia...

Se volvió hacia mí, y por su expresión supe que no tenía sentido discutir.

—¿Y si ha visto a Lily? ¿Y si está ahí fuera... demasiado asustada, por la razón que sea, para venir a casa? ¿O tal vez estaba a punto de venir y Ursula la asustó?

Ya había sorteado la valla y estaba avanzando por la hierba hacia la hilera de árboles. Suspiré y fui tras ella. La hierba se aferraba a mis tobillos y el suelo estaba encharcado, húmedo aún por la lluvia de la semana anterior.

Alcancé a Julia, que estaba en un pequeño sendero justo a la entrada del bosquecillo.

—¡Lily! —la llamó—. ¿Lily? ¿Estás ahí? Cariño, soy yo, mamá.

—Julia, aquí no hay nadie —le dije—. Es Ursula. Está intentando meterse en tu cabeza. Deberías decirle que se marche ahora mismo.

No me estaba escuchando. Miró a los árboles, con las lágrimas rodándole por las mejillas. Estaba furioso con Ursula. ¿A qué estaba jugando?

—Estaba aquí —dijo Julia, con la voz impregnada de angustia—. Lo noto. Puedo sentir su presencia. —Y entonces sonrió. El brillo de esperanza en sus ojos me rompía el corazón—. Está viva, Lucas. Está viva de verdad.

Me abrazó, enterrando su rostro en mi pecho, con unas lágrimas calientes que me empaparon la camisa. La abracé y la dejé llorar durante un minuto hasta que se apartó, limpiándose las mejillas con las mangas.

—Ay, Dios, mírame, qué vergüenza... —dijo.

¿Qué se suponía que debía hacer? ¿Insistir en que Ursula había estado mintiendo? ¿Decirle que Lily tenía que estar muerta, que era imposible que pudiera haber estado allí, observando la casa? No podía hacerlo.

—Tiene que estar hambrienta —señaló Julia—. Debería llevarle algo de comida, dejársela aquí. Y también ropa de abrigo. Y una nota diciéndole que no tenga miedo. Sí, eso es lo que voy a hacer.

Salió corriendo del bosque y volvió hacia el campo, en dirección a la casa.

Contemplé los árboles a mi alrededor y me juré algo a mí mismo: si no podía convencer a Julia para que echara a Ursula, tenía que hacer lo posible para limitar los daños.

«Ursula —me dije—, te estaré vigilando».

Capítulo 22

No vi a Ursula por ninguna parte cuando regresé a la casa y supuse que habría vuelto a su habitación.

Julia estaba en la cocina, llenando una cesta con bocadillos y fruta. Preparó un sándwich de queso y lo envolvió en film transparente. Todo muy en plan Caperucita Roja.

—¿No se lo comerán los animales? —dije.

Miró la cesta.

—Tienes razón. Necesito algo más seguro, como una caja metálica con una llave. Pero no tengo nada parecido.

—Julia, ¿de verdad...? ¿De veras crees que Lily puede estar viviendo sola en el bosque?

Apoyó las palmas de las manos sobre la encimera, como tratando de no caerse.

—Si hay una posibilidad... por más remota que sea...

—Ursula te ha mentido. No sé por qué, pero...

—No le he mentido.

Me volví de golpe. Ursula estaba en la entrada de la cocina. Aún llevaba puesto su abrigo rojo, a pesar de que en la casa hacía calor. Tal vez era una de esas personas que siempre tiene frío. La piel fina, la sangre débil. Sentí que bullía de ira por dentro y estaba a punto de soltarle todo lo que pensaba de ella cuando sacó un teléfono móvil, uno de esos iPhones de gran tamaño, y dijo:

—Mirad. Saqué una foto. No me disteis la oportunidad de enseñárosla.

Julia empezó a temblar cuando Ursula abrió el teléfono y la aplicación de fotos.

—Ahí. Mirad.

No podía creerlo, pero ahí estaba: una imagen de la orilla del bosque, justo donde Julia y yo acabábamos de estar. Y delante de los árboles, frente a la cámara, había una niña.

—La lástima es que la imagen no se ve muy bien —dijo Ursula mientras Julia le quitaba el teléfono y hacía zoom sobre la figura. Era una niña con el pelo largo y castaño. Llevaba un abrigo azul y vaqueros.

—¿Es...? —Casi no me atrevía a decirlo—. ¿Es Lily?

—No lo sé. Quiero tantísimo que lo sea, que la estoy viendo. Pero no lo sé. No sé si es ella o no.

—Vamos a conectar el teléfono a un ordenador —dije—, para aumentar el tamaño de la imagen.

Corrí escaleras arriba y agarré mi portátil junto con el cable USB que utilizaba para cargar mi teléfono desaparecido. Una vez de vuelta en la cocina, conecté el teléfono de Ursula y fui contestando una serie de mensajes de permisos. Al final logré importar la foto.

La imagen apareció a tamaño completo en la pantalla. Era un ordenador portátil de alta gama con una pantalla de retina, de manera que aparecía nítida y brillante. Estaba un poco desenfocada, pero pudimos ampliar justo encima de la cara de la niña para que sus facciones fueran lo bastante visibles para identificarla.

—No es Lily —dijo Julia, y la decepción hizo que le temblara la voz.

Apoyé la mano sobre su hombro, lo que provocó una mirada de complicidad por parte de Ursula.

—Pero la conozco —dijo Julia, mirando la fotografía—. Es la amiga de Lily, Megan. Su familia vive al otro lado del bosque.

Descolgó las llaves de su coche del soporte de la pared.

—¿Adónde vas? —le pregunté.

—A hablar con ella. Quiero saber qué estaba haciendo. —Salió de la cocina y luego volvió sobre sus pasos—. Vamos. Tráete el portátil.

* * *

—¿Ahora te sientes mal? —me preguntó Julia mientras enfilaba hacia la carretera principal.

—¿Por haber acusado a Ursula de mentir? Un poco. Pero sigo pensando que es peligrosa.

Se rio. Parecía un poco alterada.

—No te llevas bien con mucha gente, ¿verdad?

—¿Qué quieres decir con eso?

—Bah, sé que Max no te cae bien. Y le has cogido manía a Ursula casi de forma instantánea. Además, leí en internet una entrevista que te hicieron, y contestabas en plan dramático, a lo Greta Garbo, con eso de: «Quiero estar solo».

—No creo que mi sentido del humor, bastante irónico, pueda captarse en las entrevistas. —Hice una pausa—. Espera un momento, ¿has leído una entrevista mía?

¿Lo estaba imaginando o se había puesto de un tono muy pálido de rosa?

—Yo... Mmm... Me gusta estar al día con lo que hacen mis huéspedes.

—Ya, claro.

Ninguno de los dos sabía qué decir a continuación. Al final fue Julia quien habló:

—Debes de pensar que estoy perdiendo la cabeza. Después de lo de antes...

—Por supuesto que no. Es perfectamente comprensible.

—Pero era una idea un poco descabellada, ¿no crees? Mi plan de dejar un picnic en el bosque.

Nos dirigimos hacia el oeste, bordeando la orilla del bosque. Estábamos cerca de donde había encontrado la cabaña en ruinas y me había recogido el taxista chismoso. Estábamos dando una especie de rodeo con el coche, por lo que se tardaba mucho más conduciendo que a pie.

—Ya hemos llegado.

Julia se detuvo en una pequeña urbanización de veinte o treinta casas que parecían construidas en la última década; viviendas unifamiliares con jardines cuadrados perfectamente cuidados, aceras anchas y camas elásticas en mitad de los jardines. Una urbanización diseñada para familias jóvenes. Julia se detuvo frente al número veintidós, una de las casas más grandes, situada frente al bosque cuya extensión llegaba hasta el retiro.

Julia llamó al timbre.

—Hola, Wendy —le dijo a la mujer que abrió la puerta. Tenía unos treinta y tantos años, era delgada y llevaba una camiseta con una frase estampada. Un labrador negro estaba intentando pasar entre sus piernas. Ella lo agarró por el collar y lo retuvo.

—Julia... Qué sorpresa...

Me observó con curiosidad, deslizó la mirada hacia el portátil que llevaba bajo el brazo y luego nos invitó a entrar, diciéndole «¡Bájate, Barney!» al perro, que trataba de abalanzarse sobre Julia y sobre mí. Al final, Wendy lo encerró en la cocina y nos invitó a pasar a la sala de estar.

—¿Megan está en casa? —preguntó Julia.

—Está en su habitación. ¿Va todo bien? —No dejaba de mirarme de reojo, a todas luces tratando de adivinar quién podía ser yo.

—Quería preguntarle algo.

Wendy miró a Julia con curiosidad y luego nos hizo una señal para que nos sentáramos, aunque ninguno de los dos lo hicimos. Wendy salió de la habitación y llamó a Megan desde el pie de las escaleras. Al no obtener respuesta, subió, y sus pasos resonaron detrás de ella.

Julia empezó a pasearse por la habitación, mordiéndose las uñas, irradiando oleadas de energía nerviosa. Examiné las fotos enmarcadas en la repisa de la chimenea. Wendy tenía dos hijos, Megan y un hijo mayor. A continuación, observé las estanterías de libros, algo que hago cada vez que visito la casa de alguien. No puedo evitarlo; si entro en una casa que no tiene libros, me pongo nervioso. Me pregunto qué clase de personas viven allí.

Fui pasando los *best sellers* de tapa blanda hasta llegar a un libro que reconocí: *Cuentos populares y mitos urbanos*. Lo había visto hacía poco, pero ¿dónde? Lo saqué de la estantería y lo hojeé. Era un libro para niños, lleno de historias sobre leyendas populares como la de María Sangrienta y la Bestia de Bodmin Moor. Se remontaba aún más en el tiempo, describiendo cómo las comunidades vivirían aterrorizadas por las brujas y los hombres lobo, por los demonios nocturnos y la figura de las Lloronas. Las ilustraciones eran vívidas y espeluznantes.

—Lily tiene ese libro —dijo Julia—. No sé de dónde lo sacó; simplemente lo trajo a casa un día.

Era allí donde lo había visto, en la habitación de Lily.

Volví a colocar el libro en el estante cuando Wendy regresó a la sala de estar, seguida por la niña de la fotografía de Ursula.

—Hola, Megan —la saludó Julia.

—Hola, señora Marsh.

La niña parecía incómoda, y empezó a chuparse un mechón de pelo. Se sentó en la orilla del sofá, columpiando las piernas arriba y abajo, como si su cuerpo no pudiera contener toda su energía. No podía mirar a Julia a los ojos.

—¿Cómo estás?

Megan se encogió de hombros.

—Bien, gracias.

—¿Has estado delante de mi casa hace un rato? —preguntó Julia.

Megan bajó la barbilla y no respondió. Se quedó con la mirada fija en una mancha de la alfombra como si encerrara la respuesta al sentido de la vida. Por fin, después de que su madre repitiera su nombre, la niña contestó:

—Sí.

—¿Qué estabas haciendo allí?

Megan adelantó el labio inferior.

—Solo estaba mirando.

—¿A la casa?

Asintió con la cabeza y luego el labio que había estado sobresaliendo le tembló.

—No estaba haciendo nada malo. Es solo que... a veces echo de menos a Lily. Me gusta mirar vuestra casa y acordarme de ella.

—Oh, cariño... —exclamó Julia.

Wendy se abalanzó sobre su hija y la envolvió en sus brazos.

—Estás disgustándola —le dijo a Julia.

—No era mi intención. Lo siento. Pensé... Es una estupidez, pero se me ocurrió pensar que tal vez Megan podría saber algo.

—¿De Lily? —Wendy negó con la cabeza—. De eso hace dos años.

—Pensé que tal vez sabía algo y venía a decírmelo.

—¿Qué pasa aquí? —exclamó una voz masculina desde la puerta.

—¡Abuelo!

Megan se liberó de los brazos de su madre y corrió hacia el hombre que había entrado en la sala de estar para arrojarse en sus brazos. Estaba completamente calvo y tenía unos sesenta y tantos años.

—¿Qué te pasa, mi vida? —le preguntó a Megan.

Antes de que esta pudiera responder, Wendy le contó lo que había sucedido.

—No hay ninguna ley que prohíba que la niña vaya al bosque, ¿verdad? —dijo él. Sus dientes señalaban en media docena de direcciones distintas. Lo miré con atención. Me devolvió la mirada con evidente hostilidad.

¿Era aquel el hombre que Zara había conocido en el club de ajedrez?

—Sentimos muchísimo lo que pasó, señora Marsh —dijo el hombre calvo—, pero eso no significa que pueda venir aquí a molestar a mi nieta.

No me gustó su tono hostil.

—Con todos los respetos —le dije—, a Julia le ha afectado mucho ver a Megan rondando por la casa.

—¿Y usted es...?

—Lucas Radcliffe —respondí.

—Es un escritor —dijo Julia. Wendy parecía confundida, así que añadió—: He convertido la casa en un retiro para escritores.

El hombre calvo entrecerró los ojos para mirarme con más detenimiento. De pronto caí en la cuenta de que, si aquel era el hombre que Zara había visto en el club de ajedrez, cabía la posibilidad de que supiera que yo la había contratado. Y Julia no sabía nada de eso.

Teníamos que irnos de allí antes de que el calvo se fuera de la lengua.

—Debes de haberlo revivido todo... —dijo Wendy, dándome un momentáneo respiro—. Lo siento mucho, Julia. Ojalá hubiera algo que pudiéramos hacer.

—Pero no lo hay —dijo el abuelo de Megan, dirigiendo aún su mirada hostil hacia mí—. Dejen que los acompañe a la puerta.

Regresamos al coche. Ahora Julia tenía la moral por los suelos.

—No me encuentro bien —comentó—. ¿Te importa conducir?

Me dio las llaves y ocupé el asiento del conductor.

—¿Cómo se llama el abuelo de Megan? —pregunté—. ¿Lo sabes?

—Glynn Collins. ¿Por?

—No, por nada. Es que me ha parecido reconocerlo, eso es todo.

—Es muy conocido por aquí —dijo Julia—. Un pilar de la comunidad. Recuerdo que se ofreció a salir con Michael a tomar algo, a presentarle a algunos de los otros hombres de por aquí, pero a él no le gustaban esas cosas.

—¿Qué quieres decir?

—Ya sabes. Los clubes masculinos; grupos de hombres que piensan que las mujeres solo tienen piernas para poder ir de la cocina al dormitorio. Michael tenía sus defectos, pero ser un misógino y un machista no era uno de ellos. Glynn le preguntó si quería hacerse miembro del club de ajedrez local y Michael fue a echar un vistazo, pero dijo que ese no era su sitio. Aparte de una recepcionista, no había mujeres, solo un montón de tipos mayores.

Cuando estábamos a punto de irnos, algo llamó mi atención. Había alguien en la ventana de arriba, observándonos. El adolescente cuya foto estaba en la repisa de la chimenea.

Julia siguió mi mirada.

—Ese es Jake, el hermano de Megan. Es un encanto.

El muchacho se levantó y apoyó las puntas de los dedos contra el cristal.

—Wendy lo ha tenido difícil —dijo Julia—. Al parecer, Jake tiene la edad mental de un crío de cinco o seis años.

—Una especie de Peter Pan.

—Supongo que esa es una forma de verlo. ¿Podemos irnos a casa?

—Sí, por supuesto, lo siento.

Volví a levantar la vista hacia Jake una vez más. Estaba murmurando algo, pero no pude leerle los labios. También señalaba algo, hacia el bosque, más allá de la casa. Me concentré en su boca, tratando de adivinar qué estaría diciendo. Parecía una palabra, una y otra vez...

Parecía como si dijera «Lily». Y luego, mientras lo miraba, dijo otra palabra. Algo como «vida».

No, no era «vida». «Viuda». Estaba diciendo «viuda».

Capítulo 23

Lily — 2014

El padre de Lily entró en su habitación y dijo una frase que fue como una puñalada en el corazón.

—El abuelo de Megan te va a llevar de paseo.

Ella lo miró fijamente.

—Qué amable, ¿verdad? —dijo su padre—. Ha llamado y ha dicho que iba a llevar a Megan al parque de aventuras, a los circuitos con tirolinas, y Megan le ha pedido si podías ir tú también. Te recogerá dentro de quince minutos, así que será mejor que te des prisa y te vistas. —Suspiró mientras rebuscaba en su cómoda—. Por Dios, Lily, tu habitación está hecha un desastre. ¿Dónde tienes los *leggings*?

—No me encuentro bien —dijo—. Creo que tengo fiebre.

Le tocó la frente.

—Pues a mí me parece que estás perfectamente. Vamos, no seas cuentista, anda.

—¿Qué?

Jadeando y suspirando, se vistió y esperó a que llegaran Megan y su abuelo. Mientras estuviera pegada a su amiga, mientras no la dejaran sola con el señor Collins, todo iría bien.

Su madre había ido a Wrexham ese día porque tenía una cita, así que era su padre quien se había quedado a cargo de ella. Mientras se cepillaba el pelo, Lily intentó apartar de su cabeza el miedo que le tenía al abuelo de Megan, pero eso solo abrió espacio para pensar en las otras cosas que la agobiaban. Su preocupación por mamá y papá.

Mamá parecía triste últimamente. Había estado enferma con un resfriado de verano varias semanas y se quejaba de estar cansada todo el tiempo. Muchas veces, Lily entraba en la habitación y encontraba a su madre allí sentada, mirando al vacío, y no respondía a menos que Lily la llamara por su nombre realmente fuerte o se le pusiera delante de las narices. Papá decía que era una zombi y mamá entrecerraba los ojos y le decía que todo era culpa suya.

Lily no sabía de parte de quién ponerse. No quería decantarse por ninguno de los dos. Creía que tal vez sus padres necesitaban salir a cenar una noche, que era algo que la madre y el padrastro de Megan hacían —a pesar de que la idea de que se besaran y estuvieran acaramelados le daba ganas de vomitar—, pero no había nadie que pudiese quedarse a cuidar de ella. En general, todo aquello le parecía como una especie de deberes horribles que la maestra no había explicado bien.

Megan y su abuelo llegaron y se fueron los tres. Las dos niñas se sentaron en el asiento trasero y Megan habló sin parar sobre su hermano, YouTube y el videojuego de María Sangrienta. Lily dejó de escucharla y se concentró en el señor Collins. Solo le veía la parte de atrás de la cabeza y los ojos en el espejo retrovisor. Estaba concentrado en la carretera, tarareando una música horrible y antigua en la radio.

Lily se relajó hasta que él dijo:

—¿Va todo bien, Lily?

La había sorprendido mirándole. A la niña le ardían las orejas y se encogió en su asiento, sin hablar hasta que llegaron al parque de aventuras.

El espacio era inmenso. Había un tobogán gigante, puentes de cuerda colgados entre los árboles e incluso tirolinas. Lily empezó a relajarse, hasta que un chico horrible, que formaba parte de un grupo de niños muy antipáticos que acaparaban el tobogán todo el rato, la apartó de en medio de un empujón.

—¡Ay!

Cuando el chico llegó al final del tobogán, el abuelo de Megan se le acercó y le susurró algo al oído. El chico se puso muy pálido y se mantuvo alejado de Lily y Megan después de eso.

Tal vez el señor Collins no era tan malo después de todo. También les compró helados y granizados. Mamá nunca le dejaba beber granizados porque decía que contenían «más aditivos químicos que una fiesta *rave*» —aunque Lily no entendía una palabra—, pero estaba claro que el abuelo de Megan no era uno de esos adultos obsesionados con cuidar sus dientes.

Una vez que estuvieron de nuevo en el coche, dijo:

—Tengo que ir a la ciudad antes de llevarte de vuelta a casa, Lily. Le he enviado un mensaje a tu padre y me ha dicho que le parece bien.

—Ah, bueno.

Cuando se acercaban a Beddmawr, de pronto la expresión del señor Collins cambió, adoptando esa mirada de «me gusta asustar a los niños», y dijo:

—¿Os he contado alguna vez, niñas, de dónde vino la Viuda Roja?

Megan se incorporó en su asiento.

—¡No! Cuéntanoslo, abuelo.

Lily se encogió. No quería oírlo, para nada.

—Lily, esto te interesará. ¿Sabías que tu casa está construida sobre una antigua mina de pizarra?

Ya había oído a sus padres hablar de eso antes. La pizarra era básicamente una especie de piedra. Hacía mucho mucho tiempo, en una época muy aburrida, mucha gente había pasado toda su vida extrayéndola del suelo con un pico y usándola para construir los tejados.

—Sí, señor Collins —dijo.

Él lanzó un gruñido satisfecho.

—Abrieron esa mina hace doscientos años, ¿sabes?

—Cuando tú eras un niño —señaló Megan.

—Muy graciosa. Bueno, las minas de pizarra eran un sitio muy peligroso...

La mente de Lily empezó a divagar y se centró en algo más interesante. Desvió su atención a la ventanilla del coche, atravesó los campos y llegó hasta su casa y, más concretamente, a su cocina. ¿Qué habría para cenar esa noche? Se imaginó unas hamburguesas, o tal vez pizza, o pasta...

—Y murió aplastado.

Volvió a centrarse en el señor Collins.

—Fue algo terrible —dijo—. Y más terrible sobre todo para la esposa de Dafydd. Estaba embarazada, y dicen que, por culpa del disgusto, perdió al niño. —Sacudió la cabeza—. El mundo era un lugar muy cruel en aquel entonces, niñas. No había tantos miramientos ni tanta blandenguería como hay ahora. La mujer de Dafydd, que se llamaba Rhiannon, no solo perdió a su hijo, sino que perdió su casa. Pasaba hambre, estaba sola y no tenía dinero ni un mendrugo de pan que llevarse a la boca. Y ahora se había quedado sin casa.

—Así que se fue a vivir debajo de un puente —dijo Megan—. Ya me has contado esa parte antes.

—Sí, pero Lily no ha oído la historia.

Megan frunció el ceño y asintió. Era evidente que se tomaba aquella historia muy en serio.

—La pobre Rhiannon se hizo una casa debajo de un puente. Era una mujer muy guapa, con ese pelo tan negro. Una mañana, un joven de la mina bajó al río y vio un montón de peces muertos flotando en el agua, y a Rhiannon de pie junto a la orilla. Corrió a decírselo a los otros hombres y fue entonces cuando lo decidieron.

La mujer debía de haber matado a los peces con brujería. ¿Y sabéis lo que pasó entonces?

Megan lo miraba con ojos grandes y redondos.

—Que los hombres formaron una cuadrilla y la llevaron al bosque —dijo.

—Exactamente. Iban a quemarla, pero les daba miedo acercarse demasiado a ella, así que, en lugar de eso, la desterraron, creyendo que moriría allí de todos modos.

—¿Había lobos? —quiso saber Lily.

—No. Se extinguieron hace cuatrocientos años. Pero hacía frío y era un lugar inhóspito y no había nada para comer. —Se aclaró la garganta. Ya casi estaban en la ciudad—. Cuando se dirigían al bosque, Rhiannon les echó una maldición: dijo que si los habitantes del pueblo no le traían a un niño como sacrificio, ella misma iría al pueblo y elegiría uno. ¿Y sabéis lo que pasó después?

—Cuéntanoslo, abuelo. —La voz de Megan se había convertido en un susurro.

Al señor Collins le brillaban los ojos.

—La gente no hizo caso de su advertencia, pero una semana después sucedió algo terrible.

Se detuvieron en un semáforo y él se volvió en su asiento, con el cinturón de seguridad tensándose contra su vientre.

—La niña más guapa de la ciudad desapareció. Una chica tan guapa como vosotras. Tenía ocho años y había salido a hacer un recado para su madre. Y nunca volvió a su casa. La gente del pueblo la buscó en el bosque, ¿y a que no adivináis lo que encontraron?

—¿Qué, abuelo?

—Un montón de huesos al pie de un árbol. Entre los huesos había un collar que la niña llevaba colgado en el cuello.

Lily cerró los ojos, imaginando la escena. Imaginó a la madre y al padre de la niña, llorando junto a los huesos, llorando y deseando no haber hecho caso omiso de las exigencias de la Viuda.

El señor Collins les enseñó sus horribles dientes.

—La mejor parte es que todo es verdad.

Lily se volvió a mirar a Megan, esperando intercambiar con ella una sonrisa sobre aquella historia tan espeluznante pero ridícula —¡como si fuera verdad!—, pero Megan estaba tan seria como cuando la maestra de ambas les hablaba de Cosas Importantes.

Aparcaron cerca del río, el mismo río donde la bruja había matado a esos peces, y el abuelo de Megan entró en un edificio muy viejo y les dejó la radio encendida. Salió diez minutos después y lo vieron entrar en la librería de al lado. Cuando regresó al coche, les dio a cada una, una bolsa de papel. Dentro de cada bolsa estaba el mismo libro: *Cuentos populares y mitos urbanos*.

—Este libro os va a gustar, niñas —dijo—. Bueno, Lily, será mejor que te llevemos a casa.

Lily abrió el libro e inmediatamente se encogió al ver el espantoso dibujo de un hombre lobo comiéndose el estómago de una oveja. Lo cerró de golpe. A su lado, Megan hojeó el suyo, exclamando: «¡Increíble!» y «¡Ay, Dios mío!».

Lily levantó la vista y vio al señor Collins observándola por el espejo retrovisor. Un escalofrío le recorrió el cuerpo de arriba abajo, y cerró los ojos.

Los mantuvo cerrados todo el camino hasta llegar a casa.

Capítulo 24

A la mañana siguiente, estuve trabajando en mi novela durante un par de horas, aunque me costó mucho concentrarme. Pasé más tiempo mirando por la ventana que mirando la pantalla. No dejaba de pensar en lo que había visto en la casa de Megan. Su hermano, Jake, señalando hacia el bosque, el mismo bosque al que yo estaba mirando en ese momento.

«Viuda».

Retrocedí en la memoria al día que exploré el bosque y encontré aquella extraña cabaña.

Había visto un peluche dentro, ¿verdad? En ese momento ni siquiera sabía nada de la desaparición de Lily, así que no le había dado más importancia. Ahora sabía que habían encontrado el muñeco de peluche de Lily, Gatote, en el río. Pero ¿y si alguien la había secuestrado, la había retenido allí, en la cabaña, y le había dado un peluche para tranquilizarla? No acababa de cuadrar, porque estaba seguro de que la policía debía de haber registrado la cabaña, pero ya no pude seguir trabajando. No tuve más remedio que levantarme e ir a echar otro vistazo.

Tardé treinta minutos en volver sobre mis pasos y localizar el claro y la cabaña de piedra. Una bandada de urracas brincaba sobre la hierba larga y húmeda, parloteando entre sí. Una ligera llovizna me empapó la ropa y la cara, en un tiempo tan inclemente que, en realidad, fue un alivio hallar refugio en el sombrío interior de la cabaña, con restos de basura tirados por todas partes.

Había olvidado lo destartalada que estaba. La madera de la puerta estaba podrida y las ventanas rotas. No era un lugar ideal para mantener prisionera a una niña, aunque el secuestrador podría haberla atado o encadenado. Suponía que los adolescentes de la zona acudían allí a consumir drogas o practicar sexo, o ambas cosas, aunque lo cochambroso del lugar podía disuadirlos. La imagen de una niña pequeña encerrada allí, temblando de miedo y frío, se apoderó de mi mente.

No veía el peluche por ninguna parte. Aparté la basura con la punta del zapato. Estaba seguro de haberlo visto ahí mismo, al lado del banco.

¿Y si alguien había vuelto y se lo había llevado?

Si alguien hubiese secuestrado a Lily y la hubiera retenido en aquella cabaña, no habría sido tan tonto como para dejar un peluche allí, para empezar, ¿no? Lo más probable era que hubiese estado allí desde hacía muchos años. Tal vez algún adolescente de visita en la cabaña se lo había dejado o lo había tirado allí. Tal vez un perro se lo había llevado. Había multitud de explicaciones posibles, y ninguna de ellas tenía nada que ver con Lily.

Decepcionado, salí de la cabaña... y vislumbré una figura en el otro extremo del campo, justo enfrente del lugar por donde yo había entrado en el claro. Más allá se extendía otra parte del bosque. La figura desapareció entre los árboles.

Llevaba un abrigo rojo.

¿Ursula? ¿Qué estaba haciendo ella allí?

Atravesé el campo a todo correr, asustando a las urracas, que se dispersaron y salieron volando hacia las ramas más altas. Las conté: siete. ¿Cómo decía aquella canción infantil sobre las urracas? «Siete por un secreto que nunca se contará».

No era la señal más halagüeña, desde luego.

Llegué al lugar donde había visto a Ursula desaparecer entre los árboles. Lo más probable era que, simplemente, hubiese salido a dar un paseo, a explorar la zona. O tal vez, pensé sarcásticamente, su guía espiritual la estaba guiando. Aunque me parecía raro que hubiese ido hasta allí con aquella llovizna, tan lejos de la casa. No pude resistir el impulso de seguirla y ver qué estaba tramando. Me dirigí al bosque detrás de ella.

La vi con su abrigo rojo justo delante, paseando sin prisa por el camino forestal. Estaba de espaldas a mí y, al parecer, no me había visto. Llevaba la capucha puesta para guarecerse de la lluvia y tenía una mano extendida, tocando los troncos de los árboles al pasar. Tal vez estaba comunicándose con ellos.

El camino se bifurcaba delante de ella y giró a la izquierda. Seguí adelante, pero me encontré con un enorme charco de barro negro. Lo rodeé y, cuando volví al camino, me di cuenta de que la había perdido de vista. Apreté el paso y fui a la izquierda en la bifurcación. Allí estaba, dirigiéndose hacia una mata espesa de vegetación, abriéndose paso de lado, apartándose del camino. Me pareció extraño. ¿Acaso había visto algo al otro lado? Los arbustos la ensombrecieron y me detuve un momento antes de seguir. Unas zarzas me arañaron el abrigo y de pronto un carrizo apareció de entre los arbustos, sobresaltándome. Lancé un «¡Aaah!» asustado, quebrando con mi voz la paz del bosque. Ursula debió de oírme, pero no dejó de moverse.

Corrí para darle alcance, preguntándome por qué no se detenía a esperarme. Era como si estuviera tratando de escapar. Vislumbré su abrigo rojo a través de los árboles de delante, luego desapareció detrás de otro espeso muro de vegetación. Corrí por el camino hacia el lugar donde la había visto por última vez.

Había desaparecido.

Eché a andar a toda prisa por el camino, que se ramificaba en tres direcciones, y examiné el suelo en busca de huellas, pero no encontré nada. Allí la tierra estaba más dura y seca, bajo la cubierta formada por los árboles. Elegí el sendero del medio y anduve unos minutos más. No se oía otra cosa que el canto de los pájaros. Entonces llegué a un callejón sin salida formado por unos arbustos impenetrables de zarzamoras.

Maldije en voz alta.

La había perdido.

CAPÍTULO 25

En el camino de vuelta a Nyth Bran volví a pensar en nuestra visita a la casa de Megan, y en lo que Jake había intentado decirnos. Necesitaba hablar con él, y se me ocurrió una idea sobre cómo conseguirlo. Recordando la ruta que Julia había seguido para ir a su casa, cambié de dirección y seguí el camino hacia la urbanización donde vivían Jake y Megan.

Esperaba que la madre de Jake se mostrara receptiva. Julia me había contado que después de su divorcio, Wendy había usado de nuevo su apellido de soltera, Collins. Ahora tenía otra pareja, y el padre de los niños vivía en otra parte del país.

—Fue un divorcio doloroso —me había dicho Julia—. Era un cabrón. Creo que le pegaba. Oí que Glynn lo descubrió y lo amenazó, le dijo que si quería conservar sus huevos intactos era mejor que se fuera de la ciudad.

—¿Glynn es un tipo duro?

—Sí. Además, conoce a mucha gente.

Después de esa primera visita a la casa de los Collins, busqué a Glynn en Google.

Coincidía con la descripción que Zara había hecho del hombre que había conocido en el club de ajedrez, el que la había hecho sentirse —tanto a ella como a Malcolm Jones— tan incómoda. Por supuesto, había muchos hombres calvos y con mala dentadura, pero tenía la certeza casi absoluta de que era él, y pensé que no me resultaría difícil confirmarlo. Solo necesitaba comprobar si era miembro del club de ajedrez.

Había muy poca información sobre él en internet. En el periódico local aparecía un artículo explicando que él y un grupo de operarios habían reconstruido la casa de una viuda después de que sufriera importantes daños tras una tormenta. Otra noticia contaba que había ayudado a recaudar dinero para la Sociedad Histórica local, junto con un tal Malcolm Jones. Se había considerado la idea de abrir un museo donde mostrar a los visitantes la historia de la antigua mina, pero al final el proyecto no había salido adelante. Había además un viejo artículo que hablaba de cuando entrenó al equipo juvenil de fútbol femenino y las llevó hasta la final de una competición regional. Allí estaba en una foto en blanco y negro, sosteniendo su medalla de equipo subcampeón, rodeado de chicas sonrientes y cubiertas de barro que ahora serían mujeres adultas.

Como Julia había dicho, Glynn Collins era un pilar de la comunidad. Solo lo había visto unos pocos minutos, pero en cierto modo me recordaba a mi padre: el típico galés fanfarrón. Un auténtico hombre, siempre rodeado de sus amigos, alguien a quien se le daban bien los trabajos manuales, aficionado al deporte y defensor de la tradición.

Esperaba que no estuviera en casa de su hija en ese momento, pero en cuanto doblé la esquina hacia la casa, lo vi. Estaba en el jardín delantero, fumando. Vacilé un momento, pensando si no era mejor volver en otra ocasión, pero era demasiado tarde: ya me había visto.

Crucé la calle y lo vi tirar la colilla del cigarrillo al suelo y cruzarse de brazos, imitando a la perfección a un portero de discoteca custodiando la puerta.

—Señor Collins —dije—. Nos conocimos ayer.

Asintió con la cabeza.

—Esperaba... —La forma en que me miraba, como si fuera una rata que hubiese invadido su propiedad, me hizo perder el hilo de lo que intentaba decir—. Quería hablar un momento con Jake.

Dio un paso hacia mí, la clásica maniobra intimidatoria. Pero no le tenía miedo. Debía de tener... ¿qué?, ¿veinticinco años más que yo? Tal vez más.

—Tú eres el hijo de David —dijo.

Por un instante me quedé desconcertado, pero tenía sentido: Glynn conocía a todo el mundo en Beddmawr, tanto del pasado como en el presente. Debía de haber estado haciendo averiguaciones sobre mí, lo cual era interesante. ¿Con quién habría hablado? ¿Con Shirley, la dueña del Apple Tree?

—Así es —le dije, esperando que preguntara por mi padre, mentalizándome para dar las noticias que odiaba tener que dar.

Sin embargo, en vez de eso, dijo:

—¿Qué quieres de Jake?

—Estoy escribiendo un libro —dije— en el que algunos de los personajes son adolescentes. Necesito hablar con un par de chicos sobre el lenguaje que usan, la jerga y todo eso.

Aquella era la frase que había planeado utilizar con Wendy.

—Jake no es un adolescente como los demás —dijo Glynn.

—Lo sé, pero...

—La respuesta es no.

—Señor Collins, por favor...

Capté un movimiento encima de nosotros y miré hacia arriba. Jake estaba asomado a su ventana otra vez, mirando a su abuelo y a mí con los ojos muy abiertos. Glynn lo vio y le hizo un gesto con su gruesa mano, indicándole que volviera a meterse dentro. Jake me miró con la boca abierta una última vez y luego desapareció entre las sombras de su dormitorio.

—Te gustan los adolescentes, ¿verdad? —dijo Glynn.

Su pregunta me pilló tan desprevenido que durante unos segundos no supe qué decir.

—¿Qué? ¡Por supuesto que no!

—Tal vez a los periódicos les gustaría oír esa historia, cómo un escritor famoso ha estado acosando a un chaval con dificultades de aprendizaje.

—Eso es ridículo.

—Me acabas de preguntar si podrías colarte en su dormitorio.

Lo miré fijamente. No tenía sentido discutir.

—Está bien. Encontraré a otros adolescentes con los que hablar para mi libro.

Di media vuelta.

—Sí, haz eso mejor. —Levantó la voz en el momento en que volvía a cruzar la calle, justo cuando una pareja de mediana edad salía de la casa más cercana—. ¡Aléjate de mis nietos, pervertido!

A la pareja por poco se le salen los ojos de las órbitas mientras yo salía corriendo, con la sangre hirviéndome de ira y de vergüenza.

* * *

De vuelta en mi habitación en Nyth Bran, por fin me tranquilicé lo bastante para pensar de forma racional sobre mi encuentro con Glynn. Tal vez solo pretendía mostrarse protector con su familia; pero no, estaba seguro de que había algo más. Recordé lo nerviosa que me pareció ver a Zara después de conocerlo. Tal vez simplemente era un capullo desagradable.

Pero quería saber más cosas sobre él.

Abrí Skype y llamé a mi madre.

Me respondió de inmediato.

—¡Cariño! ¡Cuánto me alegro de saber de ti! Nada menos que dos veces en un mes...

—Tengo otra pregunta que hacerte del pasado —le dije—. ¿Recuerdas a un hombre llamado Glynn Collins?

—Ah. Sí. —Su voz perdió todo rastro de afecto—. ¿Por qué preguntas por él?

—Lo he conocido hace poco. Parece que no te cae muy bien.

Movió la cabeza y el sol inundó la pantalla. En Gales estaba lloviendo otra vez, y la tentación de volar a España y reunirme con ella me pasó por la cabeza.

—No —dijo mi madre, con voz seca y cortante—. Nunca fue alguien de mi agrado.

—¿Por qué no? —Siempre costaba trabajo lograr que mi madre dijera una mala palabra sobre alguien—. ¿Te hizo algo?

—No, no, a mí nunca me hizo nada. Bueno, al menos no directamente. Es solo que... Bueno, antes los llamábamos cerdos machistas, en mis tiempos. Él se sentía orgulloso de eso. Trataba fatal a su mujer, Nerys, que en gloria esté. También era muy cruel. Un hombre muy duro.

—Parece que adora a sus nietos —dije—. Y cuida de Wendy, su hija.

—Tal vez se haya ablandado con la edad, pero hace cuarenta años, si alguien en la ciudad tenía una camada de gatitos que no quería, se los llevaba a Glynn Collins. Para él siempre era un placer ahogarlos.

—Qué tipo tan encantador... ¿Qué pensaba papá de él?

Frunció el ceño.

—Eran amigos. Formaban parte de la Sociedad Histórica de Beddmawr. —Soltó un bufido—. Una panda de hombres que se reunían en el pub y charlaban sobre los viejos tiempos, o eso era lo que me parecía a mí.

—¿Malcolm Jones también era miembro de la Sociedad Histórica?

—Sí. Él era el presidente, aunque nunca llegué a entender por qué un grupo tan pequeño necesitaba un presidente, la verdad.

—¿Te has enterado de que ha muerto?

En la pantalla, mi madre se llevó la mano a la boca.

—¡Oh, no! ¿Cómo ha sido? ¿Cuándo?

—Un ataque al corazón, hace una semana o así.

—Oh, cariño, qué horror... Esto va a pasar cada vez más a menudo a medida que me vaya haciendo vieja...

Recordé a alguien más a quien había conocido recientemente.

—Lo siento, una persona más. Shirley... Maldita sea, no sé su apellido. Regenta un *bed and breakfast*, el Apple Tree.

—¿Shirley Roberts? —Hizo un mohín.

—¿Ella tampoco te cae bien?

Mi madre hizo caso omiso de la pregunta, probablemente porque no quería admitirlo.

—¿Cómo narices la has conocido?

—Es una larga historia, pero ¿formaba parte ella de esa Sociedad Histórica?

—No, por Dios, no. Glynn no permitía que se incorporara ninguna mujer. Ya te lo he dicho, era un cerdo machista. Sin embargo, creo que la hacía trabajar como secretaria. De hecho, corría el rumor de que se la beneficiaba a espaldas de su mujer. —Se secó una gota de sudor de la frente—. Dios santo, Lucas, eso fue hace mucho tiempo.

Se quedó en silencio un momento. Esperaba no haberle traído recuerdos dolorosos.

—Había otro hombre que formaba parte de ese grupo. ¿Cómo se llamaba...? —Se tocó la sien—. Albert, eso es. Albert Patterson. ¡Ah!

—¿Qué pasa?

—Albert vivía en la casa donde te hospedas tú, en Nyth Bran.

—¿En serio? Espera, mamá. Espera un momento.

Salí de la habitación, bajé corriendo las escaleras y entré en la sala Thomas. Examiné la biblioteca y encontré lo que estaba buscando: la maltrecha edición de *El búho y la gatita*. Saqué la Polaroid en la que aparecía la pareja estilo *American Gothic* y volví a subir corriendo las escaleras. Enseñé la foto a la cámara.

—¿Es este Albert?

Mi madre fue a buscar sus gafas y miró a la pantalla.

—Sí, es él. Era un buen tipo. Nunca entendí por qué iba con alguien como Glynn Collins. Él y Bethan eran una pareja muy simpática. Eran mayores que nosotros, sin niños. Siempre les tuve envidia por vivir en una casa tan bonita y tener tanta libertad. Me pregunto qué habrá sido de ellos.

Julia me había dicho que había comprado la casa a una organización benéfica infantil. Supuse que Albert y su esposa debían de haber muerto y, al no tener descendencia, sus bienes habrían ido a parar a obras de caridad.

—Me da mucha pena lo de Malcolm —dijo mi madre—. Me pregunto si ya habrán celebrado el funeral. Tengo que enviar unas flores.

—Espera.

Entré en la web del periódico local, el mismo en el que había leído los artículos sobre Glynn Collins, y accedí a la sección de necrológicas. Ahí estaba, el obituario de Malcolm Jones, amado padre de Olly.

—Es hoy —dije—. Esta tarde.

—Llegarán demasiado tarde.

—Tal vez pueda llevar las flores en tu nombre.

—¿Lo harías? Te lo agradecería mucho.

—Ningún problema.

Me despedí y puse fin a la llamada.

Tenía un motivo añadido para ir, por supuesto. Estaba seguro de que Glynn Collins estaría allí, y así tendría otra oportunidad de observarlo con atención, porque cuanto más oía hablar de él, más seguro estaba de que ocultaba algo.

CAPÍTULO 26

El funeral fue en la iglesia de Saint Mary, cerca del centro, en las proximidades del club de ajedrez y la biblioteca. No me había traído ropa elegante, pues no pensé que fuera a necesitarla, así que entré en una de las pocas tiendas de ropa masculina de Beddmawr y me compré un traje negro. No era elegante exactamente, pero me serviría. Luego compré unas flores en la floristería de al lado y escribí un mensaje de parte de mi madre y de mí. La familia de Malcolm no tenía por qué saber que no había llegado a conocerlo.

Vi una tienda de telefonía móvil al otro lado de la calle, entré y me compré un iPhone nuevo, lo activé de inmediato e inicié sesión en mi cuenta de Apple para sincronizar mis contactos, correos electrónicos, etcétera.

Diez minutos después, sacudí el paraguas y entré sigilosamente en la iglesia, dejando las flores con las demás. Me senté en un banco del fondo. Nadie reparó en mi presencia; habían asistido más de un centenar de personas, muchas de ellas de la edad de Malcolm, pero también algunas más jóvenes. Supuse que habrían sido alumnos de alguna escuela a los que él había ayudado con su trabajo como bibliotecario. No vi a Glynn Collins. Seguramente estaba en la zona delantera.

Empezó el oficio y los portadores del féretro llevaron el ataúd por el pasillo. Estaba Olly Jones, el hijo taxista de Malcolm, sentado al lado de su novia, Heledd. La madre de esta, Shirley, estaba justo detrás de los dos. Cuando conocí a Heledd en el hotel familiar, me impresionó lo guapa que era. Ahora, al verla a ella y a Olly juntos, me di cuenta de qué mala pareja formaban. Él exhibía un sobrepeso considerable, lo cual me hizo pensar de nuevo en las escasas posibilidades en cuanto a elección de pareja que había en aquel lugar. En una ciudad o un pueblo más grande, Heledd no estaría saliendo con un taxista de aspecto ordinario, sino que estaría con...

Me detuve antes de acabar de formular mi pensamiento. ¿Por qué estaba siendo tan poco considerado? Olly debía de tener sus golpes escondidos, alguna chispa que yo aún no había visto. Y el pobre hombre acababa de perder a su padre.

Fue una ceremonia muy emotiva. El cura habló afectuosamente sobre Malcolm y su contribución a la comunidad. Olly se levantó y leyó un panegírico, deteniéndose cada pocas frases para respirar profundamente con ademán tembloroso. Después, Heledd apoyó la cabeza en su hombro. Me enteré por la señora que tenía sentada a mi lado de que, después del oficio, trasladarían el ataúd al crematorio.

—Quería que esparciesen sus cenizas en su jardín —me dijo—. Entre los narcisos y las flores de azafrán.

La ceremonia terminó. Salí y me alegré al ver que había dejado de llover. No estaba seguro de qué hacer, pero la mujer junto a la que me había sentado me dijo que debía ir a la casa de Olly, donde se congregarían todos los presentes.

—Todo el mundo es bienvenido —añadió.

* * *

Una hora y media después me encontraba en mitad de una multitud, explicando quién era y por qué había asistido al funeral. La mujer de Malcolm había muerto unos años antes, pero la mayoría de la gente de edad recordaba a mis padres y les conmovió que hubiese acudido en su representación. Casi todos se quedaron fascinados al saber que se habían ido a vivir a España y que yo era novelista, y me sorprendí charlando con un grupo de jubiladas que querían saber de dónde sacaba mis ideas.

Vi la calva reluciente de Glynn entre la multitud. Estaba hablando con otro hombre de su edad, riéndose a carcajadas de algo que le decía su interlocutor. ¿Sería otro miembro de la Sociedad Histórica? Me quedé en mi sitio, sin saber muy bien qué iba a decirle. «¿Por qué te tenía miedo Malcolm? ¿Por qué no querías que hablara con Jake?».

Un posible escenario se desplegó en mi cabeza: Glynn acechando junto al río aquel funesto día de Año Nuevo de hacía dos años; llevándose a Lily cuando sus padres la perdieron de vista y arrojando su gato de peluche al agua.

Llevándola a algún lugar del bosque. Escondiéndola en aquella cabaña. Haciéndole cosas que no quería ni imaginar. Matándola y enterrándola, a la mejor amiga de su nieta, en el bosque.

Pero ¿qué pruebas tenía para demostrar algo de todo aquello? Volví a repasar los hechos: Zara me había dicho que, al parecer, aquel hombre había atemorizado a Malcolm mientras ella le interrogaba sobre la desaparición de Lily. Al día siguiente, Malcolm murió antes de que pudiera contarle nada más a Zara. Había sido un infarto, pero si su corazón estaba débil, tal vez el miedo lo había llevado a las puertas de la muerte, si tal cosa era posible.

Y en este escenario, Jake había visto u oído algo, y por eso Glynn no quería que nadie hablara con él. ¿Qué podía ser? ¿Una conversación que había oído sin querer? ¿Habría visto a Glynn con Lily? Tal vez había sido testigo de algo que sucedió antes de la desaparición de Lily, durante una de las muchas veces que esta visitó la casa.

Podía acudir a la policía con mis sospechas, pero parecía muy poco probable que hubiera alguna prueba, e incluso aunque la policía hablara con Jake y él les dijera algo incriminatorio, a Glynn le resultaría muy fácil negarlo. ¿Qué posibilidades había de que la policía creyese la palabra de un adolescente con dificultades de aprendizaje?

Mientras lo pensaba, me di cuenta de que me estaba adelantando a los acontecimientos, dando alas a mi desbordante imaginación, como de costumbre. Ir a la policía ahora, con mis teorías a medias, no causaría más que molestias a Jake y a su familia. Y si realmente Glynn era culpable de algo, solo conseguiría ponerlo sobre aviso.

Necesitaba esperar, averiguar más cosas.

Me descubrí mirando a Glynn y, en ese momento, la multitud que nos separaba se dispersó y él me vio. Me miró fijamente, a todas luces sorprendido de verme allí, desconcertado y enfadado. Estaba a punto de echar a andar hacia mí, con los puños apretados, y me preparé para enfrentarme a él, pero entonces una mujer de unos cincuenta años se interpuso en su camino y empezó a hablarle. La mujer lucía un escote que dejó a Glynn clavado en el sitio. En ese preciso instante, alguien me tocó en el hombro.

—Lucas. No esperaba verte aquí.

Era Shirley. Iba toda vestida de negro con un llamativo tocado de tul en la cabeza. No pude evitar quedarme mirándolo. Llevaba un vaso de jerez en la mano.

—Me alegro de verla —dije—. ¿Podemos hablar?

—¿De qué?

Se tocó la cruz que llevaba alrededor de su cuello, tal como había hecho la primera vez que nos vimos. Estaba nerviosa, y la forma en que miraba por encima del hombro a Glynn me dijo todo lo que necesitaba saber. Al igual que Malcolm, ella también le tenía miedo.

Empujado por la afluencia de gente que se desplazaba por el pasillo y consciente de la proximidad de Glynn, dije:

—Quizá ahora no sea el mejor momento ni el lugar apropiado. ¿Podría pasarme por el Apple Tree más tarde, cuando esto termine?

La mujer vaciló y se volvió para mirar a Glynn una vez más. Todavía estaba hablando con el pecho de la mujer con el escote.

—Te pareces tanto a tu padre... —comentó Shirley—. Cuando él tenía tu edad.

—¿Y eso es bueno?

Esbozó una sonrisa infantil.

—Ven a la hora del té. —Dio un sorbo de su jerez—. Será mejor que no me tome demasiados de estos.

Heledd apareció a su lado.

—Sí, tranquila, mamá. —Me sonrió—. Gracias por venir. Espero que no nos saques en uno de tus libros.

—Ah, ¿ya has descubierto a qué me dedico?

—Olly me contó que había ayudado a un escritor que se había perdido y sumé dos más dos. Dijo que ibas a regalarle un ejemplar de tu libro.

—Sí, sí. Le dije que le regalaría uno si prometía leerlo.

Heledd se rio.

—Nunca le he visto leer nada más largo que un mensaje de texto, pero me encantaría leerlo si quieres dejar uno en el Apple Tree.

Estaba a punto de decirle que no me había traído ninguno de mis libros conmigo a Gales, pero ya estaba llevándose a Shirley.

—Venga, mamá, han abierto el buffet. Vamos a servirnos algo de comer.

Cuando se apartaron, vi que Glynn había desaparecido. Y era hora de que yo también me escabullera.

Me encontré con Olly en la puerta principal.

—Mi más sentido pésame —le dije—. Mis padres eran amigos de tu padre, así que estoy aquí en su nombre. Espero que te parezca bien.

—Sí, por supuesto. Gracias por venir. —Me dedicó una débil sonrisa—. No te habrás vuelto a perder últimamente, espero.

Tenía los ojos enrojecidos, y miró por encima de mi hombro antes de que se me ocurriera una respuesta.

—¿Has visto a Heledd?

—Estaba acompañando a su madre al buffet.

—Sí, ya lo suponía.

Hizo además de marcharse, pero entonces se detuvo, inclinándose hacia delante y lanzándome una vaharada de aliento cálido que olía a cerveza.

—Tu familia hizo bien en marcharse de esta ciudad —dijo.

Y luego desapareció entre la multitud.

* * *

Me quedé fuera bajo la lluvia. Estaba ansioso por hablar con Zara. Quería que me volviera a relatar la conversación que había tenido con Malcolm y compartir mis sospechas —me resistía a llamarlas teorías— con ella. No había nadie más con quien pudiera hablar y necesitaba saber si todo aquello parecía una locura.

Una vez más, la llamé a su móvil y al número de su oficina. No hubo respuesta. Miré la hora: eran las tres de la tarde. Telford, donde vivía Zara, estaba a solo una hora en coche. Podía conducir hasta allí, hablar con ella y regresar a tiempo para ver a Shirley. El día ya era un completo desastre en cuanto al tiempo dedicado a mi libro. Lleno de energía nerviosa y ansioso por aprovechar mi impulso, fui corriendo a mi coche.

El camino a Telford era pintoresco y no había mucho tráfico. La lluvia había amainado y ahora apenas era un ligero golpeteo. Unos meses atrás había visto un documental sobre el llamado Shropshire Viper, el Víbora, un asesino en serie que había aterrorizado ese rincón del mundo, sacando al condado de su sopor durante un tiempo. Ahora se había vuelto a dormir.

Entré en la M54 en las afueras de Telford y seguí las instrucciones de mi navegador para ir al despacho de Zara. Estaba ubicado en un bloque de oficinas que albergaba media docena de empresas. Como todo en aquella ciudad tan nueva, era un edificio moderno con poco carácter, donde la función prevalecía sobre la forma. Aparqué en el pequeño parking de la parte de atrás y llamé al timbre de Zara. No obtuve respuesta.

No sé por qué esperaba otra cosa. Después de todo, no respondía a ninguna de mis llamadas al teléfono de su oficina, así que ¿por qué creía que estaría allí? Sin embargo, era muy frustrante, y ahí mismo, bajo la lluvia, golpeé la puerta con el puño, maldiciendo por haber malgastado el viaje.

—Eh, ¡que vas a romper esa puerta!

Una mujer joven con el pelo rubio y rizado se acercó al edificio, frunciendo el ceño.

—¿Quién eres y qué estás haciendo aquí?

—Lo siento. Estoy intentando localizar a Zara Sullivan.

La mujer llevaba un maletín de cuero. Supuse que ella trabajaba en el edificio.

—¿La detective privada? Hace mucho que no la veo.

Se me secó la boca.

—¿Ah, no? ¿Cuándo fue la última vez?

—Hace un par de semanas, al menos. Alquilo la oficina contigua a la suya. —Entrecerró los ojos—. No eres un cobrador de deudas, ¿verdad?

—Soy un cliente.

Me miró de arriba abajo antes de hablar:

—Entra dentro un momento, aquí me estoy quedando empapada.

Una vez en el vestíbulo, se presentó como Samantha.

—Estoy segura de que fue hace dos semanas —dijo—. Me explicó que se iba a ver a alguien a Gales por un caso. Parecía entusiasmada. Últimamente tenía problemas para encontrar clientes.

Hizo una mueca y se encogió, como dándose cuenta de lo indiscreta que había sido.

—Yo era la persona a la que fue a ver a Gales —le dije—. Me comentó que se volvía aquí. Pero eso fue hace más de una semana.

—Bueno, pues desde luego que aquí a la oficina no ha vuelto. —Se mordió una uña—. Vaya, ahora estoy preocupada por ella.

Yo también lo estaba.

—¿Sabes dónde vive?

—Sí, vive con un tipo en Oakengates.

—¿Un novio? —Eso era toda una sorpresa.

Samantha se rio.

—No, es su MAG. —Debí de mirarla con cara de perplejidad, porque dijo—: Su «mejor amigo gay». Espera, tengo la dirección aquí mismo.

Sacó su móvil y la buscó. La copié en mi nuevo teléfono y le di las gracias, prometiéndole que haría que Zara se pusiera en contacto con ella en cuanto la encontrara.

Solo tardé quince minutos en llegar a Oakengates y encontrar la dirección. Otro edificio moderno, este dividido en pisos. Presioné el botón del interfono con los nombres «Zara Sullivan y Dan Kaye» y respondió un hombre. El MAG de Zara. Le expliqué que estaba buscando a su compañera de piso y él me abrió.

Era un hombre bajo, guapo y con la cabeza afeitada.

—Zara está en Tenerife —dijo.

—¿Estás seguro?

Arqueó una ceja.

—¿Eres un cobrador de deudas?

Aquello me ofendió. ¿De verdad tenía pinta de cobrador de deudas? Pero el hecho de que dos personas me hubieran hecho esa misma pregunta me hizo pensar que Zara debía de pasar apuros económicos.

Le expliqué lo mismo que le había contado a Samantha.

—Me envió un correo electrónico hace una semana para decirme que había dejado el caso en el que estaba trabajando y había decidido irse a tomar el sol.

—¿No te llamó por teléfono? —Negó con la cabeza—. ¿Y no te extrañó? ¿Normalmente te envía correos para decirte esas cosas? ¿Se había ido antes de vacaciones así, de repente?

—Sí, la verdad es que sí. Aunque lo del correo electrónico es un poco raro. Por lo general, siempre me llama. —Sonrió—. Le gusta mucho su propia voz.

Decididamente, allí pasaba algo. ¿De veras se habría ido Zara a Tenerife directamente desde Beddmawr, tras haber abandonado la investigación sin decírmelo? ¿Sin ni siquiera pasar por casa para llevarse un bañador? Habría tenido que acercarse a Telford para llegar al aeropuerto más cercano.

—¿Ha actualizado Facebook o alguna cosa así con fotos de sus vacaciones? —pregunté.

—No usa redes sociales —respondió Dan.

—Si se fue al extranjero sin pasar por aquí, debía de llevar su pasaporte con ella en Gales. ¿Suele llevar siempre su pasaporte encima? ¿Sabes dónde lo guarda? ¿Podrías...?

Dan levantó las manos como para protegerse de un ataque.

—Para, para, para... Dame un respiro.

—Lo siento.

Parecía enfadado.

—Mira, no sé nada de su pasaporte. Y tampoco tengo ni idea de si realmente eres quien dices ser.

—No soy un cobrador de deudas...

—Cállate. No voy a responder más preguntas. Le daré un mensaje de tu parte, pero eso es todo.

—Pero...

—Adiós.

Me cerró la puerta en las narices.

* * *

En el camino de vuelta al coche llamé a Edward Rooney, que era quien me había puesto en contacto con Zara en un principio. Una vez más, le expliqué lo que sabía y añadí lo que Dan acababa de decirme.

—¿Tienes alguna manera de comprobar si ha usado su pasaporte? —pregunté.

Resopló en el teléfono.

—Solo la policía puede hacer eso. Y no se tomarán esto en serio. Es una mujer adulta que envió un correo electrónico a su compañero de piso para decirle que se iba de vacaciones. No tienes absolutamente ninguna prueba de que haya habido algún delito.

—Pero ¿no te parece extraño?

Me lo imaginaba encogiéndose de hombros.

—Se habrá ido a las Canarias, y no la culpo. Me ofrecería a quedarme con tu dinero y estudiar el caso, volando a Tenerife para localizarla, por ejemplo, pero ahora mismo estoy en medio de otro caso muy jodido. Mi consejo es que dejes de preocuparte y termines ese maldito libro, ¿de acuerdo?

Colgué. Eran poco más de las cinco. Si no me ponía en marcha, llegaría tarde a mi cita con Shirley.

Capítulo 27

Al salir de Telford me vi inmerso en el tráfico de la hora punta. No estaba en las mejores condiciones para conducir, incapaz de concentrarme como es debido en la carretera. Entré en una rotonda antes de tiempo, evitando por los pelos una colisión con un BMW cuyo conductor se puso a pitarme como un poseso y a gesticular furiosamente mientras la adrenalina me inundaba todo el cuerpo.

Aparqué delante del *bed and breakfast* e hice una pausa antes de bajar del coche. Unos nubarrones negros tapaban el sol, succionando todo el color de la calle, pero no había ninguna luz encendida en el interior de la casa. ¿Acaso Shirley y Heledd no habían vuelto todavía?

Llamé al timbre. El perro ladró y corrió a la puerta, arañando la madera como si estuviera desesperado por salir. Hurgué en mi banco de memoria tratando de recordar su nombre. Oscar, así se llamaba.

Empujé la abertura del buzón de la puerta y llamé al perro por su nombre, pero eso lo hizo ladrar aún más. Me asomé a mirar en la penumbra. Oscar corría arriba y abajo por el pasillo, una frenética bola de pelo, ladrando y emitiendo una especie de gruñido que se le quedaba atragantado. Parecía que Shirley lo había dejado solo más tiempo de lo previsto y estaba desesperado por hacer sus necesidades, por comer o por ambas cosas. Murmuré unas palabras tranquilizadoras, agachado junto a la puerta, pero no sirvió de nada. Se puso cada vez más nervioso y luego, de repente, desapareció de mi vista. Miré a través del buzón, buscándolo, y cuando mis ojos se adaptaron a la tenue luz, enfocaron una figura tendida al pie de la escalera.

Parecía un cuerpo.

—Oh... Mierda... —Saqué mi teléfono del bolsillo y encendí la linterna, enfocando dentro a través de la estrecha abertura. El pasillo se iluminó, con la luz rebotando en las paredes.

Allí, tumbada de lado debajo de un cuadro enmarcado de Jesucristo, estaba Shirley. Tenía un brazo alargado sobre la cabeza, y un charco de líquido oscuro se extendía por los tablones del suelo. Sangre.

Llamé a la policía.

* * *

Beddmawr era demasiado pequeño —en esta época de austeridad en los presupuestos y recortes en los servicios públicos— para tener su propia comisaría de policía, por lo que tenían que venir de Wrexham. Tardaron treinta minutos, tiempo durante el cual Oscar estaba cada vez más desesperado por salir. Seguí hablando con él a través del buzón. Sus ladridos habían sacado a varios vecinos de sus casas, incluido un hombre de mediana edad de la casa de al lado. Era un tipo con sobrepeso, las mejillas coloradas y sin cuello, que protestaba por el perro, diciendo que no le dejaba oír la televisión.

—Se ha caído redonda al suelo, borracha, ¿verdad? —dijo—. La vi llegar a casa antes. Estaba borracha como una cuba. Esa cosa que llevaba en la cabeza se le caía todo el rato y casi no podía ni caminar.

—¿Iba sola? —pregunté.

—Yo no vi a nadie más.

Llegaron un par de policías, seguidos de una ambulancia. Un agente con el pelo pelirrojo miró por el pasillo y luego rompió una ventana para acceder a la casa, pidiéndonos a mí y a los vecinos que no nos moviéramos. Tan pronto como abrió la puerta, Oscar salió disparado, dando vueltas en círculos al salir a la calle, ladrando y gruñendo. Lo agarré del cuello y lo levanté, acunándolo como un bebé, sintiendo su corazón latir contra la palma de mi mano. Cuando la policía entró en la casa, vi un rastro sangriento de huellas de patas entre la figura tendida de Shirley y el felpudo. Los auxiliares sanitarios entraron y cerraron la puerta mientras una multitud se arremolinaba en la acera.

Esperé con ellos, sujetando aún a Oscar, que ya se había calmado.

—Pobre criaturita... —dijo una mujer de pelo gris, ofreciéndose a llevarlo hasta que Heledd llegara a casa, explicándome que ella vivía al otro lado de la calle.

Le entregué al perro.

—Oh, cielo santo... —exclamó la mujer. Seguí su mirada. Llevaba la parte delantera del abrigo llena de manchas de sangre, transferidas de las patas del perro.

—Me pregunto dónde estará Heledd —le dije.

—Probablemente con ese novio suyo.

Detecté desaprobación en la voz de la mujer, como si Olly fuera un criminal en lugar del hijo de un respetado bibliotecario.

—¿Olly no le cae bien? —le pregunté.

Parecía sorprendida de que hubiese captado eso en su tono.

—No sé gran cosa de él, salvo que era un poco alborotador en la escuela. Su padre, Malcolm, estaba muy decepcionado por que no hubiese ido a la universidad y terminase conduciendo un taxi. Estos jovenzuelos... —dijo, chasqueando la lengua.

Tenía gracia oírla referirse a un hombre de cuarenta y tantos como a un «jovenzuelo».

—Bueno, será mejor que me lleve a este perro a casa. —Se apresuró a cruzar la calle.

El otro vecino le estaba diciendo al policía que custodiaba la puerta que Shirley había llegado a casa ebria. Oí a alguien murmurar que «le gustaba empinar el codo». Sabía exactamente lo que iba a suceder: todos darían por sentado que se había caído por las escaleras, borracha. Un desgraciado accidente. Porque allí nadie más veía un patrón.

La puerta se abrió y los sanitarios sacaron a Shirley y la metieron en una bolsa para cadáveres. El policía pelirrojo los siguió y, cuando llegaron a la acera, alguien pasó corriendo por mi lado, taconeando con los zapatos sobre el asfalto.

Era Heledd, corriendo desde donde había aparcado su coche. Se paró delante de los sanitarios, alternando la mirada ansiosa entre la casa y la bolsa para cadáveres.

—¿Qué ha pasado? —preguntó con voz trémula. Dio un paso hacia su casa, se detuvo y se volvió hacia el cuerpo encerrado en la bolsa de cremallera.

El agente trató de calmarla, tomándola del brazo y llevándosela a un lado mientras los sanitarios trasladaban a Shirley a la ambulancia. El policía le dijo algo a Heledd que no pude oír y ella se puso rígida. Un segundo después, se desplomó en el suelo y los sanitarios volvieron y se arrodillaron a su lado. Solo estuvo paralizada un momento, luego se incorporó, con gesto de total desconcierto. La muchedumbre de curiosos, que había estado a punto de dispersarse, se arremolinó a su alrededor. Seguramente era lo más emocionante que había pasado allí desde hacía mucho tiempo.

El policía pelirrojo estaba un poco apartado de donde se encontraba Heledd, rascándose la cabeza. Me acerqué a él y le dije mi nombre.

—Alguien la empujó por esas escaleras —añadí.

Me miró con una mezcla de cansancio y escepticismo.

—¿Qué le hace decir eso?

Abrí la boca y volví a cerrarla.

—Es complicado.

—Mmm... Bueno, pues a mí me parece un accidente. Dígame lo que vio.

Tomó notas mientras yo le relataba los detalles de lo que había encontrado al llegar a la casa, pero cuando llegó el momento de explicar por qué creía que alguien la había empujado, no pude hacerlo. Sabía que parecía una locura. También sabía lo fácil que sería refutar mi argumento. Malcolm tuvo un ataque al corazón. Zara se había ido de vacaciones. Shirley se emborrachó y tuvo un accidente. Allí no había ningún patrón, solo sucesos sin relación alguna entre sí. Aquello no tenía nada de siniestro. Estaría perdiendo el tiempo.

Vi irse a la ambulancia, llevándose a Shirley y a Heledd. Cuando me dirigía a mi coche, noté una mirada clavada en mi nuca. Me volví.

Allí no había nadie.

CAPÍTULO 28

Los otros estaban cenando cuando llegué al retiro para escritores. Max estaba sentado al lado de Suzi, con Ursula delante. Los observé desde la puerta un momento. Estaban demasiado absortos en un juego verbal de tenis para reparar en mi presencia: Max y Ursula dominaban la conversación de uno y otro lado mientras Suzi los miraba. Yo estaba ansioso por hablar con alguien y contarle mis sospechas, pero ¿podía confiar en alguno de mis colegas escritores? No confiaba en Max. Ursula seguramente me diría que el responsable era algún espíritu maligno. Y en cuanto a Suzi... bueno, todavía no estaba seguro de qué clase de relación mantenía con Max.

Eso solo me dejaba a Julia, pero la idea de contarle que había contratado a una detective privada para investigar la desaparición de Lily y tener que decirle que la detective no había averiguado nada concreto me horrorizaba. Por otro lado, me sentía más cercano a ella después de haber visto a Megan y de la visita a su casa. Estaba convencido de que Julia entendería que mis intenciones eran buenas y que si se lo había ocultado hasta entonces era porque no quería que se hiciera ilusiones.

La verdad era que no tenía idea de cómo reaccionaría, pero me decidí. Tenía que decírselo, se lo debía, y tenía que dejar de guardar secretos. Y tal vez, solo tal vez, ella podría ayudarme a resolverlo todo.

—Hola. No te he oído entrar.

Me volví bruscamente.

—Julia.

—Lo siento, no pretendía asustarte. ¿Quieres cenar? —Vacilé un momento, lo que la hizo reír—. No pasa nada. No tienes que responderme ahora. Ah, tengo algo para ti.

La seguí hasta la cocina, donde abrió un cajón y rescató de él un pequeño objeto.

Era el bolígrafo que Priya me había regalado. Le di la vuelta en mis manos, con una enorme sensación de alivio. Me había convencido de que lo había perdido. Me dieron ganas dc bcsarlo.

Al levantar la vista, vi a Julia sonriéndome.

—¿Por qué es tan especial? —me preguntó.

—Por la persona que me lo regaló.

—Ah.

Julia no sabía nada de Priya. Desde que llegué al retiro, no había tenido la oportunidad de contárselo, de hacerle saber que teníamos algo horrible en común, sin que pareciera que le estaba diciendo «a mí también me pasó lo mismo», restándole así importancia a su dolor. Aquel era el momento perfecto para sincerarme, pero primero le pregunté:

—¿Dónde lo has encontrado?

Dudó antes de contestar.

—¿Prometes que no vas a montar una escena?

—¿Qué? ¿Lo tenía alguien? ¿Era Ursula?

Julia suspiró.

—Cálmate, Lucas. No, no era Ursula. Lo encontré en la habitación de Max...

—¡¿Qué?!

—Cuando estaba cambiando la ropa de cama, debajo de la almohada. —Antes de que pudiera montar en cólera, rápidamente me dijo—: Ya le he interrogado al respecto. Dice que no tiene ni idea de cómo ha ido a parar allí. Cree que pudo habérselo llevado por error la noche que llegó Ursula. Dice que tiene un par de bolígrafos muy similares.

—Pero ¿por qué estaba debajo de su almohada? Además, estoy seguro de que no lo saqué de mi habitación.

—Pero no estás seguro al cien por cien, ¿verdad que no?

Me froté la frente. Estaba mentalmente exhausto, conmocionado aún por lo que le había sucedido a Shirley, y no dejaba de pensar en la ausencia de Zara.

—No, supongo que es posible que me lo llevara abajo, pero ¿y mi teléfono? Estoy seguro de que alguien estuvo en mi habitación esa noche...

Julia ladeó la cabeza.

—¿Qué? No me lo habías dicho.

Me froté la frente. Estaba cada vez más confundido, olvidando que, aunque le había contado a Julia que algunas de mis cosas habían desaparecido, solo Suzi sabía lo del intruso nocturno.

—Lucas, ¿estás bien? Pareces muy cansado.

Me tocó el brazo y retuvo ahí la mano. Una mano cálida y afectuosa. Sentí el impulso de atraerla hacia mí, de besarla, de llevármela a la cama y perderme en ella. En ese momento, a pesar del cansancio que amenazaba con derrotarme por completo, no había nada en el mundo que quisiera más que eso. Y estaba seguro, por la forma en que me estaba mirando, y por cómo no había apartado la mano, que ella lo sabía. El aire entre nosotros era espeso, impregnado con el peso de las palabras no dichas. Puse la mano sobre la de ella y sostuve su palma contra mi tríceps.

Max entró por la puerta.

—Huy... —exclamó—. No quería interrumpir.

Julia apartó la mano.

Max vio el bolígrafo en mi mano.

—Siento esa extraña confusión, amigo. Siempre me llevo los bolígrafos de otras personas. Una costumbre muy mala.

Todo lo que había pasado ese día, todo el estrés, incluida la tensión sexual interrumpida, todo se juntó de modo que la habitación empezó tambalearse a mi alrededor. Señalé con un dedo a Max.

—¡Te lo llevaste, idiota! ¡Entraste en mi habitación y me lo robaste! —Me miró fijamente—. Seguro que también me quitaste el teléfono, ¿a que sí? Vamos, dime, ¿dónde está?

—No sé de qué demonios estás hablando.

—¿Has estado buscando información? —Le apunté con un dedo—. ¿Tratando de encontrar algo que puedas utilizar contra mí? Dios, seguro que fuiste tú quien le contó a Ursula lo de Priya. ¡Maldito cabrón!

Con el rabillo del ojo, a través de una nebulosa de tonos rosáceos, vi a Julia con la boca abierta de asombro.

—¡Eres un puto envidioso y un esnob! ¡Una vieja gloria venida a menos! —escupí.

Max se burló.

—¿Envidioso yo? ¿De tus libros de mierda? Ni siquiera eres un escritor de verdad. Eres un puto aficionado. Dentro de cinco años nadie leerá tus libros, pero los míos me sobrevivirán mucho después de que desaparezca para siempre.

Ahora la nebulosa era de color rojo oscuro.

—¿Después de que desaparezcas para siempre, dices? —Lo señalé con un dedo amenazador—. Eso podría ser mucho antes de lo que piensas, maldito...

—¡Lucas!

Era Julia. Ahora me había agarrado ambos brazos y me sujetaba como si fuera un niño.

—Cálmate.

Oí la voz de Suzi:

—¿Ha estado bebiendo?

No la había oído entrar en la cocina.

—Vamos —dijo Julia—. Ven a comer algo.

Negué con la cabeza.

—No tengo hambre. Voy a irme a mi habitación.

Percibí las miradas de todos mientras me dirigía hacia arriba. Las paredes me daban vueltas alrededor de la cabeza; las escaleras parecían hechas de espuma.

Me desplomé sobre la cama completamente vestido y perdí el conocimiento al instante.

* * *

Cuando volví en mí, era como si tuviera la boca llena de algodón. Todavía estaba oscuro, pero me sorprendió comprobar que solo era medianoche. Había dormido cuatro horas. Ahora mi reloj corporal sí que iba a estar desquiciado.

Me fui con paso tambaleante al baño y bebí agua del grifo, luego me refresqué un poco la cara y me cepillé los dientes. Oía voces abajo. Los otros todavía estaban levantados. Recordé un fragmento de mi discusión con Max y di un paso atrás. ¿De verdad me había jactado de ser un autor superventas? Oh, Dios, qué gilipollez... Me eché un poco más de agua en la cara hasta que estuve completamente despierto.

Al bajar las escaleras oí la voz de Ursula, retumbando por toda la casa. No sabía con quién estaba hablando. De repente, Julia apareció al pie de la escalera. Se detuvo en seco al verme.

—¿Puedo hablar contigo? —dije cuando llegué abajo—. ¿En privado?

Miró a izquierda y a derecha, y luego contestó:

—Sígueme.

Para mi sorpresa, abrió la puerta del sótano.

—Pensaba que los huéspedes tenían prohibido bajar aquí. Que no era un lugar seguro.

Esbozó una débil sonrisa.

—Eso no es del todo cierto, lo de que no es seguro. Solo quería reservar este espacio para mí. Ahora voy a hacer una excepción, solo por esta vez.

La seguí abajo. Esperaba encontrar una habitación polvorienta llena de telarañas y trastos viejos, cajas de mudanza y paredes llenas de grietas. Pensé que tal vez habría una escalera rota o cables pelados, algo que explicase por qué se suponía que nadie debía bajar allí.

Cuando Julia pulsó un interruptor y una luz fluorescente se encendió parpadeando, no podía creer lo que veían mis ojos.

—Bienvenido al cuarto de juegos —dijo.

Era un paraíso para niños: había varios pufs reclinables y cojines de distintos tamaños amontonados en el suelo, y también un sofá cómodo y viejo, frente al cual había un televisor y una consola. Las paredes eran de colores brillantes, con pósteres por todas partes con mensajes positivos:

«Sueña a lo grande».

«¿Y qué pasa si me caigo? Ya, cariño, pero ¿y qué pasa si VUELAS?».

Había una casa de muñecas gigante y montones de peluches y juegos de mesa; libros para colorear, bolígrafos y material de dibujo; una pizarra y un baúl lleno hasta los topes de disfraces.

—Guau...

Julia se sentó en el sofá, hundiéndose en él.

—Esta era la habitación favorita de Lily, más aún que su dormitorio.

—Es increíble. Dios mío, me habría encantado tener algo así de niño.

Julia recogió un conejo de peluche y le acarició las orejas.

—Por eso lo hicimos. Queríamos que Lily tuviera todas las cosas que nosotros no tuvimos. Que dispusiera de su refugio; su espacio privado. Venía aquí abajo con Megan, o algunas veces se traía a Chesney y jugaba con él. Y el plan era, si teníamos otro hijo...

Se calló, perdiéndose en sus recuerdos durante unos segundos.

—Me gusta venir aquí. No me pone tan triste como su dormitorio. A veces me quedo sentada durante horas pensando y eso me hace sentir... tranquila. Sé que puede sonar extraño, pero... —Se encogió de hombros—. Bueno, y dime, ¿de qué querías hablarme?

Respiré hondo.

—No sé cómo vas a reaccionar.

—Ponme a prueba.

—Está bien. ¿Te acuerdas de cuando me dijiste que deseabas haber podido permitirte contratar a un investigador privado? Pues bien...

Se lo conté todo, empezando por cuando había contratado a Zara. Le expliqué que Zara estaba segura de que la policía había hecho todo cuanto había podido. Le relaté su encuentro con Malcolm en el club de ajedrez y nuestra conversación posterior en el pub.

—Y entonces Zara desapareció —le dije, y le expliqué lo ocurrido ese mismo día. Le hablé además de Glynn Collins y de la Sociedad Histórica y de todos los demás datos que había averiguado pero que no había conseguido ensamblar de forma que tuvieran sentido. Le conté que mi madre me había hablado de otra niña desaparecida hacía treinta y siete años, cosa que Julia ya sabía («Varias personas me lo dijeron cuando Lily desapareció, como si eso fuera a hacerme sentir mejor»). Acabé contándole la escena que me había encontrado al llegar al *bed and breakfast*. Shirley, muerta.

—Por eso estaba tan conmocionado cuando volví a casa.

Arqueó una ceja al oírme usar esa expresión, «volver a casa». Sin embargo, por lo demás, parecía tranquila, aparentemente asimilando con serenidad lo que le estaba diciendo. No se puso a gritar ni se enojó ni se mostró horrorizada, sino que me escuchó y entendió lo que tenía que decirle, sentada sobre sus piernas flexionadas. Un mechón de pelo le caía constantemente sobre el ojo izquierdo y se lo apartaba cada vez, sin dejar de mirarme a la cara todo el tiempo.

Cuando acabé de hablar, cambió de postura, sentándose con normalidad en el sofá, e inclinó el cuerpo hacia delante.

—Sabía que tenía que haberte echado de la casa cuando descubrí lo que escribes.

No había sido una aceptación serena de los hechos, sino pura incredulidad.

—Julia...

—Cállate.

Se levantó. Hice amago de levantarme yo también, pero se interpuso y me empujó de nuevo hacia el sofá. Se quedó de pie, escrutándome.

—¡¿Cómo pudiste hacerlo?! —gritó—. ¿Cómo pudiste contratar a alguien, hacer que metiera las narices en mis cosas? ¿Cómo...? —Quería decir algo más, pero la ira hizo que se le atragantaran las palabras.

—No quería que te hicieras ilusiones —aduje.

—¡Por Dios...!

—No pensaba decirte nada a menos que descubriese algo. Julia, tú misma dijiste que habrías querido pagar a un detective. Lo hice por ti, como un favor.

Se había apartado unos metros de mí.

—¿De verdad? ¿Estás seguro de que lo hacías por mí?

Tenía que defenderme. Si me quedaba allí sentado intentando disculparme, me echaría de la casa, estaba seguro. Me levanté.

—Sí, Julia, lo hice por ti. Por Lily. Quería asegurarme de que la policía había hecho todo lo posible. Vi lo angustiada que estabas y quería ayudarte.

—La damisela en apuros.

—El hecho de que seas mujer no tiene nada que ver.

—Ya. Seguro.

Negué con la cabeza.

—No, de verdad.

Pero no parecía muy seguro, ni siquiera para mis propios oídos. Si hubiera sido Julia la que se hubiera ahogado, ¿habría tratado de ayudar a Michael de la misma manera? Quería creer que sí, pero...

—Quizá no debería haberlo hecho. Como te he dicho, solo pensaba decírtelo si conseguía averiguar algo nuevo. Y creo que lo he hecho; he removido algo, y estoy seguro de que está relacionado con Lily.

Me miró, respirando agitadamente.

—Pero lo cierto es que no has llegado a ninguna parte, ¿no es así? Es solo... una teoría de la conspiración. Una teoría disparatada. Para el caso, es como si me hubieras dicho que aterrizaron los extraterrestres y se llevaron a Lily en una nave espacial.

—Sé cómo suena, Julia, pero Glynn Collins... ¿No te parece demasiada coincidencia que un par de semanas después de que mi detective empezara a hacer preguntas, dos miembros de ese grupo estén muertos? ¿Y que la propia detective haya desaparecido?

—Está de vacaciones. Y las otras dos muertes no son una coincidencia, es una cadena. Causa y efecto. La visita de Zara produjo estrés a Malcolm y eso hizo que sufriera un ataque al corazón. Y luego esa tal... Shirley murió después de emborracharse en su funeral.

—Pero ¿por qué iba a producirle estrés a Malcolm?

—No lo sé. Tal vez sabía algo sobre esa niña que desapareció en los ochenta. Tal vez Malcolm Jones era un pedófilo. Pero eso no tiene nada que ver con Lily.

Reflexioné sobre eso. Había estado tan concentrado en Glynn que no se me había pasado por la cabeza que Malcolm fuera culpable de algo más salvo de no revelar los crímenes de Glynn. ¿Y si Julia estaba en lo cierto? ¿Era Malcolm el malo de la película?

—Pero ¿y si Malcolm aún estaba... activo hace dos años?

—¿Con un paréntesis de treinta y cinco años entre ambos crímenes?

Me paseé arriba y abajo por la habitación. Por lo menos, ahora Julia estaba razonando conmigo y no empujándome escaleras arriba y diciéndome que hiciera las maletas.

—Podría haber otros casos de los que no sabemos nada —dije—. Otras niñas desaparecidas. Tal vez fue Malcolm, o Glynn, o...

Las luces se apagaron.

Y por encima de nuestras cabezas, en las entrañas de la casa, una mujer gritó.

Capítulo 29

Lily – 2014

Su madre asomó la cabeza por la puerta de la habitación de Lily.

—Megan viene de camino hacia aquí. Llegará dentro de quince minutos, así que deberías vestirte y cepillarte el pelo.

—¿Qué? ¿Por qué?

Era sábado por la mañana y Lily estaba en su cama, todavía en pijama, jugando a un juego en su iPad.

—Porque la madre de Megan ha tenido que irse a trabajar y su padrastro está fuera todo el fin de semana en una despedida de soltero. Jake también va a venir.

Lily soltó el gruñido de queja que tanto molestaba a su madre.

—Vístete y ya está, ¿de acuerdo? Y sé simpática con Jake. Es un chico muy bueno.

Quince minutos después, unos neumáticos hicieron crujir la gravilla fuera y Lily se asomó a la ventana. Megan y Jake estaban saliendo de un taxi junto con el taxista, quien los acompañó a la puerta de entrada. Sonó el timbre.

Para cuando Lily bajó, los dos niños estaban de pie en la entrada y mamá estaba hablando con el taxista. Parecía un vecino y un viejo amigo de la madre de Megan, y se suponía que ese día no debía estar trabajando, pero había llevado a los niños como un favor. Por lo visto, no tenía nada más que hacer. Le guiñó un ojo a Lily por encima del hombro de su madre.

—¿Por qué no entras a tomar una taza de té, mmm...?

—Olly. Sí, gracias, eso estaría muy bien.

—Sígueme. Lily, ¿por qué no vas con Megan y Jake a la sala de juegos? Os llevaré algo de bebida y comida enseguida.

—Bueno. —Lily vaciló—. ¿Dónde está papá?

Su madre movió los ojos como hacía siempre que no estaba segura de qué decir.

—Todavía está durmiendo.

—Qué suerte tiene —dijo Olly.

—¿Verdad? —Parecía enfadada, aunque intentaba disimularlo detrás de la sonrisa que siempre exhibía cuando tenían visitas.

Mamá y el taxista se fueron a la cocina y Lily bajó corriendo las escaleras hacia el cuarto de juegos, con Megan pegada a ella y Jake un tanto rezagado.

Megan se dio la vuelta.

—Date prisa, lentorro.

—Lo siento, Meg.

El chico casi se golpea la cabeza contra el techo bajo a mitad de las escaleras. Le estaba saliendo bigote. Megan lo llamaba «pelusilla».

Su hermana puso cara de exasperación y Lily sintió lástima por él, y no era la primera vez. A pesar de que con frecuencia deseaba haber tenido un hermano o una hermana, no le gustaría nada que la trataran de la manera dominante en que Megan trataba a Jake.

Su amiga se fue directa a la Wii U.

—¿Quieres jugar una partida de Mario Kart? Seguro que esta vez te gano.

La última vez que Megan había ido allí se había quejado de que Lily no tenía el juego de María Sangrienta. Por suerte, no estaba disponible para la Wii U, así que Lily tenía una buena excusa.

Mientras Megan configuraba el juego, Lily volvió la cabeza para ver qué estaba haciendo Jake. Estaba examinando el material para dibujar. Lily recordó que se le daba muy bien el dibujo y le preguntó si quería papel y lápices.

—Gracias, Lily. —Se sentó en un puf reclinable con un paquete de lápices de colores.

Megan miró por encima del hombro.

—Oye, Jake, la semana que viene es el cumpleaños de mamá. Dibújale una tarjeta de felicitación de parte de los dos.

—Sí, Meg.

Lily y Megan jugaron a Mario Kart. Megan ganó la primera carrera —gracias a la inmensa potra de que le hubiera salido un caparazón azul justo al final—, y Lily lo hizo en la segunda y la tercera. Estaban a punto de empezar la carrera número cuatro cuando se abrió la puerta en lo alto de las escaleras.

—¿Todo bien, chicos?

Era el taxista, que les llevaba una bandeja con briks de batidos y un plato de galletas con pepitas de chocolate.

—¡Sí, comida! —Megan puso el juego en pausa—. Gracias, Olly.

—Tu madre me ha pedido que os bajara esto —le dijo a Lily—. Ha tenido que atender una llamada telefónica.

—Ah, gracias.

Olly miró alrededor.

—Este sitio es genial. ¿A qué estáis jugando? Ah, me encanta ese juego. ¿Quién es vuestro personaje favorito? Yo siempre juego como Bowser. Es muy grande y pesado, pero cuando se lanza... ¡zas! —Se rio.

Lily lo miró fijamente. ¿Era como Jake? ¿Un niño pequeño atrapado en un cuerpo de mayor?

—Hacía años que no venía a esta casa. Mi padre tenía un amigo que vivía aquí. Oye, a lo mejor conoces a mi padre, ¿no? Es el bibliotecario de la ciudad.

Lily lo miró sin comprender. Ella nunca había ido a la biblioteca de Beddmawr. ¿Por qué tendría que hacerlo cuando su casa estaba llena de libros, la mayoría de ellos increíblemente aburridos? A Lily le gustaban los libros que mamá había ilustrado, en parte porque todos estaban dedicados a ella.

Olly se agachó junto a Jake.

—¿Qué estás dibujando, colega?

El chico, que había terminado la tarjeta de cumpleaños y había pasado a dibujar otra cosa, le enseñó el papel.

—Vaya, ¿qué es eso?

Lily miró por encima del hombro de Olly. El papel estaba lleno de dibujos de árboles desnudos de ramas puntiagudas. En el centro del dibujo había una figura oscura con los brazos y las piernas que parecían espaguetis, con el torso alargado y una cabeza regordeta con ojos de gato. Jake había hecho tanta presión con el lápiz para dibujar la figura que casi había traspasado el papel.

—Es la Viuda —dijo Jake en voz baja.

Lily esperaba que Olly se riera, pero no lo hizo. Hablaba con voz tan seria como la de Jake cuando respondió.

—La Viuda Roja, ¿eh? Mi padre me habló de ella.

Repitió todo lo que Lily ya sabía. Hasta Megan parecía un poco aburrida con el tema, pero Jake escuchó a Olly boquiabierto, como si fuera la primera vez que oía la historia.

El hombre miró de reojo a las niñas.

—Yo la vi una vez —dijo.

Eso llamó su atención.

—No es verdad —dijo Megan.

—Sí, sí que lo es. Cuando tenía más o menos tu edad. Fue justo antes de que desapareciera esa niña. Carys.

Lily lo miró con mucha atención, igual que Megan y Jake. Olly se sentó en un puf.

—Yo estaba en el bosque, cerca de aquí, con mis amigos, construyendo un campamento. A los padres en aquella época no les daba tanto miedo dejar que los niños jugaran a su aire. El caso es que construimos el campamento y luego uno de mis amigos dijo que necesitaba ir al baño. A hacer lo que ya sabéis.

Megan soltó una risita.

—Sí, asqueroso, ¿verdad? Se fue a hacer lo que los osos hacen en el bosque, y al cabo de un minuto volvió corriendo, chillando, diciendo que alguien lo estaba persiguiendo. Una mujer. Y fue entonces cuando la vi, entre los árboles. Tenía los ojos justo así —dijo, señalando el dibujo—, completamente blancos, como si estuviera ciega. Me pareció que estaba olisqueando el aire, que podía olernos. Pensando que olíamos muy bien.

Megan agarró la mano de Lily y se la apretó. Jake lanzó un gemido bajo.

—Y entonces nos señaló y dijo: «Es la hora».

«No es verdad —se recordó a sí misma Lily—. La bruja no existe».

—¿Qué hicisteis? —preguntó Megan.

—¿Qué crees que hicimos? Echamos a correr como si nos hubieran pegado fuego en el culo. —Se rio y los niños lo miraron fijamente.

—«Es la hora...» —susurró Megan.

—Sí —dijo Olly—, porque, según la leyenda, la bruja exige un sacrificio una vez cada treinta y cinco años. Cuando esa niña, Carys, desapareció, eso fue lo que pensamos todos. Que la bruja se la llevó y se la comió.

El cuarto de juegos se quedó en silencio. Lily solo oía la respiración pesada de Jake.

Olly los fue mirando uno por uno.

—Eso sucedió en 1980, ¿sabéis? —dijo, y Lily se dio cuenta de que aquel hombre era igual que el abuelo de Megan: disfrutaba metiendo miedo a los niños, comprobando si creían en sus historias de terror—. El año que viene habrán pasado treinta y cinco años y volverá a ser la hora. —Se fijó en sus bocas abiertas y sus ojos saltones—. Vendrá a por otro niño.

Capítulo 30

En cuanto oímos el grito, Julia sacó su teléfono y encendió la linterna, que, con su tenue luz, proyectó sobre ella un brillo fantasmagórico. Se dirigió a las escaleras y yo la seguí, lamentándome de haberme dejado el móvil en mi habitación.

El pasillo también estaba oscuro. Alguien apareció en la puerta de la sala Thomas, una silueta negra. Julia apuntó con el haz de la linterna del teléfono hacia la puerta. Era Max.

—¿Qué ha sido ese grito? —preguntó Julia.

—Suzi. Ursula estaba contándonos una historia verdaderamente espeluznante sobre un espíritu oscuro, ya sabes, las tonterías habituales que suelen ocurrírsele, y de repente se ha ido la luz. Ha sido alucinante. Era como si lo tuviera preparado de antemano.

Julia cruzó la puerta y enfocó el interior de la sala con la linterna. Ursula estaba sentada en un sillón, al parecer inmóvil, sujetando una copa de vino.

—¿Dónde está Suzi ahora? —pregunté.

—Ha desaparecido. Me parece que ha tenido un ataque de vergüenza y se ha ido a su habitación. ¿Crees que ha habido un corte de electricidad en la red local? ¿Pasa a menudo por aquí?

—No desde que vivo aquí —respondió Julia.

—Podría ser el cuadro eléctrico —dije—. Tal vez solo haya que accionar el diferencial. ¿Dónde está la caja?

—En el cuarto de la lavadora.

Dejamos a Max esperando en la sala Thomas y atravesamos la cocina hasta la pequeña habitación donde Julia tenía la lavadora y la secadora. Enfocó con la linterna el cuadro eléctrico, que estaba en la pared junto a la puerta trasera. Lo abrí.

—No ha saltado el diferencial —dije—. Debe de ser una avería general. ¿Tienes velas?

—Creo que sí. Espera... —Regresamos a la cocina.

Si aquello hubiera sucedido en mi apartamento de Londres, no pasaría nada. A Priya le encantaban las velas perfumadas y todavía tenía guardadas la mayoría de ellas. A veces las encendía para que me recordaran a ella, si me sentía lo suficientemente fuerte. El olor a jazmín o canela siempre me recordaría a ella. Sin embargo, a Julia no le gustaban las velas. Las únicas que había visto desde que llegué allí eran las de la tarta de cumpleaños de Lily.

Rebuscó entre los cajones de la cocina. Había un montón de cosas, pero no velas.

—Creo que están en la cabaña —dijo.

Max había entrado en la cocina con la linterna de su teléfono encendida.

—Iré a buscarlas —dije.

—Te acompaño —se ofreció Max.

—No hace falta.

Pero ya estaba saliendo por la puerta de atrás. Julia me dio la llave de la cabaña y fui tras él.

Hacía frío fuera y el cielo estaba tapado, aunque algunas estrellas asomaban por los huecos entre las nubes. Solo contábamos con el teléfono de Max para iluminar el camino, pero a medida que nos acercábamos a la cabaña, mis ojos fueron adaptándose poco a poco a la oscuridad, plagada de formas negras recortadas sobre un fondo gris.

Max dejó de caminar.

—¿Qué haces? —le pregunté.

—La verdad es que quería tener la oportunidad de hablar contigo —dijo—. Escucha, Lucas, te juro que no me llevé tu bolígrafo a propósito. De hecho, no recuerdo en absoluto habérmelo llevado, pero ya sabes, todos habíamos bebido más de la cuenta...

Apenas le veía la cara, pero parecía sincero y yo tenía las emociones a flor de piel después de mi encuentro con Julia. Lo cierto es que no quería volver a discutir.

—Está bien —dije—. Siento lo de antes. He tenido un día difícil.

—Yo también te pido disculpas por lo que dije. Sé que no es excusa, pero también he estado sometido a mucho estrés. He tenido algunos problemas en mi matrimonio, por eso voy a quedarme aquí un poco más. Mi mujer no quiere que vaya a casa. —Asentí con la cabeza—. Pero no me he acostado con Suzi, no me importa lo que pienses. Soy culpable de muchas cosas, pero no de eso.

De nuevo parecía sincero.

—Siento si te ha parecido que te estaba juzgando.

Se rio.

—Espero que nadie nos oiga; podrían pensar que estamos intimando.

—Dios no lo quiera... Vamos, hay que encontrar esas velas.

Nos dirigimos a la cabaña y abrí la puerta. Max guio el camino, entrando él primero a la cocina. Empecé a examinar el interior de los cajones mientras Max sostenía la linterna.

—Seguro que vuelve la luz en cuanto las encontremos —dijo.

No había velas en el primer cajón, ni tampoco en el segundo, aunque encontré un mechero que me metí en el bolsillo, pensando que sería útil.

—¿Sabes? Me gustaría escribir novelas de terror, como tú —dijo Max—. O historias de fantasmas, algo así. Imagina toda la inspiración que habría tenido desde que vine aquí. Tus sinapsis creativas deben de estar en llamas.

Y eso que él no sabía ni la mitad. Estuve tentado de contárselo, pero entonces me dijo:

—La otra noche me pasó algo un poco extraño.

Dejé de rebuscar en el cajón.

—¿Qué?

—Bueno, me levanté a media noche para ir al baño y oí a alguien cantar.

Esperé.

—Era una mujer. Al principio creí que era Julia, pero no parecía que viniera de su cuarto. Era como si alguien estuviera dentro de la habitación conmigo.

—¿Era esta la canción? —Entoné un par de versos de *Un, dau, tri...*

—¡Sí, era esa!

—Yo también la he oído —dije—. Igual que Karen. Al parecer, era una de las canciones favoritas de Lily.

Max soltó un resoplido.

—Eso coincide con lo que dijo Ursula... No crees en fantasmas, ¿verdad? ¿Aunque escribas novelas de terror?

—No. No creo en fantasmas.

Sabía que debíamos volver a la casa, o buscar velas en otra parte de la cabaña, pero Max parecía querer seguir hablando.

—Yo tampoco, pero...

—¿Qué?

—Hablar con Ursula me hace dudar...

—Oh, no empieces... Se lo inventa todo.

Se apoyó en la encimera que había bajo la ventana, mirando hacia arriba, hacia la noche. El cielo se había despejado parcialmente, dejando entrever más estrellas, y una luz plateada brillaba sobre el césped, mientras que los árboles y los arbustos emergían de la oscuridad.

—Ursula es muy convincente —dijo—. Le conté que había oído cantar a alguien y dijo que podría ser el fantasma de Lily atrapado en esta casa, que no estaba dispuesto a marcharse al otro mundo por culpa de la infelicidad de su madre. Ursula va a consultar a su guía espiritual. Dijo que... Espera, ¿qué ha sido eso?

—¿El qué? —Acudí a la ventana junto a él.

—He visto a alguien ahí, en el camino de entrada. Mira.

Fijé la vista en la oscuridad. Las nubes se movieron y dejaron la luna al descubierto.

Había alguien al principio del camino de entrada, frente a nosotros. Estaba demasiado oscuro para distinguir sus rasgos, ni siquiera para saber si era un hombre o una mujer, pero inmediatamente tuve una sospecha.

Antes de que pudiera decir nada, Max salió corriendo de la cocina y luego por la puerta principal.

—¡Eh! —gritó.

El intruso se movió, alejándose por el camino de entrada, en dirección contraria a la casa. Max fue tras él. Yo le di alcance y anduve a su lado. Ahora la figura estaba corriendo, apenas visible como una forma parpadeante en el horizonte.

—No creo que sea una avería en el suministro eléctrico —dijo Max—. Mira, hay una luz encendida en una casa allá, en la colina. —Señaló hacia el vecino más cercano.

La persona que habíamos visto en el camino de entrada había dejado de correr. No podíamos verle la cara, pero estaba seguro de que nos estaba observando, esperando a ver qué hacíamos. ¿Podía ser de verdad Glynn Collins? Sentí que se me hacía un nudo en el estómago. Si estaba en lo cierto, ya se había ocupado de tres personas que habían amenazado con revelar sus secretos. Ni siquiera me había parado a pensar que yo era el siguiente objetivo más obvio.

En cuyo caso iba directo hacia su trampa.

—Vamos —dijo Max, y echó a correr. La figura entre las sombras corrió también. No tuve más remedio que seguirlos.

Había algunos charcos en el camino, y tropecé con uno de ellos. Max me agarró del brazo para evitar que me cayera. Lo miré y vi que sonreía. Estaba disfrutando con aquello, como si fuera un juego. Aumentó la velocidad y atravesó un gran charco de un salto. Supuse que para él aquello debía de ser una forma más de eludir sus otras preocupaciones: el dinero, su carrera, los problemas en su matrimonio. Se trataba de una pequeña aventura.

Llegamos a la estrecha senda de la bifurcación entre los árboles y nos detuvimos. El sendero se extendía a izquierda y derecha, y teníamos una arboleda justo delante de nosotros. La carretera principal estaba al otro lado, y un poco más adelante, el río. Nuestra presa ya no se veía por ninguna parte.

—¿En qué dirección se ha ido? —preguntó Max.

Levanté un dedo.

—Escucha eso.

El murmullo provenía del bosquecillo de delante.

—Por aquí —le dije, corriendo hacia los árboles, donde me engulló la oscuridad.

Bajo mis pies, la tierra estaba blanda y mullida, resbaladiza, y me agarré a un árbol famélico para apoyarme. Esperé a que Max me alcanzase, ya que él llevaba nuestra única fuente de iluminación. Se detuvo a mi lado y desplazó el teléfono de izquierda a derecha, y la luz fue reverberando y resplandeciendo entre los árboles como un fuego fatuo. Nos abrimos paso a través de las ramas con paso vacilante, y Max soltó una maldición cuando algo le arañó la cara. Bajó la linterna y yo seguí andando a ciegas hacia delante, mientras la parte reptiliana de mi cerebro me decía a gritos que saliera de aquellos árboles, incluso aunque hubiera un peligro mayor más adelante. Estaba sudando a mares y el corazón me latía más rápido que nunca.

Tropecé en la última hilera de árboles y me caí, golpeándome las rodillas contra el áspero asfalto. Max me ayudó a levantarme.

—¿Estás bien?

Tenía demasiada adrenalina en las venas para sentir dolor. Oí el chasquido de una rama delante de nosotros.

—Creo que se dirige al río.

Max asintió una vez y se encaminó hacia el último tramo de la espesura de los árboles, cuyas ramas aún estaban desnudas por la estación invernal. Respiré profundamente y me reuní con él, avanzando hasta que salimos al camino que transcurría en paralelo al río.

—Aquí es donde se ahogó el marido de Julia —señalé en voz baja—. El lugar exacto.

El agua se deslizaba por el recodo del río, absorbiendo la luz de las estrellas y extinguiéndola después. Una cortina de niebla colgaba sobre la orilla opuesta, sumiendo a los árboles de ese lado en un juego de sombras. Max miró a su alrededor mientras yo examinaba el agua, y luego exclamó:

—¡Ahí!

Max se precipitó hacia la izquierda y desapareció en el bosquecillo. Yo hice lo mismo, avanzando hacia un claro entre un corro de árboles. Traté de localizar la luz del teléfono. Allí estaba, a la derecha, danzando entre las ramas. Contuve el aliento, con miedo de hablar. Oí a Max decir:

—¡Muéstrame quién eres! —Luego hizo una pausa, y a continuación—: ¿Qué haces?

Parecía que se había encontrado cara a cara con la persona que habíamos estado persiguiendo.

Se oyó el ruido de un forcejeo, el crujido de unas ramas partiéndose en dos y astillándose. A continuación, un gruñido y el sonido de algo pesado golpeando el suelo. El punto de luz del teléfono de Max se extinguió.

—¿Max?

Me quedé paralizado.

—Vamos, vamos, muévete —murmuré en voz baja, y cuando logré despegar los pies del suelo, eché a andar hacia el lugar entre los árboles donde había estado Max, apartando un par de arbustos que protegían el lugar.

Entonces oí un ruido a mi espalda. Unos pasos sobre hojas mojadas. Empecé a volverme.

Sentí un estallido de dolor en la cabeza. Me caí al suelo, ciego. Me golpeé contra la tierra.

Oscuridad absoluta.

Capítulo 31

Desperté envuelto en un manto de dolor y de frío. Abrí los ojos, pero no veía nada. Intenté aspirar aire por los pulmones y mi cuerpo se inundó. Agité los brazos, pero no había nada que aferrar.

Puede que mi cerebro solo tardara un segundo en darle un sentido a dónde estaba, a qué estaba pasando, pero a mí me pareció mucho más tiempo. Una eternidad de confusión. Para cuando lo descubrí, palpé tierra firme con las palmas de las manos por debajo de mi cuerpo.

El lecho del río.

Estaba en el agua.

El dolor en mi cerebro era indescriptible, como si me hubieran hundido cuchillos candentes en la materia gris. Dentro de mi cabeza, una oleada de oscuridad amenazaba con envolverme por completo: mi cerebro solo quería apagar mi cuerpo, pero una pizca de instinto de supervivencia luchaba contra él. Me estaba ahogando. De algún modo logré hacer acopio de todas mis fuerzas, tomando impulso contra el lecho del río y pateando hacia arriba, sacudiendo los brazos en el agua negra y helada, sintiendo cómo volvía a arrastrarme hacia abajo como si una criatura...

«Carne tierna, ven conmigo, mi carne tierna...».

... me tuviese agarrado por los tobillos. Lancé un grito inaudible, pataleé y me puse a forcejear, luchando para escapar de aquella tumba líquida. «Ríndete —dijo una voz en mi interior—.

Entrégate, acéptalo. Sumérgete en la nada. No habrá más dolor. Se acabó el sufrimiento...».

«Déjame ayudarte, carne tieeernaaa...».

No. Me negaba a rendirme. Me negaba a morir.

Con mis últimos resquicios de fuerza, empujé hacia arriba, hacia las estrellas que brillaban por encima de la superficie y me llamaban, diciéndome que siguiera adelante, que no me diera por vencido.

Irrumpí a la superficie.

Aspiré el aire desesperadamente.

Luché contra el dolor insoportable que me laceraba el cráneo y pataleé para llegar a la orilla. Me agarré a las malas hierbas que se me escurrían de las manos. A la izquierda vi las rocas planas sobre las que se había parado Julia, incapaz de salvar a su marido. Me arrastré hacia ellas y salí por fin a rastras del agua. Jadeando y temblando, me tendí de espaldas sobre las piedras, con los ojos cerrados, sumiéndome de nuevo en la oscuridad. Entonces me rendí.

* * *

—¿Lucas? ¡Lucas!

No me desperté de repente esta vez. La oscuridad se fue replegando lentamente. Alguien estaba diciendo mi nombre.

Una mano cálida me tocó la cara y me cubrió con algo.

—Lucas, soy yo, Julia.

Abrí los ojos y la vi mirándome. Intenté hablar, pero los dientes me castañeteaban demasiado. Me tomó la mano y me la apretó. Sobre su cabeza, las estrellas que me habían salvado.

Me di cuenta de que había cubierto mi cuerpo empapado con su abrigo. Traté de levantarme, pero un fogonazo de dolor me atravesó el cráneo. Di un respingo y una expresión de preocupación se dibujó en la cara de Julia.

—He salido a buscarte al ver que no volvías de la cabaña. ¿Qué ha pasado? ¿Por qué estabas en el agua?

Intenté hablar de nuevo, pero no lo conseguí y tosí, el agua del río inundándome la boca. Julia se arrodilló junto a mí y, con delicadeza, me ayudó a ponerme de costado para que no me ahogara. Recolocó el abrigo.

—He llamado a una ambulancia —dijo.

Tosí y escupí de nuevo, expulsando más agua de los pulmones. Me temblaba todo el cuerpo y pensaba que no volvería entrar en calor nunca más. Pero necesitaba hablar, preguntarle algo.

—Max —acerté a decir—. ¿Dónde está?

Una vez más, antes de que ella pudiera responder, me desmayé.

* * *

Me desperté en el hospital. Mi dolor de cabeza había remitido; debían de haberme atiborrado a analgésicos. Moví los brazos y las piernas, los dedos de las manos y los pies. Todo parecía funcionar perfectamente. Todavía tenía náuseas, temblores, frío, pero me incorporé, con cuidado de no mover el tubo conectado al gotero que llevaba en el brazo. Me palpé con cautela la parte posterior de la cabeza, cubierta con una venda. La luz de la mañana entraba por la ventana.

Una enfermera me vio y se dirigió hacia mí.

—Señor Radcliffe. Debe tomárselo con calma. —Tenía acento de Europa del Este y ojos amables.

—¿Está Julia aquí? —pregunté.

—¿Esa es la mujer que lo encontró? No anda lejos de aquí, no se preocupe. El doctor querrá examinarle. Le avisaré de que está despierto.

Estaba a punto de irse cuando dije:

—Espere. ¿Max Lake? ¿Está ingresado aquí? —Traté de mirar a mi alrededor en la sala, pero no lo veía.

Trató de esbozar una sonrisa tranquilizadora que no acababa de salirle bien.

—Creo que la policía querrá hablar con usted en cuanto el médico se lo permita. —Se alejó apresuradamente.

A continuación vino el doctor, me examinó y me dijo que estaba bien, pero que me iban a tener un rato en observación. Básicamente les preocupaba mi golpe en la cabeza.

—No es tan mala como parecía en un principio —dijo el médico—. No tiene ninguna fractura de cráneo. Ya le hemos realizado una radiografía y un escáner y no parece haber ningún daño interno. Tiene una cabeza dura, señor Radcliffe, pero queremos controlarle para asegurarnos de que no hay ninguna conmoción cerebral ni nada parecido. Existe el riesgo de que desarrolle un hematoma subdural, pero creo que va a estar bien.

—¿Con qué me golpearon? —pregunté.

—Mmm... —Consultó sus notas—. Con una piedra, creo, pero la policía podrá darle más información.

—¿Y qué hay de Max Lake? ¿Está aquí?

El doctor frunció el ceño.

—No, que yo sepa.

Media hora después estaba acostado, con los ojos cerrados, recordando lo que había sucedido, cuando oí a alguien pronunciar mi nombre. Abrí los ojos y vi a una mujer de pelo corto y oscuro de pie a mi lado. Se presentó como la inspectora Carla Hawkins.

—¿Se encuentra con fuerzas para responder algunas preguntas? —dijo mientras apartaba una silla de plástico.

—Por supuesto, pero ¿podría responderme una a mí antes? ¿Dónde está Max Lake? ¿Está bien?

Cerró el puño y se lo llevó a los labios, aclarándose la garganta.

—Lamento decirle que el cadáver del señor Lake ha sido rescatado del río Dee esta mañana temprano.

—Dios santo...

La noticia no me sorprendía. Desde que me había despertado, había estado mentalizándome para encajar aquello. Era evidente que a Max le había pasado lo mismo que me había pasado a mí, salvo que él no había logrado salir del río. ¿Habría vuelto en sí y luchado hasta morir? Esperaba que no. Era mejor estar inconsciente que luchar para no morir ahogado y fracasar.

—¿Eran ustedes muy amigos? —preguntó la inspectora Hawkins, estudiándome, a todas luces tratando de leer mi expresión facial y el lenguaje corporal.

—No. Solo hacía un par de semanas que nos conocíamos, pero... —La culpa me atenazó el estómago—. Es culpa mía. Yo he provocado todo esto, y yo estoy vivo mientras que él... está muerto.

—¿Qué quiere decir con que ha provocado todo esto? ¿Sabe quién lo ha hecho?

Tenía un bloc de notas sobre el regazo, con el lápiz preparado.

Al igual que con Julia la noche anterior —Dios, eran las veinticuatro horas más largas de mi vida—, le conté toda la historia, tratando de resumirla al máximo. La inspectora Hawkins me interrumpía de vez en cuando para hacer preguntas. No mencioné ninguno de los sucesos extraños de la casa para escritores y traté de evitar adentrarme en el territorio de la teoría de la conspiración.

—Es Glynn Collins —dije al fin—. Él ha hecho esto.

La inspectora Hawkins dio unos golpecitos con el lápiz sobre la libreta, despacio.

—¿Lo vio usted?

—No, estaba demasiado oscuro, pero estoy seguro de que era él. ¿Quién más podría ser? —Me miró con cara inexpresiva—. ¿Lo conoce? —pregunté. La cabeza me palpitaba de dolor, y me estremecí al hablar—. Todos dicen que es un pilar de la comunidad.

La inspectora negó con la cabeza.

—Trabajo en Wrexham.

—Uno de sus colegas tenía una relación con Zara Sullivan, la detective privada que contraté. No sé cómo se llama, pero tal vez Zara habló con él después de hablar conmigo y antes de desaparecer.

—Lo investigaremos —dijo.

Se produjo un largo silencio.

—Entonces, ¿es una investigación de asesinato? —pregunté, rompiendo el silencio.

Su expresión era sombría.

—No tenemos muchos por aquí.

—Ya. Solo niñas desaparecidas.

Se levantó.

—Dos casos en cuarenta años. No es una epidemia. —Me dio su tarjeta—. Estaremos en contacto. Mientras tanto, si recuerda algo más, cualquier detalle que pueda ayudarnos a identificar a su agresor, por favor, llámeme.

—¿Y qué hay de la protección? —pregunté—. Para mí, quiero decir. Ha intentado matarme. ¿Y si viene aquí para terminar el trabajo?

La inspectora extendió los brazos dando a entender que estaba rodeado de gente.

—Aquí estará a salvo, señor Radcliffe. Procure no preocuparse.

* * *

Más tarde, cuando me desperté, encontré a Julia sentada junto a la cama.

—Te he traído algo de comer —dijo, señalando un par de bolsas en la mesita de noche—. Y algunas revistas. También te he traído tu móvil. —Me dio el teléfono que había comprado para sustituir al que había perdido—. ¿Cómo te encuentras?

—Creo que estoy en estado de shock. Por lo de Max.

Se pasó una mano por la frente y suspiró. Parecía profundamente triste. Pensé que todo aquello debía de haberle hecho revivir los terribles acontecimientos de dos años antes, cuando vio a Michael ahogarse en ese mismo lugar.

—Gracias por salvarme —le dije—. Probablemente habría muerto de hipotermia si me hubieran dejado allí junto al río. Supongo que tuviste la tentación de dejarme.

Lanzó un suspiro.

—Entiendo por qué lo hiciste. Y sé que estabas intentando ayudarme.

Le sonreí.

—Todavía estoy enfadada contigo.

Mi sonrisa se desvaneció.

—Pero me alegro de que no te hayas ahogado.

Supuse que debía conformarme con eso.

—Entonces, ¿no viste a nadie en el río? —preguntó.

Repetí lo que le había contado a la inspectora Hawkins y casi esperaba que Julia se mostrara escéptica, como había reaccionado antes. Sin embargo, aquello era diferente, ¿no? Era imposible atribuirlo a causas naturales o darle una explicación inocente. Alguien me había atacado. Alguien había asesinado a Max.

—¿De verdad crees que Glynn sabe algo sobre Lily? —preguntó. Hablaba con la voz impregnada de una mezcla de ansia y terror.

—Por suerte, ahora la policía lo interrogará —le dije—. ¿Han estado en tu casa? ¿Han comprobado lo que pasó con la electricidad?

—Sí, sí, vinieron dos agentes que nos interrogaron a Ursula, a Suzi y a mí, y echaron un vistazo a la casa. Se llevaron el ordenador de Max. El tuyo también.

—¿Qué?

—Lo siento, no pude impedírselo. Dijeron que necesitaban revisarlos. No dijeron por qué.

Mi novela estaba en ese portátil, y aunque guardaba una copia de seguridad en la nube, no tenía acceso a ningún otro ordenador allí. Aun así, no parecía lo más importante en ese momento, desde luego.

—¿Y la electricidad? —pregunté.

—Vino antes de que volviera a casa —respondió—. Se lo conté a la policía y me dijeron que también investigarían eso. Es muy frustrante, pero no dicen nada concreto. Eran igual de reacios a hablar cuando Lily desapareció.

En ese momento mi dolor de cabeza volvió con mayor agresividad aún. Apenas veía algo en la visión periférica, y me palpitaba un dolor constante en la parte posterior del cráneo. Necesitaba el primer analgésico que los médicos quisiesen suministrarme.

—¿Cómo están las demás? ¿Suzi y Ursula?

Julia negó con la cabeza.

—Ursula se ha ido a la cama. No consigo encontrarle sentido a nada de lo que dice o hace. Suzi... Bueno, está muy afectada. Se encerró en su habitación después de saber lo de Max, pero la oí llorar.

—Max me dijo que no había nada entre ellos.

—¿Le creíste?

Reflexioné sobre ello.

—Sí, la verdad es que sí. Dios, me alegro de haber logrado disculparme con él antes... de que ocurriera todo.

Julia se removió en su asiento.

—Ursula le contó a la policía vuestra pelea.

—Ah, genial.

—En la casa se ha montado una especie de circo. Además de la policía, ha aparecido la prensa. Han venido fotógrafos y cámaras de televisión, que se han instalado fuera. —Su rostro se ensombreció—.

Esos desgraciados mencionaron a Michael y a Lily en los informativos. «La tragedia golpea de nuevo un lugar idílico», toda esa mierda. Al parecer, la mujer de Max también viene de camino para recoger sus cosas y ver dónde ocurrió. No he bajado al río, pero he oído que está lleno de curiosos. —Sin previo aviso, me agarró la mano—. Estoy tan... —Se interrumpió, luego se obligó a continuar hablando—: Me alegro tanto de que salieses del agua...

Desconcertado, traté de quitarle importancia.

—Yo también.

—Cuando te vi tirado allí, sobre las rocas, creí que estabas muerto. —Para mi sorpresa, sus ojos se llenaron de lágrimas. Siguió sujetándome la mano, pero se quedó con la mirada perdida, en el pasado—. No creo... Creo que no llegué a llorar la muerte de Michael como es debido. Estaba demasiado obsesionada con encontrar a Lily. Incluso en su funeral... Estaba como entumecida, no sentía nada. No conseguía llorar. Me dijeron que lloré, pero no me acuerdo. Apenas recuerdo una sola palabra de todo el entierro.

Le apreté la mano y esperé a que continuara.

—Lo echo de menos —dijo—. Estuve enfadada con él durante mucho tiempo, una vez que pasó el entumecimiento. Enfadada por su alcoholismo, culpándolo por la discusión que hizo que no estuviéramos atentos a Lily. Hacía mucho tiempo que teníamos problemas en nuestro matrimonio y probablemente íbamos a separarnos. Quiero decir, ya nos habíamos dado una última oportunidad montones de veces. Él me había prometido que iba a dejar de beber porque eso nos estaba destruyendo... Pero no lo hizo. Y me di cuenta, ese día, de que nunca lo haría. —Sacó un pañuelo de papel y se sonó la nariz—. Cinco minutos después, estaba muerto.

Esperé a que siguiera hablando.

—También había algo más... Otra mujer. Nunca lo supe con certeza, pero creo que Michael me estaba engañando con una compañera de su oficina. Lana. Quizá solo compartían algo a nivel emocional, no lo sé, pero había algo entre ellos. Probablemente habría acabado con ella cuando nos separásemos y a veces me pregunto si no seguía bebiendo porque quería que lo echara de casa. Si no sería su forma pasiva de terminar nuestro matrimonio. —Se sonó la nariz otra vez—. Aunque quería mucho a Lily. Supongo que ella era la otra razón por la que seguía allí. —Se secó las lágrimas de las mejillas y se sorbió la nariz—. Oh, Dios, estás ahí con la cabeza completamente vendada después de que alguien haya intentado matarte y yo aquí hablando de mis problemas...

—Julia, no digas tonterías. Esto es bueno. Deberías hablar sobre ello.

Se estremeció.

—Tengo miedo, Lucas. Ni siquiera puedo decir exactamente por qué, pero estoy asustada.

Traté de encontrar las palabras adecuadas, pero antes de que pudiera lograrlo, alguien dijo mi nombre.

—¿Señor Radcliffe?

Era la inspectora Hawkins. Esta vez iba acompañada por otro policía, un hombre de mediana edad con un traje viejo. Lo presentó como inspector Garry Snaith.

Saludó a Julia con la cabeza.

—Señora Marsh.

Debía de haberla visto antes en Nyth Bran. Me pregunté si él también habría participado en la búsqueda de Lily hacía dos años.

—¿Le importa si hablamos con el señor Radcliffe a solas? —preguntó.

Julia se puso nerviosa.

—Sí. Quiero decir, no. Tengo que volver de todos modos. Te llamaré luego, Lucas.

—Hemos hablado con Glynn Collins —dijo la inspectora Hawkins en cuanto Julia se fue—. Estuvo en casa toda la noche, con su novia.

Me levanté en la cama.

—¿Con su novia?

El inspector Snaith sonrió.

—Tal vez «amiga» sería una palabra más adecuada. Pero sí, parece que, a su edad, ese hombre todavía conserva mucha vitalidad.

Me pregunté si sería la mujer con la que había estado hablando en el funeral, la del escote.

—La amiga de Collins padece insomnio —continuó Snaith—. Estuvo despierta casi toda la noche, con su «amigo» acostado a su lado, roncando.

—Por lo tanto, sea quien sea quien le atacó —dijo Hawkins—, no fue Glynn Collins.

Capítulo 32

Los dos detectives se quedaron en la habitación una eternidad, llevando a cabo lo que ellos llamaban una «charla informal». Querían saberlo todo sobre mí. ¿Tenía enemigos? ¿Los tenía Max? Habían oído que Max y yo habíamos tenido una pelea el día anterior. ¿Podría hablarles más sobre eso? ¿Por qué decidimos seguir a la persona que habíamos visto hasta el río? ¿Habíamos estado bebiendo?

—¿Por qué pregunta si Max tenía enemigos? —pregunté—. Ya se lo dije, yo era el objetivo.

—Entonces, ¿por qué matar al señor Lake? —preguntó la inspectora Hawkins.

—Creo que vio la cara del agresor.

Mientras respondía sus preguntas, mi cerebro trabajaba a toda velocidad. Si no fue Glynn quien me atacó y mató a Max, ¿quién diablos había sido? ¿Significaba eso que no era responsable de todo lo demás? ¿Estaba yo completamente equivocado?

—¿Están seguros de que la amiga de Glynn Collins no está mintiendo por él? —inquirí.

—Nunca se puede estar seguro al cien por cien —respondió Snaith—. Pero la mujer, Margaret, es la exesposa de uno de nuestros inspectores jefe ya jubilados. Él nos dijo que es la mujer más honesta que ha conocido y que es imposible que proteja a un criminal. Además, el señor Collins tiene una aplicación en su teléfono móvil que registra sus patrones de sueño.

Asentí. Priya usaba una de esas aplicaciones.

—Nos la enseñó. Según la aplicación, dormía como un bebé mientras Margaret daba vueltas en la cama a su lado.

—Tal vez tiene a alguien que lo está ayudando —dije. En el preciso instante en que pronunciaba esas palabras me di cuenta de lo desesperadas que sonaban.

Los dos inspectores intercambiaron una mirada. La inspectora Hawkins habló:

—Las dos muertes de las que nos habló: Malcolm Jones y Shirley Roberts. No hay ningún elemento sospechoso en ninguna de las dos. El señor Jones estaba tomando fármacos para una afección cardíaca. Al parecer, se olvidó de tomar sus pastillas.

Eso me pareció extraño, pero la dejé continuar.

—Y según todos los testimonios, la señora Roberts estaba ebria cuando se marchó del velatorio. Esas escaleras son muy empinadas. No quiero adelantarme al informe del forense, pero no hay nada que indique que no fuera un accidente.

—Así que vamos a tratar la agresión que sufrieron usted y Max Lake como un incidente aislado —dijo el inspector Snaith.

—Pero ¿qué hay de Zara Sullivan? ¿La han localizado?

Una vez más, intercambiaron una mirada.

—Usted es escritor, ¿verdad, señor Radcliffe? —dijo la inspectora Hawkins—. Tiene mucha imaginación; siempre buscando motivos ocultos y significados. Bueno, pues déjeme decirle, como alguien que trata con la realidad todos los días...

—Que la explicación más sencilla suele ser casi siempre la correcta.

Enarcó una ceja.

—Exactamente.

Volvía a dolerme la cabeza. Al principio, tenía la intención de comentarles los extraños sucesos ocurridos en el retiro para escritores, pero ¿qué sentido tenía eso? Me habían etiquetado como alguien que se inventa las cosas: un novelista con una imaginación hiperactiva.

Llegó una enfermera.

—Me parece que el paciente necesita descansar.

—Por supuesto.

Los policías se pusieron de pie; el inspector Snaith lanzó un gruñido al levantarse de su asiento de plástico. La inspectora Hawkins me miró fijamente un momento y deseé poder leerle el pensamiento, porque estaba seguro de haber detectado un brillo de sospecha en sus ojos.

—Volveremos a hablar —dijo antes de irse.

* * *

El hospital me dio de alta la tarde siguiente. El médico me entregó una hoja que enumeraba los síntomas a los que debía estar alerta: somnolencia, poca tolerancia a la luz, desorientación, confusión. Quise hacer una broma diciendo que confuso me sentía siempre, pero al médico no le hizo gracia.

No quería molestar a Julia pidiéndole que me recogiera, así que llamé a Olly Jones. Era un trayecto largo para él, pero pensé que la tarifa por kilómetro se lo compensaría. Y no era solo que no quisiera molestar a Julia; también quería hablar con Olly.

—Vaya, qué mala pinta... tiene —dijo mientras me acompañaba hasta el taxi y me subía al asiento de atrás. Era un día precioso, cálido y luminoso, y hacía calor dentro del vehículo. Por primera vez en meses sentí el cosquilleo del sudor bajo las axilas—. Ya me he enterado de lo ocurrido —dijo Olly mientras arrancaba el motor—. Es increíble. ¿Tienes alguna idea de quién lo hizo? ¿Quién te golpeó en la cabeza, quiero decir?

—No.

—Seguro que la policía tampoco tiene ni una maldita pista, ¿a que no?

—No lo parece, no.

Dobló hacia la carretera principal.

—Da mucha impresión pensar que dos personas, probablemente tres, se han ahogado en ese mismo lugar en dos años. —Maldijo a un conductor que dio un volantazo delante de él—. Esa pequeña, Lily, era una niña encantadora, ¿sabes? Espero que todavía esté ahí fuera, en alguna parte.

Me incorporé hacia delante.

—¿La conocías?

—Sí. Vivo unas casas más abajo de la de sus amigos, Megan y Jake. Conozco bastante bien a su madre.

Por supuesto. Allí todo el mundo se conocía.

—Y mi padre era muy amigo del padre de Wendy. ¿Has conocido a Wendy? Es un encanto. Además, Megan es todo un personaje, y Jake... Bueno, Wendy ha hecho un gran trabajo con él, teniendo en cuenta sus problemas. —Hizo una pausa—. De hecho, me siento un poco culpable. Les conté a Lily y a los otros dos la historia de que había visto a la Viuda cuando era un niño. Solo me estaba quedando con ellos, tomándoles el pelo, pero creo que me creyeron. Siempre me acuerdo de Lily con aquella cara de miedo... Debería haberle dicho que era una broma.

Traté de encauzar la conversación.

—No tuve la oportunidad de hablar contigo en el funeral. Te dije que nuestros padres eran amigos, ¿verdad?

—Sí. —Se rio—. Se me hace raro pensar que podríamos haber jugado juntos cuando éramos pequeños, antes de que te fueras de aquí.

—Lo sé. Bueno, y dime... ¿qué le pasó a tu padre? Alguien me dijo que tenía problemas cardíacos.

—Sí, y el muy tonto olvidó tomarse las pastillas.

Fingí ignorancia.

—Sí, pero olvidarse de tomar las pastillas... ¿qué, un solo día? Eso no te provocaría un ataque al corazón, ¿no? Quiero decir, no soy ningún experto, pero...

—No, pero el médico me dijo que debía de haber estado sometido a mucho estrés el día de su muerte. Y el hecho de que se le olvidaran las pastillas no ayudó. A saber por qué narices estaba tan estresado... Quiero decir, estaba en casa viendo la televisión. Supongo que debía de estar preocupado por algo.

Me sentí mal. Era evidente que aquel tema resultaba angustioso para Olly, pero seguí insistiendo de todos modos. A pesar de lo que decía la policía, todavía estaba convencido de que la muerte de Malcolm estaba relacionada con todo lo demás.

—Lo viste... el día que murió, ¿verdad? ¿Parecía preocupado?

—No, no lo vi. —Se quedó callado. Pensé que tal vez había ido demasiado lejos. Todavía estaba muy afectado, la pena era demasiado reciente—. Aunque hablé con él por teléfono, y estaba un poco raro.

—¿Qué quieres decir?

—Pues, no sé... estaba más emotivo de lo normal. Dijo algo de que había decepcionado a mi madre, de que ahora era demasiado tarde para arreglar las cosas. Yo no tenía idea de qué estaba hablando. Para serte sincero, me pregunté si no habría estado bebiendo. O si eran... no sé, las primeras señales de demencia senil. —Nos detuvimos en un semáforo en rojo. Olly se frotó los ojos con el puño—. Entonces dijo algo realmente extraño. Me preguntó si lo perdonaría si hubiera hecho algo terrible.

Se me erizó el vello de los brazos.

—No, espera. Lo que dijo fue si lo perdonaría si se hubiera guardado un secreto terrible todos estos años. Le pregunté de qué demonios estaba hablando y fue como si se acobardase, porque empezó a decir que no le hiciese caso, que no era nada, solo los desvaríos de un anciano. —Vi a Olly tensar la mandíbula y temí que estuviera a punto de echarse a llorar. Lo evitó cambiando de tema—: Te gustan los libros y esas cosas, ¿verdad? Pues claro. Mi padre tenía montones en su casa, y no tengo ni idea de qué hacer con ellos. Tal vez puedas venir a echar un vistazo y ver si hay alguno que te interese. Así me los quitaría de encima.

—Es muy amable por tu parte, pero tal vez deberías llamar a un librero de viejo. Podría haber algún ejemplar valioso entre tantos libros.

—Sí, eso es lo que Heledd dijo que debería hacer. —Negó con la cabeza—. Es raro... Su madre y mi padre muertos con una semana de diferencia... Cuántas posibilidades hay de que eso pase, ¿eh? Ahora ella tiene que hacerse cargo del *bed and breakfast* y ni siquiera está segura de si va a seguir dirigiéndolo. Está hablando de venderlo y vivir de lo que consiga con la venta. Estoy intentando convencerla para que se venga a vivir conmigo.

—¿Cuánto tiempo lleváis Heledd y tú juntos? —quise saber.

—Veinte años.

—¿Qué? —Me quedé estupefacto.

Se rio.

—Contando un paréntesis de dieciocho años en el medio. Estuvimos juntos un año cuando éramos jóvenes, y volvimos a salir el año pasado. Al final la convencí, a base de insistir.

—¿Y ninguno de los dos tenéis hijos?

—Yo sí, pero viven en Cardiff con su madre, mi exmujer. Pero Heledd no tiene hijos. Dice que este no es un buen sitio para criar niños.

Todo aquello me entristeció. Por lo visto, Heledd se había quedado allí todos esos años por Shirley, y ahora amenazaba con irse y dejar a Olly allí.

Condujimos en silencio unos minutos. Ya no estábamos muy lejos del retiro.

—Entonces, ¿no tienes idea de a qué secreto podría referirse tu padre? —pregunté.

Vaciló, solo un segundo, antes de decir que no. Saltaba a la vista que había algo, tal vez enterrado muy hondo, una duda o una sospecha. Decidí no presionarlo. Ahora estaría pensando en eso. Con un poco de suerte, acabaría por salir a la superficie.

—Tal vez vaya a echar un vistazo a esos libros —le dije cuando nos detuvimos frente a Nyth Bran.

—Genial. —Imitó el gesto del teléfono con el dedo meñique y el pulgar, dando a entender que ya lo llamaría, y se fue.

* * *

Julia estaba en la cocina, sentada en la barra de desayuno con una taza de té, contemplando el jardín. Unas profundas ojeras le rodeaban los ojos, pero la luz del sol le acariciaba el pelo y le iluminaba el rostro, lo que hizo que me detuviera en seco.

—Es de mala educación mirar así —dijo, levantándose y acercándose. Me vio el vendaje de la parte posterior de la cabeza—. ¿Se te ha escapado alguna parte del cerebro? —preguntó.

—Ninguna parte importante, creo.

—¿Todavía tienes la que contiene tu sentido común?

—No, Dios, no. Esa parte se secó y murió hace mucho tiempo.

Sonrió.

—¿Café?

—Sí, pero ya lo hago yo.

—Si estás seguro. —Julia se apoyó en la encimera. Mientras yo llenaba la cafetera con agua y la colocaba en el fogón, me dijo—: Ha venido la policía otra vez, a hacer más preguntas.

—¿Sobre?

—Sobre ti.

Me volví.

—¿Qué clase de preguntas?

Apretó la taza de té en sus manos.

—Querían saber cómo era tu relación con Max, cómo os llevabais. Snaith estuvo mirando un ejemplar de tu novela.

—¿De *Carne tierna*?

—Sí. Estuvo hojeándolo, leyendo algunas de las escenas violentas. Me preguntó si habías mostrado algún tipo de comportamiento agresivo desde que llegaste aquí. Por supuesto, Ursula ya les había hablado de la vez que amenazaste a Max.

—Joder... Pero no creerán que fue una amenaza de verdad, ¿no? ¿Piensan que maté a Max y luego me golpeé en la cabeza con una roca y me tiré al río? Eso es una locura.

—No sé lo que piensan, Lucas. Al menos los periodistas se han ido. Hubo un incendio en Wrexham, con varios niños atrapados... No quiero ni pensarlo. Todos se han ido allí.

Terminé de preparar el café y añadí dos terrones de azúcar.

—¿Dónde está Ursula ahora? —pregunté.

—En su habitación. Está hablando de irse en los próximos días.

—¿Y Suzi?

—Lo mismo. Parece que vas a ser mi único huésped, a menos que también planees salir corriendo.

—Dudo que la policía me deje ir aunque quisiera, pero no pienso irme a ninguna parte. Suponiendo que te parezca bien, claro...

Me miró a los ojos.

—Por supuesto. Quiero que te quedes. —Esbozó una sonrisa socarrona—. Dudo que vayan a venir más huéspedes aquí después de lo que pasó. Aunque tampoco me importa. Tal vez todo esto haya sido una idea terrible. Debería volver a trabajar como ilustradora de nuevo. Buscar trabajo. Todavía tengo contactos.

En ese momento fue como si toda la energía le abandonase el cuerpo.

—Me parece tan inútil todo...

—Julia...

Me levanté y atravesé la cocina hacia donde estaba ella. Me miró, con los ojos llenos de lágrimas. Extendí la mano y le toqué el brazo. Ella se acercó a mí. Estábamos a escasos centímetros de distancia, separados por un denso silencio, el aire espeso como el alquitrán. Se acercó más aún.

El tiempo se detuvo. El mundo se quedó en silencio. Le toqué la mejilla y le limpié una lágrima con el pulgar.

Apoyó la frente en la mía. Al otro lado de la ventana, se oyó el trino de un pájaro. La luz del sol danzaba en la cocina. Cerré los ojos y esperé a que nuestros labios se encontraran.

De pronto, me encontré abrazando el aire vacío.

Abrí los ojos. Julia estaba en la puerta, abrazándose el cuerpo. Estaba dolorosamente hermosa.

—Lo siento —dijo saliendo de la cocina.

Capítulo 33

«Somnolencia, poca tolerancia a la luz, desorientación, confusión». Tenía todos los síntomas, pero no creía que tuviera nada que ver con mi herida en la cabeza. Me senté en el escritorio de mi habitación e intenté decidir qué hacer a continuación. La policía tenía mi portátil, así que no podía trabajar. Pensé en llamar a los inspectores Hawkins y Snaith y exigir que me lo devolviesen, pero no quería tener que responder más preguntas suyas. Si sospechaban de mí, ¿tenía que buscarme un abogado? ¿Iban a llevarme a comisaría para interrogarme? Los nervios me atenazaban el estómago.

Abrí el teléfono y me puse al día con las noticias. Max aparecía en todos los titulares, por supuesto. Al parecer, ahora su último libro era el número uno en Amazon.

Es lo que él hubiera querido.

Tenía la bandeja de entrada inundada de correos electrónicos de mi agente y mi editor, ambos diciéndome que si necesitaba más tiempo para terminar el libro, era comprensible. Por fin veía un pequeño rayo de luz, aunque me sentía culpable por tener algún pensamiento positivo en aquellas circunstancias. También había recibido muchos correos electrónicos de mis lectores, que esperaban que aquello no retrasase la publicación de mi siguiente novela, y mi página de Facebook estaba rebosante de muestras de simpatía. Publiqué un mensaje para que todos supieran que estaba bien, con un enlace a una página que la familia de Max había abierto para hacer donativos a una entidad benéfica en su nombre.

Tenía un nudo en el estómago del tamaño de Hawái. Una parte de mí tenía miedo de que quienquiera que hubiera intentado matarme —y no acababa de creerme la coartada de Glynn Collins— volviera a intentarlo. La otra parte quería que apareciera para poder enfrentarme a mi posible asesino. Esta vez estaría preparado. Abrí las cortinas y contemplé el paisaje oscurecido. Fuera todo estaba en silencio; silencioso e inmóvil. La casa estaba cerrada a cal y canto, era un lugar seguro. Nadie podría entrar.

Elaboré una lista cn mi dolorida cabeza de las cosas que tenía que hacer: ir a ver a Olly para volver a hablar sobre su padre; intentar convencer a la policía de que lo que decía no eran fantasías mías; convencerlos de que comprobasen si Zara había utilizado su pasaporte.

Convencerlos también de que yo no había asesinado a Max.

Estaba agotado. Lo sentía en la parte más profunda de mis músculos y de mi alma. Fui al baño y preparé la bañera. El agua caliente me relajó, y cuando el agua empezó a enfriarse, casi me había dormido. Fui arrastrándome al dormitorio y, aún mojado, me metí desnudo en la cama. Y me quedé dormido.

* * *

La puerta se abrió. Había alguien en mi habitación. Sin embargo, a diferencia de la vez anterior, había dejado las cortinas abiertas. A la luz de la luna, distinguí una silueta junto a la cama que parecía estar desprendiéndose de su piel. Algo suave cayó en el suelo.

La silueta se deslizó bajo mis sábanas.

—¿Qué...? —empecé a decir.

Un dedo me tocó los labios.

—Chisss...

Era Julia. Unió su boca a la mía y deslizó un brazo alrededor de mí. Estaba desnuda, su piel fresca y suave. Tiré de ella para tenerla más cerca y sentí cómo le temblaba todo el cuerpo, la respiración acelerándose mientras me besaba con más fuerza, el pelo sedoso cayéndome en la cara, haciéndome cosquillas al levantarse hacia arriba, empujándome sobre mi espalda. Se tumbó encima de mí, con las piernas estiradas sobre las mías, los senos apretados contra mi pecho, agarrándome una mano contra las sábanas. Piel contra piel; labios contra labios.

Luego se incorporó y se sentó sobre mí a horcajadas, meciéndose lentamente, aplastando las palmas sobre mi pecho, el pelo cayéndole por la frente mientras movía las caderas, adelante y atrás, adelante y atrás. Me incorporé, la besé profundamente y la atraje hacia mí mientras me mordía los labios y deslizaba las uñas por mi espalda. Se presionó más fuerte contra mí y sentí su frustración, la necesidad de un orgasmo, y le di la vuelta, me aparté y hundí la cabeza entre sus piernas. Levanté la vista para mirarla, para admirar el glorioso paisaje de su carne, el rubor que rodeaba su clavícula, el movimiento cada vez más urgente de su pecho, arriba y abajo, y ayudándome con los dedos y la lengua, la hice correrse.

Un momento después, ya estaba dentro de ella otra vez, e intenté resistir el impulso, contenerme, pero ella murmuró: «Está bien», y me rendí, en un clímax que, como la onda expansiva de una explosión, reverberó por todo mi cuerpo.

Permaneció inmóvil con la cabeza sobre mi pecho. No hablamos. Un poco más tarde empezamos a besarnos de nuevo. Nos besamos durante lo que parecieron horas. Era todo como un sueño, como si me estuviera viendo a mí mismo desde fuera de mi cuerpo. Sé que en algún momento los dos hicimos que nos corriéramos mutuamente otra vez.

Recuerdo haber oído a alguien cantando, muy débilmente, a lo lejos. *Un, dau, tri. Mam yn dal y pry.* Creo que intenté hacer algún comentario, pero tenía la boca demasiado cansada, la lengua demasiado pesada.

Lo siguiente que supe fue que ya era de día.

Y Julia se había ido.

* * *

La encontré en la cabaña. Llevaba el pelo recogido y estaba revisando unos papeles en la mesa de la cocina. Levantó la vista y sonrió cuando me vio.

—¿Estás buscando el desayuno? Me temo que el horario de comidas se ha ido al diablo.

—No. Por supuesto que no. Yo... —Me fallaban las palabras. Tenía la lengua de trapo, como un adolescente enamorado—. Julia...

Se levantó de la mesa y me abrazó, para acallarme. Parecía un abrazo platónico.

—Julia... —Empecé de nuevo.

—Lucas. No hablemos de lo que pasó, ¿de acuerdo? Era algo que necesitaba, eso es todo.

—Ah.

Se rio.

—Por favor, no pongas esa cara de decepción. De verdad, no me apetece tener una conversación larga e incómoda sobre lo de anoche. Me pareció que tú también lo necesitabas, simplemente. No es nada más que eso, ni tampoco menos. Estoy segura de que tú no quieres nada más. Mi vida es un completo desastre y me da la impresión de que tú no estás listo para seguir adelante con la tuya.

¿Tenía razón? No lo sabía. Habían pasado dos años desde que perdí a Priya. La echaba de menos, por supuesto que aún la echaba de menos, pero el dolor, que antes era constante, la emoción abrumadora que ensombrecía todas las horas de todos los días, se había atenuado. Ahora podía pasar horas sin pensar en ella antes de que me asaltara el sentimiento de culpa y la rescatase del olvido.

Pero no me sentía culpable por haberme acostado con Julia. Porque todavía estaba allí, ¿no? Todavía estaba vivo. Todavía necesitaba calor humano y placer. Todavía estaba intentando ser feliz. Estaba seguro de que Priya, si me estaba viendo, no me lo echaría en cara. De hecho, estaba seguro de que me animaría a hacerlo.

Sin embargo, para Julia era distinto; lo entendía. Todo era más complejo, por Lily. Yo podía pasar página y seguir adelante con mi vida, pero Julia estaba en el limbo.

Se recostó en el asiento y me senté con ella a la mesa. Recogió los papeles y los colocó en una pila.

—¿Quieres hablar acerca de eso? —preguntó—. La persona que perdiste... Imagino que era tu novia.

—Sí, lo era.

Y entonces le conté lo que pasó. Mi pánico cuando Priya no fue a trabajar. Cuando encontré su cuerpo. El atropello y la fuga.

—Una semana después, la policía dio con el tipo que lo hizo. Era un alto cargo del ayuntamiento que había ido a ver a su amante antes del trabajo. Fue un accidente, conducía con exceso de velocidad para llegar al despacho antes de que lo echaran en falta y le entró el pánico, pensando que perdería su trabajo y a su esposa e hijos... Asistí al juicio. Parecía verdaderamente avergonzado, no dejaba de pedir perdón, pero lo odiaba igualmente. Si me dijeran que se ha suicidado, me alegraría. —Miré a Julia—. Eso es terrible, ¿verdad?

—No. Es comprensible. Si alguien se llevó a Lily y alguna vez lo encuentro...

No le hizo falta acabar la frase, pero sus ojos reflejaban el odio que yo aún albergaba por el hombre que mató a Priya.

—Tuve más suerte que tú —le dije—. En mi caso, pude cerrar mi herida. Y la muerte de Priya tuvo un efecto inesperado en mí. Pensaba que si algo así me pasaba algún día me derrumbaría, que escribir sería lo último en mi lista de prioridades, pero sucedió lo contrario. Priya estaba tan entusiasmada con *Carne tierna*, una idea embrionaria en ese momento, que me propuse terminarlo como fuera, estaba muy motivado, completamente decidido. Quería que triunfara, para ella. Supongo que también tuvo algo que ver en eso la muerte de mi padre, mezclada con la sensación de que nunca lo había hecho sentirse orgulloso de mí. Así que eché toda la carne en el asador y lo di todo en ese libro. Todo. Por primera vez en mi vida, me resultó fácil, y sabía que era bueno.

—Y cuando tuvo éxito, ¿eso te hizo sentir mejor? ¿Sentiste que habías hecho sentirse orgullosos a Priya y a tu padre?

—Sí, más o menos. Fue emocionante, muy estimulante, pero también me daba un poco de vértigo. Cuando hay algo que has deseado toda tu vida, y piensas: «Si pasa esto, todo será perfecto, por fin seré feliz...», te convences a ti mismo de que eso solucionará toda tu vida. Y luego pasa ese algo.

—Y no soluciona toda tu vida.

—No. Yo no me sentía más feliz. No hizo que me doliera menos la pérdida de Priya o la de mi padre. El tiempo era lo único que podía hacer eso.

Ella asintió y yo continué:

—Mi vida era un desastre. Sigue siéndolo. Pero ¿sabes qué? Ahora me siento distinto, después de lo que nos sucedió a Max y a mí. Haber estado al borde de la muerte... Ya sé que es un tópico recurrente, pero una experiencia así te abre los ojos. Esta es mi segunda oportunidad. Mi oportunidad de superar y dejar toda mi mierda atrás y ser feliz. —Me callé un momento y ella esperó a que siguiera hablando—. Conocerte, Julia, me ha hecho darme cuenta de que no tengo ningún problema real. Nada comparado con lo que te ha pasado a ti. Eres una mujer muy fuerte.

—No soy fuerte.

—Sí, sí que lo eres. De verdad. Eres increíble. Sé que no quieres nada más conmigo, pero solo quería que supieras que creo que eres increíble.

—Yo no soy... —Se interrumpió—. Espera, tenemos compañía.

Era Ursula. Apareció en la cabaña y fue directamente a la pequeña cocina. Llevaba el pelo de punta y conservaba la marca de las arrugas de las sábanas en un lado de la cara. Estaba pálida, con una expresión que alternaba entre la ansiedad y el entusiasmo.

—¿Estás bien? —le preguntó Julia, poniéndose de pie.

Ursula se tocó la oreja como si la molestara una avispa. A pesar de mi antipatía hacia ella, estaba preocupado. Era evidente que algo iba mal.

—Mi guía espiritual, Phoebe —dijo—. Me ha hablado en sueños, durante la noche.

Mi preocupación se evaporó. Era la Ursula de siempre, hablando de sus tonterías habituales.

—¿Y qué te ha dicho?

—Primero me ha dicho dónde encontrar tu teléfono.

Miré a Julia de reojo, para ver si era tan escéptica como yo. Básicamente parecía preocupada.

—Ah —exclamé—. ¿Y dónde está, entonces?

—En la estantería de la sala Thomas. Le pregunté a mi guía dónde exactamente y ella me contestó cantando una vieja canción infantil sin ningún sentido.

La miré fijamente.

—Espera aquí.

Salí de la cabaña y corrí a la casa principal, yendo directamente a la sala de estar. Localicé *El búho y la gatita* enseguida y lo saqué. No veía mi teléfono, así que saqué algunos libros más y, al hacerlo, dejé al descubierto un pequeño espacio en la parte posterior de la estantería.

Y ahí estaba. Mi teléfono desaparecido.

En el camino de vuelta a la cabaña presioné el botón de inicio, pero el teléfono se había quedado sin batería. Lo agité mientras volvía a entrar en la cocina de la cabaña.

—Es verdad, estaba allí —dije, y dirigiéndome a Ursula, añadí—: Debiste de llevártelo tú y esconderlo allí.

—No digas tonterías.

Hurgué en mi memoria. ¿Podría haberlo dejado yo allí, en el estante, la noche que llegó Ursula? Tenía un vago recuerdo de haber ido a ver los libros. Cabía la posibilidad. Podría haberlo dejado un momento en la hilera de libros y el teléfono podría haberse deslizado detrás de ellos. No sabía qué pensar.

Julia habló entonces:

—¿Tu guía espiritual se te apareció en sueños solo para decirte dónde encontrar el teléfono de Lucas? ¿Y hace eso a menudo? ¿Te dice dónde encontrar cosas perdidas?

—A veces lo hace. —Lanzó a Julia una mirada elocuente—. Deberías sentarte, cielo.

—Estoy bien donde estoy.

—Muy bien. Puede que esto te parezca un poco chocante, pero voy a pedirle a mi guía que te hable directamente.

—Estás de broma —dije—. Julia, vamos. Vámonos.

Pero ella no se movía.

—No. Quiero ver esto.

Ursula inspiró profundamente, extendió los dedos sobre la mesa y cerró los ojos. Estuvo en silencio tanto rato que sentí el impulso de hablar, de preguntarle a qué estaba jugando. Pero entonces empezó a hablar.

Su voz era distinta, más aguda y más joven. Era una situación absurda, pero también inquietante. Mantuvo los ojos cerrados e inclinó la cabeza hacia un lado mientras hablaba.

—Julia, tu hija se ha ido. Lily se ha ido.

Julia se llevó la mano a la boca. Ursula inclinó la cabeza hacia el otro lado.

—Pero no te preocupes. Está a salvo, es feliz. Está en un lugar mejor, el mejor de los lugares. La he visto y he hablado con ella.

Quiere que sepas que te quiere. Su padre también está con ella y son felices juntos, aunque te echan de menos.

—Julia —dije, pero me hizo callar.

Ursula sonrió, una sonrisa espeluznante que la hacía parecer, con su cara blanca y aquel pelo encrespado, una muñeca victoriana.

—Lily está a salvo ahora. Ya no tienes que preocuparte por ella. Ya no tienes que seguir buscándola. Está con Jesucristo.

TERCERA PARTE

Capítulo 34

Los ojos de Ursula recorrieron frenéticamente la habitación, como si no supiera dónde estaba. Se tapó la boca con la mano y, moviéndose el doble de rápido de lo normal, salió de la habitación y se fue corriendo al baño. Oí el ruido de arcadas, luego la cadena del inodoro y un grifo abierto. Cuando volvió a la cocina, estaba blanca como el papel y las gotas de sudor le perlaban la frente y el labio superior.

Se sentó.

—¿Te importaría traerme un vaso de agua?

Julia estaba paralizada, incapaz de apartar la mirada de Ursula. Encontré un vaso, lo llené con agua del grifo y se lo di a Ursula. Ella se lo bebió.

—Os pido disculpas —dijo—. Siempre me pasa lo mismo después de estar en trance. ¿Os importaría dejarme a solas un minuto, hasta que recupere las fuerzas?

Me alegraba salir de esa habitación, pero Julia se mostró más reacia.

—Ha dicho que Lily está con Michael —dijo Julia—. Y con Jesucristo.

Ursula sonrió a medias.

—¿De veras? No he oído lo que se ha dicho. Estaba en otro lugar.

—Vamos, Julia —le dije, guiándola.

Salimos de la cabaña al jardín. Julia estaba aturdida. Traté de rodearla con el brazo, pero ella me apartó.

—Por favor, quiero estar sola un minuto.

—No te habrás creído una palabra de lo que ha dicho, ¿verdad?

—Sabía dónde estaba tu teléfono, ¿no es así?

Sentí cómo toda la complicidad y la calidez que había entre nosotros se desvanecían. Estaba convencido de que Ursula había hecho una pantomima. Tal vez estaba loca y pensaba que lo que hacía era real, pero la idea de que una persona pudiese servir de canal para que un espíritu hablara a través de ella era una soberana tontería. Sabía que Julia estaba desesperada por creerlo, pero resultaba muy frustrante. Estaba rodeado de superstición y creencias irracionales. ¿Qué sería lo próximo? ¿Diría Ursula que un espíritu del bosque nos había golpeado a Max y a mí en la cabeza con una piedra y nos había arrojado al río?

—Probablemente fue ella misma quien escondió mi teléfono para poder montar todo este numerito. Lo siguiente será pedirte dinero a cambio de transmitirte los mensajes de Lily.

Julia echó a andar hacia la casa, pero de pronto se detuvo y giró en redondo. Me señaló con un dedo.

—No lo entiendes, ¿verdad? Lo que se siente... —Se golpeó el pecho con la mano plana—. Dices que soy «increíble». —Dibujó unas comillas en el aire con los dedos—. ¿Por qué? ¿Por ser fuerte? ¿Por no perder la cabeza? No tienes ni idea...

Ursula había salido de la cabaña y nos estaba mirando. Julia no le hizo caso.

—No sabes cuánto duele, Lucas. No tienes idea de las veces que he bajado a ese río y he pensado en tirarme, sabiendo que me ahogaría porque estoy tan débil que ni siquiera puedo nadar. Si alguien me enseñara alguna prueba de que Lily está muerta, entonces tal vez lo haría. Ya no habría nada que pudiera detenerme. No me quedaría ninguna esperanza para mantenerme viva. —Señaló hacia la casa con el brazo—. Creí que cuando abriera el retiro para escritores eso me daría un nuevo propósito, que así tendría un negocio que dirigir. Algo para mí. ¡Qué inmenso error! —Se echó a reír, al borde de la histeria—. Debería haber seguido adelante con mi idea original y abrir una residencia canina. Puede que los perros exijan muchos cuidados y atención, pero, Dios mío, no son ni la mitad de exigentes y pesados que vosotros los escritores.

Dirigió su atención hacia Ursula, quien todavía merodeaba por la puerta de la cabaña.

—Entonces, ¿qué debería hacer, eh? ¿Me estás diciendo que Lily está muerta, que puedo estar cien por cien segura de eso? ¿Que debería abandonar toda esperanza? ¿Debo ir y tirarme al río?

—Julia... —susurré.

Me fulminó con la mirada y dio un paso hacia la cabaña.

—Vamos, Ursula. ¿Qué dice tu guía espiritual? ¿Quiere Lily que me reúna con ella ahora?

Ursula se aferró al marco de la puerta. Daba miedo ver cuánto había envejecido casi de la noche a la mañana.

—No, Julia. No quiere que te reúnas a ella. Supongo que lo que quiere es que encuentres a la persona que lo hizo. A la persona que la mató.

Julia y yo la miramos fijamente.

—¿Y tu guía te ha dado alguna pista? —preguntó con un tono duro y cínico. «Al menos ahora no parece creer a Ursula», pensé. Su ira había borrado de un plumazo su fe en ella.

—Todavía no —dijo Ursula.

—Bueno, pues llámame si lo hace. Quiero que te vayas. Prepara tu equipaje y vete a tu casa.

No pude evitar sonreír hasta que Julia se volvió y me señaló a mí.

—Y tú también. Quiero que os vayáis todos.

Hizo una seña a Suzi, que había aparecido en la puerta de la casa. Tenía muy mala cara, pálida y temblorosa. Parecía casi aliviada de recibir órdenes de marcharse. Bajó la cabeza y volvió adentro.

—La policía me dijo que tenía que quedarme por aquí —le dije después de que Suzi se fuera, consciente de lo patético que sonaba.

—Pues entonces búscate una habitación en la ciudad —me espetó Julia.

Regresó a la casa, dejándonos a Ursula y a mí solos.

—No lo dice en serio —dijo Ursula—. Se le pasará. Ha sufrido un shock, eso es todo.

—Ya, ¿y de quién es la culpa? —exclamé mientras ella seguía a Julia hasta la casa.

Caminé hacia la valla y examiné el campo alrededor. Me toqué el vendaje de la parte posterior de la cabeza. Apenas unas horas antes, Julia y yo habíamos estado el uno en los brazos del otro; ahora me estaba echando de su casa. Tal vez, a pesar de las instrucciones de la policía de que no me fuera de la ciudad, debería hacer lo que me pedía. Volver a Londres, olvidarme de Julia, de Lily y de todo lo demás. Intentar olvidar que alguien había intentado matarme. Terminar mi novela. Seguir con mi vida.

Pero ahora ya me había involucrado demasiado.

Me sonó el móvil en el bolsillo. Era Olly.

—Hola —dijo—. ¿Estás ocupado? ¿Quieres venir?

No entendía nada.

—¿A mirar los libros de tu padre? —pregunté.

—No. Bueno, más o menos. Es solo… He encontrado algo relacionado con lo que estuvimos hablando ayer. Creo que deberías venir y echar un vistazo.

* * *

Desde la muerte de su esposa, Malcolm Jones había vivido solo en un enorme caserón de piedra al otro lado de la ciudad, situado a media altura de un camino estrecho. Delante tenía un estanque vacío, y unas cepas de vid reptaban por la fachada hasta alcanzar los canalones del tejado.

Olly me abrió la puerta. Tenía cara de no haber dormido mucho y desprendía un leve olor corporal. Me condujo a la cocina.

Heledd se dio media vuelta en el fregadero, donde estaba lavando los platos. Llevaba una camiseta blanca y se le veía otra vez su tatuaje de la rosa.

Se secó las manos con un paño de cocina y se acercó a mí. Al igual que Olly, parecía tensa, y toda ella irradiaba una energía nerviosa. Una mezcla de pena y dolor. Reconocía perfectamente el sentimiento.

—Fuiste tú quien encontró a mi madre —señaló.

Asentí con la cabeza.

—¿Cómo estás?

Olly le pasó el brazo por los hombros.

—Nos consolamos el uno al otro, ¿verdad?

—Eso es.

Se tocó una cruz colgada alrededor del cuello y me di cuenta de que era la misma que llevaba Shirley. Miré alternativamente a Heledd y a Olly. Seguía convencido de que sus padres habían sido asesinados. Y de que yo era responsable en parte.

Estaba tratando de decidir qué decir, pensando si preguntar por el perro sería insensible, cuando Olly me dijo:

—Vamos, deja que te enseñe lo que he encontrado.

Me llevó al estudio de Malcolm, dejando a su novia en la cocina. El pasillo estaba lleno de cajas de cartón en las que Olly había empezado a guardar las pertenencias de su padre. Pasé por el estrecho espacio junto a ellas hasta llegar a una habitación inesperadamente amplia, dominada por un enorme escritorio y rodeada de robustas estanterías. Había cientos, posiblemente miles de libros en aquel estudio, amontonados en cada rincón, con los estantes repletos y apilados en el suelo y la superficie del escritorio. Un iMac reluciente era la nota discordante entre la cantidad de volúmenes polvorientos.

—Esto es solo la punta del iceberg —comentó Olly—. Abajo hay varios cientos más. Lo normal sería pensar que estaría harto de tanto libro después de pasarse todo el día trabajando con ellos, pero creo que en realidad era adicto, los compraba sin parar. Mi madre siempre estaba quejándose de eso: «Tienes una pila de tres metros de libros junto a la cama que aún no has leído, ¿por qué necesitas comprar más?».

Una sección de ejemplares en un estante a mi izquierda me llamó la atención. Estaban dedicados al folclore, los cuentos de hadas y las leyendas urbanas. Uno de ellos era *Cuentos populares y mitos urbanos*, el libro que tenía Lily y que también había visto en la casa de Megan. Estaba claro que era un *best seller* en aquellas latitudes. Además había varios volúmenes sobre la historia de Gales del Norte y la zona local. *En la pizarra: una historia oral de la minería en Gales*. No era el mejor título del mundo, desde luego. Lo hojeé rápidamente, buscando Beddmawr en el índice y preguntándome si habría algo respecto a la antigua mina sobre la que estaba edificada la casa de Julia. Sí, allí estaba. Leí que la mina había formado parte central de la comunidad local hasta que se cerró en 1946. «Hubo rumores de que la esposa de un minero que había muerto echó una maldición a la ciudad». Eso ya lo sabía, y el libro no ofrecía ninguna información nueva.

—¿Qué querías enseñarme? —pregunté.

Vaciló un segundo.

—Heledd dijo que no debería decírtelo, que seguro que lo pondrás en algún libro tuyo o algo así, pero puedo confiar en ti, ¿verdad?

—Sí. Por supuesto.

—Bueno, porque sería una putada que por tu culpa pudiera decirme algún día: «Ya te lo advertí». Ahí salen cosas sobre ella, así que es normal que esté un poco sensible.

Todavía no sabía de qué me estaba hablando, pero le seguí la corriente:

—Está bien.

Olly tomó una bolsa que había en la silla del escritorio.

—Vamos abajo. Aquí no hay ningún sitio para sentarse.

Una vez que nos sentamos en la sala de estar, siguió hablando:

—Mi padre llevaba un diario, uno por año, desde 1965. Todos estaban en un estante, por orden cronológico, y empecé a hojearlos. Está todo sobre cómo conoció a mi madre, cuándo empezó a «cortejarla», como lo llamaba él... También habla de su boda, de cuando nací yo... Hay un montón de cosas sobre el trabajo y sus colegas. Además, hay reseñas de los libros que leía y las películas que veía. Muy interesante, aunque solo sea para mí. —Se humedeció los labios resecos—. Pero noté que faltaba el año 1980. Y eso me hizo pensar en lo que me dijo el día de su muerte, lo de que había guardado un terrible secreto.

Año 1980. Yo tenía seis en ese momento. Fue el año antes de que nos fuéramos de aquella ciudad y nos mudáramos a Birmingham. Mi madre había mencionado 1980 cuando me habló de la niña que había desaparecido del hospicio.

Heledd entró en la sala de estar con dos tazas de café para nosotros. Se sentó al lado de Olly, quien continuó hablando:

—Verás, tuve la sensación de que alguien había estado en su estudio. Los cajones del escritorio estaban muy desordenados, como si alguien hubiera estado revolviendo en ellos. Había libros desperdigados por todo el suelo. Mi padre nunca habría hecho eso. Estaba obsesionado con tenerlo todo bien ordenado y archivado correctamente. Así que al principio pensé que alguien debía de haber estado allí y haberse llevado el diario de 1980. Pero entonces me acordé.

Me moría de ganas de que llegara al final de la historia.

—Mi padre tenía un escondite. Está en el suelo, debajo de la alfombra de su dormitorio: un tablón de madera suelto. Él no sabía que alguien lo sabía, pero lo descubrí cuando era un niño, una vez que lo espié y lo vi agachado en la alfombra. Solía esconder dinero allí. También otras cosas, revistas con chicas... —Se rio—. Lo descubrí cuando tenía nueve o diez años. Nunca lo olvidaré. ¡Menudos felpudos!

Heledd puso cara de exasperación.

—Bueno, el caso es que ahí estaba: el diario de 1980.

Me tendió el libro. Cuando estaba a punto de tocarlo, me lo apartó de las manos.

—Eres la primera persona que ha visto esto, aparte de mí. Ni siquiera Heledd lo ha leído todavía, aunque le he contado lo más importante. Solo te lo enseño porque creo que tal vez puedas ayudarnos a resolver esto. Y también... Bueno, enseguida lo verás.

Me pasó el diario, abierto por una página próxima al final. Empecé a leer.

Capítulo 35

Ha pasado algo horrible —escribía Malcolm. La fecha era el jueves 8 de mayo de 1980—. *Me da miedo dejarlo por escrito aquí, pero tengo que hacerlo. Si sigo guardándome esto, aunque solo sea por un minuto más, creo que me estallará la cabeza.*

Hace varios días que no escribo, así que tengo que recapitular. Volvamos al lunes, 5 de mayo. La Sociedad se reunió, como hacemos siempre los lunes por la noche. Quedamos en el Miners Arms. Estaba todo muy tranquilo, como de costumbre, y nos sentamos a nuestra mesa de siempre, al fondo.

Glynn se había traído a Shirley Roberts con él para que tomara notas. Hace mucho tiempo que vengo sospechando que Glynn es el padre de la hija ilegítima de Shirley, Heledd. Cuando esta nació, fue un pequeño escándalo. Aquí no hay «madres solteras», y la gente chismorreaba y murmuraba y llamaba a Shirley puta y muchas otras cosas. Admiro a Shirley por llevar la cabeza bien alta. La niña ya tiene seis años y Shirley a veces la trae a la biblioteca. Es una criatura encantadora que gravita hacia los hombres mayores como si buscara a un padre. Si Glynn es su padre, que Dios se apiade de ella.

Miré a Heledd, preguntándome si Olly le había contado lo que su padre había escrito sobre ella. Me resultaba incómodo, por decirlo suavemente, leer aquellas líneas en su presencia.

Pasé la página.

Glynn había traído consigo un periódico viejo, de hojas amarillentas y arrugadas. Explicó que lo había encontrado cuando colocaba una moqueta en una casa que estaba reformando. Habían puesto periódicos viejos sobre la capa de refuerzo. La fecha era de 1945. El periódico local. Habría un ejemplar en la biblioteca, almacenado en microfichas.

Glynn lo desplegó sobre la mesa para que todos pudiéramos ver el titular.

LA POLICÍA ABANDONA LA BÚSQUEDA DE LA NIÑA DE CINCO AÑOS DESAPARECIDA EN BEDDMAWR.

El artículo informaba de que la hija de cinco años de una pareja que se había mudado recientemente a la zona había desaparecido dos semanas antes. Había salido a jugar y, cuando sus amigos se habían ido con sus bicicletas, ella se había quedado atrás, rezagada, en la linde del bosque. Se llamaba Glenys Williams. Una foto granulada acompañaba la noticia. La pequeña Glenys, en una playa de Llandudno, comiéndose un helado en sus últimas vacaciones familiares. La policía había llevado a cabo una búsqueda en el bosque, con perros, pero no pudieron encontrarla.

—Esta es la parte interesante —dijo Glynn—. Escuchad: «La policía informó que había obtenido escasa colaboración de la población local, que parecía resignada a aceptar lo ocurrido. Una vecina, que se negó a dar su nombre, dijo que estaba claro que la pequeña Glenys había sido sacrificada para mantener a salvo a los otros niños de la ciudad. La policía cree que lo más probable es que la niña caminara, perdida, hasta el cercano río Dee y cayera en él, aunque no se ha recuperado ningún cuerpo».

»Se lo enseñé a mi madre —continuó Glynn—. Se acordaba perfectamente. Y ¿a que no sabéis lo que me dijo? Treinta y cinco años antes, en 1910, sucedió lo mismo. Ella lo recuerda porque su propia madre, mi abuela, se lo contó. Le dijo que era algo que ocurría cada treinta y cinco años: había que darle un niño a la Viuda Roja, o ella misma vendría a llevarse uno.

Glynn siguió diciéndonos que su madre le había explicado que el niño sacrificado siempre era uno de los que «se echaría poco de menos» en la comunidad. A la bruja no le gustaban los niños enfermos, porque tenían muy mal sabor, así que los habitantes no podían darle un niño que probablemente iba a morir de todos modos (dijo eso como si fuera una vergüenza terrible). En lugar de eso, elegían a un niño que se hubiese quedado huérfano, o cuyos padres fuesen nuevos en la región, o a un bastardo. A la Viuda le gustaban especialmente los niños por cuyas venas corriese algún pecado. No valía la pena correr el riesgo, dijo la madre de Glynn, de que la bruja se llevase a un niño de una familia importante, al heredero, un niño cuya muerte conmocionara a toda la comunidad.

—Treinta y cinco años —dijo Glynn, mirando alrededor de la mesa—. Han pasado treinta y cinco años desde 1945.

Como si no lo hubiéramos calculado ya nosotros.

—Es una suerte que ya nadie crea en esas tonterías supersticiosas, ¿no? —dije.

Miré alrededor, a las caras que me devolvían la mirada.

Glynn, Shirley, Albert, David... Todos ya en la treintena, aunque nos conocemos de toda la vida. Fuimos a la misma escuela. David y yo éramos los más estudiosos; Albert siempre en la última fila de la clase; Shirley era una cosita que seguía a Glynn a todas partes como su perrito faldero... Y Glynn, por supuesto, era el matón de la clase.

En ese momento, me señaló.

—¿Cómo te sentirías, Malcolm, si la Viuda se llevase al pequeño Olly? Shirley, ¿y si se llevara a Heledd? Y tú, David, ¿y si viniese la bruja y se llevase a Lucas?

Di un respingo, dejando de leer, y miré a Olly.

—Mi padre estaba allí —dije—. Por eso querías que viera esto.

Olly asintió.

Tenía la boca seca y me temblaban los dedos al pasar la página.

Glynn continuó hablando:

—Desde luego, a mí no me gustaría arriesgarme a que viniera por Wendy —dijo Glynn.

No me podía creer lo serios que parecían todos. Como si creyeran a Glynn y a la loca de su anciana madre. Como si realmente pensaran que una bruja pudiera plantarse en la ciudad en plena noche y llevarse a sus preciosos hijos.

Solo Albert, que no tenía hijos, parecía menos asustado.

Di un golpe en la mesa, sobresaltándolos a todos.

—Esto es una locura   dije—. Tal vez, hace mucho tiempo, sucediera semejante atrocidad, la atrocidad de llevar a los niños al bosque y dejar que se los llevara una criatura inexistente. Tal vez, solo tal vez, sucediera en 1945 también, aunque me resulta difícil de creer. Es mucho más plausible que Glenys se perdiera y se cayera al río. Un accidente, eso es todo.

—Excepto por una cosa —dijo Shirley, hablando por primera vez en esa reunión—: lo único que haría falta es que una sola persona creyera en la Viuda. Una persona dispuesta a asesinar a la pequeña Glenys para que así no hubiera ningún riesgo de que la Viuda se llevara a su propio hijo.

Me levanté de la reunión. Necesitaba salir de allí, alejarme de la atmósfera que rodeaba aquella mesa. Los otros se quedaron en el pub. Los oí murmurar. La risa atronadora de Glynn aún resonaba cuando salí a la calle.

Miré a Olly y a Heledd. Todos nosotros habíamos tenido un padre en esa reunión... o incluso dos, en el caso de Heledd. La sensación era extraña, como una especie de reencuentro. La única que faltaba era la hija de Glynn, Wendy.

Seguí leyendo.

La entrada del diario de Malcolm estaba separada en dos. Había un espacio en la página antes de que comenzara la siguiente sección.

Llevo mirando esta página quince minutos, tratando de decidir qué escribir, cómo contar el resto de esta historia. Una parte nada

*desdeñable de mí me está pidiendo a gritos que lo deje, que es dema-
siado peligroso ponerlo por escrito. Habrá repercusiones. Pero tengo que
hacerlo. Al diablo con las consecuencias.*

*Qué valiente sueno en las páginas de mi diario. Qué valiente suena
el cobarde.*

Los hechos.

*Anoche, una niña de cuatro años desapareció del hospicio de Saint
Mary. La niña se llama Carys Driscoll. La noticia está en todas las
radios y las noticias locales, y la policía está peinando la zona, tratando
de encontrarla. Los detalles son confusos, pero los rumores corren como
la pólvora por toda la ciudad. Hoy en la biblioteca no se hablaba de
otra cosa, incluida una mujer joven que trabaja en el hospicio. Vino a
devolver algunos libros y luego se quedó, y un grupo de gente se congregó
a su alrededor mientras contaba la historia. Me situé a un costado y se
me heló la sangre en las venas mientras la escuchaba.*

*Carys Driscoll quedó bajo la tutela de los servicios sociales después
de que su madre, una pobre desgraciada adicta a la heroína, muriera de
sobredosis cuando su hija tenía tres años. Nadie sabe quién es el padre,
y los abuelos no querían saber nada de la niña. Han estado intentando
asignarla a un hogar de acogida o encontrar una familia que quiera
adoptarla, pero hasta ahora no ha habido suerte.*

*La última vez que la vieron fue ayer por la tarde, después de la
merienda. Al parecer, después de esa hora, los niños pueden jugar un
rato fuera. Un miembro del personal los vigilaba, pero uno de los niños
se hizo daño y tuvo que acompañarlo adentro para que le curaran la
herida. Luego llamaron a los niños para que entraran.*

Nadie advirtió que Carys no estaba hasta esta mañana.

*La mujer reaccionó a los gritos de incredulidad e indignación en
la biblioteca con excusas. Dijo que había muchos niños. Que estaba
oscuro. Que Carys estaba siempre callada —era como un «ratoncito»—
y solía quedarse en un rincón al fondo. Que el personal trabaja horas
extra y están agotados. Ninguno de los otros niños dijo nada.*

Estoy seguro de que van a rodar cabezas en el hospicio de Saint Mary, pero eso no ayudará a la pobre Carys.

En lo único en que podía pensar era en la conversación en el Miners Arms el lunes por la noche; en las caras de mis compañeros, los miembros de la Sociedad Histórica, en torno a la mesa.

Le dije a mi ayudante que no me encontraba bien y salí de la biblioteca, alejándome del murmullo general. Me fui directo a casa de Albert. Rhodri Wallace, otro viejo compañero de clase, estaba en el jardín, podando el seto. Era un chico simpático en la escuela, se le daban bien los trabajos manuales y era popular entre las chicas. Ahora era el jardinero y el manitas más solicitado de la ciudad. Levantó una mano enguantada cuando me vio. Tenía la misma cara pálida y de conmoción que todas las demás caras que había visto por el camino. No me paré a hablar con Rhodri, sino que entré directamente.

Albert estaba tan horrorizado por la desaparición de la pequeña Carys como yo.

—Tiene que ser una coincidencia —dijo.

—¿De verdad crees eso? —repuse yo—. ¿Dos días después de nuestra conversación?

Me miraba con los ojos muy abiertos, incrédulos. Si estaba actuando, lo hacía muy bien. Aunque tal vez era miedo a quedar expuesto. O miedo a Glynn.

—¿Crees que uno de ellos secuestró a esa niña y se la llevó al bosque para ofrecerla en sacrificio a la bruja? —Echó a andar arriba y abajo por la habitación—. Según la leyenda, ¿qué exigía la bruja? ¿Qué hacían los habitantes del pueblo en las historias?

Le conté que tenían que atar al niño a un árbol en el corazón del bosque y dejarlo allí para que se lo llevara la bruja.

Albert asintió.

—Tú y yo sabemos que la Viuda no existe. Hace menos de veinticuatro horas, así que si alguien se la ha llevado y la ha atado a un árbol, todavía estará allí. ¿La policía está buscando en el bosque?

—No lo sé. He oído que están organizando partidas de búsqueda.

Echó mano de su teléfono y le pregunté qué hacía.

—Llamo a Glynn.

—¿Estás loco? Puede haber sido él.

—Puedes haber sido tú —dijo—. Puede haber sido cualquiera de nosotros.

—Pero tú tienes menos razones que el resto de nosotros para hacerlo. Tú no tienes hijos, por eso he venido aquí.

Nos miramos el uno al otro.

—¿Crees en la Viuda? —me preguntó.

—Por supuesto que no. ¿Tú sí?

—No, yo no, pero ¿qué dijo Shirley? Solo se necesita que una sola persona lo crea. Puede haber sido cualquiera de vosotros. Cualquier padre que esté tratando de proteger a su hijo.

Tenía razón. Yo sabía que no era yo; no creía que fuera David, pues siempre parecía absolutamente racional, incluso había confesado ser ateo porque no podía creer en algo de lo que no había ninguna evidencia científica. Glynn era el sospechoso más obvio. Sabía que podía ser cruel, que era infiel y que no le daba miedo la violencia: lo había visto enfrentarse a otros hombres en el pub; en la escuela era el típico abusón de la clase y su madre creía ciegamente en esas viejas historias. Al parecer, Glynn también creía en ellas.

Su único rasgo redentor era que adoraba a su hija, Wendy.

Pero ¿de veras se llevaría y sacrificaría a otro niño porque creía que su hija podía estar en peligro?

—Deberíamos ir a la policía —dijo Albert—. Contarles lo de nuestra reunión y lo que dijo Glynn.

—Espera. Déjame pensar.

Me imaginé hablando con la policía. Acusando a mi compañero de la Sociedad Histórica de aquel terrible crimen. La idea de acusar a alguien en falso me horrorizaba.

Y había otra razón para no ir a la policía, de la cual me avergüenzo profundamente: si nos tomaban en serio, querrían que todos les proporcionáramos nuestras coartadas, ¿no?

No podía hacerlo. Porque la noche anterior había ido a visitar a una amiga. Y si me obligaban a dar una coartada, Sylvia lo descubriría.

Le leí aquella parte a Olly, quien lanzó un suspiro.

—Su amiga. La menciona en otras partes del diario. El muy cabrón le ponía los cuernos a mi madre.

Igual que el hombre que atropelló a Priya. Hombres con secretos, eludiendo la acción de la justicia. Mi opinión sobre Malcolm cayó en picado.

Leí los párrafos finales de la entrada en el diario.

Convencí a Albert de que debíamos guardar silencio. Lo más probable, dije, era que ninguno de los miembros de la Sociedad se hubiera llevado a esa niña. Era una coincidencia. Él lo aceptó; la cría probablemente se había perdido. Aparecería al cabo de uno o dos días.

Pero en el camino a casa hice una llamada anónima a la policía, desde una cabina telefónica, aconsejándoles que buscaran en el bosque algún indicio de que Carys había sido atada a un árbol.

Por si acaso.

CAPÍTULO 36

En la siguiente entrada, Malcolm describía la siguiente reunión de la Sociedad Histórica. Los cuatro estaban allí, junto con Shirley:

Al principio todos nos quedamos en silencio; nadie se atrevía a hablar, todos lanzando miradas furtivas alrededor de la mesa. Shirley no dejaba de tocarse la cruz del colgante, Albert me dirigía miradas elocuentes y David estaba muy muy pálido. La niña no ha aparecido todavía, aunque he oído que la policía había buscado en el bosque e interrogado a personas con antecedentes por delitos sexuales en la zona. El periódico citaba al inspector al frente de la investigación, quien decía que no les ayudaba en nada que la gente del lugar siguiera diciéndole que la Viuda se había llevado a la niña, que había sido elegida porque nadie le había ofrecido ningún otro sacrificio.

Glynn se inclinó hacia delante y nos miró a cada uno de los presentes.

—Bueno —susurró con aire teatral—. ¿Cuál de vosotros lo hizo?

Se sucedió un aluvión de negaciones y acusaciones que desembocó en una agria y encendida discusión. Me resultaba imposible decir si Glynn estaba actuando, intentando hábilmente echarle la culpa a otro, creando una cortina de humo de confusión.

—¿Y tú, Glynn? —dije—. ¿Fuiste tú?

Sonrió.

—Tal vez lo que dice la gente es verdad. Tal vez la Viuda vino a la ciudad y se la llevó.

Era absurdo, pero era imposible saber si lo creía de verdad.

Fui mirando uno a uno a todos mis supuestos amigos. ¿Era uno de ellos culpable? ¿Más de uno, quizá, en colaboración? ¿Y si eran todos a la vez?

Antes de finalizar la reunión, Glynn dijo:

—Al menos no la echaremos de menos. A la niña, quiero decir. Al menos la Viuda no se llevó a nadie importante.

La entrada terminaba ahí.

—Pasé más páginas —dijo Olly— para ver si había alguna otra referencia más. Lo único que sé es que nunca encontraron a la niña.

—¿Qué opinas? —pregunté—. ¿Crees que lo hizo alguno de ellos?

Se encogió de hombros.

—No tengo ni idea. Sé que ninguna maldita bruja se la llevó, pero es una inmensa coincidencia, ¿verdad? Que desapareciera así, como por arte de magia... ¿Alguna vez te habló tu padre de eso?

Dejé el diario a un lado, colocándolo al lado de mi taza de café vacía.

—No. Al menos que yo recuerde. Quiero decir, seguro que oí algo sobre la desaparición y los rumores. —Expliqué las similitudes con mi novela—. Nos fuimos de aquí en 1981, un año después de que sucediera todo esto. Tal vez fue el motivo por el que mi padre quiso irse lejos de aquí.

Olly abrió los ojos como platos.

—¿Crees que pudo haber sido él?

La sola idea me daba ganas de vomitar.

—No lo sé. Va en contra de todo lo que sé sobre él. ¿Mencionó alguna vez tu madre a Carys y lo que pasó? —le pregunté a Heledd.

—No. —Había recogido el diario y lo estaba hojeando, como si la respuesta a todo aquello pudiera estar contenida en sus páginas—. Al menos nunca entró en detalles... Ella siempre decía que esta ciudad no era segura para los niños, que si alguna vez le daba nietos, estaría preocupada por ellos.

—Pero ¿nunca te explicó por qué?

—¿Hum? —Estaba distraída con el diario—. No. O sea, sí me habló sobre la Viuda. Todos los niños de aquí conocen la historia, pero eso es todo.

Me levanté y fui a la ventana. El sol pugnaba por salir de entre las nubes.

—¿Qué estás pensando? —preguntó Olly.

—Pienso que treinta y cinco años después de la desaparición de Carys, la historia se repitió. Una niña desapareció. Una recién llegada a la ciudad, una familia que no estaba integrada en la comunidad.

—¿Crees que lo hicieron de nuevo? ¿Con Lily Marsh?

Empecé a pasearme por la habitación.

—No puede ser una coincidencia. Y Glynn Collins es el sospechoso más obvio. En 1980 pensaba que estaba protegiendo a Wendy o, lo siento, Heledd, pero tengo que decirlo, a Wendy y a ti.

Me miró a la cara pero no dijo nada.

Tenía que preguntárselo.

—¿Glynn es tu padre?

Permaneció en silencio durante unos segundos muy largos.

—No lo sé. Mi madre nunca me lo dijo.

Se había puesto pálida y ahora me sentía fatal.

—Vamos a dejarlo, ¿eh? —dijo Olly, apoyando una mano en el hombro de su novia con aire protector.

—Sí, lo siento. No importa... Quiero decir, eso no cambia nada en relación con lo que estamos diciendo. Glynn podría haber estado protegiendo a Wendy. Y quizá... Quizá esta vez trataba de proteger a su nieta, Megan.

Olly me miró boquiabierto.

—Glynn Collins —dijo—. Ese hombre siempre me ha dado miedo. Ya desde que era pequeño, quiero decir.

Heledd había dejado el diario a un lado y estaba absorta en sus pensamientos, ajena a la conversación.

—Glynn conoció a Lily a través de su nieta, Megan —expliqué—. Ella lo conocía... Le habría resultado fácil atraerla, decirle tal vez que tenía que acompañarlo para ir a ver algo. Probablemente habría confiado en él. Ahora también me ha señalado a mí como objetivo: sabe que he estado indagando y haciendo preguntas.

Volví a sentir un dolor palpitante en la parte posterior de la cabeza, donde todavía llevaba el vendaje.

—Pero tiene una coartada sólida para la noche en que sufrí la agresión.

Pensé en eso. ¿Alguien lo estaba ayudando? Y si así era, ¿quién? Olly estaba nervioso.

—¿Sabes lo que dije sobre mantener todo esto en secreto, sobre proteger la reputación de nuestros padres? Bien, pues creo que ahora estamos más allá de eso, ¿verdad? Deberíamos ir a la policía. Enseñarles el diario.

—Será inútil. La última vez que hablé con ellos no me hicieron caso y me trataron como a un escritor con una imaginación demasiado fértil.

—Yo me encargo —dijo Heledd—. Yo soy de aquí e hice buenas migas con el policía que vino cuando murió mi madre.

—Seguro que sí...—murmuró Olly, lo que hizo que Heledd pusiera cara de exasperación.

—Creo que es buena idea —le dije a Olly—. Tal vez ellos le hagan caso.

—Supongo que sí. Tal vez pueda acompañarte.

Ella dudó, y me pareció adivinar lo que estaba pensando: que la policía respondería mejor si iba sola.

—Tal vez sea mejor si Heledd va ella sola, al menos de entrada —dije.

Olly contestó con un gruñido y volvimos a quedarnos en silencio. Abrí las cortinas y eché un vistazo a la calle, preocupado por que alguien nos pudiera estar observando, por que Glynn se presentase allí en busca del diario perdido de Malcolm. En ese momento sonó el teléfono de Heledd.

—Perdón... —dijo antes de contestar y salir de la habitación.

Olly la vio irse, luego recogió el diario, fue pasando páginas y llegó a la entrada que le interesaba.

—Hay algo de lo que acabo de darme cuenta. Albert Patterson... ¿Sabes que vivía en Nyth Bran?

Asentí con la cabeza, a pesar de que me dolía cuando lo hacía.

—Es una casualidad bastante extraña, ¿no? Lily Marsh desapareció después de vivir en esa casa. Si Albert no hubiese muerto hace cinco o seis años, diría que era el principal sospechoso.

—Pero además no tenía hijos, ¿verdad? Como dijo tu padre, no tenía a nadie a quien proteger de la Viuda. Entonces, ¿por qué iba a hacerlo? ¿Lo conociste?

Pensé en la foto que había encontrado escondida en el libro de la biblioteca de la casa. En el hombre alto y flaco y su esposa de semblante hosco.

—Sí. Fui a su casa un par de veces cuando era un niño. Era simpático, un buen tipo, la verdad. Le encantaban los niños, a pesar de que no tenía hijos propios. Siempre estaba dispuesto a jugar con nosotros, siempre nos entretenía mientras los otros adultos estaban en la cocina hablando de cosas aburridas.

Heledd volvió a entrar.

—Era el agente inmobiliario —le dijo a Olly, que hizo un gesto de asentimiento.

El dolor en mi cabeza iba de mal en peor. Me puse de pie.

—Debería irme.

—¿Qué vas a hacer? —me preguntó Olly, acompañándome a la puerta.

—No lo sé. Este dolor de cabeza no me deja pensar con claridad, pero te llamaré más tarde.

—Está bien.

—Si ves a Glynn, no le digas nada, ¿de acuerdo? Todavía no.

Heledd me besó en la mejilla cuando me fui.

—Ya te diré lo que me cuente la policía sobre el diario.

—Gracias. —Estaban uno al lado del otro, con el semblante pálido de preocupación—. Tened cuidado —dije.

* * *

Conduje hacia el retiro con un dolor de cabeza insoportable. Por suerte, no había demasiado tráfico y pude conducir en modo piloto automático. A mitad de camino, me sonó el teléfono. Era esa policía, la inspectora Hawkins. No respondí a la llamada. No me sentía preparado para hablar con ella todavía.

Me detuve en una gasolinera y compré un paquete de analgésicos extrafuertes, haciendo caso omiso de la advertencia del envase y tragándome tres de golpe. Luego me detuve en el arcén de la carretera, apagué el motor y cerré los ojos. Solo quebraba el silencio el ruido ocasional de algún coche al pasar y el suave balido de las ovejas en un campo cercano. Vacié mi cerebro y esperé a que el paracetamol hiciese efecto y eliminara las afiladas punzadas de mi dolor de cabeza.

Para cuando llegué al retiro, ya me encontraba mejor. Nada más entrar, vi a Ursula bajando las escaleras. Llevaba una hoja de papel en la mano. Parecía aún más desquiciada que antes.

—¿Has visto a Julia? —me preguntó.

—Acabo de llegar.

—No me sirves de nada. —Se dirigió a la cocina.

Suzi apareció por las escaleras cargada con su maleta.

—¿Te vas? —dije.

No respondió con palabras, sino con una expresión de pánico. Tenía un aspecto espantoso: exhausta, con el pelo lacio y cercos oscuros alrededor de los ojos.

—La he visto —dijo.

—¿Qué? ¿A quién?

—A Lily. Fui a dar un paseo por el bosque para despedirme y la vi. —Se abrazó a sí misma—. Estaba ahí, en el horizonte, y luego desapareció.

—¿De qué estás hablando? —Sentí que se me ponía la carne de gallina.

—Era como... como si estuviera hecha de humo o niebla. Iba vestida de rojo... rojo como la sangre. Tengo que decírselo a Julia.

Echó a andar hacia la cocina. La agarré del brazo. Allí todo el mundo estaba volviéndose loco, creyendo ver visiones en el bosque. Tenía que ser un ataque de histeria colectiva, un torbellino de dolor creado y azuzado por Ursula.

—¡No! No vas a decirle a Julia...

—¿Decirme qué?

Julia apareció en lo alto de la escalera. Bajó hacia nosotros.

—Oh, Julia... La he visto. He visto a Lily... —Suzi se zafó de mí—. He visto a su fantasma.

Me dieron ganas de gritar. Julia estaba mirando fijamente a Suzi, abrazándose a sí misma. Volví a sujetarla del brazo, esta vez con más delicadeza.

—Vamos, Suzi. Es evidente que estás en shock después de lo que le pasó a Max. Deberías descansar...

En ese momento Ursula salió de la cocina y vio a Julia.

—Ahí estás.

Sentí palpitar la herida en mi cabeza.

Ursula agitó la hoja de papel en el aire para enseñársela a Julia. Tenía los ojos desorbitados.

—Mi guía... Ha vuelto a visitarme de nuevo. Me ha dicho dónde encontrar pruebas, pruebas de que Lily ha dejado este mundo.

Me interpuse entre ellas.

—Julia, no la escuches. Es una locura.

Julia me empujó a un lado.

—Cállate, Lucas. —Le arrebató la hoja de papel a Ursula de la mano.

Suzi se había deslizado por la pared hasta el suelo y se quedó allí sentada, abrazándose las rodillas, meciéndose hacia delante y hacia atrás.

—¿Qué es esto? —preguntó Julia. Me situé detrás de ella y miré por encima de su hombro, examinando las líneas y las curvas, las cruces y los garabatos en la hoja de papel.

—Es un mapa —dijo Ursula—. Te he dibujado un mapa.

Capítulo 37

Lily – 2014

Lily se sentó en la cama, acunando a Gatote en sus brazos. Se lo apretó contra la mejilla y cerró los ojos.

Mamá y papá estaban peleándose otra vez.

—¡¿Cuándo demonios pensabas decírmelo?! —gritó mamá.

No entendió la respuesta de papá.

—¡Nos estás arruinando, joder! ¡Nos vas a llevar a la ruina!

Lily hizo una mueca de dolor al oír a su madre soltar aquella palabrota. Nunca decía ninguna, excepto cuando le gritaba a papá. Lily no estaba totalmente segura de qué era lo que había hecho mal esta vez. Algo relacionado con el dinero, con decir mentiras y con romper promesas. Lo mismo por lo que discutían siempre. Lily pensaba que ojalá sus padres se parecieran más a los que salían en la tele, padres que bromeaban y se abrazaban.

Mamá volvió a soltar una palabrota y Lily buscó los auriculares en su habitación. ¿Dónde estaban? Se acordó: estaban en su bolsa, en el armario de la planta baja.

Salió de su cuarto sin hacer ruido y bajó las escaleras, abrió el armario y sacó la bolsa. Los cables de los auriculares estaban enredados. Intentó deshacer el nudo, mientras Chesney la observaba pestañeando y ella seguía desenredando la maraña. Le dieron ganas de pedir ayuda a mamá o a papá, pero seguían gritándose el uno al otro. Oyó a mamá decir ese nombre otra vez: Lana. Unos gruesos lagrimones de frustración le quemaron las mejillas y Lily tiró la bolsa y los malditos auriculares dentro del armario. Chesney se bajó de un salto del alféizar de la ventana y corrió hacia la puerta principal, maullando para que lo dejaran salir.

Lily abrió la puerta y lo vio desaparecer deslizándose por el césped.

Deseó poder ser libre ella también.

—¡Ya estoy harta! —gritó su madre.

Y Lily también lo estaba. Tras cerrar la puerta silenciosamente detrás de ella, salió al jardín. Se encaramó por la valla para saltar al prado cubierto de maleza y se adentró en el bosque.

Entre los árboles reinaba la quietud y el silencio. Las hojas del otoño formaban una alfombra de color rojo sobre el camino. Lily se imaginó a sí misma como una estrella de cine, asistiendo al estreno de su nueva película. Los periodistas le preguntaban si algún día perdonaría a sus padres, quienes estaban profundamente arrepentidos de su comportamiento ahora que ella era una superestrella.

Estaba tan absorta en su fantasía que no estaba segura de si iba en la dirección correcta. La casa de Megan no era por allí, ¿verdad que no? Se detuvo un momento, tratando de luchar contra el pánico.

Algo se movió entre los árboles.

Lily se quedó completamente inmóvil. «Solo es un pájaro», pensó. Un pájaro grande. Probablemente una urraca. Había muchas por allí.

Crac.

Lily intentó hacer que sus piernas se movieran, pero era como si tuviera las plantas de los pies pegadas al suelo. Se le había helado todo el cuerpo.

«Es un cuervo, es un cuervo», se dijo, mirando la espesa maraña de ramas justo en el punto de donde provenía el ruido, rezando para ver unas plumas negras, al pájaro salir aleteando hacia el cielo.

Pero en vez de eso vio una cara.

Unos ojos, observándola a través de una rendija entre las ramas.

Lily despegó los pies del suelo y echó a correr, a ciegas, advirtiendo, al cabo de unos segundos, de que se estaba alejando más aún de su casa, pero no podía pararse y volver sobre sus pasos.

«¡Es la Viuda! ¡La Viuda!».

Se abrió paso entre las ramas bajas, con las hojas arañándole el pelo, a punto de resbalar y caerse en un charco cenagoso que le agarraba las Converse. Las lágrimas le nublaban la vista; casi no veía por dónde iba. De pronto, el camino se dividió a izquierda y derecha y Lily se detuvo, paralizada, incapaz de decidir qué dirección seguir. Percibía la presencia de la bruja detrás de ella. Tensó los hombros, segura de que en cualquier momento unas manos como garras, frías, saldrían extendiéndose desde los arbustos y la atraparían.

En el libro ilustrado que le había regalado el abuelo de Megan, la Viuda era una mujer joven, vestida con harapos rojos. Tenía el pelo largo y negro y era tan delgada como las mujeres de las portadas de los DVD de hacer ejercicio de mamá. Sería guapa si no fuera por su cara. Tenía los ojos tan negros como el pelaje de Gatote, y la boca abierta como las fauces de un tiburón, con los dientes largos y afilados como agujas. Lily ya había hablado de eso con Megan: ahora la Viuda ya sería vieja, muy vieja, y las niñas se imaginaban que tendría la piel tan arrugada como la de un cocodrilo. Sus labios estarían manchados con la sangre de todos los niños que se había comido. Su aliento olería a huesos de niños y tendría trocitos de carne arrancada bajo las uñas.

Lily oyó un crujido a su espalda y contuvo un grito. Corrió, tomando el camino de la izquierda, tratando de no resbalar ni de caerse, saltando por encima de la raíz nudosa de un árbol que intentó agarrarle los tobillos, como si fuera el ayudante de la bruja. Entonces se imaginó que los árboles tenían caras, que la estaban observando, riéndose de ella. ¿Por qué había salido de su casa? Todo era culpa de sus padres. Bueno, pues cuando la bruja la atrapase y se la comiese y nunca llegasen a encontrar sus huesos, lo lamentarían, vaya si lo lamentarían, y desearían no haberse peleado, desearían haber pasado ese tiempo queriendo a su única hijita.

Casi hasta valdría la pena.

Justo cuando se había resignado a ser atrapada, convencida de que los árboles la estaban cercando, formando una jaula de madera a su alrededor, vio un claro delante, una luz que penetraba en el bosque y unos edificios al otro lado. Corrió aún más deprisa y, con el corazón rebosante de alivio, salió volando de los árboles hacia la urbanización donde vivía Megan.

Y allí estaba su amiga, delante de su casa. Jake también estaba allí fuera. Estaban jugando a pillar en el jardín delantero.

Lily cruzó la carretera hacia ellos.

—¿Qué pasa? —le preguntó Megan—. Parece como si alguien te estuviera persiguiendo.

Lily jadeó. No podía hablar, tenía los pulmones en llamas y el corazón le latía desbocado.

—Es la Viuda —dijo—. La he visto.

Megan y Jake la miraron boquiabiertos.

—¿Qué ha pasado?

Lily se volvió en redondo. Era el abuelo de Megan, que estaba saliendo del garaje. Iba acompañado de otro hombre, pero estaba oculto por las sombras.

—Lily ha visto a la Viuda —le explicó Megan.

—¿Saben tu madre y tu padre que estás aquí? —preguntó el señor Collins, sin hacer ningún caso de lo que había dicho Megan.

Lily se quedó de piedra. El abuelo se comportaba como si hubiera dicho algo tonto e infantil.

Negó con la cabeza.

—Me he escapado de casa.

—¿De verdad? Bueno, pues me alegro de que no hayas ido demasiado lejos. ¿Quieres volver a casa? No sé cuánto tiempo hace que te fuiste, pero estoy seguro de que estarán preocupados por ti.

Lily trató de contener las lágrimas, pero no tenía ningún control sobre ellas. Notó que la cara también se le estaba poniendo de un rojo brillante. Odiaba llorar. Sabía que cuando lloraba parecía un sapo feo y rojo. Todos estaban mirándola.

—A ver qué te parece esto —dijo el abuelo de Megan, dándole un pañuelo limpio. Le habló con voz amable—: Entra y juega un rato con Megan y yo llamaré a tus padres. ¿Qué opinas?

Esta vez, lo único que pudo hacer fue asentir con la cabeza.

* * *

En cuanto Megan cerró la puerta de su dormitorio, dijo:

—No me puedo creer que hayas visto a la Viuda. ¿Cómo es?

Por increíble que pudiera parecer, era como si tuviera envidia de Lily.

—No quiero hablar de eso.

—Oh, vamos... no seas cría... ¿Se parecía a la mujer del libro?

Lily se sentó en la cama y estrechó el oso de peluche gigante de Megan entre sus brazos. Se lo había comprado el abuelo, y llevaba una pequeña escarapela que decía: «La mejor nieta del mundo». Lily sofocó otro sollozo. Ella no tenía abuelos. Tal vez si los tuviera podría irse a vivir con ellos.

—Dímelo —le insistió Megan. Había encontrado su ejemplar de *Cuentos populares y mitos urbanos*, que abrió por la página que siempre estaban estudiando con atención—. ¿Se parecía?

—Solo le vi los ojos.

Megan redujo el tono de voz a un susurro lleno de asombro.

—¿Eran negros?

—No lo sé.

—¿Y la piel? ¿La tenía toda arrugada? ¿Tenía los labios manchados de sangre?

—No lo vi.

Megan emitió un chasquido de frustración con la lengua.

—Eres una inútil.

A Lily le latían las sienes de ira. Ella no era ninguna inútil.

—Estaba demasiado ocupada corriendo para ponerme a mirar.

—Sí, porque eres una cobardica. Si hubiera sido yo...

—Ya, pero no eras tú —la interrumpió Lily. Había sido un día horrible, el peor de toda su vida. Sintió que una burbuja caliente de odio se expandía en su interior. Un impulso de arremeter y atacar—. No la vi bien —dijo Lily—. Pero sí la oí.

Los ojos de Megan por poco se le salen de las órbitas.

—¿Y qué dijo?

Lily señaló con un dedo la cara de su mejor amiga.

—Dijo tu nombre. Dijo «Megan».

Más tarde, al recordar la expresión de terror de Megan, la forma en que se había estremecido, Lily se sintió fatal; pero en ese momento, la sensación fue maravillosa.

—¡Lily! —Era el abuelo de Megan—. Tu padre está aquí.

Lily bajó corriendo las escaleras y salió por la puerta. Su padre estaba hablando con el señor Collins, que tenía las manos en las caderas. Vio a Lily y se dio media vuelta.

—Ay, cariño... —dijo, rodeándola con el brazo—. ¿Qué vamos a hacer contigo?

Lily no respondió. Cuando su padre la tomó de la mano y la llevó al coche, el otro hombre que había estado en el garaje salió, limpiándose las manos grasientas con un trapo. Era el señor Wallace, quien a veces trabajaba en el jardín.

—Hola, Rhodri —dijo su padre mientras abría la puerta del coche.

Rhodri Wallace los saludó con la mano mientras se alejaban, pero no sonreía. Fue un poco raro. Si no fuera porque no tenía sentido, Lily habría jurado que parecía asustado.

Capítulo 38

Eran las cinco y media. Solo quedaban dos horas de luz diurna. Le sugerí a Julia que esperásemos hasta la mañana siguiente, pero ella no quería ni oír hablar de eso. Ni siquiera me molesté en intentar persuadirla de que el mapa de Ursula tenía que ser una tomadura de pelo o una fantasía, no después de nuestra discusión de esa mañana. Julia tenía que verlo por sí misma. Sacó una mochila pequeña y metió dos linternas, junto con una botella de agua y unas tijeras de podar por si necesitábamos «abrirnos paso a través de una vegetación demasiado espesa».

Ursula había vuelto a su habitación, diciendo que estaba demasiado cansada para venir, dejándonos el mapa. Estaba dibujado con trazos torpes, como el dibujo de un niño de un mapa del tesoro pirata. El retiro para escritores estaba situado en el extremo sur del mismo. Más allá estaba el bosque al que había llegado andando el primer día. Cerca de la parte superior había una equis gigantesca que, según Ursula, indicaba dónde encontraríamos «la prueba».

A pesar de mi escepticismo, aquello hacía que se me erizara el vello de la nuca. Era imposible no dejarse arrastrar por la fantasía de Ursula; el joven aventurero que había en mí no podía resistirse a un mapa donde una equis señalaba el lugar exacto.

—¿Seguro que quieres hacer esto? —le pregunté a Julia por última vez—. Puede que lo más sensato sea llamar a la policía y dejar que lo investiguen ellos.

—No voy a esperar más, Lucas. Necesito comprobarlo. Necesito saber.

—Voy contigo. Sin discusiones, ¿de acuerdo?

Se encogió de hombros.

Julia tomó una foto del mapa con su teléfono, para que tuviéramos una copia de seguridad. Le temblaba la mano y necesitó dos intentos para evitar que la foto saliera borrosa. Llevaba dos años debatiéndose entre la esperanza y la desesperación; dos años de duelo sin un cadáver del que poder despedirse; dos años creyendo que Lily aún seguía con vida en algún lugar. Todo aquello estaba grabado allí, en su rostro, en la tensión que reverberaba en sus huesos. Respiró hondo, llenándose los pulmones de aire, y se volvió hacia mí.

—Vámonos.

Al cruzar el jardín, miré por encima del hombro: Ursula nos observaba desde una ventana en la planta de arriba, con gesto inescrutable. Me sorprendió mirando y dejó caer la cortina.

* * *

El camino estaba seco, y unas grietas reptaban por el barro. Las flores recubrían las ramas de los árboles junto al perímetro del bosque. Los amentos colgaban sobre nuestras cabezas y los pájaros se llamaban unos a otros con sus cantos. De no ser por el paso decidido de Julia y la sombría determinación en su rostro, aquello habría parecido un agradable paseo vespertino.

Quería hablar con Julia, contarle todo lo que había averiguado en el diario de Malcolm, pero necesitaba todo mi aliento para seguirle el ritmo. Podría esperar. Estaba seguro de que no íbamos a encontrar nada. Estaríamos en casa al cabo de una o dos horas y entonces podría hablar con ella. También quería hablar con mi madre, preguntarle qué sabía sobre la Sociedad Histórica. Sin duda mi padre debió de haber dicho algo durante esos días, cuando Carys Driscoll desapareció.

Me vino una imagen: Glynn Collins, treinta y siete años más joven, llevando a una niña a aquellos bosques. Tal vez incluso por aquel mismo camino. ¿Era la historia de la Viuda una cortina de humo, un cuento ideal para que un pederasta pudiese enmascararse tras él? ¿Y si ver a Lily jugando con su nieta había despertado una urgencia patológica en Glynn, un deseo que había permanecido enterrado durante mucho tiempo? Se parecía a Carys, aunque Lily era mayor. No costaba trabajo imaginarlo. Se había salido con la suya la última vez. Pensó que podía hacerlo de nuevo.

Antes de salir de la casa, le envié a Olly un mensaje explicándole lo que estaba pasando. Me respondió de inmediato, diciéndome que Heledd iba de camino a la comisaría de policía con el diario. Estaba ansioso por saber lo que decían.

—¿En qué estás pensando? —preguntó Julia, aminorando el paso a medida que nos acercábamos a la linde del bosque. Un sol desleído atravesaba las copas de los árboles y la luz se enredaba en el pelo de Julia. Era inapropiado pensarlo en ese momento, pero era muy guapa. Sabía que no tenía suficiente con aquella única noche que habíamos pasado juntos, pero como todas las otras cosas que quería decirle, eso también tendría que esperar.

—Estaba pensando en Lily —le dije sin concretar—. Quiero que Ursula esté equivocada.

Julia dejó de caminar.

—¿Cómo crees que me siento? —dijo—. ¿Sabes lo que es vivir con esta incertidumbre? ¿Estar atrapada en una especie de limbo? —Miró alrededor, volviendo la cara hacia arriba y protegiéndose los ojos de la luz. Las ramas formaban una celosía recortada contra el cielo—. A veces me parece sentirla, aquí. Su presencia. Si murió aquí... —Tragó saliva.

—Julia...

—Calla. Por favor. Creo que una parte de ella todavía está aquí, en este bosque. Está allí, en las flores. En las hojas que brotan cada primavera. En la hierba que crece en el camino. Antes no podía sentirla, pero ahora sí puedo. —Una lágrima se le deslizó por la mejilla—. Me está mirando.

Todo estaba en silencio a nuestro alrededor. Incluso los pájaros se habían callado.

—Si encontramos pruebas, como dice Ursula... Al menos así podré hallar consuelo en saber que, de algún modo, todavía está aquí.

Asentí, temiendo elegir las palabras equivocadas.

—Y entonces sabré que está bien que me reúna con ella.

La miré fijamente.

—Te refieres a... ¿quitarte la vida?

—¿Por qué no? No tengo ninguna otra razón por la que vivir. Una vez que sepa que no está, puedo estar con ella. Para siempre.

Sentí un frío helado por dentro.

—Julia. No puedes decir eso. Lily no querría eso.

Yo no querría eso.

—¿Cómo sabes lo que ella querría? Tú no puedes salvarme, Lucas. No tienes derecho a intentarlo.

Hizo amago de seguir adelante, pero me interpuse en su camino.

—Entonces, si hoy encontramos pruebas de que Lily está muerta, ¿vas a suicidarte? ¿Y qué? ¿Vas a hacerlo ahí mismo? ¿Delante de mí? ¿Llevas un cuchillo en esa bolsa?

Me fulminó con la mirada.

Yo seguí arremetiendo contra ella:

—¿Cómo vas a hacerlo? ¿Te cortarás las venas? ¿Te colgarás de un árbol? Ah, ya lo sé. Te arrojarás al río. No sabes nadar. Será perfecto. Una muerte poética: no pudiste salvar a Lily porque no sabes nadar, así que te vas a ahogar. Ya estoy viendo los titulares de los periódicos. Tal vez escriba un libro sobre eso.

—Apártate de mi camino.

Intentó rodearme, pero la agarré del brazo.

—Julia, escúchame...

Me golpeó con el puño en el pecho con la mano libre. Fue un golpe certero y la sorpresa me hizo retroceder un paso, pero no la solté.

—¡Suéltame! —exclamó entre dientes.

Esto se estaba yendo de las manos. La solté y los dos nos quedamos allí, uno frente al otro, temblando. No sabía qué hacer. Me horrorizaba pensar que hubiese arruinado lo que quedaba de nuestra relación, pero era un sacrificio que merecía la pena si eso la hacía reconsiderar su decisión y mostrar un poco de sensatez.

Tenía la cara enrojecida, y un temblor de furia le estremecía todo el cuerpo. Tenía que encontrar un modo de aliviar la tensión entre nosotros.

—Me llevaría un disgusto tremendo si te suicidaras —dije, inexpresivo.

Ella no se rio.

—Está bien. Sería algo más que un disgusto tremendo. Aunque los derechos de autor de las ventas de mi libro sobre ti me ayudarían a paliar el dolor.

—Eres un imbécil.

Luchó contra la sonrisa que amenazaba con desdibujarle los labios.

—Sí. Tal vez sea un imbécil, pero soy tu amigo, Julia, y aun a riesgo de que volvamos a ponernos serios otra vez, me importas mucho. Además, no creo en los espíritus ni en el más allá ni en nada de eso. Cuando estás muerto, estás muerto. Si te suicidas, no estarás con Lily; simplemente, no estarás. Y el mundo será un lugar más feo, será un mundo de mierda.

Sostuvo la cabeza en sus manos.

—No puedo seguir hablando de esto. Se está poniendo el sol. Tenemos que seguir adelante.

Estudié su rostro. No tenía idea de si lo que le había dicho había hecho cambiar en algo su actitud, ni si hablaba en serio sobre la idea del suicidio, para empezar, pero me prometí que si encontrábamos pruebas de que Lily había muerto, y no creía que eso fuese a suceder ese día, haría todo lo posible por convencerla de que merecía la pena seguir viviendo. Que podía haber vida después de la muerte.

* * *

Llegamos al claro al cabo de unos minutos. Calculé que solo nos quedaba una hora para el anochecer. Julia consultó el mapa.

—Estamos aquí —dijo, señalando un punto entre el bosque. Ursula había dibujado con trazos torpes la pequeña cabaña destartalada, un pequeño cuadrado con un techo puntiagudo.

—¿Has estado alguna vez en esa cabaña? —pregunté.

—¿No? ¿Por qué debería haber estado? No me digas que tú sí...

—La verdad es que sí, un par de veces. Mi primer día, cuando salí a dar un paseo. Y luego otra vez, cuando vi...

—¿Qué?

Me di cuenta de que no se lo había contado a Julia.

—Vi a Ursula entrar en el bosque, el día después de que llegara. Me pregunté qué estaría tramando, así que la seguí.

—¿Y?

—Que desapareció.

—¿Quieres decir que la perdiste?

—Depende de cómo lo mires —le dije.

Julia miró hacia el cielo oscuro.

—Deberíamos ir yendo.

Caminamos uno al lado del otro campo a través hacia la siguiente hilera de árboles. Las urracas, tal vez las mismas que había visto antes, nos vieron alejarnos. Solo llevábamos cubierto un tercio del trecho señalado en el mapa, y las posibilidades de que llegáramos y regresáramos antes de que oscureciera se estaban acercando a cero. Compartí mi preocupación con Julia.

—No pienso parar ahora —dijo—. Tenemos la linterna y el cielo está despejado, así que tendremos luz de luna. ¿Nunca has acampado en el bosque?

—No. No es lo mío.

—Deberías probarlo.

Dudé antes de hablar.

—¿Y si lo hacemos juntos? Si es tan divertido... Este verano puedes enseñarme cómo es.

Negó con la cabeza.

—Eres incorregible.

—Sí.

Nos internamos en la siguiente arboleda. Ahora ya estaba mucho más oscuro. Se oían ruidos entre la maleza, crujidos en los arbustos. Me negaba a dejar que me inquietaran, pero cuando llegamos al punto en el que había perdido a Ursula la otra vez, oí un crujido más fuerte detrás de nosotros y dejé de caminar.

Agucé el oído, haciendo una seña a Julia para que permaneciera en silencio. Nada.

Seguimos adelante. El bosque se volvía más tupido y oscuro, pues los restos de luz solar tenían más dificultades para atravesar las copas. El sendero se bifurcaba varias veces, pero el mapa de Ursula nos mostraba claramente qué camino tomar, aunque la pista de tierra bajo nuestros pies fue haciéndose cada vez más estrecha y recubriéndose de hierba, hasta que nos vimos caminando sobre zarzas espinosas y sujetando ramas que intentaban barrarnos el paso.

Y entonces nos tropezamos con una pared: un sólido muro de densa vegetación, lleno de hojas espinosas. Bloqueaba el camino y se extendía a lo largo de diez metros en ambas direcciones.

Habríamos necesitado un machete para atravesarlo. Revisamos el mapa. Estábamos muy cerca. La equis estaba justo al otro lado de ese punto.

—Mierda —dijo Julia—. ¿Qué vamos a hacer?

Miré un árbol cercano.

—Espera aquí.

Hacía mucho tiempo que no trepaba a un árbol. Necesité toda mi fuerza para encaramarme a una rama inferior, pero a partir de ahí me resultó más fácil. Me abrí camino por el tronco, buscando lugares para apoyar los pies, agachándome bajo las ramas, tan concentrado que no levanté la vista para mirar hasta que estuve a mitad de camino y obtuve una panorámica clara y despejada de la barrera que detenía nuestro avance.

Me asomé a la penumbra, frotándome los ojos como un personaje de dibujos animados mientras las sombras se entrelazaban hasta configurar la forma de un edificio.

—Joder —exclamé, sin creer lo que veían mis ojos.

—¿Qué es? —dijo Julia.

Me incliné hacia delante, para asegurarme de que no me equivocaba.

—Es una iglesia —dije—. Una iglesia abandonada.

Capítulo 39

Me bajé del árbol.

—Hay un camino que conduce a la iglesia —dije—. Sígueme. Tenemos que volver sobre nuestros pasos.

Regresamos por donde habíamos venido y luego nos abrimos paso entre los árboles hasta que llegamos a otro sendero que se desviaba hacia la izquierda. Guie el camino, bordeando la orilla del macizo de vegetación. Ya casi en el crepúsculo, cada vez era más difícil ver algo. Según mis cálculos, apenas nos quedaban veinte minutos de luz. Ya percibía la presencia de las criaturas nocturnas removiéndose inquietas en sus escondites, listas para salir cuando el crepúsculo se transformase en noche plena.

Nos desplazamos de lado entre un par de arbustos llenos de púas. Julia casi resbaló y le agarré la mano, sujetándola un momento, y luego salimos a un claro. Ahí estaba: un pequeño edificio de piedra, con un campanario y ventanas de arcos de medio punto que habían sido tapiadas. Unos escalones de piedra en ruinas, destrozados por las raíces de los árboles que horadaban el suelo como los tentáculos de un monstruo subterráneo, conducían a un par de puertas de madera. Habían clavado una barra metálica que atravesaba las puertas, probablemente cuando habían clausurado el lugar, pero en algún momento había sido reabierta, ya fuese por la acción de la naturaleza o por obra de algún ser humano. La hiedra había invadido cada centímetro de la iglesia como un virus.

—¿Qué diablos hace una iglesia aquí? —pregunté, mirando a mi alrededor. La naturaleza presionaba de forma opresiva desde todos los lados, reclamando despacio aquel lugar para sí. Algún día lograría su objetivo, y el edificio quedaría sepultado y se haría invisible. Unas ramas desnudas ya asomaban por el techo de la iglesia, y gruesas capas de musgo verde cubrían las paredes donde no se aferraba la hiedra.

—He oído hablar de este lugar —dijo Julia—. Es una finca que ha estado abandonada durante años. Una finca con una capilla privada. La casa estará cerca.

Así que era una capilla, no una iglesia.

—Michael vino aquí una vez a echar un vistazo y volvió encantado, diciéndome lo increíble que era, lo emocionante que sería contratar a un arquitecto y renovarla, convertirla en un sitio ideal para celebrar bodas o algo así. Por supuesto, nunca llegó a hacer nada al respecto.

Me quedé paralizado, percibiendo cómo mi propio pulso palpitaba en mis oídos, y un escalofrío me recorrió el cuerpo a medida que asimilaba el entorno. Había algo hermoso en aquel lugar, y no solo en los detalles: las volutas en los pilares a cada lado de las puertas, o la campana herrumbrosa que colgaba de forma visible en el campanario roto. También en la conexión con el pasado. La historia secreta de aquel lugar. Le hablaba directamente al autor de novelas de terror que había en mí, al amante de todo lo macabro. Pero por encima de todo eso, un pensamiento resaltaba de entre todos los demás: era el lugar perfecto para esconder un cuerpo.

El lugar perfecto para esconder a una niña.

Julia tocó la equis del mapa de Úrsula.

—Definitivamente, este es el lugar.

Respiró profundamente y subió los escalones, quitándose la mochila de la espalda para sacar la linterna. La seguí, dándole alcance mientras ella se escurría por el espacio entre las puertas.

Dentro estaba oscuro, con todas las ventanas tapiadas, aunque unas pocas rendijas de luz atravesaban las grietas de las paredes. Julia encendió la linterna y la colocó en el suelo. La oscuridad se convirtió en penumbra.

El interior era más grande de lo que esperaba, más o menos del tamaño del aula de una escuela, con un altar en un extremo y tres hileras de bancos. Todo estaba ennegrecido por la dejadez, y el olor a humedad impregnaba el aire. Del techo colgaban unas parras. Una de ellas me rozó el cuello mientras me daba la vuelta, cosa que me hizo ponerme tenso y activar todos los músculos.

En la esquina, apoyado en el suelo, había un enorme cuadro de Jesucristo crucificado, colocado de lado. Supuse que debía de haber estado colgado en la pared y se habría caído o alguien lo habría quitado. El marco estaba roto y el lienzo estaba oscurecido y lleno de moho. Jesús nos miraba, con los ojos llenos de dolor y la sangre manándole de la frente.

Julia miró a su alrededor, examinando todas las rendijas, pasando la mano por las frías paredes. Caminó hacia el altar, se asomó a mirar debajo de los bancos. Encontró una Biblia empapada de agua de lluvia y deshaciéndose a pedazos. Una ráfaga de aire atravesó el edificio y me hizo estremecerme. Todo mi cuerpo me pedía a gritos que saliera de allí, que me fuera a un sitio más cálido, con más luz, más moderno. Porque allí no había nada; ninguna prueba de que Lily estuviera muerta.

No estaba sorprendido. Ursula se lo había inventado todo.

—Deberíamos irnos —dije.

—No. Tiene que haber algo. ¿Por qué nos iba a enviar aquí si no? ¿Cómo iba a saber Ursula siquiera de la existencia de este lugar?

—Ya te lo dije, la vi explorar el bosque. Debió de encontrarlo por su cuenta. Ya sé lo que va a pasar ahora, Julia. Te dirá que hemos pasado algo por alto, que necesitas su ayuda para encontrarlo. Y ahí es cuando mencionará el dinero.

Pero Julia no me estaba escuchando. Estaba en el extremo más alejado, mirando el cuadro de Jesucristo. Lo agarró de uno de los bordes y lo empujó hacia un lado. Era pesado, pues el marco estaba hecho de madera maciza, y fui a ayudarla. Lo empujamos hacia la derecha, y el esfuerzo me arrancó un gruñido. Me erguí y al ver lo que había estado ocultando el cuadro, lancé un exabrupto:

—Joder...

Era una puerta. La madera estaba un poco deformada en el marco y había un boquete en el medio, como si una criatura gigante le hubiera dado un puñetazo.

Me volví hacia Julia para comentar el hallazgo, pero no estaba mirando hacia la puerta, sino a algo que había en el suelo, boquiabierta.

Se agachó, recogió el objeto y luego se levantó, como un explorador que acaba de encontrar el Santo Grial.

—Es un gato. Es Gatito. —Lo miré boquiabierto. Era el peluche que llevaba Lily cuando desapareció; el otro gato de peluche se había quedado flotando en el río. Me lo enseñó, con expresión de estar a punto de vomitar—. Mira.

Un lado del peluche estaba apelmazado, con una sustancia oscura y de color pardo. Un líquido que se había secado y adherido al pelaje del gato.

—Es sangre, ¿verdad? —dijo Julia, con un hilo de voz.

Tragué saliva.

—Deberías dejarlo donde estaba. La policía...

Querrían examinarlo en busca de rastros de ADN, ¿no? Aquello era una prueba.

Pero Julia no lo soltó. Estrechó el pequeño peluche de tacto suave contra su pecho. Entonces desvió la atención hacia el cuadro.

—¿Qué dijo Ursula? «Está con Jesucristo».

—Crees que... ¿Crees que lo decía literalmente?

313

Los dos nos quedamos mirando el cuadro de Jesucristo y luego la puerta que había estado ocultando. Tiré de ella, esperando que estuviera cerrada.

No era así. Era pesada y rígida, pero la abrí sin demasiado esfuerzo.

—Deberíamos llamar a la policía —dije—. Ahora.

Saqué el teléfono del bolsillo. Como era de esperar, no tenía cobertura. No la había allí, en el bosque.

Julia se puso de pie, sin soltar el gato. Fue a cruzar la puerta.

—Espera.

Miré detrás de nosotros; ya había oscurecido casi por completo. Saqué la otra linterna de la mochila y la encendí. La luz era muy potente, duplicando la cantidad de luz en el interior de la capilla.

—Déjame ir primero —dije—. Por si acaso.

Por si el cuerpo de Lily estaba allí dentro.

Julia enmudeció cuando abrí la puerta de par en par y dejé al descubierto no una habitación, sino una serie de escalones de piedra. Unos peldaños que bajaban hacia la tierra.

—Una cripta —susurré.

—Oh, Dios... ¿Qué es ese olor, Lucas?

El hedor a putrefacción subía por las escaleras. A carne podrida. Sentí una oleada de náuseas y tuve que pararme a descansar un momento apoyándome contra la pared húmeda junto a la puerta.

Julia se desplazó hacia las escaleras, pero extendí un brazo para detenerla.

—Déjame bajar primero —dije—. Si Lily está ahí abajo...

—Quiero verla. Necesito verla.

—No. Julia, por favor. Si está ahí abajo, no sabemos... —No tenía el valor de decirlo—. No sabemos en qué estado estará.

—Oh, Dios. Oh, Dios. Oh, Dios... —Retrocedió un paso, abrazada al peluche sucio y harapiento.

—Iré a mirar —dije—. Luego nos marcharemos de aquí, iremos a la primera casa que veamos y desde allí llamaremos a la policía. ¿De acuerdo?

—De acuerdo. —Se sentó en el extremo del banco más cercano.

Levanté la linterna y, tras lanzar una última ojeada a Julia, atravesé la puerta baja y comencé a bajar las escaleras. Los escalones estaban un poco resbaladizos, y eran estrechos y empinados, así que tuve que agarrarme a la pared, alumbrando el suelo con la linterna para poder ver dónde ponía los pies. A medida que bajaba, el olor se hacía más repugnante. Me tapé la nariz con el cuello del abrigo en un vano intento de bloquear el olor.

Llegué al pie de la escalera.

Estaba en una habitación estrecha con el techo abovedado, de pequeñas dimensiones. Había una mesita de madera en el otro extremo, con una cruz colgando encima. Temía que hubiera ataúdes allí abajo, miembros de la familia que se habían quedado allí cuando la capilla fue abandonada, pero si alguna vez los hubo, ya no estaban.

Había algo en el suelo, en una esquina, junto a la mesa.

Era un cuerpo, estaba seguro de ello. Un cuerpo, cubierto por una gruesa sábana que en realidad era —me di cuenta al acercarme— una cortina vieja y pesada. Ahora el olor era casi insoportable y me tapé la nariz y la boca con la palma de la mano, colocando la linterna en el suelo, con el haz de luz apuntando al cuerpo debajo de su improvisada mortaja.

Me dieron ganas de salir corriendo de allí, de ir a llamar a la policía, pero necesitaba verlo. Julia querría saberlo.

Me agaché junto a la mortaja y, después de contar hasta tres, la retiré y dejé al descubierto una cara blanca en forma de luna.

Me caí hacia atrás, soltando la linterna, que se puso a dar vueltas en círculo. La luz bailaba alrededor de la cripta, multiplicando mis mareos y mis náuseas. Agarré la linterna y me puse de pie, dirigiendo la luz hacia el rostro humano.

Tenía los ojos cerrados. Casi parecía dormida. Pero no era una niña. No era Lily.

Mi cerebro, paralizado por el miedo, tardó aún unos segundos en entenderlo, en comprender a quién estaba mirando, y entonces la sensación de alivio se vio reemplazada por la culpa. Ella estaba allí por mi culpa. Por algo que yo había empezado.

Zara.

No había sangre. Ni signos visibles de ninguna herida. Había retirado hacia atrás el sudario, lo suficiente para ver los hombros de su plumón de color negro. También vi sobresalir sus pies: zapatillas de deporte con las suelas llenas de barro. Le tapé la cara y me puse de pie.

Oí que la puerta de arriba se abría. Julia. Estaba a punto de decirle que se quedara donde estaba, pero antes de que pudiera hablar ya estaba cayendo por las escaleras. Cayó de espaldas, deslizándose por los escalones de piedra, y aterrizó en el duro suelo de la cripta, rodando sobre el costado.

Corrí hacia ella. Estaba en el suelo jadeando, mirándome, estremecida con una mueca de dolor.

—¿Estás bien? ¿Te has hecho daño?

Se incorporó, frotándose la espalda.

—Solo estoy un poco magullada. Estoy bien. —Trató de ponerse de pie, pero su rostro volvió a contraerse y se cayó sobre el trasero—. Estaré bien, solo necesito un minuto —dijo, y en ese momento vio el cuerpo debajo del sudario—. ¡Oh!

—Tranquila, no pasa nada —dije apresuradamente—. No es Lily.

Asimiló el significado de lo que acababa de decirle.

—¿Es un niño?

—No. Se llama Zara Sullivan.

—¿Qué? ¿La conoces?

—La conocía. Era la investigadora privada a la que contraté.

Julia dio un respingo.

—¿Por qué has bajado? Te dije que...

—¿Qué? No he bajado. ¿No has visto lo que ha pasado?

Miró a la escalera y seguí su mirada: la puerta estaba cerrada.

—Me han empujado —dijo.

Capítulo 40

Subí los escalones a todo correr. Agarré el picaporte oxidado de la puerta y lo sacudí. La puerta se movió un centímetro, pero luego dejó de hacerlo. Algo la bloqueaba. Empujé más fuerte, pero no se movía. Algo la estaba atrancando.

Traté de no dejarme dominar por el pánico. Estábamos atrapados en la cripta de una capilla abandonada, y faltaba muy poco para que se hiciera de noche. ¿Alguien sabía que estábamos aquí? Sí... pero solo Ursula.

Ursula, que por fuerza tenía que haber tenido algo que ver en todo aquello. Fuese lo que fuese «aquello».

Golpeé la puerta y grité:

—¿Hay alguien ahí? ¡Déjanos salir!

Presioné la oreja contra la madera, pero era demasiado gruesa para oír algo al otro lado.

Bajé los escalones hacia donde Julia estaba sentada, lo más lejos posible del cuerpo. Había avanzado a rastras por el suelo, con la cara contraída por el dolor de su espalda. Me senté a su lado.

—Cuéntame lo que ha pasado —dije.

—Estabas tardando siglos —contestó apretando los dientes—. Me estaba volviendo loca, de brazos cruzados, esperando que me dijeras si Lily estaba aquí abajo. No podía esperar más, así que me acerqué a la puerta, a lo alto de la escalera.

—Y alguien te empujó.

Asintió.

—Sentí unas manos en la espalda. Por suerte, conseguí darme media vuelta, así que caí de espaldas en lugar de arrojarme de cabeza.

—¿Viste a alguien?

—No. Debió de entrar en la capilla mientras yo estaba ahí de pie. Sea quien sea, ha sido muy rápido, porque solo estuve parada unos segundos antes de que me empujaran.

Escudriñé sus ojos. Una parte de mí pensaba que estaba mintiendo, que ella misma se había tirado por las escaleras. Mi cabeza empezó a visualizar un posible escenario: Julia había matado a Lily. Ella era la responsable de todas las cosas raras que habían sucedido en su casa; ella era la persona que Max y yo habíamos seguido hasta el río, la misma persona que nos había atacado. Nada de aquello tenía que ver con lo ocurrido hace treinta y cinco años. Julia era una asesina. Había matado a su hija y a su marido. Y luego a Max. Tal vez también había matado a Zara después de descubrir, de algún modo, que yo la había contratado.

—¿Qué pasa? —preguntó—. ¿Por qué me miras así?

Me pellizqué el puente de la nariz, tratando de ahuyentar aquellos pensamientos tan oscuros. No podía ser Julia. No a menos que fuera la mejor actriz del mundo. Su dolor, eso era auténtico. La forma en que se había comportado cuando encontró apagadas las velas de cumpleaños.

A menos que estuviera loca y no supiera lo que había hecho...

Me puse de pie y eché a andar por el reducido espacio, manteniéndome alejado del cadáver de Zara. Me dije a mí mismo que no fuera tan estúpido. No podía ser Julia. Ella era inocente. No podía haberme equivocado tanto. ¿O sí?

Julia intentó levantarse otra vez, pero se le humedecieron los ojos y soltó una maldición.

—¡Ay, mi espalda...!

La miré a los ojos, al dolor que había en ellos, tanto físico como emocional, y me dije una vez más que estaba siendo un estúpido, que ella no se habría arrojado por las escaleras ni se habría hecho daño a sí misma. Esta vez me lo creí.

—¿Todavía está la mochila ahí arriba? —pregunté—. ¿Y las tijeras de podar?

—Sí. Yo...

Oímos un grito procedente de arriba. A continuación, una serie de golpes.

—¿Qué demonios...?

Ahora creía a Julia al cien por cien. Corrí escaleras arriba y apoyé la oreja contra la puerta. Oí el ruido de una pelea. Una voz gritó de dolor. Entonces todo se quedó en silencio.

—¿Qué pasa? —preguntó Julia.

Golpeé la puerta y grité de nuevo. Nada.

Entonces alguien gritó. El sonido casi me lanzó escaleras abajo. Parecía que venía del interior de la capilla, justo al otro lado de la puerta. Había algo de lo que estaba seguro: era una mujer.

—Lucas, por favor, ¿qué está pasando?

Corrí hacia Julia, con paso ahora más seguro en los peldaños resbaladizos, y le expliqué lo que había oído.

Me agarró del brazo.

—Lucas.

—Una mujer. ¿Quién podría ser? Ursula. Pero ¿por qué...?

—¡Lucas!

Me callé.

Julia señaló las escaleras.

—La puerta. Creo que alguien acaba de abrirla.

—Oh, mierda, debería haber traído un arma, un cuchillo...

Vacilé, aguzando el oído para captar algún indicio de movimiento encima de nosotros. Todo estaba en absoluto silencio. Tenía que subir, descubrir qué estaba pasando, aunque sabía que podría ser una trampa, que probablemente era una trampa. Pero ¿qué otra cosa podía hacer?

Lentamente, volví a subir hasta la puerta. Agarré el tirador y la abrí.

No sabía dónde estaba la linterna de Julia y le había dejado la mía a ella, así que la habitación estaba oscura. Esperé a que mis ojos se adaptaran a la penumbra. Unas formas emergieron de la oscuridad. Una silla, la misma que había sido utilizada para atrancar la puerta, estaba a mi derecha.

Había alguien en el suelo entre los bancos. No se movía.

Me acerqué un poco más.

La figura cobró vida de repente.

—¡Aléjate de mí! ¡Aléjate! —Con toda seguridad era una mujer, pero estaba demasiado oscuro para verle la cara, y aunque la voz me resultaba familiar, no conseguía reconocerla.

—¿Quién es?

Me di media vuelta. Julia estaba en la entrada. Debía de haber subido arrastrándose por las escaleras. Estaba casi doblada sobre sí misma de dolor, pero logró levantar la linterna para proyectar el haz de luz sobre la mujer del suelo, que estaba agazapada, muerta de miedo, contra el altar.

La mujer levantó el rostro hacia nosotros.

—Pero ¿qué diablos...?

Me interrumpió con un gemido.

Era Heledd.

—¡La he visto! —balbuceó, mirando alrededor en el interior de la capilla—. Me ha dicho que confesara mis pecados. Los pecados de mi padre y mi madre. —Se santiguó, mirando hacia el fondo, hacia el cuadro de Jesús.

Me acerqué a ella y se encogió.

—Dijo... Dijo que si no confesaba, volvería a por mí.

Se puso a murmurar para sí misma, sus palabras eran una retahíla incomprensible. Una oración. Se persignó repetidas veces. En un momento de confusión, me pregunté si Heledd tendría una hermana gemela, porque aquella no se parecía en nada a la mujer fría y sensata con la que había estado hablando unas horas antes. Pero no, seguro que era Heledd. Tenía dos libros a su lado: uno era la Biblia destrozada que había visto antes; el otro, claramente identificable por su encuadernación de cuero marrón, era el diario de Malcolm.

—¿Quién te decía todo eso? —le pregunté.

Heledd tomó la Biblia y la apretó contra su pecho.

—La bruja. La Viuda Roja. —Señaló hacia la puerta—. Estaba ahí. Me dijo que confesara. Los pecados del padre y la madre. Los pecados de la hija.

Julia se acercó a ella y le enfocó la cara con la linterna.

—¿Confesar? ¿Qué hiciste? —exigió. Levantó la voz hasta convertirla en un alarido—. ¡¿Qué hiciste?!

Pero lo único que hizo Heledd fue llorar amargamente.

Capítulo 41

Había sido la peor Navidad de su vida. No porque los regalos que mamá y papá le dieron fuesen malos —le habían traído casi todo lo que había pedido, excepto un gatito nuevo—, y tampoco porque estuviera lloviendo todo el día, lo que significaba que no podía salir a probar sus nuevas zapatillas con ruedas. La cena de Navidad también estuvo bien. Mamá le dio una ración extra de patatas asadas y no la obligó a comer verduras.

Todo eso estuvo genial. La barriga de Lily todavía estaba llena de emoción navideña, a pesar de que ya no era una niña que creyera en Santa Claus, a pesar de la insistencia de mamá de que existía de verdad. Pero lo que lo estropeó todo, lo que hizo que fuera la peor Navidad de todas, fue la tensión entre sus padres.

La noche de Navidad, Lily se fue a la cama, llevándose a Chesney con ella, junto con Gatote y Gatito, y contuvo las lágrimas. Todavía le dolía la barriga por haber cenado demasiado y no podía dormir. Así que la cabeza empezó a darle vueltas a las cosas.

Tenía que haber algo que pudiera hacer para que sus padres se dieran cuenta de lo afortunados que eran. Su intento de irse de casa había sido un fracaso absoluto. No había estado fuera el tiempo suficiente para que se preocuparan. ¡Pero si ni siquiera se habían dado cuenta de que había salido! Mamá estaba furiosa cuando Lily volvió, y le dijo que nunca más volviera a hacerlo. Papá repitió lo mismo que había dicho mamá y eso estuvo bien, ver que estaban de acuerdo en algo, para variar.

Así que, después de todo, quizá no había sido un fracaso tan grande.

Pero eso había sido hace semanas, y cuando se acercaba la Navidad, la relación entre sus padres se había vuelto tan fría como la escarcha de la mañana.

Hasta ese día: Nochevieja. Un poco antes, mamá y papá se habían encerrado en su habitación un montón de tiempo. Los oyó hablar, pero luego se habían callado durante un rato. Cuando salieron, ambos sonreían y el ambiente a su alrededor cambió. Fue increíble. Dijeron que podía quedarse levantada con ellos hasta la medianoche, pero luego se pusieron a ver ese programa con todas esas estrellas del rock tan antiguas y aburridas, y a beber champán y a ponerse tan acaramelados que daban ganas de vomitar. Quería que se quisieran y que no se pelearan, pero ¿besarse delante de ella? Eso era asqueroso. Así que los dejó, subió a su habitación y llamó a Megan por Skype.

Jugaron a *MovieStarPlanet* un rato y luego Megan dijo:

—Mañana es el año 2015. ¿Sabes lo que significa eso?

—¿Qué? —preguntó Lily.

—Significa que han pasado treinta y cinco años desde que la Viuda Roja se llevó a un niño por última vez. Desde que Carys fue sacrificada.

Lily recordó a aquel taxista, como se llame, diciéndoles aquello.

Megan continuó:

—Ese día que la viste en el bosque, debía de estar haciendo una búsqueda.

—¿Una búsqueda?

—Sí, ya sabes. Buscando niños. Preparándose. —Se hizo una larga pausa—. ¿De verdad dijo mi nombre?

Lily vaciló. Megan le había preguntado aquello como cien veces desde ese día. Lily sabía que debería haber confesado enseguida que se lo había inventado, pero ver el miedo en la cara de Megan le producía una extraña emoción, y cuanto más tiempo pasaba, más difícil era decir la verdad. No quería que Megan se enfadara con ella y la llamara mentirosa.

—Sí —dijo Lily, y Megan asintió con gesto triste, como si realmente creyera que su destino estaba sellado y que no había nada que pudiera hacer para luchar contra él.

La estúpida Viuda Roja. Desde aquel día en el bosque, Lily estaba cada vez más convencida de que la bruja no existía, de que se había imaginado esos ojos observándola, igual que una vez se había imaginado a un hada al fondo del jardín. Al ver con qué facilidad Megan se había tragado la mentira sobre la bruja diciendo su nombre, Lily se había dado cuenta de que ella también había sido muy... ¿cuál era la palabra? Crédula. Infantil. Todo había sido un efecto óptico, por culpa de la luz, eso era todo.

—¿Podemos hablar de otra cosa? —dijo Lily—. Me aburre tanto hablar sobre la Viuda todo el rato...

—Oh. Siento ser tan aburrida.

—No he dicho que seas aburrida...

Pero Megan no estaba escuchando. Frunció el ceño hacia la cámara.

—Estoy segura de que te alegrarías si la Viuda se me llevara, ¿a que sí? —dijo Megan.

—¿Qué? No digas tonterías. Vamos, solo quedan cinco minutos para la medianoche. No discutamos.

Pero era demasiado tarde. Megan estaba enfurruñada y se negó a desearle feliz Año Nuevo cuando fueron las doce. Murmuró un «buenas noches» y terminó la llamada.

Unos segundos más tarde, mamá entró en su habitación. Lily deslizó rápidamente su iPad debajo de la almohada.

—Lo siento mucho —dijo mamá—. Iba a llamarte para que pudiéramos recibir al nuevo año los tres juntos, pero perdí la noción del tiempo.

—No pasa nada.

Mamá se sentó en la cama.

—Bueno, feliz Año Nuevo, cariño.

Mamá le dio un abrazo y un beso en la mejilla, y luego dijo:

—¿Estás bien?

—Sí. Solo cansada.

—Yo también. —Mamá tomó la mano de Lily—. Ya sé que las cosas han sido un poco difíciles últimamente, con tu padre y conmigo, pero todo va a mejorar a partir de ahora. Te lo prometo. Te queremos más que a nada en el mundo.

Aquellas palabras reconfortaron el corazón de Lily y le dio otro abrazo a mamá, y entonces papá entró y dijo «¡Feliz año nuevo!» y los tres se dieron un gran abrazo. Se olvidó por completo de la enfurruñada Megan.

Lily se fue a dormir sintiéndose más feliz de lo que había estado en años.

* * *

A la mañana siguiente, mamá y papá parecían cansados. Papá dijo que le dolía la cabeza, pero se sonreían el uno al otro y mamá no se inmutó cuando papá la abrazó en la cocina.

Durante el almuerzo, a base de sopa y pan crujiente, mamá dijo:

—¿Por qué no salimos a dar un paseo? A tomar un poco de aire fresco.

—Una gran idea —dijo papá.

Lily protestó. Odiaba el aire fresco. Quería irse a su habitación para llamar a Megan o mirar algo en su iPad, pero sus padres insistieron en que le sentaría muy bien a toda la familia. Decidieron dar un paseo por el río, donde Lily sabía que estaría todo lleno de barro y habría viento, pero se recordó a sí misma que al menos estaban de buen humor y se llevaban bien. Tal vez las cosas se habían arreglado y mamá y papá ya no iban a divorciarse y ella no tendría que verse obligada a elegir entre los dos (aunque no era una elección difícil: mamá ganaría todas las veces).

Cuando estaban a punto de salir, mamá dijo:

—No te olvides de ponerte el abrigo.

—Pero no tengo frío.

Mamá le dio un abrazo.

—Eres como un radiador. ¿Cómo lo haces?

Lily sonrió.

—Tengo un gran corazón, muy calentito. ¿Puedo llevarme a Gatote y a Gatito?

Papá apareció entonces. Había estado buscando sus botas de agua.

—¿Todavía no te has cansado de esos juguetes?

Lily frunció el ceño.

—No son juguetes, ¿verdad, Lily? —dijo mamá—. Son de verdad.

Eso hizo reír a papá y Lily dijo:

—Abrazo familiar.

Había pasado mucho tiempo desde que habían hecho aquello, los tres levantándose y abrazándose a la vez, en un círculo de amor y unidad, y en ese momento Lily pensó que todo iría bien. Aquel iba a ser el mejor año de todos.

Chesney los siguió hasta el borde del jardín y Lily pensó que iría con ellos hasta el río, pero luego se distrajo con un pájaro o algo y salió corriendo. Tendría que conformarse con sus gatos de peluche. Abrazó a Gatote, mientras a Gatito lo llevaba metido en el bolsillo.

Junto al río, el viento soplaba con fuerza y la orilla estaba llena de barro, tal como Lily había sospechado. Caminó un rato, fantaseando con la idea de tener un perro. Una perrita, eso era lo que quería realmente. Luego recordó que la última vez que había dicho que quería una perrita, papá le dijo que tendría que apretarle las glándulas de sus partes, de donde salía toda esa cosa que olía muy fuerte a pescado. Aquello era lo más asqueroso que Lily había oído en su vida. De repente, se le habían quitado las ganas de tener una perrita.

Y entonces oyó a sus padres discutir. Otra vez. ¡No se lo podía creer! Pues vaya con el feliz comienzo del nuevo año, el mejor año de todos... Mamá estaba apuntando con un dedo a papá, que parecía enfadado y avergonzado.

A Lily le dieron ganas de gritar.

Furiosa, se dirigió con paso decidido hacia los árboles. Se volvió a mirar el camino, pero ya no los veía. Debían de haberse parado, demasiado ocupados discutiendo para seguir adelante.

Oh, Dios... Iban a separarse. Probablemente tendría que irse a vivir a otro sitio. Un padre se quedaría con ella y el otro se quedaría con Chesney.

Tenía que hacer algo.

«Piensa, piensa...». Podía hacerles creer que había desaparecido, escaparse de casa de nuevo.

Pero eso no funcionó la última vez, ¿o sí? Tenía que hacer algo más drástico. Podía tirarse al río... No, eso era una locura. Pero ¿y si les hacía creer que se había ahogado? ¿Que estaba muerta? Aunque lo pensaran solo por un momento, el shock sería tan grande que les haría ver lo estúpidos que eran.

Miró a Gatote. ¿Podría hacerlo? Podía tirarlo y luego esconderse. Esperar a que aparecieran su madre y su padre, dejar que les entrara el pánico un minuto y luego aparecer. En el fondo no quería arrojar a Gatote a esa agua helada, pero en realidad era solo un juguete, ¿no? Podrían sacarlo con un palo largo, estaba segura.

Entonces besó a Gatote y, sin pensarlo dos veces, dio un paso hacia la orilla y lo arrojó al agua. No llegó a caer en ella, pero rodó sobre las rocas y, a cámara lenta, fue deslizándose hasta el río.

Lily corrió hacia los arbustos... y se llevó un gran susto.

—¿Qué estás haciendo? —exclamó.

Y entonces una mano le tapó la boca, impidiéndole gritar o llamar a alguien. La mano fue reemplazada por otra cosa. Una mordaza. Quiso echar a correr, pero unos poderosos brazos la sujetaron con firmeza y luego la llevaron a rastras a través de los arbustos. Oía a mamá gritando su nombre, pero no podía responder.

Había sido una estúpida, y ahora no podía hacer nada para salvarse.

CAPÍTULO 42

Julia bajó la cremallera de la mochila y sacó las tijeras de podar que había traído consigo. Sostuvo la punta contra la garganta de Heledd.

—¡Dime lo que le hiciste a Lily o te rajaré el cuello! —dijo.

Heledd la miró con labios temblorosos pero sin hablar. Puse una mano sobre el hombro de Julia y la otra sobre su brazo, bajándolo suavemente hasta que las tijeras apuntaron al suelo.

Intenté abordarla de una forma más suave. Todavía me costaba trabajo separar a aquella Heledd, temblorosa y hecha un mar de lágrimas, de la mujer serena e inteligente que conocía. De no haber sido por lo que había dicho antes sobre confesar sus pecados y los de sus padres, me resultaría difícil creer que fuera culpable de algo. Eso y el diario, que lo había llevado consigo en lugar de entregárselo a la policía.

—¿Nos has seguido? —le pregunté.

Me miró como una niña muda y asustada.

—Le dije a Olly que íbamos a venir aquí, así que supongo que él te lo dijo, ¿es así? ¿O tenías pensado venir aquí desde el principio? ¿Para destruirlo? —insistí.

Levanté el diario.

—¿Qué es eso? —preguntó Julia.

—El diario del padre de Olly. —Recorrí las páginas del diario, recordando cómo Heledd lo había hojeado antes—. ¿Viste algo aquí? ¿Algo incriminatorio?

Permaneció en silencio.

—¡Contesta! —exclamó Julia, apuntando las tijeras en su dirección.

Heledd se encogió. Finalmente, se decidió a hablar.

—Malcolm... —Tomó aliento—. Descubrió quién es mi padre... Los vio a él y a mamá juntos. Nos vio a todos...

—¿Y por qué es eso incriminatorio?

No respondió, así que insistí.

—Tu padre. ¿Quién es? ¿Glynn?

De nuevo se negó a responder. Y de nuevo seguí insistiendo.

—Heledd, ¿fuiste tú quien empujó a Julia por las escaleras?

Clavó los ojos en Julia y luego en mí. Luego hizo un pequeño asentimiento con la cabeza.

—Maldita zorra —dijo Julia.

Heledd se encogió y puse una mano en el hombro de Julia hasta asegurarme de que no iba a usar las tijeras.

—¿Estáis Ursula y tú compinchadas? —le pregunté.

Heledd frunció el ceño con gesto confuso.

—¿Ursula? —De veras parecía no saber quién era.

—¿Mataste a Zara?

Respiró hondo y cerró los ojos.

—Tuve que hacerlo... Iba a descubrirlo.

Lancé un gemido.

—¿Descubrir el qué?

Pero cerró el pico otra vez. Julia echó a andar arriba y abajo detrás de mí, como una bola humana de energía furiosa. Dos años de ira y frustración que antes había dirigido hacia sí misma, hacia su interior, ahora amenazaban con estallar.

Yo tenía una pregunta más para Heledd:

—¿A quién viste? ¿Quién te asustó?

Pero lo único que dijo fue:

—La Viuda.

—Déjame hablar con ella —exigió Julia, apartándome a un lado y colocándose delante de mí.

Heledd la miró y vi algo nuevo en sus ojos. Compasión, tal vez. Ni el miedo ni la culpa que esperaba ver allí.

Julia dio un paso hacia Heledd, agachándose y agarrándole la parte delantera de la camiseta con una mano, sosteniendo las tijeras en la otra.

—Dime una cosa —exigió—. ¿Lily está viva o muerta?

Heledd respondió con un susurro:

—No lo sé.

—¡Dímelo!

Había lágrimas en los ojos de Heledd.

—No lo sé. De verdad que no lo sé.

—¡Joder! —Julia se puso de pie y arrojó las tijeras a través de la capilla vacía.

Encontré la linterna apagada en la esquina y la encendí.

—Uno de nosotros debería ir a buscar a la policía, y el otro debería quedarse aquí para protegerla.

—Iré yo. Sería capaz de matarla si me quedo a solas con ella.

—¿Estás segura? ¿Cómo tienes la espalda?

Julia quitó importancia a mi preocupación.

—Estoy bien. La adrenalina es un analgésico muy potente. Creo que hay una granja no muy lejos de aquí. Iré allí y usaré su teléfono.

—Está bien.

Se detuvo un segundo y miró por última vez a Heledd, que parecía estar rezando en silencio.

—Realmente cree que vio a la Viuda, ¿verdad?

—Sí, eso parece, sí. No se da cuenta de que tú das mucho más miedo que cualquier bruja.

—Ya.

Julia se fue y me dejó a solas con Heledd.

Traté de hablar con ella de nuevo, pero se había recluido en sí misma por completo. Al final, me di por vencido. Me senté en uno de los bancos mientras ella permanecía en la esquina, temblando y abrazada a sí misma. Hojeé el diario de Malcolm. Heledd debía de haber visto algo en él mientras lo había mirado antes, algo que la llevó a decidir que tenía que destruirlo. Hacía frío en la capilla; la idea de que el cuerpo de Zara se estaba descomponiendo bajo mis pies hizo que sintiera más frío aún. Y entonces, al fin, oí cierta conmoción procedente de fuera, unas luces encendidas en el bosque, y la inspectora Hawkins entró por la puerta.

—Joder. Tiene usted el don de atraer sucesos dramáticos a su alrededor, ¿no es así? —me dijo.

Me encogí de hombros.

—Tengo un talento especial.

Un agente uniformado me acompañó hasta la carretera más cercana, donde había aparcados varios vehículos de la policía. Al subir al automóvil, recuperé la cobertura del teléfono y este me vibró en el bolsillo. Era un mensaje de voz, recibido a las diez y media de la noche, de Olly Jones:

—Estoy preocupado por Heledd. Salió hace horas y no ha vuelto a casa.

Me reí con una risa macabra. Se iba a llevar una buena sorpresa.

Eran las dos de la madrugada para cuando volví al retiro. Julia ya estaba allí, la policía la había enviado a casa. Estaba sentada en la cocina con una botella de vino tinto abierta delante de ella.

—Voy a dejar de ser abstemia —dijo, y me sirvió una copa—. ¿Ha dicho Heledd algo más?

—No. ¿Qué hay de Ursula? ¿Has hablado con ella?

Julia puso cara de disgusto.

—Lo he intentado. Se puso a divagar sobre su guía espiritual, pero jura que no conoce de nada a Heledd, que no la ha visto nunca.

Negó con la cabeza y luego levantó su teléfono.

—¿A quién llamas? —pregunté.

—A la policía.

Consiguió hablar con la inspectora Hawkins, quien le dijo que la llamaría cuando hubiera acabado de interrogar a Heledd.

—Tengo que saber lo que sabe sobre Lily —dijo Julia, con la voz quebrada.

El estrés de las últimas horas la había afectado profundamente, y en cuanto terminó la llamada, corrí a abrazarla. Se puso rígida al principio, antes de relajarse al fin y desfallecer en mis brazos.

Nos bebimos juntos el vino en un silencio exhausto. Julia siguió comprobando su teléfono hasta que se le acabó la batería. Lo llevó a la encimera y lo conectó a la corriente.

—No puedes quedarte aquí toda la noche —le dije.

—No puedo irme a la cama. ¿Y si llama la policía?

Se sentó a la mesa y apoyó la cabeza en la superficie lisa. Me senté a su lado y me di cuenta, unos minutos más tarde, de que se había quedado dormida. Vi un cojín y se lo coloqué con suavidad debajo de la cabeza, luego me arrastré a la cama.

* * *

Me despertaron unas voces en la planta baja. Al principio no estaba seguro de dónde estaba. Tenía el cuerpo pesado como el plomo, el cerebro envuelto en algodón. Estaba desnudo y el olor de las sábanas me hizo recordarlo todo: carne, ojos, manos y lenguas. Sexo apasionado, hambriento y catártico. Así estuve un momento, deseando poder quedarme para siempre en aquella cama, aislar el pasado y el futuro fuera de allí, existir solo en el presente con Julia a mi lado.

Excepto que yo estaba ahí y ella estaba en otro sitio. Distinguí tres voces, una grave, otra más aguda. Me vestí apresuradamente y bajé las escaleras, entrecerrando los ojos para protegerlos de la luz.

Julia estaba en la cocina con la inspectora Hawkins y el inspector Snaith, todos con tazas humeantes de té en las manos. Los policías parecían cansados. Supuse que habían estado despiertos toda la noche. Imaginé que la llamada que los condujo a mí y a Heledd en el bosque los había sacado a rastras de la cama. Cualquier resquicio de hostilidad que pudiese haber albergado contra ellos después de que me consideraran sospechoso se desvaneció por completo.

—Señor Radcliffe —dijo el inspector Snaith. A su lado, la inspectora Hawkins arrugó la nariz. Era evidente que necesitaba una ducha.

—¿Qué hora es? —pregunté.

Julia respondió:

—Justo pasado mediodía.

Me preguntaba si Julia habría dormido en la mesa toda la noche. Tenía unas profundas ojeras y se había recogido el pelo en una tirante cola de caballo. No llevaba maquillaje. Estaba muy guapa.

Me miró como diciendo «deja de mirarme».

—Los inspectores están a punto de decirme qué ha pasado con Heledd.

Me senté y el inspector Snaith hizo una seña a su colega, que se aclaró la garganta.

—Confesó haberlo agredido a usted, y también los asesinatos de Max Lake y Zara Sullivan.

—Dios santo... —Me eché las manos a la cabeza—. ¿Por qué mató a Max?

—Al parecer, solo tenía la intención de quitarle a usted de en medio, pero Max le vio la cara, así que también tuvo que deshacerse de él. Y con respecto a Zara Sullivan, bueno, a Heledd le aterrorizaba que fuera a descubrir...

—¿Que Heledd se llevó a Lily? —lo interrumpió Julia.

El inspector Snaith levantó una mano.

—Llegaré a eso enseguida.

—Pero...

—Por favor, señora Marsh, necesito que tenga paciencia, solo será un minuto.

Apreté la mano de Julia. Estaba muy fría. Me volví hacia el inspector Snaith y la inspectora Hawkins.

Mantuve un tono de voz sereno.

—¿Qué hay de Shirley y Malcolm?

—Malcolm Jones murió a causa de sus problemas cardíacos —dijo el inspector Snaith—. Pero Heledd admite haberse enfrentado a él, haberlo amenazado, diría yo, la mañana antes de que muriera, diciéndole que no hablase con la señorita Sullivan. Parece probable que el estrés de la situación fuese un factor determinante en su muerte.

—Pero no es algo que podamos llegar a demostrar en un tribunal —puntualizó la inspectora Hawkins.

—¿Cómo murió Zara? —pregunté.

—El informe del forense aún va a tardar un tiempo, pero Heledd dijo que llevó a Zara a la capilla, diciéndole que tenía algo importante que enseñarle, algo relacionado con su investigación. La empujó escaleras abajo hacia la cripta. Creemos que se rompió las piernas a consecuencia de la caída. Y Heledd cerró la puerta y la dejó allí.

Se me heló la sangre en las venas.

—La dejó morir. ¿De deshidratación?

El silencio de los detectives me dijo que tenía razón. Bajé la cabeza, imaginando a Zara tendida allí, sufriendo una agonía indecible, incapaz de subir las escaleras, pasando frío y sintiéndose cada vez más sedienta y hambrienta, su cuerpo apagándose poco a poco. Una muerte lenta y consciente. Era mi peor pesadilla.

Me obligué a ahuyentar la imagen, aunque sabía que volvería, en plena noche. Que me perseguiría el resto de mi vida.

—¿Y qué hay de Shirley? —pregunté—. ¿Heledd confesó haberla matado?

El inspector Snaith respondió:

—Dice que fue un accidente. Estaban discutiendo en lo alto de las escaleras, después del funeral. Heledd estaba furiosa porque Shirley había aceptado hablar con usted y estaba convencida de que su madre iba a contarle la verdad.

—¿Qué verdad? —preguntó Julia.

—Voy a llegar a eso de inmediato. Heledd dijo que su madre intentó pasar por su lado. Estaba borracha y quería acostarse un rato antes de que llegara el señor Radcliffe. Heledd le impidió el paso, forcejearon un segundo y la señora Roberts terminó al pie de las escaleras con el cuello roto. Heledd dice que comprobó el pulso de su madre, se dio cuenta de que estaba muerta y huyó de la casa.

—Eso es mentira —dije—. Ya había matado a Zara empujándola escaleras abajo. Es su modus operandi.

—Tal vez —dijo el inspector Snaith—. Aunque ha confesado los otros asesinatos.

—No deja de hablar de la necesidad de confesar sus pecados —agregó la inspectora Hawkins.

—¿Y «los pecados de la madre y el padre»? —pregunté—. Eso era lo que decía anoche.

Snaith asintió.

—Una vez más, enseguida llegaré a eso. Pero con respecto a la muerte de su madre, a pesar de que Heledd está claramente aterrorizada, no parece lamentarla. Cree que su madre era una ingrata por todo lo que hacía Heledd tratando de protegerla. Dice que la señora Roberts quería ser castigada. Deseaba expiar sus pecados antes de morir para, en palabras de Heledd, poder mirar a san Pedro en las puertas del Cielo con la conciencia tranquila.

Ahora creía estar seguro de saber qué habían hecho Shirley y el padre de Heledd, pero esperé a que los detectives continuaran.

La inspectora Hawkins continuó hablando:

—Parece que a Heledd le preocupaba mucho más proteger a su padre. Preocupación que mantuvo hasta que la Viuda Roja le dijo que confesara. —Puso cara de exasperación.

Sentí que se me erizaba todo el vello del cuerpo. Independientemente de lo que la inspectora Hawkins pensara sobre la salud mental de Heledd, estábamos muy cerca de la verdad.

—¿Su padre? —Me preparé. Tenía que ser Glynn, sin duda. Según el diario de Malcolm, Shirley había estado acostándose con él. Glynn tenía que ser culpable de todo, tal como yo sospechaba. Estaba ansioso por que los inspectores llegaran al final del relato—. ¿Glynn Collins?

—No. No es Glynn Collins.

Pensé que no había oído bien.

—Lo siento, ¿ha dicho que no es Glynn Collins?

—Eso es.

—Entonces... Entonces ¿quién?

El inspector Snaith y la inspectora Hawkins intercambiaron una mirada, como si no estuvieran seguros de si debían decírnoslo.

—Rhodri Wallace —dijo el inspector Snaith.

Julia dio un respingo.

—¡Dios!

—Creo que lo conoce, ¿verdad? —le preguntó la inspectora Hawkins a Julia.

—Siempre nos está echando una mano. Quiero decir, ha estado ayudándome mucho en la casa desde que nos mudamos aquí.

Mi cerebro trabajaba a toda velocidad, tratando de encajar todas las piezas. ¿Rhodri era el padre de Heledd? ¿Él, y no Glynn, había sido el amante de Shirley en la década de los setenta?

—Así que Heledd estaba protegiendo a Rhodri y a su madre... porque ellos fueron quienes secuestraron a Carys Driscoll. Dios mío, lo hicieron para proteger a Heledd, ¿verdad? Para salvar a su hija de la Viuda.

Julia me miró con gesto confundido, pero el inspector Snaith asintió.

—No estoy seguro de cómo lo sabe, pero esa es la historia de Heledd. Su madre se lo contó todo cuando se hizo mayor. Creo que quería que Heledd supiera lo afortunada que era. Que supiera la suerte que había tenido.

La inspectora Hawkins suspiró y el inspector Snaith pasó a relatar lo que Heledd le había contado:

—En 1980, la Viuda iría a la ciudad a reclamar a un niño, a menos que le dieran otro como ofrenda. Heledd dice que el amigo de sus padres, Glynn Collins, había advertido a su madre al respecto en una reunión de la Sociedad Histórica.

Asentí con impaciencia.

—Encontró un artículo en un viejo periódico.

—Exacto. Y Shirley estaba aterrorizada. Esa misma noche quedó con su amante secreto, Rhodri, y le contó lo que había dicho Glynn en la reunión. Por supuesto, ya estaban al corriente de la leyenda de la Viuda. Todos en esta ciudad están obsesionados con eso, especialmente las generaciones mayores. Bueno, los viejos y los niños.

Pensé en Rhodri y su convicción de que un pájaro carpintero atacaría a Julia si trasplantaba las peonías. La superstición corría por sus venas. Shirley también debía de creer en la Viuda. Supuse que debieron de crecer tratando la existencia de esa bruja como un hecho, transmitido por sus padres y abuelos.

—Y Heledd —dijo la inspectora Hawkins—. Ella también cree en su existencia. Ha pasado toda su vida oyendo que fue salvada de caer en las garras de la Viuda. Sin embargo, es una mujer inteligente. Estoy segura de que su fe en ella permaneció dormida durante mucho tiempo, hasta anoche. Ahora está absolutamente convencida de que la vio, de que la Viuda entró en la capilla y le dijo que confesara.

Ambos policías sacudieron la cabeza al unísono, como si les desesperara el lugar, cuyos habitantes se aferraban a las supersticiones y a las leyendas absurdas.

—Nos estaban hablando de Shirley y Rhodri —dijo Julia.

—Ah, sí. —El inspector Snaith continuó—. Según Heledd, les aterrorizaba que la Viuda se llevara a su preciosa hija. Creo que la leyenda decía que era más probable que la bruja se llevara a niños nacidos fuera del matrimonio o a uno cuyos padres no estuvieran juntos. Entonces lo decidieron. Le llevarían a una niña a la que, según ellos, nadie echaría de menos. Una huérfana del hospicio. La llevarían al bosque y la dejarían atada a un árbol, que es lo que hicieron.

—Pero ¿qué le pasó a esa niña? Seguro que peinaron los bosques en su búsqueda después de su desaparición —dijo Julia—. La Viuda no pudo habérsela llevado. ¡La Viuda no existe!

—Todavía no lo sabemos —dijo la inspectora Hawkins—. Pero hemos detenido a Rhodri Wallace. Ahora vamos a volver para interrogarlo. De momento, está guardando silencio. Ni siquiera ha admitido que Heledd es su hija ni que se acostaba con Shirley hace tantos años. Supongo que le preocupa lo que dirá su esposa. Acaban de celebrar sus bodas de oro.

Así que esa era la razón por la que él y Shirley no estaban juntos: él ya estaba casado cuando Heledd fue concebida.

—Según Heledd, vivía una doble vida. Iba a visitarla para darle las buenas noches y en el desayuno, y luego volvía con su mujer y sus otros hijos. Ha mantenido una relación con Heledd en secreto todos estos años. Tal vez su esposa está al corriente y ha estado haciendo la vista gorda. Supongo que lo sabremos cuando hablemos con ella. —El inspector Snaith se pasó una mano por el cuero cabelludo—. Hay gente con unas vidas muy jodidas y muy complicadas.

Por la manera en que Heledd habla de él, es como si fuera un gran héroe. El hombre que hizo grandes sacrificios para salvarla de la Viuda, que lo arriesgaba todo cada semana para visitarla. Dijo que haría cualquier cosa para protegerlo. Cualquier cosa.

—Y eso fue lo que hizo —dijo la inspectora Hawkins.

Me levanté y atravesé la cocina.

—No entiendo por qué Heledd decidió que necesitaba matar a Zara, ni por qué quería matarme a mí. Nosotros no sabíamos nada sobre lo que hicieron sus padres.

—Pero le aterrorizaba que lo averiguaran. ¿Y quién sabe? Tal vez Shirley le dijo algo a Zara, o Heledd creyó que lo había hecho. Parece que se le había metido en la cabeza que tenía que atar todos los cabos sueltos.

—¿Qué pasa con el diario? —pregunté—. Malcolm descubrió que Rhodri era el padre de Heledd. Pero él no sabía que se llevaron a Carys.

—Eso parece, pero a Heledd le habían inculcado que era absolutamente necesario que nadie descubriera quién era su padre, que le destrozaría la vida si la gente se enteraba de que había engañado a su mujer. Supongo que sus secretos estaban mezclados en su cabeza, por lo que sentía que debía protegerlos todos.

Durante la conversación, Julia se estaba impacientando cada vez más, moviéndose nerviosa y golpeando el pie contra el suelo. Al final, ya no pudo contenerse más.

—Pero ¿qué pasa con Lily? ¿Qué les contó Heledd sobre ella?

De nuevo, los dos policías se miraron antes de que el inspector Snaith hablara:

—Heledd dice no saber nada de lo que le sucedió a Lily.

Julia se puso de pie y dio un golpe en la encimera.

—¡Tiene que estar mintiendo!

—Ha confesado dos asesinatos y el homicidio involuntario de su propia madre. Nos habló del secuestro de otra niña, nombrando a sus propios padres como los responsables. Parece aterrorizada por la Viuda, como si la bruja fuese a ir por ella si no nos lo cuenta todo. Lo siento, Julia, pero no creo que esté mintiendo.

—Entonces tiene que ser Rhodri. Ese maldito hijo de puta. Siempre estaba aquí. Siempre diciéndome lo encantadora que era Lily. Pensaba que era un buen tipo, pero la estaba vigilando, ¿verdad? ¿Esperando? Para hacer con ella lo que había hecho hacía tres décadas. Apuesto a que hay más. Y ella lo conocía, confiaba en él, se habría ido con él si él se lo hubiera pedido.

Se paseaba arriba y abajo por la cocina, sin aliento. Me levanté, traté de abrazarla, pero me empujó. Señaló con un dedo a Snaith.

—Tiene que conseguir que le diga qué le hizo a Lily. Lo que ha hecho con ella. Déjenme ir a la comisaría, estar con él en una habitación durante cinco minutos. Haré que ese malnacido confiese.

Hawkins levantó las palmas de las manos.

—Señora Marsh... Puedo asegurarle que estamos haciendo todo lo posible.

La cara de Julia estaba roja como la grana.

—Entonces, ¿por qué diablos siguen aquí? ¿Por qué no están en la comisaría, haciendo que hable? Necesito saber dónde está mi Lily. He esperado tanto tiempo... ¡No puedo esperar más!

Salió furiosa de la habitación, dejándome solo con los policías. Tenía el cerebro a punto de estallar. Todavía había muchas preguntas en el aire, pero las respuestas estaban empezando a formarse, como siluetas en la niebla.

—Llegaremos a esclarecer la verdad —dijo la inspectora Hawkins, recogiendo su chaqueta.

Estaba absorto en mis pensamientos, y su voz me llegaba como si viniera de muy lejos. Cuando levanté la vista, se habían ido.

Capítulo 43

Llamé a la puerta del dormitorio de Julia.

—Soy yo —dije.

Después de una larga pausa, me dijo que entrara. Era la primera vez que estaba allí. La encontré sentada en la cama doble, con los ojos enrojecidos por las lágrimas, y también de puro agotamiento. Me senté a su lado y extendí los brazos. Ella me permitió estrecharla contra mi pecho y miré alrededor en la habitación. Estaba llena de fotos de Lily: en las paredes, en la cómoda... Había marcos con fotos en todas las superficies. También había fotos de Julia con Michael. El día de su boda. Con Lily cuando era pequeña. Una foto de Michael con la recién nacida Lily en brazos ocupaba un lugar de honor en el tocador.

Quería ayudarla a liberarse del pasado, a seguir adelante con su vida. Sabía que si Lily estaba muerta, Julia nunca lo superaría. ¿Cómo iba a hacerlo? Pero podía tener una vida por delante. Una buena vida. La noche anterior, en el bosque, había amenazado con suicidarse si descubría que Lily había muerto. Yo iba a hacer todo cuanto estuviera en mi mano para demostrarle que esa no era la decisión correcta.

Pero primero teníamos que averiguar la verdad.

—¿Estás bien para que hablemos? —pregunté.

Me soltó la mano, encontró un pañuelo y se sonó la nariz.

—Adelante.

—De acuerdo. A ver, hay dos cosas: anoche, en la capilla, oímos un grito, un forcejeo, como si Heledd estuviera peleándose con alguien. A menos que esté completamente loca y estuviera luchando consigo misma, lo cierto es que allí había alguien más.

—Dijo que era la Viuda.

—Sí, solo que no creemos en brujas centenarias, ¿verdad?

Creer. Tener fe. A eso era a lo que se reducía toda esta maldita situación. El poder de las historias, de la superstición y el miedo.

—Entonces, ¿quién era? —insistí.

Julia negó con la cabeza.

—Vayamos con la segunda cuestión —dije—. Ursula y su mapa. Tengo tanta fe en las guías espirituales como en las brujas. Sigo pensando que Ursula encontró a Gatito en esa cabaña y lo llevó a la capilla con la intención de conseguir, como última parte de su plan, que le pagaras para que hablase con Lily. Heledd parecía sincera cuando dijo que no conocía a Ursula, así que no creo que estuvieran compinchadas. Aquí está pasando algo más.

—¿Como qué?

Me levanté y fui hacia la ventana para mirar al bosque. El cielo era incoloro, el mundo sombrío y gris. Debajo, el gato Chesney se escabullía corriendo por el césped.

—Vamos a pensar. Heledd fue a la capilla para destruir el diario de Malcolm porque había algo en sus páginas que no quería que viera nadie. Probablemente también planeaba trasladar el cadáver de Zara a otro sitio. Supongo que se llevó una gran sorpresa cuando nos vio allí, así que te empujó por las escaleras y cerró la puerta. Le entró el pánico mientras trataba de decidir qué hacer. ¿Prender fuego a la capilla, tal vez? Pero entonces llegó alguien y se puso fuera de sí.

—¿Ursula?

Negué con la cabeza.

—No creo. Ursula es muy mayor. Heledd podría con ella muy fácilmente. ¿Y cómo iba a hacer Ursula para que Heledd pensara que era la Viuda?

Julia se levantó y se dirigió a la puerta.

—¿Qué estás haciendo?

—Ursula está en la cabaña. Voy a hablar con ella.

* * *

Entramos en la cabaña. Ursula estaba en el escritorio de la estancia Bertrand Russell, mirando al vacío, con el portátil abierto pero intacto. Parecía que hacía mucho tiempo desde la primera vez que vine aquí y encontré a Karen escribiendo. Antes de que empezara todo el caos.

Ursula se sobresaltó en cuanto entramos.

—¿Se ha ido ya la policía? ¿Qué ha pasado? ¿Qué encontrasteis en el bosque?

—Vamos, Ursula. Déjalo ya —dijo Julia—. Sabemos que fuiste tú quien puso el gato de peluche de Lily allí.

Nos miró con gesto perplejo, sin comprender. Era muy convincente, eso había que reconocérselo.

—No sé de qué me estás hablando. ¿Eso fue lo que encontrasteis? ¿El peluche de Lily? Oh, Julia, lo siento mucho... Esperaba que Phoebe estuviera equivocada...

Julia estalló, apartando violentamente el portátil de Ursula de la mesa. El ordenador se estrelló contra el suelo.

Ursula abrió la boca, con una expresión de absoluta consternación.

—Julia, ¿qué...?

—¡Deja de mentir! —gritó Julia—. Encontraste el gato y lo llevaste allí. Lucas te vio, en el bosque.

Ursula se volvió hacia mí.

—¿Qué? Está equivocado.

—Fue dos días después de que llegaras —le dije—. Sé que eras tú. Llevabas ese abrigo rojo.

Ursula me miró y luego miró a Julia.

—¿No te acuerdas, Julia? El día después de que llegara, te dije que había perdido mi abrigo. Me lo puse esa mañana, me lo quité cuando entré y luego ya no pude encontrarlo por ninguna parte. Registramos toda la casa buscándolo, y todavía no lo he encontrado.

—Oh, basta, ya —dije—. Solo estás...

—Dice la verdad.

Dejé de hablar.

Julia lo repitió:

—Dice la verdad. Ahora recuerdo. Estuvimos un buen rato buscándolo.

—¿Estás diciendo que alguien se lo robó? ¿Que se lo llevaron al bosque? ¿Quién? ¿Por qué?

Julia se había puesto muy pálida de nuevo.

—Tal vez era todo parte de un plan. —Se sentó frente a Ursula—. ¿Puedes describir la experiencia cuando oíste a Phoebe hablar contigo? ¿La voz estaba dentro de tu cabeza?

—No estoy loca. Estaba en la habitación.

—¿Era una voz incorpórea, dentro de la habitación? ¿Es así como suele pasar normalmente?

Un brillo de confusión parpadeó en los ojos de Ursula.

—A decir verdad... generalmente Phoebe me habla en sueños. —Captó mi reacción y dijo—: Todo está en mi libro. No me lo estoy inventando.

Julia siguió hablando, con voz suave:

—Pero ¿esta vez oíste la voz cuando estabas despierta?

—Sí. Bueno, fue durante la noche. Al principio no estaba segura de si estaba soñando, pero luego me di cuenta de que estaba consciente, y de que mi guía me estaba hablando, que estaba allí. Al principio me sentí un poco abrumada. Había pasado mucho tiempo desde la última vez que se dirigió a mí y temía que me hubiera abandonado, que mi libro la hubiese enojado. Pero allí estaba, una voz en la oscuridad, pero allí. Realmente estaba allí. Nunca antes la había oído hablar en voz alta. En el pasado, su voz siempre estaba dentro de mi cabeza, así que estaba tremendamente emocionada. Me dijo que tenía un mensaje importante que darme sobre Lily.

—¿Fue esa la primera vez que se dirigió a ti? —pregunté—. ¿Cuando te dijo que Lily estaba con Jesucristo?

—Eso es.

—Espera un momento —dije—. Me contaste que tu guía habló contigo sobre mi novia, Priya.

Ursula no me miraba a la cara.

—No estaba siendo completamente sincera contigo entonces... Le pregunté a mi agente sobre ti.

Justo lo que yo sospechaba.

—¿Y qué hay de la segunda vez que Phoebe habló contigo? —dijo Julia—. ¿Cuando dibujaste el mapa? No pudiste dibujarlo en la oscuridad, ¿no?

—No. Fue poco después del almuerzo y estaba en mi escritorio, escribiendo. Oí una voz detrás de mí. Me dijo que no me volviera y que escuchara con atención. Dijo que me iba a describir un mapa y que quería que lo dibujara. Lo describió muy claramente, con gran detalle. En cuanto terminé, me di la vuelta, esperando verla, pero no estaba allí.

—Gracias, Ursula.

Julia se levantó y, tomándome del brazo, me llevó al jardín y cerró la puerta de la cabaña a su espalda.

—¿Recuerdas cuando Karen dijo que había oído una voz diciéndole que se fuera? Y tanto tú como ella oísteis cantar a alguien. De hecho, ¿no dijiste que Max también oyó a alguien cantar?

—Así es.

—Y luego está el incidente con las velas de cumpleaños —dijo.

Se me aceleró el pulso cuando me di cuenta de lo que Julia estaba diciendo.

—¿Y la noche que pensaste que había alguien en tu habitación? —siguió diciendo Julia.

—Cuando mi teléfono y mi bolígrafo desaparecieron.

Nos miramos el uno al otro.

—Ha habido alguien en la casa, merodeando, hablando, cantando y llevándose cosas. No un fantasma. Una ser de carne y hueso. Oh, Dios mío...

Corrió por el césped hacia la casa y la seguí, arriba, hasta la habitación número dos: la habitación de Ursula, que era la misma habitación donde Karen había dormido.

Estaba en una esquina, por lo que había dos paredes exteriores, una de las cuales tenía una ventana que daba al jardín delantero. ¿Podía alguien haber estado al otro lado de esa ventana, hablando con Ursula, y con Karen antes que ella? Me asomé fuera. Era un muro vertical, sin balcón ni salientes en los que alguien pudiese apoyarse. El tejado estaba muy arriba. Nadie podría proyectar la voz desde allí para que llegara a la habitación.

—El desván —dije al recordar la noche en que Karen se había puesto histérica, cuando aseguró que había oído a alguien diciéndole que no era bienvenida. También oyó a alguien cantar.

Salí al pasillo, cerré la puerta de la habitación a mi espalda y desplegué la escalera que conducía al desván. Subí por ella, asomando la cabeza por el hueco con aire vacilante, no solo porque temiese que hubiera alguien escondido allí, sino por los murciélagos. Julia había recibido instrucciones de no molestarlos.

Sin embargo, no había señales de los murciélagos. Y, definitivamente, no había nadie escondido allí.

Metí todo el cuerpo en el espacio del desván, avancé a gatas hasta la zona de encima de la habitación de Ursula y me tumbé boca abajo. Hablé, recitando una canción infantil de Halloween sobre brujas, murciélagos y gatos negros gigantes. Fue lo primero que me vino a la cabeza. Luego canté varias estrofas de una canción. Por último, di unos golpecitos en el suelo, antes de volver a bajar por la escalera y entrar en la habitación número dos.

—¿Me has oído? —le pregunté a Julia—. ¿Me has oído hablar y luego cantar?

—No. Quizá débilmente. Te he oído dar golpes, pero eso es todo.

Dirigí mi atención a la otra pared exterior, que estaba dominada por el armario. Lo abrí. Estaba lleno de ropa y tenía varios estantes que dificultarían mucho que alguien se escondiera dentro. Recordé que habíamos encontrado a Karen con la cabeza metida en el armario, como buscando Narnia.

—Ursula dijo que cuando se volvió, allí no había nadie, a pesar de sentir que la voz venía directamente de detrás.

Miré el escritorio y luego de nuevo al armario.

—Ayúdame con esto, ¿quieres?

Empujamos hacia un lado el armario, que era más ligero de lo que parecía, y dejamos al descubierto una extensión de pared que necesitaba una capa de pintura. La toqué. Parecía hueca.

—Espera aquí —dijo Julia. Salió de la habitación y regresó al cabo de un minuto con un martillo.

—¿Qué vas a...?

No pude terminar la pregunta. Descargó el peso del martillo contra la pared y la herramienta la atravesó como si estuviera hecha de cartón. Unos delgados fragmentos de yeso aterrizaron a mis pies. Julia volvió a descargar el martillo de nuevo, maniobrando con la cabeza metálica para agrandar el agujero. Utilizamos las manos para ampliarlo aún más, arrojando trozos de pared detrás de nosotros. La nube de polvo se disipó.

—Dios mío... —exclamó Julia.

Había un espacio detrás de la pared, de poco más de sesenta centímetros de ancho. Un hueco lo bastante grande para que una persona de tamaño medio pudiera agacharse dentro. Y la capa de yeso era tan delgada que una voz se oiría perfectamente a través de la pared, ayudada también por un pequeño respiradero justo encima del zócalo.

—Han estado moviéndose por detrás de las paredes —dijo Julia, temblando.

—Pero ¿cómo han entrado allí?

Tiramos más trozo de pared hasta que hubo un agujero lo suficientemente grande para entrar. Me asomé a mirar. A la izquierda no había nada, pero el hueco se extendía hacia la derecha, más allá de los límites de aquella habitación. Julia sacó su teléfono, encendió la linterna y se metió dentro antes de que pudiera ofrecerme a ir primero.

—Ten cuidado —le dije.

Se alejó, avanzando a gatas, y volvió a hablar al cabo de un minuto:

—Sigue en paralelo a la habitación número uno.

—Esa era la habitación donde había dormido Suzi. La idea de que alguien se escondiera en las paredes, espiando a los huéspedes, me ponía los pelos de punta. Pero ¿cómo habían entrado?

Julia volvió hacia atrás y asomó la cabeza por el agujero. Llevaba restos de yeso en el pelo y una telaraña colgada del hombro.

—Hay huellas de pisadas que llevan a la primera planta —dijo.

—¿No tenías ni idea de la existencia de todo esto?

—No, claro que no. La policía tampoco lo encontró cuando registraron la casa después de que Lily desapareciera.

Estaba a punto de acusar a la policía de incompetencia, pero ¿por qué iban a encontrar aquel laberinto de huecos ocultos si no los estaban buscando?

—Me voy abajo. —Julia se dio media vuelta.

—Espera. Voy contigo.

—No. Es mi casa. Quiero hacerlo yo.

Volvió a meterse por el escondrijo secreto. Tan pronto como desapareció de mi vista, salí corriendo de la habitación y bajé las escaleras hasta la primera planta, donde estaban mi cuarto y el de Lily. Percibí movimiento dentro de las paredes mientras Julia descendía los escalones ocultos. Entré en el dormitorio de Lily y esperé.

Julia tocó la pared y apoyé la palma de mi mano contra la pintura, sabiendo que ella estaba al otro lado.

—¿Me oyes? —preguntó.

Su voz me llegaba un poco amortiguada, pero era fácil de entender. De allí debía de haber venido la canción que había escuchado.

—Se acaba aquí —dijo—. Oh, espera. Hay una trampilla.

—¿Una trampilla?

Oí un gruñido de esfuerzo y luego dijo:

—Voy a bajar.

Una vez más, corrí escaleras abajo hasta la planta inferior. Me quedé en el vestíbulo, junto a la puerta principal. La habitación de Lily estaba encima de mi cabeza, no tenía ninguna duda. Ya no oía a Julia. ¿Dónde demonios estaba? La llamé, pero no obtuve respuesta. Entonces oí que alguien daba unos golpecitos. Venían de la sala Thomas.

—¿Julia? —la llamé de nuevo.

Dos golpes en el techo. Julia estaba encima de mi cabeza. No tenía sentido. Pero entonces volví a la entrada y miré al vestíbulo, luego regresé a la sala Thomas. No me había dado cuenta hasta entonces, pero el techo de la sala Thomas era considerablemente más bajo.

—¿Me oyes? —grité.

Volví a oír su voz, pero era demasiado débil para entender lo que estaba diciendo. Entonces oí un golpe en el otro extremo de la habitación. Venía de detrás de las estanterías. Fui corriendo hacia allí.

—¿Hola?

No hubo respuesta.

Se me aceleró el corazón.

—¿Julia? ¿Hola? ¿Estás bien?

Estaba a punto de subir corriendo las escaleras para entrar en el hueco de la pared, seguro de que alguien la había atacado, cuando Julia habló y sentí una inmensa sensación de alivio.

—Hay una habitación —dijo—. Una habitación muy pequeña. ¿Dónde estoy exactamente?

—Detrás de las estanterías de la sala Thomas.

—Dios santo. Escucha, hay más huellas de pisadas. Voy a seguirlas.

—Julia, ¿estás segura? —Aquello se me hacía muy extraño, hablar con ella a través de una librería—. ¿Hay algo en la habitación?

—Hay un vaso. Un vaso.

Alguien había estado en esa pequeña habitación, apoyando un vaso contra la pared, escuchando.

—¡Ahora voy a bajar los escalones! —anunció—. ¡Baja al sótano!

—¡No, Julia, espera ahí! —grité—. Tiene que haber una salida desde el pasadizo hacia la casa. —Palpé la librería, buscando algún tablón suelto.

Entonces recordé algo. A Karen le había parecido ver a un huésped nuevo en el comedor. Pensábamos que había sido producto de su imaginación, pero ¿y si realmente había visto a alguien?

Le pedí a Julia que me diera un minuto y entonces fui al comedor. Había un armario apoyado en la pared donde la sala Roberts, que era el comedor, se comunicaba con la sala Thomas, aproximadamente a la altura de la cintura. Me agaché y abrí el armario. Aparte de unas guías telefónicas antiguas, estaba vacío. Me puse a cuatro patas y rebusqué en la parte posterior. Había un tirador. Lo accioné y la parte de atrás del armario se abrió.

—Lo sabía —dije en voz alta.

Me deslicé sobre el abdomen y me encontré con Julia mirándome de frente. Tenía la cara sucia y respiraba agitadamente. Entré en la pequeña habitación que había detrás de las estanterías, demasiado pequeña para que pudiera estirar los brazos, y me puse de pie. Estaba llena de polvo y era claustrofóbica, con las paredes cubiertas de telarañas.

—Déjame ir primero —dije empujándola y bajando los escalones antes de que ella pudiera protestar. También saqué mi teléfono, llenando el espacio con una tenue luz. Julia me siguió.

Me encontré en un pasadizo estrecho, lo bastante alto para enderezar el cuerpo, con paredes de ladrillo desnudas a ambos lados. Di unos golpecitos en la pared a mi derecha.

—Este debe de ser el sótano. La sala de juegos.

Me desplacé despacio por el pasadizo, que medía unos cinco metros y medio. Cuando me acercaba al final, caminé aún más despacio, casi sin poder creer lo que veían mis ojos.

Me volví para mirar a Julia, para asegurarme de que ella también lo estaba viendo, de que no eran alucinaciones. Ella también lo veía perfectamente.

Era una puerta. Una sólida puerta de acero.

Capítulo 44

Apoyé las manos sobre el metal frío y empujé. La puerta no se movió. La examiné con la linterna de mi teléfono. No había ningún picaporte, ni tampoco el ojo de ninguna cerradura. Tenía que estar cerrada del otro lado.

—Tal vez haya otra forma de entrar —dije, hablando en voz baja.

Julia estaba a punto de golpear la puerta, pero la agarré de la muñeca.

—No —dije—. La mujer que ha estado en tu casa podría estar ahí ahora. Si hay otra salida, no queremos alertarla. Se escapará.

—¿La mujer?

Me llevé el dedo a los labios y pasé junto a Julia, llevándola hacia los escalones que conducían a la pequeña habitación detrás de las estanterías. Nos turnamos para salir al comedor. Me sacudí el polvo de encima e hice lo que hago siempre cuando intento resolver un problema: empecé a pasearme arriba y abajo.

—Tiene que ser una mujer —dije—. La voz de la guía espiritual de Ursula era femenina. La voz que oí cantar era femenina.

Julia asintió.

—Y Heledd estaba convencida de que la mujer que la amenazó anoche fue la Viuda Roja.

—Vamos —le dije, saliendo apresuradamente de la habitación. Creía saber quién era la mujer que había estado merodeando por Nyth Bran, pero quería estar seguro antes de decírselo a Julia—.

La habitación secreta está al otro lado de esa puerta. Y creo que sé dónde está la otra entrada.

* * *

Al salir, me paré en la cocina para buscar una linterna. Estaba lloviendo débilmente, pero yo apenas me daba cuenta mientras corría por el camino hacia el bosque, seguido de Julia. Llamé a la comisaría de policía y me dijeron que el inspector Snaith y la inspectora Hawkins estaban ocupados, supuse que interrogando a Rhodri. Les dejé un mensaje, pidiéndoles que me llamaran urgentemente.

Julia y yo dejamos atrás el claro con la cabaña y nos adentramos en el segundo bosque. Era la cuarta vez que me internaba allí y ya me estaba familiarizando con el paisaje.

—¿Te acuerdas de que creí ver a Ursula aquí, con su abrigo rojo? Pues bien... sea quien sea quien haya estado en tu casa, debió de ser ella la mujer que vi —le dije—. Supongo que le gustó el abrigo. No podía saber que la había visto entrar en el bosque y la seguí.

Me detuve.

—Desapareció en algún lugar de por aquí. Justo antes de la bifurcación en el camino.

La última vez que había estado allí, las ramas estaban desnudas; todo estaba congelado, en suspensión, esperando la llegada de la primavera. Ahora las ramas habían empezado a retoñar, los narcisos silvestres asomaban por entre la hierba y la maleza era aún más espesa. Me detuve y escudriñé el suelo, girando muy despacio sobre mí mismo. Más allá de una tupida maraña de zarzas, a unos seis metros de donde me encontraba había un roble que parecía muy viejo. Eché a andar hacia delante, pisoteando las ortigas y sorteando troncos caídos hasta que llegué al árbol.

Julia me dio alcance. Miré a mi alrededor, buscando el lugar donde creía haber visto desaparecer a la mujer del abrigo rojo.

—La entrada... tiene que estar por aquí en alguna parte.

—¿La entrada de qué?

—Del... —empecé a decir, dando un paso hacia delante, y luego me hundí en el suelo, que cedió bajo mis pies.

Julia me sostuvo del brazo e hice un rápido movimiento para agarrarme al suelo. Además de la tierra húmeda, arranqué dos puñados de zarzas que me arañaron las palmas de las manos. Las piernas me colgaban en el aire, debajo, y me puse a patalear, convencido de que estaba a punto de caerme.

—¡Empuja! —gritó Julia, sujetándome con todas sus fuerzas.

Mi pie tropezó con algo, la raíz de un árbol que sobresalía del suelo. Empujándola para tomar impulso, conseguí arrastrarme de nuevo a tierra firme. Me tumbé en el suelo, esperando a que se calmaran los latidos acelerados de mi corazón.

—Parece que hemos encontrado la entrada que estabas buscando —señaló Julia.

Me incorporé.

—Sí. Eso de caerme lo he hecho aposta.

Julia se rio y por un delicioso momento la tensión se disipó.

Comprobé mi teléfono. Habíamos llegado al punto en que la cobertura empezaba a fallar, pero ni el inspector Snaith ni la inspectora Hawkins habían intentado llamarme.

—¿Quieres esperar a la policía? —pregunté.

Julia negó con la cabeza.

—No. Necesito ver qué hay ahí.

—Esperaba que dijeras eso. —Me recosté boca abajo y me asomé al agujero, usando la linterna para ver lo que había ahí—. Justo lo que pensaba: hay un túnel. Déjame ayudarte a bajar y luego te seguiré yo.

Me apoyé con fuerza sobre el pecho y Julia se hundió en el agujero, agarrándome de las muñecas.

—¿Estás lista? —pregunté.

Julia lanzó un gruñido y se soltó. Había apenas dos metros hasta el suelo, y aterrizó de pie, flexionando las piernas y rodando sobre el costado, como un paracaidista.

—Muy bien, ahora me toca a mí.

—Espera, hay una escalera —dijo.

La levantó en el aire hasta que vi aparecer el extremo superior a mi lado y bajé por ella; luego la dejé donde estaba.

Sin duda era así como la misteriosa intrusa entraba y salía del bosque, como el día que se había volatilizado delante de mis narices, cuando pensaba que era Ursula. El hecho de que la escalera hubiera estado tirada en el suelo seguramente significaba que ahora mismo estaba allí dentro. Me resultaba difícil no considerar aquel lugar como una guarida, y mientras lo pensaba, me asaltó una imagen de mi libro. La criatura, escondida bajo la tierra, gorda y satisfecha por la cantidad de almas que había ingerido. En las escenas finales de *Carne tierna*, mi héroe avanzaba con dificultad a través de un sucio túnel del sistema de alcantarillado para enfrentarse a la bestia. Me hizo sentir un escalofrío. La vida imitando al arte, otra vez.

Solo que en el túnel donde estábamos, aparte de un charco de agua de lluvia alrededor de nuestros pies, todo estaba seco.

—Debía de ser una de las galerías de la antigua mina —dijo Julia.

Las paredes estaban hechas de pizarra compactada y, hasta donde alcanzaba la vista, el túnel se extendía en ambas direcciones. Había rieles de metal oxidados en el suelo, por lo que deduje que el túnel se habría utilizado para transportar vagonetas cargadas de pizarra hacia la ciudad, o tal vez hacia la finca donde habíamos encontrado la capilla. Eso ahora mismo no importaba. Lo que importaba era que estaba seguro de que aquel túnel se extendía por debajo de la casa de Julia.

Las raíces del roble, que debía de haber sido una simple bellota cuando se construyó el túnel, colgaban por encima de nuestras cabezas. Aquellas raíces habían hecho presión a través del techo de la galería y creado el agujero por el que habíamos escalado. Supuse que, tarde o temprano, todo se derrumbaría.

Encendí la linterna.

—¿Sabes una cosa? —dijo Julia mientras avanzábamos por el túnel—. Cuando te vayas, siempre te relacionaré con espacios oscuros y claustrofóbicos.

Estaba intentando mantener un tono frívolo y sereno, pero se le qucbró la voz al final dc la frasc.

—¿Seguro que quieres hacer esto? —pregunté.

—Por favor, deja de preguntar.

—Está bien.

Mientras avanzábamos trabajosamente por la oscuridad, con el bosque encima de nuestras cabezas, pensé en lo que acababa de decir. «Cuando te vayas». A pesar de todo lo que había pasado allí, la perspectiva de marcharme y volver a casa me daba mucho miedo. Allí no me esperaba nada ni nadie, salvo un piso vacío. La soledad. Aquí, con Julia a mi lado, me sentía vivo, y tal vez fuera precisamente por todo lo que había sucedido desde que llegué al retiro. Sí, me sentía tremendamente culpable por lo que les había pasado a Zara, a Max y a los demás, y suponía que llegaría el día en que tendría que enfrentarme a ese sentimiento de culpa y al trauma de todo en general. Sin embargo, ahora, viendo a Julia caminar por el túnel a mi lado, recordé lo maravilloso que era sentir entusiasmo por la compañía de otra persona.

No quería irme a casa. Quería quedarme allí, con ella, pasara lo que pasase ese día.

Pero no era el momento adecuado para decirle eso.

A medida que avanzábamos a lo largo del túnel, fuimos encontrando viejas piezas de maquinaria abandonadas, pudriéndose allí. No sabía cómo se llamaba ninguna de ellas. Un artilugio del tamaño de un congelador industrial, con una rueda de metal que se había puesto marrón. Un banco de hierro que había sufrido un destino similar. Agazapados en las esquinas de aquel lugar olvidado, me parecían fantasmas oxidados, los espíritus atrapados de antiguos robots. La mujer que se convirtió en la Viuda de la leyenda: su marido había muerto allí, ¿verdad? Eso me hizo pensar en otros tipos de fantasmas y me recordé a mí mismo que no existía tal cosa. Me ceñí la chaqueta con más fuerza y apreté el paso.

—Seguro que ahora tenemos que estar acercándonos a la casa —dijo Julia cuando ya llevábamos caminando un buen rato.

El túnel se doblaba alrededor de una curva poco pronunciada. Pensé en el río Dee, en algún lugar por encima de nosotros, donde todo había comenzado, al menos para Julia. La miré a hurtadillas. Tenía la mandíbula firme, con determinación. Alguien había entrado en su casa, en su territorio. No lo había dicho así, pero yo sabía que se sentía ultrajada. Enfadada. Y había algo más: si la intrusa había estado viviendo allí, merodeando por el bosque, ¿había visto lo que le había pasado a Lily?

¿Y por qué atacó a Heledd y abrió la puerta para que Julia y yo pudiéramos escapar?

Doblamos la curva y nos detuvimos. Parecía que íbamos a encontrar las respuestas a nuestras preguntas muy pronto. Una escalera metálica unida a la pared conducía a una trampilla de madera.

Sin pararnos a discutir sobre quién iría primero, empecé a subir la escalera. Estaba muy resbaladiza, pero menos oxidada que los otros objetos de metal que habíamos visto allí abajo. Empujé la trampilla. Cedió un par de dedos, pero luego se quedó atascada. Conseguí empujar un centímetro más hacia arriba, lo que dejó pasar una rendija de luz.

—No está cerrada —dije—. Pero hay algo encima.

Agarrándome a la escalera con una mano, trepé lo más alto que pude y empujé la trampilla con los hombros, doblado en una posición incómoda y dolorosa. Seguí empujando. Algo chirrió en el suelo, encima de mí. Empujé de nuevo, hasta que logré levantar un lado de la trampilla, moviéndolo hasta que lo que la estaba bloqueando se apartó deslizándose. Un último empujón, y lo conseguí.

Subí a través del espacio cuadrado e hice una señal a Julia para que me siguiera.

Nos encontramos en una pequeña cámara con las paredes de piedra. El techo era bajo, ligeramente húmedo, y tuve que agacharme un poco para no golpearme la cabeza contra él. Allí no había nada salvo una cómoda que había estado tapando la trampilla. En un extremo de la cámara había una puerta de madera maciza. La empujé. Estaba abierta.

—¿Preparada? —le pregunté a Julia.

Asintió y cruzamos la puerta. Oí cómo contenía el aliento.

Era un apartamento subterráneo. Un dormitorio. Había un colchón en el suelo, en una esquina, cubierto con una colcha sucia que parecía que nadie hubiera lavado en años. Al lado del colchón había una cómoda desconchada, con la pintura rosa descolorida y con una lámpara encima que, supuse, funcionaba a pilas. También había una especie de cuenco de porcelana en la esquina. Tardé unos segundos en darme cuenta de lo que era: un orinal. Había otro cuenco más grande al lado y una bandeja de plata con una pastilla de jabón, un cepillo para el pelo, un cepillo de dientes y pasta dentífrica. Había un grifo en la pared. Lo hice girar rápidamente y salió un pequeño chorro de agua fría.

Julia estaba de pie en el centro de la habitación, boquiabierta, mirando los pósteres de las paredes. Eran páginas arrancadas de revistas: los Osos Amorosos, un par de teleseries australianas de finales de los ochenta, un grupo musical formado por chicos. También había un calendario, con fecha de 2013.

Julia se dirigió a la pequeña bandeja de artículos de tocador.

—Con razón decía yo que mis tampones habían desaparecido... —dijo en voz baja, tocando uno—. Esta es la marca que uso.

Descubrió algo más: una nevera portátil, de las que suelen llevarse de excursión. Levantó la tapa. Dentro había un paquete de jamón, mantequilla, unas rebanadas de pan y algunas manzanas.

—Toda la comida que faltaba en la cocina —dijo—. Aquí es donde acabó.

Se abrazó a sí misma, temblando por el shock de descubrir que alguien había estado viviendo debajo de su casa, que había estado entrando a su antojo y llevándose cosas. Acechando desde dentro de las paredes. Escuchándolo todo. Observando.

¿Había estado allí, escuchándonos, cuando Julia y yo estábamos juntos en la cama?

Estaba a punto de contarle mi teoría de quién creía que era cuando oímos un ruido. Venía de algún punto encima de nosotros.

—Deberíamos volver a la casa, llamar a la policía —susurré. Ya había comprobado mi teléfono y no fue ninguna sorpresa descubrir que no tenía cobertura allá abajo.

—No —dijo Julia—. Tengo que ver qué hay aquí. Lo necesito.

Atravesamos la puerta del extremo de la habitación y entramos en un estrecho pasaje. En el otro extremo estaba la puerta metálica que antes nos había impedido el acceso. Detrás de nosotros, un hueco. Pero hubo algo más que nos llamó la atención: había otra puerta en la pared de piedra.

Julia se acercó con paso vacilante e hizo girar el picaporte. Estaba cerrada con llave.

¿Para que no pudiéramos entrar o para no dejar salir a alguien?

Con el corazón latiendo a toda velocidad, me agaché y acerqué el ojo a la cerradura. Había una luz encendida dentro de la habitación. Descubrí otro colchón en el suelo. Había algo en la almohada. Pestañeé varias veces antes de darme cuenta de qué era lo que estaba viendo.

Me levanté tan rápido que toda la sangre se me subió a la cabeza y tuve que agarrarme del picaporte para no perder el equilibrio.

Julia me estaba mirando.

—¿Qué has visto?

Pero lo único que pude hacer fue mirarla fijamente, incapaz de decirle qué era.

Capítulo 45

Lily – 2015

Lily sintió cómo alguien la levantaba en volandas y se la cargaba al hombro; era la misma persona que la había agarrado por detrás y la había amordazado con una especie de tela, la persona a la que no podía verle la cara. Tenía los brazos inmovilizados a los lados e intentaba deshacerse de la mordaza a base de mordiscos, pero era inútil. Le entró el pánico, incapaz de respirar normalmente, antes de soltar el aire por la nariz. Avanzaban en paralelo a la carretera, lejos del río y hacia el bosque.

Megan iba corriendo tras ella. Megan, que había estado esperando en los arbustos.

Lily sabía que sus padres habrían llegado al lugar donde ella los había estado esperando, que les entraría el pánico y se pondrían a buscarla como locos. Verían a Gatote en el agua y pensarían que se había caído. Ay, ¿por qué había hecho eso? Era idiota.

Llegaron al bosque. Trató de golpear la espalda de la persona que la llevaba a cuestas, pero era demasiado débil y los golpes rebotaban sin más, como pulgas atacando a un elefante. Quería gritar, pero la mordaza le impedía hacer ningún tipo de ruido más allá de algún gemido ahogado. Siguieron andando hacia el bosque, a lo largo del camino, hasta que llegaron a un claro. Había una cabaña abandonada con un aspecto que daba mucho miedo. Lily forcejeó y notó que algo se le caía del bolsillo. Era Gatito. Hizo un ruido desesperado, esperando que Megan viera que se le había caído y lo recogiera, pero Megan pasó por encima del gato, sin apartar la mirada del camino que tenía enfrente, y continuaron cruzando el claro hasta la siguiente arboleda.

Siguieron enfilando el camino hacia el bosque. Lily luchaba por contener las lágrimas, pero no perdía la esperanza. Megan estaba allí. Tenía que ser algún tipo de juego. Una broma. Aunque no entendía por qué Megan no sonreía ni se reía. Lily nunca había visto a su amiga tan increíblemente seria.

Se detuvieron junto a un árbol grande con un tronco plateado, y la persona que la llevaba la dejó caer bruscamente en el suelo húmedo. Lily lo miró.

Era Jake.

El hermano mayor de Megan estaba jadeando por el esfuerzo de haberla llevado a cuestas todo el camino. Miró a Megan, como esperando instrucciones. Lily se recordó a sí misma que aunque Jake era mucho mayor y más grande que su hermana, por dentro era más pequeño. Megan siempre lo dominaba. Lily no tenía ninguna duda de que era Megan la que mandaba allí.

Al final, con los brazos libres, Lily agarró la mordaza y se la quitó de la boca.

—No grites —dijo Megan—, o te haremos daño.

«Esto debe de ser lo que se siente cuando se está en estado de shock», pensó Lily. Aquella era su mejor amiga, pero por la forma en que Megan la estaba mirando, era como si la odiara.

No, no era odio lo que había en sus ojos. Era miedo. Miedo y determinación.

—¿Qué estás haciendo? —preguntó Lily.

—Nos estamos salvando.

—De la Viuda —dijo Jake.

Lily lo miró boquiabierta y luego miró a Megan.

—Pero la Viuda no existe.

Megan se inclinó hacia delante, apoyando las manos en los muslos.

—Estamos en 2015. Es el año de la Viuda. Va a venir a la ciudad a llevarse a un niño a menos que otro niño sea sacrificado. Y el abuelo dijo que le gustan los niños cuyos padres no están juntos. Como los nuestros. Como nosotros.

Lily no daba crédito a lo que estaba oyendo.

—Megan, ¡no es verdad! ¡Es una historia inventada!

—No. La Viuda existe. La has visto, ¿recuerdas? Me dijiste que dijo mi nombre. Va a venir a por mí, a menos que haga algo al respecto.

Lily sintió como si se hubiera tragado un cubito de hielo gigante.

—Pero es que me lo inventé.

—¿Qué?

—¡Te dije una mentira! Solo quería asustarte.

Megan levantó las manos.

—No. No te creo. Eso lo dices ahora para salvar tu pellejo.

—Megan, por favor... —Lily intentó levantarse de la hierba húmeda, pero Jake le plantó una mano con fuerza en el hombro y se lo impidió.

—Ponle la mordaza —dijo Megan.

Jake la agarró bruscamente y volvió a colocarle la mordaza, ajustándola por la parte de atrás y tirando de ella hacia las comisuras de la boca. Le dolía. Trató de agarrarla, pero Jake la sujetó de los brazos y se los juntó por detrás. Lily creyó que iba a orinarse encima. Quería irse con su mamá y su papá. ¿Por qué había tenido que apartarse de la orilla del río? Debería haberse quedado con ellos. Aunque ellos ya no se quisiesen, a ella sí la querían. Ellos la protegerían. Trató de contener las lágrimas, pero era imposible. Le rodaron por la cara y la nariz se le llenó de mocos, lo que le hizo aún más difícil respirar. Trató de sorbérselos, mientras le temblaba todo el cuerpo, apenas sin poder ver a través de las lágrimas.

—Deja de lloriquear —dijo Megan.

Llevaba una mochila, que abrió en ese momento. Sacó un trozo de cuerda marrón que arrojó al suelo. Luego sacó un par de esposas.

—Las he encontrado en el dormitorio de mi madre —dijo, colocándoselas a Lily en las muñecas, con las manos a la espalda—. Jake, ponla contra el árbol.

Le enrollaron la cuerda varias veces alrededor del cuerpo y también alrededor del tronco del árbol. Jake la amarró con fuerza y Lily lo oyó gruñir por el esfuerzo.

—¿Has apretado bien los nudos? —preguntó Megan.

—Sí.

—¿Estás seguro? ¿No se escapará?

—Nos enseñaron en la escuela. El señor James dijo que se me da muy bien. Me dio una estrella y todo.

Las pequeñas esposas plateadas se le clavaron a Lily en el trasero. Esta vez sí que creía estar a punto de orinarse encima, pero luchó para aguantarse el pis y mantener la calma. La Viuda no existía. Alguien la encontraría y la salvaría, y entonces Megan y Jake estarían metidos en un buen lío. Seguramente hasta irían a la cárcel, y les estaría bien empleado.

—A lo mejor deberíamos esperar —dijo Jake—. ¿No vendrá la Viuda cuando se haga oscuro?

Megan lo fulminó con la mirada, como si fuera la persona más estúpida sobre la faz de la Tierra.

—¿Es que quieres estar aquí cuando venga la Viuda? Podría quedarse con uno de nosotros en vez de quedarse con ella. ¡O con todos! Creo que vendrá en cuanto huela a Lily. En el libro de *Cuentos populares y mitos urbanos* dice que puede oler la carne de niño desde un kilómetro de distancia.

Jake miró alrededor con nerviosismo, probablemente imaginando a la Viuda escondida en los árboles, olfateando el aire.

Lily intentó hablar, pero la mordaza se lo impedía.

Megan dio un paso hacia ella.

—No creo que te duela. No sentirás mucho...

—El abuelo dijo que duele un montón, cuando te chupa el alma...

—Cállate, Jake. —Megan tocó el brazo de Lily—. Nunca te olvidaré, Lily. Siento que tengas que ser tú, pero el abuelo dice que en los viejos tiempos, los lugareños siempre sacrificaban al recién llegado. Al extraño. Es la tradición.

En ese momento, Lily odió a Megan con todas sus fuerzas. Le hervía la sangre de odio. Pronunció, en su cabeza, una frase que había oído en una película: «Vas a pagar por esto». De no haber sido por la mordaza, le habría escupido esa frase a Megan a la cara, pero lo único que pudo hacer fue lanzarle una mirada asesina... y seguir mirándola así hasta que Megan se dio media vuelta.

Y entonces ella y Jake se fueron por el camino, andando a buen paso. Megan miró por encima del hombro una vez antes de desaparecer entre los árboles.

Lily ya no podía aguantarse más. Se hizo pis encima y le salieron más lágrimas. Tenía frío y le dolían las muñecas, y también la boca. Y tenía miedo, mucho miedo. No creía en la Viuda, para nada, de verdad que no, pero ¿y los animales? Ratas y zorros y murciélagos... Y serpientes... En Gales no había serpientes venenosas, pero de pronto vio una imagen de una deslizándosele hacia arriba por la pierna y...

Tuvo que ahuyentar esa imagen.

Esperó. No podía hacer otra cosa. Sus padres la estarían buscando. Suponía que primero buscarían en el río. Ay... Si pensaban que se había caído al agua, tal vez no buscarían en ningún otro lugar... Pero habría gente que habría salido a pasear con el perro, ¿no? Alguien pasaría por allí, estaba segura.

Rezó una oración en silencio e inclinó la cabeza, cerrando los ojos. Cuando volvió a abrirlos, el sol se estaba escondiendo detrás de los árboles. Debía de haber perdido el conocimiento un momento. Estaba anocheciendo.

Se quedaría allí atrapada, en el bosque, toda la noche. En la oscuridad. Y todos los animales saldrían.

Mordió la mordaza, tratando de moverla o romperla, pero estaba demasiado apretada. Se restregó la parte posterior de la cabeza contra el árbol, con la esperanza de poder desgastar el nudo o deshacerlo. Era inútil.

Entonces oyó un ruido. Levantó la cabeza. De repente, se le olvidó que ya no había osos ni lobos viviendo en su país. Los imaginó rodeándola, olisqueándola, reuniendo el coraje para acercarse.

Los árboles del camino crujieron.

Una cara asomó entre las ramas.

Lily gritó bajo la mordaza cuando la figura surgió de los árboles. Tenía el pelo largo y negro y la cara blanca, y llevaba un vestido largo, como los que llevaban las mujeres en las épocas antiguas. Miró a derecha e izquierda y luego cruzó el camino.

La Viuda Roja. En carne y hueso. Existía de verdad.

Lily se desmayó.

* * *

Cuando volvió en sí, Lily estaba tumbada sobre un colchón en el suelo.

La Viuda estaba sentada a sus pies.

Lily gritó y a la Viuda no pareció importarle.

—Estas paredes están insonorizadas —dijo—. Mi padre las construyó para que nadie pudiese oírme aquí abajo.

Lily se llevó la mano a la boca. Ya no estaba esposada —la Viuda debía de haberle quitado las esposas, tal vez usando brujería— y la mordaza había desaparecido. Con aire vacilante, se incorporó y se sentó. La Viuda tenía la cara arrugada —arrugas de «expresión», las llamaba su madre—, pero no era tan vieja como Lily siempre había imaginado que sería. No tenía los labios manchados con la sangre de los niños. Tenía los dientes amarillos y parecían como mohosos, pero no eran puntiagudos.

—¿Vas a comerme? —susurró Lily.

Eso hizo reír a la Viuda. No parecía una risa malvada, no era el cacareo de una bruja. Tampoco era como la risa de su madre. Era una risa más aguda. La risa de una loca.

—Yo también pensé que la Viuda iba a comerme —susurró la mujer—. Hace mucho, mucho tiempo, cuando era aún más joven que tú.

Lily la miró boquiabierta.

—¿Tú no eres la Viuda?

Esa risa otra vez.

—No.

Se levantó y se dio la vuelta, mirando a Lily.

—Me llamo Carys. Carys Driscoll.

Capítulo 46

«Carys Driscoll». Lily estaba segura de haber oído ese nombre antes. Tardó un segundo, y entonces se acordó: Carys era la niña que había desaparecido hacía treinta y cinco años. Aquel taxista les había hablado de ella.

—No estás muerta —exclamó Lily, sin aliento. Por primera vez, miró a su alrededor con atención—. ¿Dónde estamos?

—Esta es mi casa —dijo Carys, extendiendo los brazos—. He vivido aquí desde que me rescataron. Como yo te he rescatado hoy a ti. Si te hubiera dejado allí hasta que se hiciera de noche, la Viuda habría ido a buscarte.

Eso dejó descolocada a Lily. ¿Esa mujer también creía en la bruja?

—Mi padre me rescató y me mantuvo a salvo aquí. A salvo de la Viuda. Igual que voy a hacer yo contigo. ¿Sabes, Lily, que una vez que la Viuda sabe tu nombre, ya nunca podrás estar a salvo de ella? No hasta que seas mayor, como yo. Cuando sangres cada mes, estarás a salvo. A salvo de la Viuda, al menos.

Descubrió sus dientes podridos e hizo un sonido sibilante.

La mujer se levantó y atravesó la habitación para ir a buscar una botella de zumo. Era el mismo tipo de zumo que tenían en casa.

—Toma —dijo—. Bébetelo todo.

—Quiero a mi mamá y a mi papá.

Carys sonrió con tristeza.

—Ay, Lily... —Extendió una mano para acariciar el pelo de Lily y esta se encogió.

—Estarán muy preocupados. Tengo que decirles que estoy bien.

—Siento mucho tener que decirte esto, pero están muertos.

De repente, Lily ya no podía respirar.

—Los dos se tiraron al río, tratando de salvarte. Yo misma lo vi.

Lily se echó a llorar inconsolablemente. No podía contenerse. Carys la miró, sonriendo con compasión. Cuando Lily dejó de llorar al fin, dijo:

—Pero mamá no sabe nadar. ¿Por qué iba a hacer eso?

Aquello pareció sorprender a la mujer, pero se encogió de hombros.

—Estaba desesperada por salvarte —contestó—. Pero no pasa nada, pequeña. Aquí estarás a salvo conmigo. Nunca dejaré que la Viuda te atrape. Puedes tener tu propia habitación, tus propias cosas. Hay un vertedero de basura por aquí cerca donde podré conseguirte un colchón como este.

Dio unas palmaditas en el colchón donde Lily estaba tumbada y Lily se dio cuenta de que era la cama de Carys.

—Te gustará vivir aquí abajo conmigo —dijo Carys. Extendió un dedo largo y acarició la cara de Lily. Tenía los dedos ásperos, las uñas largas y afiladas. Rascó la mejilla de Lily—. Y ¿sabes una cosa? He estado tan sola desde que mi papá y mi mamá murieron... Ahora aquí estamos las dos juntas, dos huérfanas. —Sonrió—. ¿Sabes? Llevo un tiempo observándote, deseando poder hablar contigo.

Lily se acordó de la vez que estaba buscando a Chesney, cuando vio a alguien en la linde del bosque. Carys. Tenía que ser ella.

—Creo que vamos a ser muy buenas amigas, las mejores —dijo Carys.

Entonces salió de la habitación y Lily se tumbó en la cama y lloró. Todo era por su culpa. Si no hubiera arrojado a Gatote al río...

371

Luego recordó lo que habían hecho Megan y Jake, y el odio, la ira y el miedo se mezclaron, todos a la vez, hasta que sus sollozos se desvanecieron al fin.

***

Ahora, mucho tiempo después, esos primeros días con Carys le resultaban tan borrosos como un sueño. Lily sabía que había llorado mucho. Le había suplicado a Carys que la dejara marcharse. Si su madre y su padre estaban muertos, tenía que ir al entierro. Pero Carys le dijo que no era seguro, que no podía dejar que la Viuda la viera. Lily continuó suplicando. Arañó la puerta de su nueva habitación —tan minúscula en comparación con su enorme dormitorio en la casa, y el colchón que Carys le había traído apestaba como un váter atascado—, y gritó y gritó, rezando para que alguien la oyera. Pero nunca la oyó nadie.

Un día, cuando Lily todavía no llevaba viviendo allí mucho tiempo, Carys entró corriendo, dando un portazo detrás de ella.

—¡La Viuda! Te ha oído. Te está buscando en el bosque. Tienes que quedarte muy calladita o vendrá y luego te matará ¡y te comerá! —dijo las últimas palabras gritando, con la cara a apenas un par de centímetros de la de Lily.

Aterrada, Lily se calló.

—Ella es la única que puede oírnos —dijo Carys—. Tiene el oído tan fino como el de un murciélago.

Lily ya no gritó nunca más.

Carys le traía comida. Curiosamente, siempre sabía qué clase de cosas le gustaban a Lily. Le traía todas sus chocolatinas favoritas, bolsas de patatas fritas y sándwiches. A veces le traía carne guisada. Cuando le dijo a Lily que era conejo, al principio se negó a comérselo. ¡No podía comerse a un conejito! Pero al final, el hambre pudo más que todos sus escrúpulos. Ahora era su comida favorita.

Cuando le llegaba el olor a través de la puerta, empezaba a babear como un perro.

Lo peor era tener que hacer sus necesidades en una vasija. Era asqueroso, pero Carys se la llevaba todos los días y volvía con la vasija limpia, junto con un recipiente con agua para que Lily se aseara. También tenía jabón y champú, aunque el agua siempre estaba fría. En su nuevo hogar siempre hacía frío, y solo traspasaba un poco de calor a veces desde el techo, lo cual era raro, pero Carys le daba mantas bajo las que acurrucarse. También le llevaba libros, a menudo estaban húmedos y amarillentos, y Lily sospechaba que venían del vertedero.

También le traía peluches. Un tigre y un camello blanditos, a los que Lily abrazaba por las noches, hasta que su mal olor desapareció definitivamente. Y un día, como un milagro, Carys le trajo una sorpresa.

A Gatito.

—Lo encontré el mismo día que te encontré a ti —dijo Carys—. Lo he estado guardando aquí, a salvo. Y como has sido una niña buena, voy a dejar que te quedes con él.

Lily agarró el peluche. Olía a húmedo y tenía el pelo sucio. Sus lágrimas ayudaron a limpiarlo.

Carys acercó su cara a la de Lily, poniendo una mano sobre el gato.

—Pero si te portas mal, me lo llevaré y no lo verás nunca más, ¿entendido?

—Entendido.

Todos los días, Carys dejaba que Lily saliera de su pequeña habitación hasta la parte principal de la cámara subterránea, para hacer una hora de ejercicio. Juntas, corrían en el sitio, hacían saltos de tijera y a veces se lanzaban una pelota la una a la otra. Carys siempre parecía muy feliz durante esta hora, sonriéndole a Lily y chillando de emoción. Lily se preguntaba si Carys sería como Jake, una niña pequeña por dentro. Se comportaba como una niña en el cuerpo de una adulta, una niña que no crecía jamás.

Lily no odiaba a Jake; solo odiaba a Megan. Jake solo había hecho lo que su hermana le había ordenado que hiciera. Cuando Lily conoció a Megan y a Jake, le sorprendió ver lo obediente que era, su naturaleza mansa lo hacía hacer siempre lo que le decía su hermana, quien se aprovechaba al máximo de él. Megan había necesitado la fuerza física de Jake para llevar a cabo su plan. Ay, cómo le habría gustado ahora a Lily haber salido en defensa del chico cada vez que había visto a Megan dar órdenes a su hermano... Debería haberle dicho que lo dejara en paz. Ahora era demasiado tarde. Demasiado tarde para detener a Megan.

Megan, que había traicionado a su mejor amiga para salvarse ella.

Lily pensó en su amistad. Cuando se fue a vivir allí desde Mánchester, Megan fue la primera niña que habló con ella. Lily estaba tan contenta de tener una nueva amiga que pasó por alto su forma de ser, tan mandona, su obsesión con los videojuegos de terror y con la Viuda. Incluso tuvo que ponerle buena cara al horrible abuelo de Megan. Casi le dieron ganas de reír al pensar en eso: no era del señor Collins de quien debería haber tenido miedo, sino de su nieta.

Cuando Lily cerraba los ojos y pensaba en Megan, era como si unas mariposas nocturnas le revolotearan en la cabeza, unas polillas negras que, al batir las alas, le golpeaban el cráneo, cosa que la hacía retorcerse de dolor.

Decidió que, si alguna vez salía de allí, no le diría a nadie que Jake había estado involucrado. No era culpa suya, después de todo. Simplemente había estado siguiendo las órdenes de su hermana; culparlo a él no ayudaría a liberar a las polillas.

Ya encontraría otra forma de asegurarse de que se hiciera justicia.

Seis meses después de que Carys le llevase a Gatito, estaban haciendo ejercicio cuando, de repente, Carys cayó al suelo, agarrándose la rodilla. Se quedó allí tirada, gimiendo de dolor.

—¿Qué te pasa?

Carys arrugó la cara.

—Es un tirón muscular. Vamos, ayúdame.

Pero Lily vaciló, mirando por encima del hombro hacia la puerta por la que tenía prohibido pasar.

—Vamos —insistió Carys, hablando entre dientes, tratando inútilmente de levantarse.

Lily no se detuvo a pensar. Abrió la puerta y echó a correr. Llegó a una pequeña habitación con una cómoda de madera en el centro. Tenía que haber una salida, seguro, pero...

Carys irrumpió con paso tambaleante en la habitación, con una tubería de metal en la mano.

—¡Maldita hija de puta! —gritó, y golpeó a Lily en la cabeza.

Cuando volvió en sí, de nuevo en su habitación, Lily tenía un dolor punzante en la cabeza, y lo que era aún peor, Gatito ya no estaba.

—Te lo advertí —le dijo Carys más tarde—; te dije que si te portabas mal, te quitaría a ese gato. Ahora está en un lugar donde nunca lo encontrarás. Y si intentas escapar de nuevo, pasarás el resto de tu vida en esta habitación.

Cerró de un portazo.

Lily perdió toda esperanza de volver a ver a Gatito, pero luego, hacía apenas unos días, Carys apareció con el peluche en la mano. Lily se levantó de un salto, entusiasmada, hasta que Carys sacó un cuchillo. Se lo clavó a Lily en la palma de la mano, haciéndola aullar de dolor, y luego le agarró la muñeca y apretó a Gatito contra el corte. Lo dejó ahí un momento antes de apartarlo y llevárselo, estudiándolo con una sonrisa enigmática antes de salir de la habitación.

* * *

Esa noche, acariciándose la mano herida, Lily pensó en la conversación más larga que había tenido con Carys. Había sido unos meses atrás. Carys había entrado en la pequeña habitación apestando a algo que le resultó familiar, un olor que a Lily le recordó a su padre. Alcohol. Carys se sentó en el colchón de Lily. Parecía cansada y triste. No dejaba de rascarse los brazos con sus uñas afiladas.

—¿Echas de menos a tu madre y a tu padre? —le preguntó.

Lily no sabía qué responder. Pensaba que se echaría a llorar otra vez, pero entonces Carys dijo:

—Yo echo mucho de menos a mi papá. Se llamaba Albert. Albert Patterson. Él es quien me salvó de la Viuda.

Lily esperó, segura de que Carys estaba a punto de contarle una historia. La mujer se quedó con la mirada fija en una esquina y empezó a hablar en un tono de voz tan bajo que Lily tuvo que hacer un gran esfuerzo por oírla.

—Mi padre me contó que las personas que intentaron sacrificarme eran amigos suyos. Un señor y una señora. Recuerdo a la señora: habló conmigo en el hospicio, me dijo que tenía unos gatitos y que si quería ir a verlos.

»Albert los vio llevarme al bosque y los siguió, igual que hice yo contigo. —Sonrió, mostrándole sus dientes amarillos—. Un día, la señora que intentó dejarme con la bruja vino a Nyth Bran. La reconocí enseguida. ¡Era la mujer de los gatitos! Llevaba a su hija con ella. La hija tenía una preciosa melena pelirroja. A mí me habría encantado tener el pelo de ese color, tan bonito y brillante... Me escondí en las paredes y los espié.

Lily tragó saliva. Esa «señora» era el equivalente de Megan para Carys, la persona que intentó ofrecerla a la Viuda.

—¿La odiabas? —susurró Lily—. ¿Por lo que te hizo?

—No, porque si ella no lo hubiera hecho, mi padre no me habría encontrado.

Lily se quedó estupefacta.

—Pero ¡ella intentó matarte! Carys, si no fuera por su culpa, no te habrías pasado la vida viviendo aquí abajo, en un agujero, como un... como un hobbit.

Carys entornó los ojos.

—¿Qué es un hobbit?

—¿Lo ves? —exclamó Lily—. No sabes nada. ¿Has visto una película o un programa de televisión alguna vez? Te robaron toda tu vida.

Carys negó con la cabeza.

—¡No! Papá me escondió de la Viuda y cuidó de mí. Dijo que yo era su recompensa y la de mamá, una recompensa por su paciencia. No podían tener hijos, y entonces llegué yo, como un regalo caído del cielo. Por eso insonorizó estas paredes, para que cuando tuviesen visitas en casa, nadie me oyese.

Lily la miró atónita.

—No lo entiendo.

Carys se rascó los brazos con más fuerza y fulminó a Lily con la mirada, como si fuera estúpida.

—Porque nadie podía saber que yo estaba aquí, por supuesto. Papá decía que si me encontraban, se me llevarían. Que me mandarían de vuelta al hospicio. —Unas lágrimas le humedecieron los ojos—. No podría volver a ese lugar. Era horrible. Los otros niños eran muy malos conmigo, y los adultos también. La comida era repugnante. Allí mi vida era muy triste.

Movió los ojos de un lado a otro y se inclinó hacia delante, como si estuviera a punto de compartir un gran secreto.

—Papá dijo que nunca me dejaría volver a ese lugar, que nunca dejaría que nadie me encontrara. Construyó unos huecos en las paredes de Nyth Bran para que yo pudiera entrar en la casa sin que nadie me viera. Dijo que si alguien venía a buscarme algún día, tendría muchos sitios donde esconderme. Sacó la idea de un libro, dijo, que trataba de una niña que se escondió de los nadies durante la guerra.

—¿De los nazis, quieres decir? ¿Ana Frank?

Carys frunció el ceño.

—Estoy segura de que dijo «nadies».

Entonces a Lily se le ocurrió algo.

—Espera. Nyth Bran. ¡Esa es mi casa!

—Eso es. —Carys señaló el techo—. Está ahí arriba.

Lily se levantó de un salto. Se mareó y tuvo que apoyar una mano en la pared para no perder el equilibrio.

—¿Quién vive ahí ahora?

—Nadie, Lily. Solo nosotras.

—Entonces, ¿por qué no podemos subir allí, a la casa? ¡Quiero verla! Mis cosas aún podrían estar allí. Mis juguetes y mis libros. ¡Mi iPad! Puedo enseñarte cosas. ¡Vídeos! ¡Juegos! Puedo enseñarte todas las cosas que te has perdido...

Volvió a mirarla con expresión de enfado, pero había algo más, había confusión, como si Lily le hubiera abierto los ojos a la verdad, haciéndole ver que, en realidad, no la habían salvado de nada, que su «papá» no era un buen hombre en el fondo.

—Déjame subir, encontrar el iPad, todas mis otras cosas...

—¡No! Ahí arriba no hay nada. Y no es un lugar seguro para ti. La Viuda te verá.

A Lily le dieron ganas de llorar de pura frustración. Tenía que hacer entender a Carys que aquello no estaba bien, que la habían tratado mal. Que no necesitaba vivir bajo tierra.

—¿Dónde está tu... papá ahora? —preguntó al cabo de un rato.

Carys apretó los puños.

—Papá se puso enfermo. Una «grave enfermedad», dijeron. Estuvo enfermo muchísimo tiempo y luego murió. —Tenía los ojos llorosos—. Y mamá también se puso enferma, poco después. Dijo que cuando él murió, el corazón de ella dejó de funcionar bien.

—¿Y luego qué pasó? —preguntó Lily.

Carys esbozó una sonrisa.

—Me dejó entrar en la casa para que cuidara de ella. Fue bonito poder hacer eso. Pero entonces... entonces ella cambió. Se volvió mala. Muy muy mala. —Arrugó la cara y le cambió la voz. Empezó a hablar como si fuera la bruja de una historia de miedo—: «Yo nunca te quise. Él te quería a ti más de lo que me quería a mí. Sé lo que pasaba cuando bajaba aquí a verte. Pequeña zorra. Putita de mierda».

Lily se escandalizó al oír todas esas palabrotas.

Carys volvió a hablar normalmente otra vez:

—Pero él nunca me tocó. No me ha tocado nunca ningún hombre.

Lily no sabía qué decir a eso.

—Mamá me dijo que cuando ella muriera tendría que irme de aquí. Dijo que iba a dejar la casa a una entidad benéfica, como una obra de caridad para expiar sus pecados y los de Albert. Lloraba mucho, no dejaba de repetir que iba a ir directa al Infierno, pero que al menos Albert también estaría allí. Y un día subí a verla, pero no estaba. Esperé y esperé, pero nunca regresó. Empecé a dormir arriba, con el sol entrando a raudales por las ventanas, en la cama grande de los dos. Fue entonces cuando me di cuenta: si mamá también estaba muerta, eso significaba que la casa era mía. Yo era su hija y, por derecho, me pertenecía a mí. —Casi dijo a gritos la última frase—. Pero entonces vino una gente. Un hombre y una mujer, vestidos con ropa elegante. Pusieron un cartel fuera: EN VENTA. Lo quité, pero pusieron otro. La gente seguía viniendo a mirar la casa.

Extraños. Entrometidos y curiosos. Yo me escondía en las paredes y hacía ruidos. Tendrías que haberles visto la cara. —Se rio, con una risa como de bruja otra vez—. Pero luego me puse enferma... Pensé que iba a morir. Soñé que una familia se había mudado arriba, una nueva familia con una niña pequeña. Y cuando desperté, el sueño se había hecho realidad.

Señaló con un dedo a Lily.

—Esta casa es mía. Y tus padres me la robaron.

Carys se levantó y se acercó a Lily, levantando una mano. Lily presionó la espalda contra la pared, cerrando los ojos. Pero no pasó nada, y cuando los abrió de nuevo, Carys estaba sonriendo.

—Me gustaba tu familia, Lily. Me gustaba escucharlos a través de las paredes. Sobre todo a ti. Me escondí en el hueco que hay en tu dormitorio, me aprendí de memoria la canción que tú y tu madre cantabais juntas.

Empezó a cantarla en ese momento, la canción que Lily había aprendido en la escuela, con una voz asombrosamente melodiosa y dulce que hacía que sonase como una niña pequeña.

Un, dau, tri.

Mam yn dal y pry...

—Entraba en la casa cuando estabais fuera. Me gustaba estar en la cocina, imaginando que tomaba una taza de té con tu madre. Me sentaba en la mesa del comedor, preguntándome cómo sería cenar con vosotros. Entraba en tu habitación y abrazaba tus juguetes, fingiendo que era tu mejor amiga. —Su sonrisa se ensanchó—. Esa parte de mi sueño se hizo realidad.

—No eres mi mejor amiga —se atrevió a susurrar Lily. Pensó en su mejor amiga, Megan, y sintió que le estallaba la cabeza.

Carys no parecía haberla oído.

—Me puse muy triste cuando tu padre no volvió a casa ese día, después de que yo te trajera aquí.

—¿Y no te pusiste triste por mi madre?

Inmediatamente, por la expresión dibujada en el rostro de la mujer, Lily supo que Carys había dicho algo que no había querido decir.

—¿Mi madre? ¿Todavía está viva?

Pero Carys no respondió.

—Es suficiente por ahora.

Se puso de pie y salió de la habitación, dando un portazo a su espalda. Lily golpeó la puerta con los puños.

—Por favor. ¿Mi madre está viva? ¿Dónde está?

Pero no obtuvo respuesta.

* * *

La noche anterior, unos días después de que Carys le hiciera a Lily un corte en la mano y se lo apretara contra Gatito, entró en la habitación con una extraña expresión en la cara.

—He visto a tu madre —dijo.

Lily se incorporó de golpe.

—¿Qué? ¿Cuándo?

—Una señora ha intentado hacerle daño... Ahora es mucho más vieja, pero yo la he reconocido. ¡Sé quién es! Nunca olvido una cara, Lily.

Soltó una risita tonta y Lily se preguntó si habría vuelto a beber. Le brillaban los ojos de la emoción.

—¿De qué estás hablando? —preguntó Lily.

—¡De ella! ¡La chica del pelo rojo! Se llama Heledd. Es la hija de la señora mala que intentó ofrecerme a la Viuda. Ha intentado hacerle daño a tu mamá, Lily.

Lily luchó por contener las lágrimas. Su madre estaba viva, y allí cerca. Pero antes de que pudiera formular una pregunta, Carys empezó a desvariar:

—Ha sido tan divertido... Ha creído que yo era la Viuda. ¿Te lo puedes creer? Porque llevaba mi abrigo rojo nuevo, el que le robé a esa mujer tan loca, la que cree en los espíritus.

Lily no tenía idea de qué estaba hablando Carys.

—¿Y sabes qué? Recordé lo que dijiste, lo de que los padres de Heledd habían intentado matarme, y de repente, de repente, me puse furiosa. Nunca había estado tan furiosa. —Se puso de pie y empezó a caminar alrededor de la habitación diminuta, con expresión enloquecida, agitando los brazos y apretando los puños—. Le he dicho que tenía que confesar sus pecados, que debía decirle al mundo lo que habían hecho su madre y su padre. ¡Que confesara todos sus pecados! Y que si no lo hacía, la mataría. —Se puso a reír, como María Sangrienta en el videojuego de Megan—. Me creyó. Le dije que lo confesara todo.

De repente, fue como si Carys se hubiera quedado sin fuerzas, como un globo desinflado, y se desplomó sobre el colchón.

—Quizá no debería haberlo hecho. Tal vez eso los llevará hasta aquí, hasta nosotras. Pero no he podido contenerme. He pensado en ella, viviendo su vida allá arriba, viendo películas y la televisión y jugando a juegos, y he pensado en mi vida aquí abajo, viviendo como un topo. Me han dado ganas de matarla, Lily. Debería haberla matado.

Siguió desvariando un rato más, y sus palabras cada vez tenían menos sentido.

—Pero ¿y mi mamá? —dijo Lily al fin—. ¿Está bien?

Carys asintió.

—Oh, sí. La he salvado.

Lily ya no pudo seguir conteniéndose. Se levantó de un salto y gritó:

—¡Mamá! ¡Mamá! ¡Estoy aquí!

Carys la miró.

—No te oye. Ya te lo dije. Este sitio está insonorizado.

—¡Mami!

Carys la agarró y levantó una mano otra vez.

—¡Cállate!

Lily no quería llorar, pero no podía evitarlo.

—Por favor. Por favor, déjame volver y estar con ella. Ya no quiero estar aquí.

Se desplomó sobre la cama, llorando desconsoladamente.

—¡Cállate! ¡Deja de llorar ahora mismo! —le gritó Carys, con la cara roja como la sangre—. Ya te lo dije, ahora eres mía. Y si alguien intenta hacer que te vayas de aquí, lo mataré. Te mataré a ti.

Carys estaba de pie junto a la puerta.

—No debería haber hablado con Heledd, no debería haberle dicho que confesara. Ahora empezarán a buscarme de nuevo. —Se rascó los brazos—. Necesito esconderte en un sitio mejor.

—¿Por qué no me dejas ir?

—¡No! ¡Cállate! Vamos a irnos de aquí, esta misma noche, cuando se haga oscuro. Iremos a otro lugar, a un sitio donde no puedan encontrarnos nunca. Para que podamos estar juntas, tú y yo, para siempre.

CAPÍTULO 47

—¿Qué has visto? —exigió saber Julia.

—Espera.

Me agaché de nuevo junto a la puerta y acerqué el ojo a la cerradura. Costaba mucho ver algo, pero entonces la persona que había en la cama se movió, se volvió y me dejó ver buena parte de su pelo castaño claro. También era muy pequeña.

Una niña.

—Julia —dije—. No estoy seguro al cien por cien, así que no te pongas nerviosa, pero creo que es una niña.

Julia dio un respingo y se tapó la boca.

—¿Lily? ¿Crees que es Lily? Oh, Dios mío...

Me apartó de un empujón y se arrodilló junto al ojo de la cerradura. Empezó a temblarle todo el cuerpo.

—Es ella, es ella... —Se le quebró la voz al pronunciar la última palabra, de modo que se transformó en un sollozo. Se puso de pie y aporreó la puerta con los puños mientras yo volvía a colocarme en cuclillas y miraba a través del ojo de la cerradura—. ¡Lily! Lily, soy yo, soy mamá; estoy aquí, cariño...

Dentro de la habitación, la niña se incorporó en la cama, parpadeando con gesto confuso, y luego se levantó de un salto para salir disparada hacia la puerta. Era ella. Definitivamente, era Lily.

—¡Mami! —gritó, y golpeó la puerta desde el otro lado. Julia tiraba del picaporte, haciendo traquetear la puerta, como si pudiera arrancarla de sus goznes.

La agarré del brazo.

—Julia, Lily está tratando de decirnos algo.

Julia se calló. A través de la puerta, Lily gritó con voz temblorosa:

—La llave. La guarda en la cómoda junto a su cama.

—¿Quién, cariño? —preguntó Julia, con la voz espesa, a duras penas logrando contener las lágrimas. Era un testimonio de su fortaleza. Las emociones que la embargaban habrían abrumado a cualquiera, pero ella se mantenía serena, al menos hasta que sacara de allí a Lily sana y salva.

—Se llama Carys —dijo Lily a través de la puerta.

Yo tenía razón. Por supuesto que era ella. La otra niña que había desaparecido hacía tantos años. Ya no era una niña pequeña. Y, como un crío que ha sido maltratado o, peor aún, que lo transmite a la siguiente generación, Carys estaba haciendo exactamente lo que le habían hecho a ella. La historia se repetía.

Tenía muchas preguntas para Lily, entre ellas, dónde estaba Carys en ese momento, pero primero teníamos que sacarla de su celda. Corrí de nuevo a la otra habitación y abrí el cajón superior de la cómoda. Estaba lleno de ropa interior. La mitad de aquellas prendas probablemente eran de Julia, pensé mientras apartaba bragas y sostenes a un lado, buscando la llave. No había ni rastro de ella.

Y entonces Julia gritó.

Corrí hacia la puerta.

Julia estaba tendida en el suelo y la puerta de la celda de Lily estaba abierta. A Julia le salía sangre de una herida en la sien. Antes de que pudiera reaccionar, vi salir algo de la celda a toda velocidad, algo que dejó escapar un aullido sobrenatural y violento. No, no era algo sino alguien: Carys. Debía de haber entrado por la casa, a través de la puerta de acero que no habíamos podido franquear.

Se abalanzó contra mí y me derribó. Me caí sobre el suelo duro y me golpeé la cabeza contra el cemento. El mundo se volvió todo blanco por unos segundos. Cuando me recobré, oí un zumbido insoportable en mi cabeza, como si alguien golpeara una campana con una barra de hierro, y Carys había desaparecido. Me puse de pie, sujetándome la cabeza, preguntándome por un instante si ese segundo golpe me causaría algún daño permanente.

La celda estaba vacía. Vi el colchón sucio, con la pila de libros para niños a su lado, el orinal, los muñecos de peluche... Me recordó a las fotos que había visto de los lugares donde tenían retenidos a los rehenes en Oriente Próximo, aunque en versión infantil.

—¿Dónde está?

Me volví. Julia se estaba poniendo de pie y miraba a su alrededor.

—¡¿Dónde está?! —gritó.

Oímos un ruido sordo. Venía de la habitación por donde habíamos accedido a aquel apartamento subterráneo. Corrí hacia allí, seguido de Julia. La cómoda estaba apartada hacia un lado, dejando al descubierto la trampilla. Haciendo caso omiso de una oleada de náuseas y dolor, me agaché para abrirla, me deslicé hacia abajo a través de ella y recogí la linterna que habíamos dejado allí antes. Julia me siguió.

—Deberías quedarte aquí —le dije—. Estás herida.

—¿Qué? Y una mierda.

—Pero Julia...

Desde algún lugar debajo de nosotros oímos un grito infantil.

—¡Date prisa o apártate de mi camino!

No tenía sentido discutir. Bajé deslizándome al túnel, con Julia justo detrás de mí, y corrí siguiendo el mismo camino por donde habíamos venido. El eco de nuestros pasos resonaba por todas partes, haciendo casi imposible oír a qué distancia de nosotros estaban Carys y Lily. ¿Qué pretendía hacer Carys con ella? No tenía tiempo para pensar en eso; extendí un brazo y detuve a Julia para que pudiéramos aguzar el oído.

—¡Mamá! —gritó Lily.

Estaban justo delante de nosotros. Corrimos, uno al lado del otro, y doblamos una pequeña esquina, dejando atrás toda la maquinaria oxidada abandonada allí años atrás. Enfoqué delante con la linterna, y el haz de luz retumbó frenéticamente alrededor del espacio cerrado. Avancé más despacio, concentrándome en iluminar el túnel. Y allí estaban.

Carys debió de oír cómo nuestros pasos les daban alcance, se detuvo y se dio media vuelta, dándose cuenta de que no podía correr más rápido que nosotros, no con una niña a cuestas. Sujetaba a Lily por la muñeca. Llevaba algo en su otra mano, pero estaba demasiado oscuro para ver qué era.

Julia llamó a Lily y la niña intentó correr en nuestra dirección, pero Carys la sujetaba con mucha fuerza. Ahora habíamos dejado de correr y caminábamos despacio, a solo siete u ocho metros de ellas.

Carys tiró de Lily y la agarró por detrás; las teníamos a ambas de frente.

—¡Atrás! —chilló Carys.

Tenía el pelo negro y a la luz de la linterna se la veía pálida como un vampiro. No era de extrañar, pues había pasado la mayor parte de su vida bajo tierra. Supuse que sus ojos estarían acostumbrados a la oscuridad, mucho más que los míos, al menos. También era delgada, con los ojos hundidos y marcados, y una cara que parecía una calavera. Era repulsiva, pero sentía mucha lástima por ella. Entre todos —Rhodri, Shirley y los Patterson— le habían robado la vida a Carys. La habían convertido en aquella criatura, la criatura que acababa de levantar la mano para revelar qué era lo que estaba sujetando: un cuchillo de cocina largo y delgado.

Lo apoyó contra la garganta de Lily.

—No os mováis —dijo entre dientes—. Es mía. ¡No podéis llevárosla!

Di un paso hacia delante con cautela.

—Carys. Te llamas así, ¿verdad?

387

Sus hombros se estremecieron por la sorpresa.

—Sabemos lo que te pasó, Carys —le dije, avanzando otro paso más hacia ellas. Ahora Lily estaba llorando, su carita de niña brillante por las lágrimas—. Sabemos quiénes fueron las personas que te raptaron del hospicio. Una de ellas está muerta y la otra irá a la cárcel. No tienes que seguir escondiéndote.

Permaneció en silencio, mirándome, pero no apartó el cuchillo de la garganta de Lily.

—Sabemos que nos ayudaste en la capilla. Nos salvaste, y te estamos muy agradecidos, pero necesitamos que sueltes a Lily.

—No. Es mía. ¿A que sí, Lily? Yo la salvé, así que me pertenece.

Di otro paso pequeñito hacia ella.

—Fue Albert, ¿no? Te encontró en el bosque y te trajo aquí. Él y su esposa no podían tener hijos, así que te criaron como a su propia hija. Lo entiendo. Pero esa no es vida para una niña, ¿verdad, Carys? Los niños necesitan vivir bajo el sol, para ser libres. Necesitan amigos. Necesitan ir a la escuela y explorar el mundo. —Oía a Julia detrás de mí, respirando agitadamente—. Pero sobre todo, Carys, necesitan a sus padres. Lily necesita a su madre.

—Me necesita a mí.

—¡No es tuya!

Era Julia. Dio un paso adelante, con los dos brazos extendidos.

—Tranquila, Lily. Mamá está aquí. Todo irá bien.

—¡Cállate! —gritó Carys—. Da un paso atrás o le rajaré el cuello. Lo juro, lo juro por la tumba de mi padre.

—Te conseguiremos ayuda —le dije en voz baja—. Te encontraremos un sitio para vivir. Una casa propia.

Me miró fijamente.

—Quiero mi casa —dijo.

Creí haberla entendido.

—¿Nyth Bran? De acuerdo, puedes quedarte con ella, ¿verdad, Julia?

Julia alternó la mirada entre Lily y yo.

—Sí, por supuesto. Puedes tener lo que quieras, Carys. Solo suelta a Lily, por favor. No le hagas daño.

—No quieres hacerle daño, ¿verdad que no? —dije.

Negó con la cabeza, pero aun así no bajó el cuchillo.

—Vamos —dije—. No estamos enfadados contigo. Nos alegramos de que hayas estado cuidando de Lily, ¿verdad, Julia?

—Exacto —se obligó a decir.

Carys me miró y luego miró a Julia. Vi cómo pensaba, tratando de tomar una decisión. Esperé, conteniendo la respiración, y entonces Carys aflojó la presión sobre Lily. Inmediatamente, la niña se agachó y se escabulló, lanzándose hacia la pared del túnel. Y en ese momento, Carys pareció cambiar de idea: se abalanzó hacia ella y trató de agarrarla.

Julia se arrojó sobre Carys.

Aterrorizado por la posibilidad de que la apuñalase, salté y me interpuse entre ellas justo cuando Carys la atacaba con el cuchillo. Este trazó un arco sobre mi cuerpo y me hizo un corte en el abdomen justo por debajo de la caja torácica. Grité con una mezcla de sorpresa y dolor, agarrándome el estómago, mientras la sangre me empapaba la parte delantera de la camisa. La linterna cayó al suelo pero no se apagó.

Carys se volvió y apuntó con el cuchillo a Julia, que estaba agazapada en posición de lucha, con los dedos extendidos y la sangre manando de su propia herida. «No —pensé—, no está en posición de lucha, sino de ataque, como un animal. Mamá osa. Sacando las garras, enseñando los dientes». Las dos mujeres estaban una frente a otra, la imagen congelada, mientras Lily las miraba con los ojos muy abiertos y la mandíbula desencajada.

Vi una piedra grande en el suelo, junto a mis pies. Sin dejar de sujetarme el estómago, sangrando, me puse en cuclillas, doblándome como si estuviera a punto de desplomarme.

Recogí la piedra y se la arrojé a Carys con mis últimos restos de fuerza.

Había apuntado a la cara, pero la piedra la golpeó en el pecho. Se estremeció y bajó la mano que sostenía el cuchillo solo una fracción de segundo, pero fue suficiente: Julia se abalanzó sobre ella, la empujó hacia atrás e hizo que se golpeara la cabeza contra la pared. A Carys se le cayó el cuchillo y Julia la agarró del cuello, sujetándola, con su cara a escasos centímetros de la de ella.

—Lily no es tuya —dijo entre dientes—. Es conmigo con quien debe estar.

Agarró a Carys del pelo y tiró de su cabeza hacia delante antes de empujarla hacia atrás, con fuerza, de forma que la golpeó de nuevo contra la pared. Carys se desplomó en el suelo y se quedó inmóvil.

Jadeando, Julia se volvió hacia su hija, que estaba a un metro de distancia, agazapada entre las sombras. Estaba muy pálida, muy delgada.

Pero estaba viva.

—Lily.

—Mami.

Ambas se echaron a llorar, abrazadas la una a la otra, tan fuerte que temí que se les fueran a romper los huesos. Di un paso atrás para dejarles espacio, y observé de cerca cómo se abrazaban y se tocaban, repitiendo sus nombres hasta que se quedaron sin aliento.

Capítulo 48

Julia entró desde el jardín, vestida con una camiseta y pantalones cortos. No era la primera vez que me maravillaba de lo guapa que era y de lo afortunado que era por tenerla a mi lado. El sol de verano le había aclarado un poco el pelo y exhibía los primeros signos de bronceado. También había ganado un poco de peso y sus ojeras eran menos oscuras. La semana anterior, me había dado cuenta de que había estado durmiendo mejor, de que ya no se despertaba con un grito ahogado en medio de horribles pesadillas. Su psicóloga, que la estaba ayudando a gestionar sus emociones y su ira —a veces la veía entornar los ojos y tensar los músculos de la mandíbula, y sabía que se estaba viendo a sí misma haciéndole daño a Carys—, decía que tal vez nunca pudiera deshacerse de esas emociones, pero que era capaz de hacerles frente. En sus momentos más oscuros, lo único que tenía que hacer era abrazar a Lily, oler su pelo. O mirarla simplemente. La psicóloga decía que era importante no agobiarla.

—¿Qué está haciendo? —pregunté.

—Jugando con Chesney. —Julia sonrió—. A veces creo que lo echaba más de menos a él que a mí.

—Eso lo dudo.

Llenó un vaso con agua del grifo. Cuando volvió el brazo, vi la cicatriz de aquel día de hacía cuatro meses. Yo tenía una exactamente igual en el abdomen. A veces, en la cama, nos recorríamos con los dedos nuestras cicatrices respectivas y nos recordábamos lo afortunados que éramos.

Julia se sentó en la barra del desayuno, vigilando a Lily por la ventana mientras la niña perseguía al gato por el jardín. Lily empezaría de nuevo la escuela muy pronto, y Julia estaba un poco inquieta por eso, por la idea de perderla de vista, pero la pequeña había insistido en que quería volver al colegio.

—Quiero volver a ver a mis amigos, mamá.

Nos había costado varias semanas conseguir que Lily nos explicara la historia completa sobre lo que había sucedido. Nos contó que solo pretendía dar un susto a sus padres, arrojando a Gatote al río y luego huyendo al bosque. Fue allí donde Carys la había encontrado y cuando se la había llevado. Lily dijo que su intención era esconderse una media hora, eso era todo.

La policía y los psiquiatras que habían interrogado largo y tendido a Carys dijeron que creía de verdad en la Viuda Roja y que pensaba que estaba protegiendo a Lily. Carys dijo que la había encontrado atada a un árbol, pero Lily lo negó. La policía estaba segura de que Carys estaba confundiéndolo todo en su cabeza: su propio secuestro y el hecho de encontrar a Lily en el bosque.

Carys le había contado a la policía todo lo que podía recordar, que Shirley y Rhodri se la habían llevado del hospicio de Saint Mary al bosque, que estaba convencida de que la Viuda iba a matarla y que luego se la comería... hasta que Albert, el hombre al que enseguida empezó a llamar «papá», la rescató y se la llevó a su casa, que estaba allí cerca. Describió su vida allí con gran detalle. Según el inspector Snaith, lloró al relatar la muerte de su «papá», aunque parecía mucho menos apenada por la muerte de Bethan, su «mamá».

Las personas que habían conocido a Albert y a Bethan, incluida mi madre y algunas personas mayores que aún vivían en la ciudad, hablaban de ellos como de una pareja tranquila que durante mucho tiempo parecía triste por no poder tener hijos. «Pero luego parecían haberlo superado; estaban más felices, más relajados». Ese fue el testimonio del anciano propietario del Rhiannon's Café, frecuentado por la pareja.

«Eso sería alrededor de 1980».

El año en que por fin «consiguieron» la hija que tanto anhelaban.

Resultó que no habían podido adoptar a un niño a través de los canales oficiales porque Albert tenía antecedentes penales: había robado un coche cuando era joven y lo estrelló contra una tienda, por lo que pasó algunos años en la cárcel. La teoría de la policía era que la pareja sabía que no les iban a permitir quedarse con Carys, así que dejaron que todos pensaran que la Viuda se la había llevado. Ni Shirley ni Rhodri sabían lo que le había ocurrido a la niña que habían dejado en el bosque. Nunca supieron que Albert los había visto caminando por el río, que los había seguido y había visto que ataban a Carys a un árbol. Dejó que siguieran pensando que la Viuda se la había llevado. A Albert y a Bethan les convenía que todos los habitantes del lugar pensaran que Carys estaba muerta.

El inspector Snaith me dijo que la psiquiatra de la policía había intentado averiguar si Albert había abusado de Carys, si habían mantenido relaciones sexuales, ya fuera cuando era una niña o como adulta. Ella lo negó, pero la policía no estaba segura de si estaba diciendo la verdad. Quizá algún día lo contara todo, pero de momento continuaba hablando de su «papá» como si fuera un santo.

Carys pasó a describir cómo, después de la muerte de Albert y Bethan Patterson, ella siguió «visitando» la casa de arriba. Se enfadó mucho cuando los Marsh se mudaron a «su» casa, pero luego aprendió a quererlos y llegó incluso a verlos como su nueva familia. Le gustaba escuchar a Julia, a Lily y a Michael. Después de la muerte de Michael y mientras Lily estaba encerrada debajo de la casa con ella, Carys estaba feliz por cómo iban las cosas. Entraba en la casa y se llevaba cuanto necesitaba. Vio a Julia llorar la pérdida de su marido y su hija. Carys les dijo además que Nyth Bran era su hogar, pero que estaba contenta de compartirlo con Julia... hasta que esta abrió el retiro para escritores.

De repente había extraños paseándose por la casa e invadiendo el espacio de Carys. Sintió que tenía que deshacerse de ellos. Trató de asustarlos haciendo que pareciera que la casa estaba encantada. Yo era una de las personas de las que quería desembarazarse. Y cuando me oyó hablar de que estaba investigando la desaparición de Lily, se volvió aún más prioritario deshacerse de mí.

El resto lo reconstruimos a partir de los testimonios de Carys y Heledd.

Carys no sabía que Heledd la estaba ayudando con todo aquello. Esta estaba tratando de conseguir que se cerrara la investigación sobre la desaparición de Lily porque temía que eso condujese a la verdad sobre lo ocurrido con la última niña que había desaparecido. Y así, el pasado y el presente se habían conjurado para crear una tormenta perfecta.

Cuando Carys oyó a Ursula hablar sobre guías espirituales, a su mente retorcida se le ocurrió lo que ella veía como un buen plan: convencer a Julia de que Lily había muerto. Habló a través de las paredes y le dijo a Ursula que Lily estaba «con Jesucristo», queriendo que creyéramos que había muerto en la capilla. Le dijo a Ursula que Lily había ido a un lugar mejor y que estaba feliz con su padre. Esperaba entonces que dejáramos de buscar la verdad. Ella quería que me fuera, y que Julia renunciara a la esperanza de encontrar a su hija con vida.

Sin embargo, cuando vio que aquello no hizo que desistiésemos en nuestro empeño, utilizó a Ursula de nuevo. Recuperó a Gatito de la cabaña donde lo había escondido después del intento de fuga de Lily, le hizo el corte en la mano para manchar con su sangre el peluche y lo dejó en la capilla. Luego, a través de Ursula, nos guio hasta la capilla, esperando que el muñeco, manchado con la sangre de Lily, nos convenciera de que la niña estaba muerta.

Nos siguió desde la casa, ansiosa por ver si su plan funcionaba. No tenía ni idea de que el cadáver de Zara estaba en la cripta, como tampoco imaginaba que Heledd también iba de camino hacia allí. Pero cuando vio a Heledd empujar a Julia por las escaleras, se puso furiosa. Entonces la atacó: Carys, con su abrigo rojo, entró corriendo en la capilla y Heledd, que ya estaba de por sí muy alterada, entró en estado de shock. ¡La Viuda Roja en persona! Heledd cayó de rodillas en el suelo y comenzó a balbucear, aterrorizada, creyendo que la bruja iba a matarla, tantos años después de que sus padres sacrificaran a otra niña para salvarla a ella.

Y Carys sabía quién era Heledd. Unos años antes, cuando la pelirroja era una adolescente, Shirley la había llevado a Nyth Bran para visitar a sus viejos amigos Albert y Bethan. Cuando Carys se encontró con Heledd en la capilla, montó en cólera.

Nos había salvado la vida y, sin pretenderlo, se había delatado a ella misma.

Y ese era el final de la historia. La policía interrogó a Rhodri Wallace, quien al final confesó haber secuestrado a Carys en 1980 con la ayuda de Shirley Roberts. Resultó que Rhodri había trabajado en el jardín del hospicio, de forma que sabía dónde encontrar a un niño al que «nadie echaría de menos». Rhodri adoraba a su hija ilegítima e iba a verla tan a menudo como podía. Su felicidad y bienestar hacían que todo cuanto había hecho valiera la pena. En su conciencia, eso lo absolvía de todos sus pecados.

Glynn Collins no había tenido nada que ver con todo aquello, más allá del hecho de haber asustado a Shirley con la historia de la Viuda Roja. También le había dicho a Shirley que había llegado una forastera a la ciudad, Zara Sullivan, que estaba haciendo preguntas, conversación que Heledd oyó por casualidad.

Así pues, Glynn había sido responsable de forma indirecta, pero no era culpable de ningún delito. Todavía me preguntaba por qué se había negado rotundamente a dejarme hablar con Jake; había algo raro en todo eso... Sin embargo, después de pensarlo un tiempo, llegué a la conclusión de que lo más probable era que solo fuera un abuelo protector.

¿Y Heledd? Estaba en la cárcel, tras declararse culpable de los asesinatos de Zara Sullivan y Max Lake, y del homicidio involuntario de su madre, Shirley Roberts. Negaba haberle provocado la muerte a Malcolm Jones, y el fiscal había decidido no incluir ese delito en la acusación, pensando que sería imposible demostrarlo.

Todos los culpables estaban muertos o encerrados en la cárcel. Carys estaba en un hospital psiquiátrico de máxima seguridad. Nadie parecía saber lo que le iba a pasar.

Personalmente, a pesar de lo que le había hecho a Lily, yo pensaba que Carys merecía vivir en libertad, siempre y cuando la mantuvieran bajo observación y estuviera muy lejos de nosotros. Ella misma era una víctima. Había pasado toda su vida en aquel agujero oscuro debajo de la casa, creyendo a pie juntillas en la existencia de la Viuda. Cuando se llevó a Lily, realmente parecía creer que estaba protegiéndola de ella. Imagino que, al cabo de un tiempo, se acostumbró a tener a Lily a su lado, como si fuera una mascota, y no podía dejar que se fuera porque entonces se descubriría la casa secreta de Carys, debajo de Nyth Bran.

¿No merecía pasar Carys una parte de su vida bajo la luz del sol? Pensé en el párrafo que Carys había escrito en mi portátil, las palabras que creía haber escrito yo en estado de embriaguez. Tenía una historia fascinante por contar. Tal vez, con un poco de ayuda y con alguien que la animase a hacerlo, podría contarla algún día. Necesitaría que otra persona, un escritor profesional, escribiese su historia, por supuesto...

Pensé que esa idea no le haría ninguna gracia a Julia.

—Voy a ver si Lily quiere almorzar algo —dijo, y me besó antes de salir de la cocina.

Miré a mi alrededor. Había tenido mucha suerte. Julia y yo habíamos decidido seguir dirigiendo juntos el retiro para escritores. Teníamos prevista la llegada de nuestros primeros huéspedes para principios de septiembre. Yo haría la función de tutor y organizaría cursos para los autores. Ese iba a ser mi trabajo por ahora. Había dejado aparcada la novela sobre la familia del bosque. Había rescindido el contrato con mi editor, o al menos lo había dejado en suspenso; ya escribiría algo cuando estuviera preparado. Estaba pensando en algo más ligero la próxima vez. Una comedia romántica, quizá.

—Sí, ya —respondió Julia con ironía cuando se lo dije.

Ella también estaba buscando trabajo como ilustradora otra vez —tenía una reunión con un viejo contacto en una editorial— y también estaba yendo a un psicólogo especialista en terapia para superar el duelo. Ahora que Lily estaba en casa, Julia por fin podía enfrentarse a la muerte de Michael. Había derramado muchas lágrimas durante muchas noches. Creo que el hecho de que yo hubiera perdido a alguien también ayudaba en parte: podíamos compartir nuestros sentimientos, hablar sobre nuestras antiguas parejas sin que ninguno de los dos tuviera que preocuparse por tener que competir con los muertos. Sabía que el camino que nos quedaba por delante estaría plagado de obstáculos y dificultades, pero estaba seguro de que podríamos hacerles frente.

En cualquier caso, valía la pena intentarlo.

Mi teléfono me avisó de la llegada de un mensaje. Era de Karen, con quien había estado en contacto de forma regular durante los últimos meses. Había dejado el hábito de fumar porros, pero fue todo un alivio para ella descubrir que no había estado oyendo voces, que, efectivamente, había habido alguien escondido en las paredes.

Su mensaje contenía un enlace a un artículo en la web de la revista *Bookseller*: Suzi Hastings había firmado un contrato de seis cifras para publicar su primera novela, descrita como «un *thriller* de alto contenido erótico sobre una tórrida relación entre un escritor casado y una inocente joven, ambientado en un retiro para escritores en Gales». El mensaje de Karen decía:

¡Parece que al final sí estaban liados!

O eso o la historia era pura invención de Suzi. Max parecía tan sincero... pero supuse que nunca lo sabríamos con certeza. Tampoco importaba demasiado si era cierto o no, aunque no creía que la viuda de Max estuviera muy contenta con el libro de Suzi.

Además de Karen, había seguido en contacto con Olly Jones, y quedé con él varias veces para tomar una copa. Ya no era taxista, sino que había empleado el dinero de la venta de la casa de su padre para abrir su propia empresa de minitaxis. Ahora él era el jefe. Me dijo que, gracias a su negocio, no pensaba en Heledd ni en cómo le había roto el corazón. Insistía en que ya lo había superado, pero yo no estaba del todo convencido.

Me dirigí a la ventana. Chesney había desaparecido, y Julia y Lily jugaban juntas en el césped, corriendo entre los aspersores, riendo mientras el agua las dejaba completamente empapadas. Se desplomaron sobre la hierba y Julia rodeó a su hija con los brazos y la atrajo hacia sí.

Tenía la sensación de que había algo que Lily no nos había dicho, como si faltara una parte de su historia. Sin embargo, cuando se lo conté a Julia, reaccionó diciéndome que no dijera tonterías. ¿Por qué iba a mentir Lily? No tenía respuesta para eso, pero había algo que no acababa de convencerme.

En ese momento, abrazada a Julia, Lily miraba por encima del hombro, hacia atrás, de forma que yo le veía la cara. Tenía esa expresión, la misma que a veces sorprendía en su rostro cuando Julia no la estaba mirando. La sonrisa que le dedicaba a su madre se desvanecía y se le arrugaba la frente, se le ensombrecía la mirada.

Suponía que en esos momentos recordaba sus días en aquella habitación, debajo del sótano. Estaba seguro de que se recuperaría, pero a veces su expresión me asustaba.

A veces, como ahora, parecía una expresión asesina.

EPÍLOGO

Era el último día del verano. Al día siguiente, Lily tendría que volver a la escuela y los huéspedes empezarían a llegar al retiro. En esos momentos, mamá y su nuevo novio, Lucas, todavía estaban en la cama, remoloneando. Mamá no le habría dejado a Lily bajar al río sola, no la dejaba ir sola a ningún lado. Y a ella no le importaba, Lily no quería ir a ninguna parte en particular.

Pero tenía un asunto pendiente.

Durante el camino a la orilla del río, había estado pensando en Lucas. Parecía simpático. No era su padre, pero al menos parecía hacer feliz a mamá y nunca se peleaban, o al menos no eran peleas serias. A veces, por las noches, los oía reírse. Esperaba que algún día le pidiese a mamá que se casase con él y así Lily podría hacer de dama de honor. Eso sería genial. Siempre y cuando no esperara que lo llamara papá. Ella ya tenía un padre.

Y cada vez que pensaba en su padre y por qué estaba muerto, sentía como si una llama prendiese en su interior, incendiándole todo el cuerpo. Trataba de ocultárselo a mamá y estaba segura de que lo había conseguido. Sin embargo, la llama atraía a las mariposas nocturnas: las polillas negras que acudían a verla por la noche, cada una representando un pensamiento oscuro. Se colaban dentro de su cabeza y se hacinaban allí, docenas, centenares de ellas. Todo un enjambre de malos pensamientos que no desaparecían, por mucho que lo intentase.

Se preguntó si sería así como Rhiannon, la mujer que se convirtió en la Viuda Roja, se habría sentido después de la muerte de su marido. Si fue eso lo que le hizo echar la maldición a la ciudad.

Venganza. En eso consistían los malos pensamientos.

Venganza por la muerte de su padre. Y por los dos años que había pasado encerrada en esa habitación.

Llegó a la ribera del río. Había llovido toda la noche y el agua había crecido y estaba gris y agitada, circulando a toda velocidad por el recodo como si llegara tarde a una cita importante.

Lily se imaginó a su padre ahogándose en aquellas aguas y se vio obligada a desviar la vista y mirar hacia atrás... Y allí estaba ella, abriéndose paso a través de los arbustos, caminando hacia ella.

—Hola, Megan —dijo Lily.

Megan parecía nerviosa, igual que el día anterior. Lily había salido a escondidas de casa, había atravesado el bosque y había llegado junto a la casa de Megan. Luego se había ocultado a esperar para ver a su antigua mejor amiga. Tuvo suerte. Un autobús se detuvo al final de la calle y Megan se bajó de él. Se llevó un susto cuando Lily salió de entre los árboles y le dijo hola.

—Quiero hablar contigo —había dicho Lily—. Nos vemos mañana a las nueve de la mañana, ¿de acuerdo? Abajo en el río. Tengo algo que decirte. Algo importante.

Lily sabía que Megan vendría, era una chica curiosa. Y, efectivamente, allí estaba. Lily la vio caminar campo a través, arrastrando ligeramente los pies.

—¿Cómo estás? —preguntó Lily cuando Megan llegó a su lado—. ¿Cómo está Jake?

—Está bien. Yo no estoy muy contenta por tener que volver a la escuela, pero ¿quién se alegra de eso?

Lily no culpaba a Jake por lo que había sucedido. Simplemente había estado siguiendo instrucciones.

—Pues yo estoy deseando empezar —dijo Lily—. A pesar de que me he perdido como casi tres años y voy a ser la última de la clase.

Echó a andar más cerca del río, y Megan la siguió después de una pausa.

—Estoy... —empezó a decir Megan, antes de tragarse sus palabras. Al final, habló—: Lo siento mucho. Solo estaba... Estaba muy asustada. Pensaba que la Viuda existía de verdad. Era una niña, una niña tonta y asustada. Y cuando dijeron que habías desaparecido, me convencí. Estaba segura de que la bruja te había atrapado.

Lily se quedó mirando el agua, dejando que Megan hablara sin parar.

—Me sentí muy culpable, sobre todo después... Después de lo que le pasó a tu padre. Iba siempre por tu casa, deseando que todavía estuvieras allí. Jake quería decirlo, confesarlo todo, pero yo sabía que lo mandarían a la cárcel. Pensaba que me mandarían a la cárcel a mí también. Estaba muerta de miedo. —Trató de mirar a Lily a los ojos—. No quería que fueras tú, pero no había nadie más... Eras la única otra niña que no vivía en la ciudad, la única a la que podíamos... —Se calló de repente.

—Está bien —dijo Lily—. Al final todo salió bien.

Megan la miró de aquella manera suya, tan molesta. Había cosas que no cambiaban nunca.

—¿Lo dices de corazón?

Lily asintió.

—¿Y por eso...? —Megan bajó la voz hasta hablar en un susurro y miró a su alrededor, como si hubiera alguien acechando entre los árboles, escuchando—. ¿Por eso no le dijiste a nadie lo que pasó realmente? ¿No les hablaste sobre Jake y sobre mí?

—Eso es. —Las polillas negras estaban agitando las alas, listas para despegar, para golpearle el interior de la cabeza sin cesar—. Yo tampoco quiero que Jake vaya a la cárcel. Y tú eres demasiado joven. A ti no te castigarían.

Megan parecía confusa, pero Lily sonrió.

—Todavía eres mi mejor amiga.

Megan no pudo ocultar su alivio.

—Haré lo que haga falta para compensártelo, Lily.

Lily tenía una pregunta más:

—¿Sabe tu abuelo lo que pasó?

Megan parecía dolida.

—No lo creo. Quiero decir, lo he visto mirarme de forma rara algunas veces, como si se estuviera preguntando algo. Pero nunca ha dicho nada. Y nunca lo hará.

Lily asintió, satisfecha; luego se alejó, todavía sonriendo, y dijo:

—¿Qué es eso de ahí?

—¿El qué?

Lily señaló hacia la otra orilla y se acercó al río.

—Debajo del agua, allí. He visto algo brillante.

Megan se acercó al borde de la orilla del río.

—¿Ah, sí? ¿Dónde? Yo no veo nada.

Lily señaló hacia la otra orilla.

—Por ahí. Mira.

Megan se acercó aún más al borde, inclinándose hacia delante y haciéndose visera con una mano.

—Sigo sin ver nada. ¿Estás segura?

Lily se colocó detrás de su antigua mejor amiga.

—No deberías ser tan crédula, Megan —dijo, y la empujó.

Vio a Megan moverse en el agua un minuto y observó cómo la fuerte corriente de agua la engullía, tal como le había ocurrido a su padre. Megan salió a la superficie, con la boca abierta, boqueando desesperadamente, pero solo fue un momento. El río se la tragó.

Tras echar un vistazo alrededor para comprobar que no la había visto nadie, Lily se volvió a casa, sonriendo para sí misma. Nadie sabría nunca que no había sido un accidente. Se rascó la cabeza.

Las polillas habían dejado de aletear por fin.

CARTA AL LECTOR

Querido lector:

Muchas gracias por leer *El retiro*. Me encanta saber la opinión de mis lectores, de modo que pueden enviarme un correo electrónico a markcity@me.com, encontrarme en facebook.com/markedwardsbooks o seguirme en Twitter: @mredwards. También tengo una cuenta en Instagram (@markedwardsauthor) porque el mundo necesita desesperadamente más fotos de libros, gatos y perros...

Tengan en cuenta que el resto de esta nota contiene un montón de *spoilers*, así que, por favor, NO la lean hasta que hayan terminado el libro.

La inspiración para escribir *El retiro* vino de un artículo de periódico que leí hace algunos años: una familia había sido expulsada de su casa por alguien que creía que dicha casa le pertenecía legítimamente. Esto, a su vez, fue el punto de partida de otra idea: una casa que estaba embrujada, no por un fantasma, sino por una persona aún viva.

Combiné esta idea con una imagen que me vino a la cabeza así, de repente: una familia, caminando junto al río en un día de invierno; los padres doblaban un recodo del río y descubrían que su hija había desaparecido... y veían un peluche arrastrado por la corriente de agua.

Pero ¿qué le había pasado a la niña? ¿Y quién estaba rondando la casa? Tardé algún tiempo en dar forma a eso.

Siempre me han fascinado las leyendas urbanas y los cuentos populares, las historias que las personas se cuentan unas a otras. Poco antes de empezar a escribir *El retiro* vi un documental fascinante que se llamaba *Beware the Slenderman* y que trataba sobre un caso horrible en el que dos adolescentes intentaron asesinar a su mejor amiga porque así se lo había ordenado un *meme* de internet. Por esa misma época, mi hijo —que es adicto a YouTube— empezó a hacer preguntas sobre Slenderman y mi hija volvió un día a casa del colegio hablando de María Sangrienta.

Me di cuenta entonces de que era de eso precisamente de lo que trataba mi novela: las historias de miedo que nos contamos —como el famoso «hombre del saco», por ejemplo, o la leyenda urbana de la «chica de la curva»— son historias que se extienden mucho más rápido y de forma más extensa ahora que tenemos internet... Y no son solo los niños quienes creen en las historias de miedo. En este mundo de políticas de posverdad, de bulos y de «noticias falsas», es más importante que nunca que pensemos muy muy bien en qué y en quién creemos.

Por último, si han disfrutado de este libro, espero que se lo recomienden a un amigo. Tal vez podrían pasárselo a alguien que no suele leer mucho normalmente. Hay pocas cosas que me gusten más que recibir un mensaje de un lector cuyo amor por los libros se ha visto espoleado o reavivado por una de mis novelas. Cuantas más personas consigamos atraer al gozo de la lectura, mejor será el mundo.

Con los mejores deseos,
Mark Edwards
www.markedwardsauthor.com

AGRADECIMIENTOS

Gracias a todos los sospechosos habituales, el equipo de personas que siempre están ahí para ayudarme a hacer llegar mis libros a manos de los lectores:

A Emilie, Sana, Hatty, Eoin, Laura, Shona y todo el equipo de Thomas & Mercer, por ser unos editores fabulosos y saber lo que necesitan los autores (una respuesta rápida a los mensajes de correo electrónico y mucho alcohol).

A mi agente, tan absolutamente brillante y astuto, Sam Copeland, cuyo entusiasmo por este libro era contagioso.

A mi mujer, tan increíblemente inteligente y hermosa, Sara, por apoyarme en todos los sentidos y ser mi primera lectora y también la más crítica (en el sentido positivo).

Varias personas me ayudaron específicamente con este libro. Puesto que soy una de las personas menos organizadas del mundo, pido disculpas por adelantado si me he dejado a alguien:

A Ian Pindar, mi editor, por la multitud de acertadas sugerencias y por hacer que la corrección y edición de este libro pareciesen asombrosamente fáciles.

A la verdadera Heledd Roberts, que no solo me dejó utilizar su nombre, sino que me dio a conocer la espeluznante cancioncilla galesa y me ayudó a encontrar el nombre de la población de Beddmawr, junto con Suzanna Salter y Jackie Davies.

A todos los demás miembros de mi página de Facebook que se ofrecieron como voluntarios para que los personajes llevaran su nombre: Malcolm Jones y Olly Jones (que no están emparentados en la vida real), Karen Holden, Ursula Clarke, Garry Snaith y Suzi Hastings. Estoy en deuda, además, con Lily Jenkinson por ayudarme a encontrar el nombre del gato, Chesney, y a Julie Baugh por ayudarme a bautizar a algunos de mis otros personajes.

A todos los demás en mi página de Facebook, Twitter e Instagram, por su entusiasmo y por animarme constantemente.

A mis hijas, Ellie y Poppy, por mostrar tanto interés en el libro de su padre, a pesar de que todavía no tienen edad para leerlo, y por asesorarme sobre qué palabras usarían los niños de hoy en día y cuáles no. Prometo no decir nunca más «LOL» ni «de verdad de la buena».

A Lisa Shakespeare y Rachel Kennedy de Midas PR por ayudar a correr la voz sobre mis libros, aunque todavía estoy esperando un artículo sobre Rebel y yo en la revista *Your Dog*.

A Heather Large y Lisa Williams, del *Express & Star*, por todo su apoyo.

Y, por último, a mi madre, quien plantó en mí el germen del amor por los libros y quien, sin quererlo, me llevó por esta senda hace muchos años, cuando trajo a casa aquella novela de James Herbert. Gracias, no solo por eso, sino por todo tu ánimo y tu apoyo incondicional. Todavía te tengo que comprar esa casa...

Printed in Poland
by Amazon Fulfillment
Poland Sp. z o.o., Wrocław

92418027R00247